BASTEI
LÜBBE

Über die Autorin:

Debbie Macomber hat vier bereits erwachsene Kinder und lebt mit Ihrem Mann Wayne an der amerikanischen Westküste im US-Bundesstaat Washington. Ihre schriftstellerische Karriere nahm 1982 ihren Anfang. Heute sind weltweit über 60 Millionen Exemplare ihrer Bücher verkauft worden. Mit *Frühstück bei Valery* erscheint die Autorin erstmals in deutscher Übersetzung. Weitere Titel dieser Autorin in unserem Programm sind in Vorbereitung.
Debbie Macomber freut sich über Zuschriften von ihren Leserinnen: über ihre Postfachadresse P.O. Box 1458, Port Orchard, WA 98366, USA, oder über ihre Internetseite www.debbiemacomber.com

Debbie Macomber

Frühstück bei Valery

Aus dem Englischen von
Barbara Ritterbach

BASTEI LÜBBE

BASTEI LÜBBE TASCHENBUCH
Band 14 784

1. Auflage: September 2002

Vollständige Taschenbuchausgabe

Bastei Lübbe Taschenbücher ist ein Imprint der Verlagsgruppe Lübbe

Deutsche Erstveröffentlichung
Titel der englischen Originalausgabe: THURSDAYS AT EIGHT

Lektorat: Werner Wahls
Einbandgestaltung: Gisela Kullowatz
Satz: hanseatenSatz-bremen, Bremen
Druck und Verarbeitung: Elsnerdruck Berlin
Printed in Germany
ISBN 3-404-14784-7

Sie finden uns im Internet unter
http://www.luebbe.de

Der Preis dieses Bandes versteht sich einschließlich
der gesetzlichen Mehrwertsteuer.

Liebe Freunde und Freundinnen,

die meisten LeserInnen überschlagen diese Seite, es sei denn, es besteht die Chance, dass sie ihren eigenen Namen hier wiederfinden. Ich hoffe, Sie haben das nicht getan, denn ich habe Ihnen etwas einigermaßen Erstaunliches zu berichten. Vor etwa sechs Jahren hatte ich das Bedürfnis, mich mit anderen Geschäftsfrauen auszutauschen. Ich war mit meinem Büro gerade aus meinem Privathaus ausgezogen und hatte Räume in einem Bürohaus angemietet, was für eine Schriftstellerin ziemlich ungewöhnlich ist. Aber ich fand es wunderbar, mein Arbeitsleben von meinem Zuhause und meiner Familie trennen zu können.

Selbst in meiner kleinen Heimatstadt fiel es mir nicht schwer, andere Frauen zu finden, die dieselben Probleme hatten wie ich. Nach einem gemeinsamen Lunch mit Lillian Schauer, das für uns beide mit Tränen endete, wurde mir klar, wie häufig wir unsere Emotionen verbergen müssen. Ich schlug vor, eine Art gegenseitige Selbsthilfegruppe zu gründen, und Lillian willigte ein. So wurde meine eigene Donnerstagmorgen-Frühstücksgruppe gegründet.

In den letzten fünf Jahren traf ich mich mit fünf bemerkenswerten Frauen: Betty, Lillian, Karla, Stephanie und Diana. Wir haben viel zusammen erlebt – Hochzeiten, Geburten, Feste, Krisen und Todesfälle. Im letzten Jahr verloren wir unsere Stephanie durch Krebs.

Wir treffen uns weiterhin regelmäßig, um voneinander zu lernen, unsere Aufgaben zu teilen und Rat zu suchen, um über Bücher zu reden, die wir gelesen haben, über unsere Kinder und Enkelkinder ... Ganz gleich, worum es sich handelt, wir haben darüber gesprochen. Wir reden, und wir hören zu, wir lachen, wir weinen, aber hauptsächlich helfen und ermutigen wir uns gegenseitig. Wir sind eine Bankdirektorin, eine Anwältin und Unternehmerinnen, doch vor allem sind wir Frauen, die eine der stärksten weiblichen Bindungen vereint: Freundschaft.

Hier ist also *Frühstück bei Valery,* das ich allen Teilnehmerinnen meiner Donnerstagmorgen-Frühstücksgruppe widme (obwohl ich selbstverständlich keine wahren Begebenheiten oder Personen in meiner Geschichte verarbeitet habe). Ich danke euch dafür, dass ihr Teil meines Lebens seid, euch meinen Frust anhört und mir helft, über mich selbst zu lachen. Ich liebe euch alle.

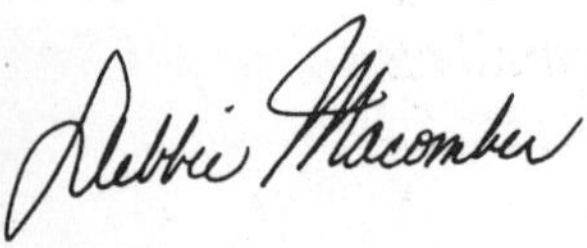

P. S. Ich würde mich freuen, von meinen Lesern und Leserinnen zu hören. Schreiben Sie mir einfach an meine Adresse:
P. O. Box 1458, Port Orchard, WA 98366, USA
oder besuchen Sie meine Website:
http://www.debbiemacomber.com

Diese Geschichte widme ich:
Lillian Schauer, Diana Letson,
Betty Roper und Karla Cain

– den wunderbaren, klugen und faszinierenden Frauen aus meiner Donnerstagmorgen-Frühstücksgruppe

Für Stephanie Cordall
13. März 1948 – 12. November 2000
Wir werden dich vermissen, meine Freundin.

»Nur die braven Mädchen führen Tagebücher;
die bösen Mädchen haben keine Zeit dazu.«
Tallulah Bankhead

1. KAPITEL

CLARE CRAIG

1. Januar

Ein Versprechen an mich selbst: Dieses Jahr ist für mich ein neuer Anfang. Ein Neubeginn in mehr als einem Sinne. Ich bin fest entschlossen, die Scheidung endlich hinter mir zu lassen. Wird ja auch langsam Zeit, schließlich ist sie schon seit über einem Jahr vollzogen. Okay, seit dreizehn Monaten und sechs Tagen, um ganz genau zu sein, nicht dass ich die Tage zähle ... nun ja, vielleicht doch, aber damit ist ab *heute* Schluss.

Michael hat sein neues Leben, und ich habe meins. Ich habe gehört, dass gut zu leben die beste Revanche wäre. Gut, denn genau das habe ich vor. Ich werde mein Leben als erfolgreiche, glückliche (oder zumindest zufriedene) Single-Frau und Mutter leben. Das schwöre ich. Ich werde nicht länger von einem anderen Menschen abhängig sein, um zu wissen, was ich wert bin. Ich brauche keinen Ehemann, um mich vollständig zu fühlen. Es ist mir schwer gefallen, die Ehe aufzugeben, aber das ganze Klammern an den Schmerz und den Ärger führt zu nichts. Ich habe genug von diesen ganzen Zwistigkeiten, genug von den Streitereien und absolut die Nase voll von dem Zorn und der Bitterkeit. Aber ich hätte es einfach nie für möglich gehalten, dass mir und Michael so etwas passieren würde.

Ich habe erlebt, wie um uns herum eine Ehe nach der anderen in die Brüche ging, aber irgendwie glaubte ich immer, wir wären sicher …

Es half mir auch nicht, dass ich während der Weihnachtsfeiertage Marilyn Cody in die Arme lief. Sie hatte noch nichts von unserer Scheidung gehört, und als ich ihr erzählte, dass mein Mann mich wegen einer Zwanzigjährigen verlassen hat – *Berichtigung,* mein Exmann (es fällt mir noch immer schwer, daran zu denken) –, sah ich, wie schockiert sie war. Dann wollte sie mir offenbar einen guten Rat geben und schlug mir vor, mir einen Mann für gewisse Stunden (oder war es ein gewisser Mann für Stunden?) zu suchen, um mein Selbstvertrauen wieder aufzubauen. Sie meinte das ernst, als würde ich mich besser fühlen, wenn ich mit einem Mann ins Bett ging, der nur ein paar Jahre älter ist als meine eigenen Kinder. Marilyn ist ein gutes Beispiel dafür, wieso ich mich nicht länger mit den Leuten umgeben kann, die einst meine und Michaels gemeinsame Freunde waren.

Marilyn als Freundin zu verlieren ist kein großer Verlust. Ich habe ihren mitleidigen Blick gesehen, und mir klingt ihre Bemerkung noch im Ohr, dass ich meinen Mann behalten hätte, wenn ich mich nicht selbst hätte gehen lassen. Es hat mich große Mühe gekostet, ihr nicht ins Gesicht zu springen – als würde *das* alles erklären. Schließlich wiege ich gerade mal sieben Kilo mehr als mit 25, und, verdammt noch mal, ich achte sehr auf mich. Wenn jemand dick geworden ist, dann Michael. Was für eine Unverschämtheit von Marilyn, mir zu unterstellen, Michaels Affäre wäre in irgendeiner Weise *meine* Schuld!

Wie zum Teufel sollte ich gegen ein Mädchen bestehen können, das gerade erst dem Teenager-Alter entwachsen ist? Ich hatte keine Chance. Jedes Mal, wenn ich mir die zwei zusammen vorstelle, dreht sich mir der Magen um.

Der Tagebuchkurs hat mir geholfen. Und meine Begegnung mit Liz, Julia und Karen. Sie sind meine Freundinnen und Teil meines neuen Lebens. Eine feste Beziehung zu jeder dieser Frauen aufgebaut zu haben gehört zu den positiven Veränderungen, die ich geschafft habe. Schon das Sprichwort sagt: »Neue Besen kehren gut.« Ich bin froh, dass wir vier beschlossen haben, uns weiterhin zu treffen, auch wenn der Kurs nicht mehr stattfindet. Donnerstags zum Frühstück war eine glänzende Idee.

Meine Empfindungen aufzuschreiben war die einzige Möglichkeit, die letzten sechs Monate zu überstehen. Es hätte eine gute Zeit in meinem Leben sein sollen. Stattdessen war ich gezwungen, von neuem zu beginnen – nicht meine Entscheidung und nicht mein Fehler! Okay, gut. Ich kann damit umgehen. Ich *gehe* damit um, jeden einzelnen Tag. Ich hasse es. Ich hasse Michael, auch wenn ich mich bemühe, es nicht zu tun. Das Beste, was ich zu diesem Zeitpunkt sagen kann, ist, dass ich mich arrangiere.

Eines gebe ich zu. Michaels Affäre hat mir viel über mich selbst verraten. Ich wusste nicht, dass ich jemanden aus tiefstem Herzen hassen kann. Nun weiß ich, wie vernichtend meine Wut sein kann ... und ich wünschte sehr, es wäre nicht so.

Mein Fehler – und ich habe einige gemacht – war es, die Scheidung so lange hinauszuzögern. Optimistisch wie ich nun mal bin, hatte ich fest geglaubt, dass Michael mit der Zeit schon zu Verstand kommen würde. Ich war überzeugt, dass er früher oder später erkennen würde, wie sehr er mich und die Jungs verletzte. Eine Affäre mit einer Zwanzigjährigen war glatter Wahnsinn. Ganz bestimmt würde er eines Morgens erwachen und begreifen, dass er sein ganzes Leben zerstört hatte – und wofür? Für guten Sex? Ich bezweifle, dass sie im Bett *so* umwerfend ist.

Im Nachhinein könnte ich mich selbst dafür ohrfeigen, dass

ich so viele Monate gewartet habe, ehe ich zu einer Anwältin gegangen bin. Ich habe das Unausweichliche lediglich vor mir hergeschoben, weil ich mir so sicher war, dass er zur Einsicht kommen und der ganzen Sache ein Ende setzen würde. Wie sehr habe ich gebetet, wie sehr habe ich auf eine Gelegenheit gehofft, meine Ehe zu retten. Wenn Michael doch endlich wieder zurückkäme! Wenn er uns doch nur noch eine Chance gäbe! Ich begriff nicht, dass seine Eskapaden die Grundlage unseres gemeinsamen Lebens völlig zerstört hatten. In der Sekunde, als er mir erzählte, dass er sich in Miranda verliebt hätte (klar hat er das!), hätte ich zu einer Anwältin gehen und die Scheidung einreichen sollen. Das hätte mir eine Menge Trauer erspart.

An einem absoluten Tiefpunkt, als ich völlig verzweifelt war, habe ich psychologische Hilfe in Anspruch genommen. Selbst da war ich mir noch der bitteren Ironie bewusst. *Ich* war gar nicht diejenige gewesen, die unseren Hochzeitsschwur gebrochen hat, trotzdem war ich diejenige, die einen Termin bei einem Seelenklempner vereinbarte!

Dann, an einem Donnerstagmorgen vor ungefähr anderthalb Jahren, stand ich nach einer erneuten schlaflosen, elendigen, einsamen Nacht auf. Ich erinnere mich noch, dass ich mich an das Waschbecken lehnte und einen solchen inneren Schmerz verspürte, dass ich nicht einmal aufrecht stehen konnte. Ich betrachtete mich selbst im Spiegel und erkannte kaum noch mein eigenes Gesicht. In jenen Augenblicken *passierte* etwas. Ich kann es nicht genau beschreiben, aber dieses Erlebnis löste eine Veränderung aus. Das hilflose Opfer war auf einmal weg, und ich stand da, groß und aufrecht, schaute mein Spiegelbild an und war wild entschlossen zu überleben. Michael mochte unsere Ehe zerstören, aber er würde dabei nicht *mich* zerstören. In der Rückschau wird mir klar, dass ich da meine Grenzen erreicht hatte.

Ich zog mich an und marschierte schnurstracks in die Kanzlei von Lillian Case. Wenn es etwas Amüsantes an dieser hässlichen Scheidung gibt, dann ist es die Hölle, die Lillian Michael bereitet hat. Michael hatte wiederholt erklärt, dass er eine freundschaftliche Scheidung wollte, aber Lillian hat ihm unmissverständlich klar gemacht, dass es dafür viel zu spät war.

Die Jungs reden noch immer nicht mit ihm. Ich bin nicht sicher, ob Mick das je wieder tun wird. Alex hatte immer ein sehr enges Verhältnis zu seinem Vater, und ich weiß, dass er Michael vermisst. Wir sprechen nicht über ihn. Ich wünschte, wir könnten es, aber nichts, was ich sagen könnte, würde ihnen den Schmerz nehmen, dass ihr Vater fortgegangen ist. Was Michael nicht begriffen hat, ist, dass er auch seine Kinder im Stich gelassen hat, als er mich verließ. Er hat nicht nur *mich* betrogen. Er hat unser aller Vertrauen gebrochen.

Wahrscheinlich hätte ich ahnen können, was passieren würde – das hat Marilyn damals sicher gemeint. Ich *habe* gespürt, dass etwas nicht in Ordnung war, aber ich hätte nie im Leben *so etwas* vermutet. Ich dachte, vielleicht eine Midlife-Krise oder eine vorübergehende Ehemüdigkeit. Vielleicht empfand er das auch, vielleicht war das der Grund, warum er tun musste, was er getan hat. Aber er hätte ehrlich mit mir über seine Gefühle reden müssen – anstatt einfach eine Affäre zu beginnen. Schlimm genug, dass mein Mann eine andere Frau gevögelt hat, aber musste es unbedingt die Tochter einer Freundin sein?

Ich kann mir nur zu gut vorstellen, was Carl sagen würde, wenn er noch am Leben wäre. Es ist alles so absurd. Noch vor wenigen Jahren haben Michael und ich die Party besucht, die Kathy und Carl zu Mirandas Highschool-Abschluss organisiert hatten. Dann kippt unser Top-Autoverkäufer mit einem Herzanfall um, und Michael hilft als treuer Freund und Geschäftsinhaber der trauernden Witwe bei den Beerdigungsvorbereitungen und dem ganzen Papierkram mit den Versicherungen. Und das Absurde dabei: Es war auch noch meine Idee!

Damals machte ich mir Sorgen, Michael könnte der Witwe zu nahe kommen. Aber es war gar nicht Kathy, die meinen Mann in all diesen Nächten unterhielt. Es war ihre zwanzigjährige Tochter. Ich glaube nicht, dass Kathy oder ich diesen Schock je verkraften werden.

Michael hat noch immer nicht begriffen, dass das, was er getan hat, Konsequenzen hat. Er hat tatsächlich geglaubt, dass nach unserer Scheidung zwischen ihm und seinen Söhnen alles normal weitergehen würde. Mick hat ihm gewaltig den Kopf gewaschen. Alex auch. Ich weiß, dass Michael es noch immer versucht, aber die Jungs lassen sich nicht so einfach rumkriegen. Ich habe mir alle Mühe gegeben, mich nicht einzumischen. Nichts wird je etwas an der Tatsache ändern, dass er ihr Vater ist; wie sie sich ihm gegenüber verhalten ist allein ihre Sache. Ich überrede keinen meiner Söhne zum Vergessen und Verzeihen, aber ich werde sie auch nicht von einer Beziehung zu Michael abhalten. Sie haben die Wahl.

Dreiundzwanzig Jahre Ehe, in denen ich nie einen anderen Mann angeschaut habe. Verflucht noch mal, ich war eine treue, liebende Ehefrau. Ich hätte eine Affäre toleriert, wenn er sie aufgegeben und sich wieder zu unserer Ehe bekannt hätte. Aber nein, er ...

Okay, genug davon. Ich muss diese blutrünstigen Einzelheiten nicht ständig wiederholen. Wie ich sagte, dies ist ein neuer Anfang, der erste Tag eines neuen Jahres. Ich gestatte mir selber, weiterzuleben, wie mein Psychoheini es immer formuliert hat.

Teil des Weiterlebens ist es, zu der Frühstücksgruppe zu gehören – und weiterhin in mein Tagebuch zu schreiben. Liz hat vorgeschlagen, dass wir uns alle für das neue Jahr ein Wort aussuchen. Ein Wort. Ich habe keine Ahnung, welches Wort zu mir passen könnte. Bis zum nächsten Donnerstagmorgen in *Valery's Café* sollen wir alle unser Wort ausgewählt haben.

Ich habe kurz daran gedacht, *Anfang* zu nehmen, aber ich will dieses Motto nicht zwölf Monate lang mit mir herumschleppen. Irgendwann muss ein Anfang zu einer Mitte werden. Vermutlich befürchte ich, ich könnte nicht so erfolgreich sein, wie ich es mir wünsche.

Was ich unbedingt tun muss, ist herauszufinden, wer ich bin, jetzt, wo ich wieder solo bin. Dreiundzwanzig Jahre lang war meine Identität mit Michael verknüpft. Wir waren ein Team, unsere Stärken und Schwächen haben sich wunderbar ergänzt. Ich war immer besser in Finanzangelegenheiten, und Michael war der Kontaktmensch. Im ersten Jahr unserer Ehe nahm er einen Zusatzjob als Autoverkäufer an, um unseren Etat aufzubessern, und entwickelte sich rasch zum Topverkäufer. Er hatte Ökologie studiert und eine volle Stelle im Stadtplanungsamt, aber wenn er Autos verkaufte, verdiente er dreimal so viel Geld. Bald arbeitete er nur noch für den Autohändler, und ich benutzte jeden Dollar, den er verdiente, um uns ein behagliches Nest zu bauen.

Dann bekamen wir die Gelegenheit, die Chevrolet-Niederlassung zu kaufen – die Chance unseres Lebens. Wir kratzten jeden Pfennig zusammen, den wir kriegen konnten. Als alle Verträge unterschrieben waren, hatten wir keinen einzigen Cent mehr in der Tasche, aber wir waren glücklich. Und dann ...

Ich kann darüber nicht schreiben, möchte mich nicht daran erinnern, wie glücklich wir in jenen ersten Jahren waren. Jedes Mal, wenn ich daran zurückdenke, überkommt mich ein ungeheurer Schmerz des Verlusts und des Bedauerns. So viel Bedauern ...

Worte. Ich brauche ein Wort. Keine Erinnerungen. Ich kann meine neue Identität nicht an die Vergangenheit binden, an diejenige, die ich damals war; ich muss in die Zukunft schauen. Also brauche ich ein Wort, das zu dem passt, was ich heute bin, zu der Frau, die ich werde. Der Frau, die ich sein möchte.

Moment mal. Nur einen verfluchten Moment bitte. *Diejenige, die ich damals war, diejenige, die ich sein möchte.* Wieso muss *ich* mich eigentlich ändern? Mit mir ist doch alles in Ordnung. Ich war doch nicht diejenige, die das Herz aus unserer Familie gerissen hat. Ich war eine gute Ehefrau, eine gute Mutter. Ich war treu ...

TREU.

Das ist es. Mein Wort. Nicht *Anfang,* nicht *Entdeckung,* sondern *treu.* Von der Sekunde an, als ich meinen Eheschwur leistete, war ich meinem Mann treu, meiner Ehe, meiner Familie. Während all der Zeit war ich mir selbst treu; ich habe niemals unehrlich gehandelt und meine Verpflichtungen gegenüber der Familie immer über meine eigenen Bedürfnisse gestellt. Ich muss mich nicht selber *finden.* Ich habe schon lange herausgefunden, wer ich bin, und offen gestanden mag ich diese Person. Ich war nicht diejenige, die sich verändert hat; das war Michael.

Das fühlt sich gut an. Die Last liegt nicht länger auf meinen Schultern, ich muss nichts beweisen. Ich werde mir selbst treu bleiben.

Prosit Neujahr, Clare Craig. Du hast ein wunderbares Jahr vor dir. Keine finanziellen Sorgen, dank Lillian Case und dank eines Richters, der viel zu viele Männer erlebt hat, die das Leben ihrer Familien zerstört haben. Michael wird zwanzig lange Jahre damit verbringen, mir meinen Anteil an der Niederlassung zurückzuzahlen. Plus Zinsen. Ich habe das Haus, jedes Jahr ein neues Auto, Krankenversicherungen, die Kosten für die College-Ausbildung der Jungs und genügend Geld, um gut zu leben.

Es gibt nichts, worum ich mir Sorgen machen muss. Ich kann

tun und lassen, was ich will. Und ganz sicher brauche ich nicht zu arbeiten, wenn ich keine Lust dazu habe.

Hey! Vielleicht wäre es gar keine schlechte Idee, wenn ich mir einen Job suchte. Vielleicht sollte ich meine zwei Jahrzehnte Erfahrung nutzen. Hatte ich nicht kürzlich irgendwo gehört, dass ›Murphy Motors‹ einen neuen Geschäftsführer sucht? Mit meiner Erfahrung könnte ich mir meine Arbeitszeit selbst aussuchen. Und wenn ich den Job annähme, würde Michael sich schwarz ärgern. Geschähe ihm recht. Schadenfreude ist die beste Freude (wieder eins dieser praktischen Sprichwörter). Oh Gott, es ist schrecklich von mir, aber ich finde es großartig.

Das ist es, worauf ich gewartet habe. Es hat lange gedauert, ehe ich etwas anderes als grässliche, unerträgliche Schmerzen empfinden konnte. Jetzt lächle ich, lächle bei dem bloßen Gedanken an Michaels Gesichtsausdruck, wenn er erfährt, dass mich sein größter Konkurrent angestellt hat.

Marilyn Cody hat sich geirrt, aber das habe ich auch. Gut zu leben ist keine Revanche an Michael, oder? Zu wissen, dass er nachts wach liegt und sich Sorgen macht, weil ich seine intimsten Geschäftsgeheimnisse an den Ford-Händler ausplaudern könnte – *das* wird mich ein großes Stück weiterbringen und mir Genugtuung verschaffen. Und erst wenn ich diese Genugtuung habe, werde ich mich darauf konzentrieren, gut zu leben.

»Mom, können wir reden?«

Clare Craig schaute von ihrem Schreibtisch auf und sah ihren siebzehnjährigen Sohn in der Wohnzimmertür stehen. Sie hatten den Morgen damit verbracht, den Weihnachtsschmuck zu entfernen, wie sie es immer am sechsten Januar getan hatten – an Heilige Drei Könige –, und sich um Micks Rückkehr zum College zu kümmern. Wie sehr er Michael ähnelt, dachte sie mit einem Anflug von Sorge. Michael vor fünfundzwanzig Jahren, athletisch, gutaussehend, durchtrainiert. Ihr Herz krampfte sich bei dieser Erinnerung zusammen.

»Ich störe dich doch nicht, oder?« Alex kam herein, in seinem Fußballtrikot. Die Ferien waren vorbei; die Schule hatte bereits Anfang der Woche wieder begonnen. Und Mick war heute Morgen ins College nach San Francisco zurückgefahren.

Clare schloss ihren Füllfederhalter und legte das Scheckbuch und die Rechnungen zur Seite, um sich ihrem jüngeren Sohn zuzuwenden. »Was kann ich für dich tun?«

Alex wich ihrem Blick aus. »Wir haben in letzter Zeit nicht mehr so häufig geredet wie früher«, murmelte er und kam langsam auf ihren Schreibtisch zu.

»Ich hatte viel zu tun.« Der Weihnachtsbaum war erst heute Morgen fortgeräumt worden, aber sie wusste, dass er nicht die letzten Tage meinte; er sprach über das vergangene Jahr.

»Ich weiß«, antwortete er mit einem Schulterzucken und ließ den Blick durchs Zimmer schweifen. »Es ist nur so, dass ...«

»Willst du mir etwas erzählen?«

Er hob den Kopf, und ihre Blicke trafen sich kurz. Es war Clare noch nie schwer gefallen, ihren jüngeren Sohn zu durchschauen.

»Was hältst du davon, wenn wir uns in der Küche unterhalten?«, schlug sie vor. »Hast du Durst?«

Der hoffnungsvolle Ausdruck in seinem Gesicht überzeugte sie endgültig, die Rechnungen Rechnungen sein zu lassen. Sie würde sich später darum kümmern.

»Hm.« Er ging vor ihr her durch das geräumige Wohnzimmer in die Küche.

Clare liebte ihre großzügige Küche mit dem breiten Backofen und der großen Kochinsel in der Mitte. Polierte Kupfertöpfe und Pfannen hingen von einem Gitter herab, die kalifornische Sonne spiegelte sich in ihrem Glanz. Clare hatte die Küche selbst entworfen und Stunden damit verbracht, jedes Detail zu durchdenken, die Anordnung jeder einzelnen Schublade, jedes Schrankelements. Sie war stolz auf ihr Zuhause gewesen, stolz auf ihre Fähigkeiten als Köchin und Hausfrau.

In letzter Zeit kochte sie kaum noch. Alex hatte einen Aushilfsjob in einem Computerladen, und wenn er nicht in der Schule war oder arbeitete, war er bei seinen Freunden oder auf dem Fußballplatz. Für eine Person zu kochen lohnte sich nicht, und sie bestellte sich häufig ein Fertiggericht. Oder aß gar nichts.

»Ich hole uns eine Cola.« Alex streckte die Hand nach dem Kühlschrankgriff aus. Clare nahm automatisch zwei Gläser aus dem Schrank.

Alex stellte die Dosen auf den runden Eichentisch. Viele schlaflose Nächte hatten sie beide hier gesessen, und Clare hatte verzweifelt und frustriert geschluchzt. Auch Alex hatte geweint. Es war ihm als Teenager nicht leicht gefallen, seine Emotionen so offen zu zeigen. Hätte Clare Michael nicht ohnehin schon gehasst, weil er ihr Selbstwertgefühl so zerstört hatte, würde sie ihn für den Schmerz hassen, den er in das Leben ihrer Kinder gebracht hatte.

»Mick und ich haben uns gestern Abend lange unterhalten.«

Das hatte Clare mitbekommen. Sie hatte die beiden weit nach Mitternacht in Alex' Zimmer gehört, in irgendein Gespräch vertieft. Den erhobenen Stimmen war zischendes Flüstern gefolgt. Was immer die beiden besprochen hatten, schien nur sie etwas anzugehen, und Clare war entschlossen, sich da herauszuhalten. Die Kinder mussten ihre Differenzen selbst beilegen.

»Er ist sauer auf mich.«

»Mick? Warum?«

Alex zuckte die Achseln. Das tat er in letzter Zeit häufig.

»Brüdergeschichten?« Das antwortete er normalerweise immer, wenn er ihr keine Erklärung geben wollte.

»So ähnlich.« Er zögerte einen Moment, ehe er seine Coladose öffnete und einen großen Schluck nahm, ohne sich um das Glas zu kümmern, das sie ihm hingestellt hatte.

»Hat es etwas mit Kellie zu tun?« Alex und das Mädchen von gegenüber waren seit ein paar Monaten befreundet. Noch letzten Sommer war Mick mit ihr liiert gewesen, und Clare fragte sich, ob das Nachbarmädchen wohl zu einem Problem zwischen ihren Söhnen werden würde.

»Ach, Mom, wir sind bloß Freunde.«

»Wenn du und dein Bruder einen Streit hattet, warum erzählst du es mir nicht einfach, anstatt mich raten zu lassen?«

Er senkte den Blick. »Weil ich Angst habe, du könntest genau so reagieren wie Mick.«

»Aha. Wie hat er denn reagiert?«

Alex trank wieder an seiner Cola. Clare wusste, dass er absichtlich Zeit schindete. »Alex?«

»Also gut«, meinte er brüsk, und richtete sich auf. »Ich habe mit Dad gesprochen.«

Clare schluckte hart, aber ein kleiner Laut des Entsetzens entfuhr ihr trotzdem. Sie fühlte sich, als hätte sie einen Schlag gegen den Solarplexus bekommen.

»Bist du jetzt sauer?«, fragte Alex und beobachtete sie ängstlich.

»Es spielt keine Rolle, was ich denke.«

»Tut es doch! Ich möchte nicht, dass du glaubst, ich hätte dich ebenfalls verraten.«

»Ich ...«

»Das hat Mick gesagt. Erst Dad und jetzt ich. Mom, ich schwöre dir, so ist es nicht.«

»Michael ist dein Vater«, antwortete sie. Ihre Gedanken rasten, während sie versuchte, mit ihren gegensätzlichen Emotionen fertig zu werden. Alex würde nie absichtlich etwas tun, um sie zu verletzen. Clare hatte so gut wie möglich versucht, ihre Söhne aus den Scheidungskonflikten herauszuhalten. Als Michael aus dem Haus der Familie aus- und mit seinem minderjährigen Schätzchen zusammengezogen war, hatten ihre Söhne sie umschwirrt, als könnten sie sie vor weiteren Schmerzen beschützen. Das war ihnen nicht gelungen, aber sie war ihnen trotzdem sehr dankbar für ihr Mitgefühl und ihre Unterstützung.

»Er hat angerufen. Daddy.«

»Wann?« Nun war sie diejenige, die einen Blickkontakt vermied. Sie lenkte sich ab, indem sie eine Coladose öffnete und den Inhalt langsam in ihr Glas goss.

»Letzte Woche. Bei ›Softline‹.«

»Er hat dich bei der Arbeit angerufen?« Es hätte sie nicht überraschen dürfen; Michael war viel zu feige, um das Risiko einzugehen, dass sie hier zu Hause ans Telefon ging. Klar, dass er den leichteren Weg gewählt hatte.

»Er hat mich zum Essen eingeladen.«

»Und? Gehst du hin?«

Clare spürte den forschenden Blick ihres Sohnes. »Ich weiß noch nicht. Mick findet, ich sollte es nicht tun.«

»Aber du möchtest gern, habe ich Recht?«

Alex stand auf und lief neben dem Tisch auf und ab. »Das ist ja das Verrückte, Mom. Ich möchte es, und dann möchte ich es wieder nicht. Ich habe Dad seit über einem Jahr nicht gesehen.«

»Er ist dein Vater«, rief Clare sich und ihrem Sohn in Erinnerung.

»Das hat Kellie auch gesagt.«

Klar hatte Kellie das auch gesagt. Sie hatte ja auch nicht mit ansehen müssen, wie ihre Mutter betrogen und dann weggeworfen wurde wie ein Stück Müll. Kellie hatte Eltern, die sich liebten. Sie konnte sich nicht einmal vorstellen, was eine Scheidung mit der Seele eines Menschen machte und wie sie eine Familie auseinander riss.

»Ich habe es Mick gesagt, und ich sage es dir. Wenn es dir weh tut, wenn ich mich mit Dad treffe, werde ich es nicht tun.«

Clare zwang sich zu einem Lächeln, aber sie wusste nicht, was sie sagen sollte.

»Kellie findet, ich soll mit Dad reden«, sagte er. Er beobachtete sie ganz genau, als würde die Meinung des Nachbarmädchens sie beeinflussen. Clare interessierte sich nicht sonderlich für das, was Kellie fand, aber sie wusste, wie schwer die letzten beiden Jahre für Alex gewesen waren und wie sehr er Michael vermisste.

»Kellie hat Recht«, antwortete sie knapp. »Du und dein Vater solltet in Kontakt bleiben.«

»Es macht dir nichts aus?«

Seine offensichtliche Erleichterung schmerzte sie. Sie schluckte und antwortete, »Alex, du bist mein Sohn, aber du bist auch der Sohn deines Vaters.«

»Ich kann ihm das, was er getan hat, nicht verzeihen.«

»Ich weiß«, flüsterte Clare. Sie nippte an ihrer Cola, um das Zittern in ihrer Stimme zu verbergen, dabei war sie sich ziemlich sicher, dass Alex es registriert hatte.

Ihr Sohn sah auf seine Armbanduhr und sprang vom Stuhl auf. »Ich komme ja viel zu spät zum Fußballtraining.«

»Geh nur«, sagte sie und wies ihn zur Tür.

»Dad sagte, er würde gern wieder zu meinen Spielen kommen«, meinte Alex. Die Worte sprudelten aus ihm heraus, während er auf die Hintertür zustrebte.

»Alex ...«

»Entschuldige Mom, aber ich muss weg ...«

Na großartig! Jetzt musste sie auch noch befürchten, ihrem Ex bei den Fußballspielen ihres Sohnes in die Arme zu laufen. Und was war mit seiner Freundin – kam die auch mit? Wenn Alex sich dafür entschied, eine Beziehung zu seinem Vater zu haben, war das eine Sache, aber Clare konnte und *wollte nicht* auch nur in die Nähe Michaels kommen, wenn Miranda bei ihm war.

Der Zorn in ihr saß immer noch tief, und Clare traute sich nicht zu, ihn kontrollieren zu können. Doch sie würde ihren Sohn unter keinen Umständen bloßstellen, und wenn das bedeutete, dass sie nicht länger zu seinen Fußballspielen gehen konnte, okay. Sofort war die ganze Bitterkeit wieder da, so heftig wie an dem Tag, als Michael sie verlassen hatte. Er hatte ihr schon so viel genommen! Wie konnte er es wagen, sie auch noch des Vergnügens zu berauben, das sie empfand, wenn sie Alex beim Fußballspielen zusah? Wie konnte er nur!

Noch lange grübelte sie über ihr Gespräch mit Alex nach. Sie wusste, wie erleichtert er war, dass er ihr alles gesagt hatte. Alex verhielt sich nun schon seit geraumer Zeit ziemlich eigenartig, und sie hatte diese Spannung auf die bevorstehenden Prüfungen geschoben. Aber es waren nicht die Klausuren, die ihn beschäftigten, oder die Beziehung zu seiner Freundin oder gar sein Aushilfsjob. Es war Michael. Da war Clare sich ganz sicher.

Wieder einmal war ihr Exmann ihr in die Quere gekommen.

15. Januar

Ich habe den Job! Eigentlich gab es nie einen Zweifel daran, dass ich ihn kriegen würde. Dan Murphy wäre fast über den Schreibtisch gesprungen, als ihm klar wurde, wen er vor sich hatte. Er gab mir alles, was ich wollte, auch den Teilzeitjob, den ich verlangt habe. Er würde sich noch einen Vollzeitmanager suchen, und ich wäre dann so etwas wie seine Beraterin.

Verdammt, es fühlt sich gut an. Noch nie habe ich diese Art vernichtender Genugtuung verspürt – und ich erkenne sie als das, was sie ist. Bis vor zwei Jahren hatte ich nicht gewusst, dass ich so rachsüchtig sein kann. Mir gefällt dieser Zug an mir nicht besonders, aber ich glaube, ich kann nichts daran ändern.

»Die Zähne lächeln,
aber was ist mit dem Herz?«
Kongolesisches Sprichwort

2. KAPITEL

LIZ KENYON

1. Januar

Zum ersten Mal in meinen siebenundfünfzig Jahren habe ich Silvester allein verbracht. Ich habe mir Essen vom Chinesen bestellt, meine Nudeln mit scharfer Hühnersauce vor dem Fernseher gegessen und mir dabei einen Film aus den vierziger Jahren mit Douglas Fairbanks Jr. angeschaut. Solche Filme werden heutzutage nicht mehr gedreht. Dann habe ich um Mitternacht das neue Jahr begrüßt und ganz allein Champagner getrunken. Kurz nach zwölf lag ich im Bett und dachte an Steve.

Nach sechs Jahren sind die Erinnerungen an seinen Tod nicht mehr so schmerzhaft wie am Anfang. Was mich verfolgt sind seine letzten Minuten. Ich frage mich, was ihm wohl durch den Kopf ging, als der riesige Laster die gelbe Mittellinie überfuhr und direkt auf ihn zukam. Ich frage mich ununterbrochen, ob seine letzten Gedanken mir und den Kindern galten oder ob in jenen Sekundenbruchteilen überhaupt keine Zeit blieb, um etwas anderes zu fühlen als Panik und Angst. Wieder und wieder stelle ich mir sein völliges Entsetzen vor, als ihm klar wurde, dass er mit dem Laster zusammenstoßen würde.

Zeugen berichteten, er hätte alles nur Mögliche versucht, um noch irgendwie auszuweichen. In der letzten Sekunde muss ihn die grauenhafte Gewissheit überkommen haben, dass er nichts mehr tun konnte. Tausende Male habe ich die letzten Minuten meines Mannes durchlebt. Das Geräusch des Aufpralls – knirschendes Metall und splitterndes Glas –, die kreischenden Bremsen, seinen Schrei.

Ich danke Gott dafür, dass er sofort tot war.

Als ich im Bett lag, dachte ich an unseren letzten gemeinsamen Morgen, der mir noch so deutlich im Gedächtnis ist, als wäre es gestern gewesen und nicht vor sechs Jahren. Der 20. April war ein ganz gewöhnlicher Tag, wie so viele andere auch. Wir sind beide aufgestanden und haben uns angezogen, um zur Arbeit zu gehen. Er half mir, meine Kette zu schließen, und nutzte die Gelegenheit, seine Hand kurz unter meinen Pulli gleiten zu lassen. Während ich Frühstück machte, rasierte Steve sich. Wir saßen uns gegenüber und plauderten über die Morgennachrichten, und dann küsste er mich zum Abschied, als ich zum Krankenhaus aufbrach. Ich erinnere mich noch, dass er sagte, er hätte nachmittags eine Konferenz und würde vielleicht etwas später zum Essen nach Hause kommen.

Eine Stunde später war meine Jugendliebe und der Mann, mit dem ich einunddreißig Jahre verheiratet gewesen war, tot. Seither ist mein Leben nicht mehr dasselbe; es wird nie wieder dasselbe sein. Ich versuche noch immer zu begreifen, dass Steve nicht mehr durch die Haustür kommen wird, sein sexy Lächeln auf den Lippen. Noch immer schlafe ich auf der äußeren rechten Bettseite. Steves Hälfte bleibt unberührt.

Die letzten drei Monate waren hart. Als Amy mich anrief, um mir zu sagen, dass Jack nach Tulsa versetzt würde, wusste ich, dass es mir schwer fallen würde, von meiner Tochter und meinen Enkeln getrennt zu sein. Aber ich ahnte nicht, *wie* schwer. Die Zeit, die ich mit Andrew und Annie verbrachte, half mir nach Steves Tod, bei Verstand zu bleiben. Sie fehlen mir so sehr! Und dann, als hätte das nicht gereicht, zog auch noch Brian aus. Mein Sohn hatte schon immer ein Händchen für geschicktes Timing.

Er hat ein tolles Angebot bekommen, und ich nehme es ihm kein bisschen übel, dass er es angenommen hat. Trotzdem muss ich zugeben, dass ich mir gewünscht hätte, es wäre nicht so rasch geschehen. Es fiel mir schwer, ihn gehen zu lassen und dabei tapfer zu lächeln. Aber ich freue mich, dass er glücklich ist und sich in Orange County so schnell eingelebt hat. Gleichzeitig bedaure ich, dass er so weit von Willow Grove entfernt wohnt. Ein paar Stunden hört sich wenig an, aber ich kenne meinen Sohn und weiß, dass er sich viel mehr für seine Hobbys interessiert als dafür, seine verwitwete Mutter zu besuchen. Ich vermute, das muss so sein, aber ich fühle mich trotzdem verlassen. Erst Amy, Jack und die Kinder, dann Brian – und auf einmal bin ich allein. Ganz allein.

Mir ist klar, warum ich mit Gedanken an Steve ins Bett gegangen bin. Meine ganze Ablenkung ist fortgezogen. Selbst der Champagner half mir nicht einzuschlafen. Nach einer Stunde gab ich auf. Ich saß mit einer Decke auf den Beinen in der Dunkelheit und dachte über meine Zukunft nach. Während der Feiertage gab ich mich tapfer und tat so, als machte es mir nichts aus, allein zu sein. Ich wollte nicht, dass die Kinder spürten, wie mies ich mich fühlte. Brian war zu Weihnachten hier gewesen, aber er wollte noch Freunde besuchen, und außerdem gibt es eine neue Freundin in seinem Leben. Ich frage mich, ob mein Sohn jemals sesshaft wird. Vielleicht ist er einen Schritt weiter, jetzt wo er alleine lebt; zumindest rede ich mir das ein. Amy und ich haben telefoniert, aber sie hat angerufen, und ich weiß, dass ihr Etat mit einem einzigen Einkommen und einer hohen Hypothek begrenzt ist, deshalb war das Gespräch kurz. Normalerweise hätte ich zurückgerufen, aber es klang so hektisch bei ihnen, mit den Geschenke auspackenden Kindern und dem ganzen Weihnachts-Durcheinander. Ich verschob meinen Anruf auf später und ließ es dann ganz bleiben.

Was Silvester angeht, so war es meine Entscheidung gewesen, es allein zu verbringen. Sean Jamison hatte mich ganz unverbindlich gefragt, ob wir nicht zusammen essen gehen könnten. Das Problem mit diesem Arzt ist, dass bei ihm, abgesehen von seiner Arbeit, alles unverbindlich ist. Ich werde nicht den Fehler machen, mich auf einen Mann einzulassen, der in dem Ruf steht, ein Frauenheld zu sein (auch wenn ich zugeben muss, dass mich sein Interesse schmeichelt). Außerdem bin ich älter als er. Nicht viel, sechs oder sieben Jahre, aber genug, um mich ein wenig unbehaglich zu fühlen ... nicht dass ich ernsthaft erwöge, mit ihm auszugehen. Mein Hauptproblem neben dem Altersunterschied ist, dass er das glatte Gegenteil von Steve ist, der natürlich und kein bisschen überheblich war. Der gute Doktor ist ziemlich von sich eingenommen.

Trotzdem, ein zweifellos interessanter Mann. Ich hätte nichts dagegen, mit ihm auf rein freundschaftlicher Basis ab und zu ein wenig zu plaudern. Aber nichts Romantisches oder Sexuelles. Bloß ein bisschen reden, bei einem Kaffee oder einem Drink. Schließlich kann jeder einen Freund gebrauchen.

Wo wir gerade von Freunden reden: Als Clare, Julia, Karen und ich uns nach unserer letzten Tagebuchstunde trafen, beschlossen wir, unsere Freundschaft fortzusetzen und uns regelmäßig jeden Donnerstag zum Frühstück zu treffen. Ich habe den Vorschlag gemacht, dass wir uns alle ein Wort für das neue Jahr ausdenken sollten. Eine Art Motto, nach dem wir leben können und das uns hilft, unsere Gedanken zu konzentrieren. Ein Wort, das widerspiegelt, was in unserem Leben geschieht und was wir tun und sein wollen. Ich bin mir nicht sicher, woher ich diese Idee habe, wahrscheinlich habe ich irgendwo darüber gelesen, auf jeden Fall hat sie mich fasziniert.

Karen war begeistert, aber Karen ist noch jung und enthusiastisch. Deshalb haben wir mit ihr so viel Spaß, und deshalb passt sie so gut zu uns. Wir bringen alle etwas ganz Eigenes in die Gruppe, und dennoch verbindet uns vieles ...

Gestern Abend habe ich begonnen, über mein Wort nachzudenken, und verschiedene Möglichkeiten durchgespielt. Es ist wie Kleideranprobieren in einem feinen Geschäft, wenn man etwas für eine ganz bestimmte Gelegenheit sucht. Du brauchst nur eins, und du möchtest, dass es perfekt ist. Es muss ganz genau passen, wunderbar aussehen und sich gut anfühlen. Meine Gedanken kreisten und kreisten – um Steve, meinen Job, Amy und Brian. Mein Wort zum Jahr – *Liebe? Veränderung?* Etwas ganz anderes? Merkwürdigerweise und völlig unerwartet erinnerte ich mich plötzlich an Lauren. Lauren. Meine kleine Tochter, die ich nie kennen lernen durfte. Das Baby, das ich so kurz nur in den Armen hielt. Sie war zu früh geboren und in der ersten Woche ihres Lebens gestorben, vor beinahe sechsunddreißig Jahren. Jedes Jahr zu ihrem Geburtstag brachte Steve mir einen Strauß Maßliebchen, um mir zu zeigen, dass er weder sie vergessen hatte noch den Schmerz, den wir als junge Eltern erlebt hatten, als wir unser erstes Kind verloren. Ich wusste wirklich nicht, wieso ich ausgerechnet in jenem Moment an Lauren dachte.

Entschlossen, mich mit der Gegenwart und nicht der Vergangenheit zu beschäftigen, konzentrierte ich mich weiter darauf, ein geeignetes Wort für das Jahr zu suchen. Es hat ein bisschen gedauert, aber dann habe ich eines gefunden, das mir treffend erschien. Als ich im Dunkeln saß, nicht schlafen konnte und hörte, wie die Uhr meines Großvaters die Minuten vertickte, kam mir mein Wort in den Sinn.

ZEIT.

Ich bin siebenundfünfzig, in drei Jahren werde ich sechzig sein. *Sechzig.* Ich fühle mich ganz und gar nicht wie sechzig, und ich glaube auch nicht, dass ich so wirke. Trotzdem, es ist eine Tatsache, ob mir das gefällt oder nicht. Es schien immer so viel Zeit zu sein für alle Dinge, die ich tun wollte. Ich hatte zum Beispiel immer vorgehabt, eines Tages einen Berg zu besteigen. Ich weiß selbst nicht genau warum, vielleicht weil es sich so gigantisch anhört. Jetzt weiß ich, dass ich keinen Berg besteigen werde, jedenfalls nicht in dieser Phase meines Lebens. Ich habe im Moment andere Hürden zu überwinden.

Als wir zwanzig waren, haben Steve und ich irgendwann einmal alle aufregenden Dinge aufgeschrieben und alle exotischen Reisen, die wir unternehmen würden. Die Jahre vergingen, und wir waren damit beschäftigt, unsere Kinder großzuziehen und unser Leben zu leben. Unsere Träume und Pläne verschoben wir auf einen ungewissen Zeitpunkt in der Zukunft. Wir glaubten, dazu wäre immer noch Zeit. Irgendwann, vielleicht nächstes Jahr oder im Jahr danach. Es war ein Fehler, den ich nicht wiederholen werde, und deshalb ist das Wort *Zeit* das richtige für mich. Ich möchte mir jedes Augenblicks in meinem Leben bewusst sein. Und ich möchte mir in den Jahren, die ich noch vor mir habe, die richtigen Pläne und Träume erfüllen. Sobald ich mein Wort hatte, wurde ich müde und bin dann auch sofort eingeschlafen.

Weil ich nicht vor zwei Uhr eingeschlafen war, habe ich am nächsten Morgen lange geschlafen. Erst mittags habe ich gefrühstückt. Zur Gesellschaft schaltete ich den Fernseher an, obwohl mich Fußball noch nie interessiert hat. Aber es war Steves Sport, und ich fand es merkwürdig beruhigend, mir das Rose-Bowl-Turnier anzuschauen. Für ein paar Stunden konnte ich so tun, als wäre mein Mann bei mir. Das Haus kam mir nicht so groß und leer vor.

Das Haus ... auch darüber muss ich nachdenken. Ich muss mich entscheiden, ob ich weiter hier leben möchte. Ich brauche keine zweihundert Quadratmeter, aber es ist das Heim, das Steve und ich gemeinsam kauften, als wir unsere Familie gründeten. So wie die Immobilienpreise inzwischen gestiegen sind, sitze ich auf einer Menge Geld, das anders investiert werden könnte.

Es ist Unsinn, das Haus zu halten. Es war perfekt, als Andrew und Annie übers Wochenende kamen. Zwei lebhafte Kinder brauchen allen Platz, den sie kriegen können. Damals hat es mich nicht gestört, auch nicht, solange Brian noch zu Hause wohnte. Wir brauchten ein großes Haus, um uns auch mal aus dem Weg gehen zu können, aber für mich allein ... Aber die Vorstellung, es zum Verkauf herzurichten ... das ganze Zeug zu sortieren, das sich in jeder Nische und in jedem Schrank befindet ... und dann den in siebenundfünfzig Jahren zusammengetragenen Müll zusammenzupacken ... das schreckt mich ab.

Nachdem Steve gestorben war, rieten mir meine Freunde, alle größeren Entscheidungen um zwölf Monate zu verschieben. Ein Rat, an den ich mich jetzt erinnern muss. Ich erlebe gerade einen zweiten Verlust. Den Verlust meiner Kinder. Ich bin die einzige Kenyon, die noch in Willow Grove lebt.

Aber ich bin ja gar nicht ganz allein. Ich habe noch meine Freunde – die meisten kenne ich schon mein gesamtes Eheleben, auch wenn wir uns, wie mir scheint, nach Steves Tod ein wenig auseinander gelebt haben. Und ich habe meine neuen Freundinnen – die Frauen, die ich in dem Kurs kennen gelernt habe. Ich bin Sandy sehr dankbar für ihren Tipp, mich dort anzumelden. Es war genau das, was ich brauchte, und ich habe dadurch, dass ich meine Gedanken jeden Tag aufgeschrieben habe, eine Menge über mich gelernt. Ich wünschte mir nur, ich hätte schon in jüngeren Jahren ein Tagebuch geführt. Vielleicht wäre es mir damals leichter gefallen, meine Gefühle zu verstehen und auszudrücken.

Unsere Kursleiterin, Suzanne Morrissey, ist eigentlich Englischlehrerin und bekam den Kurs erst in letzter Minute zugewiesen. Dummerweise hatte sie keine Ahnung, wie sie anfangen sollte, obwohl sie sich viel Mühe gegeben hat. Sie ließ uns hauptsächlich literarische Tagebücher lesen und beurteilen; das war zwar interessant, aber kein bisschen nützlich. Ich glaube, ein Tagebuch zu führen ist nichts, was man lernen kann. Es ist etwas, was man tut.

Was herauskam, als ich mein Tagebuch schrieb, war dieses tiefe Verlustgefühl, das ich seit Steves Tod empfinde. Ich hatte angenommen, ich sei nach sechs Jahren darüber hinweg, aber dann kam der Umzug von Amy und Jack in den Mittleren Westen und Brians Auszug ... nun, das war zu viel.

Clare und ich haben viel Zeit zusammen verbracht. Das ist wahrscheinlich natürlich, da sie frisch geschieden ist und ich eine Witwe bin. Clares Situation ähnelt der, die ich vor ein paar Jahren erlebt habe. Damals wurde mir bewusst, dass meine Freunde immer nur paarweise auftraten. Die meisten von ihnen sind eingespielte Teams. Wie mir war auch Clare klar geworden, dass sie nicht nur ihren Mann verloren hatte, sondern dass das gesamte Gefüge ihrer sozialen Beziehungen mit ihrer Ehe zerbrochen war. Auch wenn die Umstände bei ihr anders waren, das Ergebnis ist dasselbe. Die ganzen Verabredungen zum Abendessen, zum Kartenspielen, selbst etwas so Unkompliziertes wie ein Kinobesuch – es findet alles zu zweit statt.

Innerhalb weniger Monate nach Steves Tod stellte ich fest, dass ich mich von den Menschen entfernte, die ich immer als unsere besten Freunde betrachtet hatte. Wir hatten nur noch so wenig gemeinsam, dass es eigentlich sinnlos geworden war.

Und es war unangenehm. Die Leute wussten nicht, was sie nach dem Unfall sagen sollten. Und ich wollte auch gar nicht, dass sie etwas sagten. Ich wollte, dass sie mir zuhörten. Nur wenige von meinen Freunden haben das begriffen.

Clare hatte große Schwierigkeiten, mit ihrer Scheidung zurechtzukommen. Die Menschen zu verlieren, die sie als ihre Freunde betrachtet hatte, war eine weitere bittere Pille, die sie nach allem, was sie mit Michael durchgemacht hatte, schlucken musste. Vielleicht hätte sie das auch mit dem Scheidungsrichter aushandeln sollen: das Sorgerecht für die Freunde. Wer bleibt mit wem befreundet?

Wirklich, es ist seltsam, dass Clare und ich uns zusammengeschlossen haben. Wir sind beide sehr verschieden, in unseren früheren Leben hätten wir wahrscheinlich nicht das geringste Interesse daran gehabt, uns kennen zu lernen. Im Moment ist Clare wütend und verbittert und bemüht sich, es nicht zu sein. Auch ich verspüre hin und wieder noch Zorn, aber ich kann die Ereignisse, die dazu geführt haben, inzwischen besser akzeptieren (allerdings hat mich mein Mann auch nicht wegen einer anderen Frau verlassen). Ich mag auch Julia und Karen, aber mit Clare identifiziere ich mich am stärksten. Vielleicht ist es die Einsamkeit. Das ist etwas, was wir beide verstehen. Etwas, das andere erst beurteilen können, wenn sie es selbst erlebt haben.

Zeit. Dies sollte die beste Zeit meines Lebens sein. Ich habe eine tolle Karriere gemacht. Als ich im Willow-Grove-Memorial-Krankenhaus angefangen habe, hätte ich mir nie träumen lassen, dass ich einmal Verwaltungschefin sein würde. Meine Kinder sind zu verantwortungsbewussten Erwachsenen herangewachsen. Ich hatte eine wundervolle Ehe, und ich habe viele glückliche Erinnerungen. Ja, dies *sollte* eine gute Zeit sein, und das wird es auch – sobald ich gelernt habe, zufrieden allein zu leben.

Liz blickte auf das Telefon auf ihrem Schreibtisch und fürchtete sich vor seinem Klingeln. Der Montag hatte schlecht angefangen, und es zeichnete sich schon jetzt ab, dass die erste

Woche des neuen Jahres nichts anderes würde als eine Fortsetzung des Dezembers und der Probleme, die sie da bereits gequält hatten. Das Krankenhaus war einer Einigung mit der Gewerkschaft der Pfleger und Schwestern keinen Schritt näher gekommen, und die Inspektoren des Gesundheitsamts hatten ihren Besuch für Donnerstagnachmittag angekündigt. Außerdem litt sie an Hitzewallungen und trank schon den ganzen Morgen Chai-Tee mit Sojamilch. Wirklich ein toller Jahresbeginn, dachte sie düster.

Sie stand auf und zog sich die Jacke aus, um sie auf einen Bügel zu hängen. Dann öffnete sie den obersten Knopf ihrer Bluse und rollte die Ärmel bis zum Ellbogen hoch. Sie nahm ein Blatt Papier von ihrem Schreibtisch, fächerte sich damit kühle Luft ins Gesicht und sah aus ihrem Fenster im sechsten Stock auf den Parkplatz hinunter.

»Wie ich sehe, habe ich Sie im richtigen Moment erwischt.« Eine tiefe männliche Stimme, und Liz erkannte sie sofort.

»Dr. Jamison«, antwortete sie nüchtern und geschäftsmäßig. Er war nur selten im Willow Grove Memorial. Die meisten seiner Patienten befanden sich in der Laurelhurst-Kinderklinik, wo er hauptsächlich Frühgeborene betreute. Sean Jamison war ein hervorragender Kinderarzt, aber er stand in dem nicht unverdienten Ruf, fordernd, ungeduldig und arrogant zu sein – eine Arroganz, die sich auch in seinem Verhalten Frauen gegenüber niederschlug. Liz fand an seinen medizinischen Kenntnissen nichts aussetzen, aber was den Umgang mit dem Personal anging, konnte er durchaus ein paar Nachhilfestunden vertragen.

»Kommen Sie«, sagte er mit verführerischer Stimme. »Wir kennen uns doch schon so lange, Sie können mich ruhig Sean nennen.«

Liz trat hinter ihren Schreibtisch, setzte sich und machte

ihm ein Zeichen, ebenfalls Platz zu nehmen. »Was kann ich für Sie tun?«

»Das ist mehr ein privater Besuch.« Er wählte den nächsten Stuhl, machte es sich bequem und schlug die Beine übereinander. Dann lehnte er sich entspannt zurück, als richte er sich auf ein langes Bleiben ein. »Ich wollte nur sehen, wie es Ihnen geht.«

»Ich habe zu tun«, antwortete sie knapp. Er mochte Zeit für ein Plauderstündchen haben, sie nicht.

Er ignorierte ihre abweisende Art. »Wir war Ihr Silvester?«

Das war es also. Er hatte sie eingeladen ... nun in gewisser Weise jedenfalls. Er hatte ihr vorgeschlagen, sich mit ihm zu treffen, zweifellos nicht ohne zweideutige Hintergedanken, und sie hatte sofort abgelehnt. Obwohl Liz seit sechs Jahren Witwe war, verabredete sie sich nur selten mit Männern. Es gäbe durchaus Gelegenheiten, wenn sie interessiert wäre. Doch meist war sie das nicht.

»Ich hatte einen wunderbaren Abend. Und Sie?« Aus Seans Reaktion schloss sie, dass ihn nur selten eine Frau abblitzen ließ. Liz kannte die Gerüchte über Dr. Jamison. Er war groß, mit sandfarbenem Haar, einem markant geschnittenen Gesicht und zweifellos großer Ausstrahlung; immer wieder wurden Vergleiche zu Harrison Ford gezogen – von Frauen zwischen zwanzig und sechzig. Sean besaß die uneingeschränkte Anziehungskraft eines Mannes, der gut aussah, Geld hatte und alleinstehend war. Im Krankenhaus wurde viel über ihn geredet, und mehr als eine Krankenschwester war ihm bereits zum Opfer gefallen. Sean Jamison war seit zehn Jahren geschieden und schien sich selbst für einen Hauptgewinn zu halten. Seine Beziehungen währten nie lange, und Liz gefiel seine machohafte Art, mit Frauen umzugehen, ebenso wenig wie seine überhebliche Art gegenüber dem restlichen Personal.

Liz und Steve hatten sich auf der Highschool kennen gelernt, und im Gegensatz zu den vielen Hochs und Tiefs, die andere Beziehungen prägten, hatten sie eine gute Ehe geführt. Sie war nicht interessiert an einem Abenteuer, mochte der Mann auch noch so gut aussehend und wohlhabend sein.

Seans Aufmerksamkeit verwirrte sie, auch wenn sie sich nie gestatten würde, sich das anmerken zu lassen. Soweit sie informiert war, ging er gewöhnlich mit Frauen aus, die einige Jahre jünger waren als sie. Liz hielt sich zwar fit und achtete auf das, was sie aß, aber sie war keine Dreißigjährige mehr. Mit liebevollem Humor hatte Steve sie aufgezogen, dass ihre Stundenglas-Figur inzwischen eine Stunde und zehn Minuten anzeigte. Sie musste noch immer lächeln, wenn sie daran dachte.

»Sie waren Silvester zu Hause, habe ich Recht?«

»Ja«, gab sie zu und verschränkte die Arme vor der Brust, um ihm zu signalisieren, dass sie keine Diskussionen über ihr Privatleben zuließ. »Aber wie ich bereits sagte, hatte ich einen sehr schönen Abend.«

»Ganz allein?«

»Zufällig genieße ich es, allein zu sein.« Sie erhob sich und stemmte sich mit beiden Händen auf ihren Kirschbaum-Schreibtisch. »Es tut mir Leid, dass ich unser Gespräch jetzt beenden muss, aber ich habe in zehn Minuten eine Besprechung.«

»Ich bin gewillt, Ihnen noch eine Chance zu geben, mit mir auszugehen.«

»Nein danke.«

Er grinste und tat ihre Ablehnung ab, als wäre sie ihr Pech, nicht seins. Dann stand er ebenfalls auf und steuerte auf die Tür zu.

»Sean«, begann sie.

Lächelnd zog er die Augenbrauen hoch. »Haben Sie Ihre Meinung geändert?«

»Ehrlich gesagt nein«, antwortete sie. Sie wusste, dass sie aus irgendeinem Grund nicht wollte, dass diese Unterhaltung so endete wie alle anderen.

»Nein?« Er verzog erneut das Gesicht und tat überrascht.

»Es ist nun schon das zweite Mal, dass Sie in mein Büro kommen und mich bitten, mit Ihnen auszugehen.«

Er gab keine Antwort.

»Ich habe jedes Mal abgelehnt«, erinnerte sie ihn. »Und ich frage mich, ob Sie sich eigentlich gefragt haben wieso.«

»Das ist doch klar«, murmelte er. »Sie haben Angst.«

»Es ist mehr als das.«

Er zuckte mit den Schultern, und sie konnte seine Antwort praktisch von seinem Gesicht ablesen. *Kein Problem.* Viele Frauen waren mehr als bereit, sein Angebot anzunehmen.

»Es ist Ihre Einstellung.«

Zum ersten Mal schien Sean sprachlos zu sein.

»Ich bin kein Flittchen, das man sich mal eben ins Bett holt. Vielleicht ist Ihnen das neu, aber zu einer Beziehung gehört mehr als das, was zwischen einem Mann und einer Frau im Schlafzimmer passiert.«

Er sah sie gespannt an, als wartete er nur darauf, dass sie weitersprach. »Zufällig halte ich Sie für einen der besten Pädiater in diesem Land«, fuhr sie fort. »Ich respektiere Ihre diagnostischen und medizinischen Fähigkeiten, und ich habe erlebt, wie Sie mit Kindern umgehen. Meine Achtung vor Ihrem beruflichen Können ist immens. Aber Ihre Umgangsformen mit den meisten Leuten in diesem Krankenhaus lassen sehr zu wünschen übrig, und ich bin ganz offen gestanden nicht beeindruckt.«

»Ist das die lange Version, warum Sie sich nicht mit mir verabreden?«, fragte er, ohne seinen Spott zu verbergen.

»Ehrlich gesagt ... würde ich Sie gern kennen lernen.«

Seinem Blick war anzusehen, dass er glaubte, sich verhört

zu haben. »Sie haben eine merkwürdige Art, mir das zu zeigen.« Auch wenn er jetzt so gleichgültig tat, wusste sie, dass das für sein Ego nicht leicht war.

»Ich vermute, dass Sie mehr zu bieten haben, als man auf den ersten Blick denkt.«

»Wunderbar. Gehen wir zu Ihnen oder zu mir?«

Liz hätte am liebsten laut aufgestöhnt. Er hatte kein einziges Wort verstanden! »Weder, noch.« Sie hielt ihm die Tür auf und fügte hinzu. »Wenn Sie bereit sind, mich als intelligente reife Frau anzusehen, deren berufliche Fähigkeiten mit Ihren vergleichbar sind, lassen Sie es mich wissen.« Sie lehnte sich gegen den Türrahmen. »Andernfalls verschwenden Sie Ihre Zeit.«

»Das bezweifle ich«, sagte er, während er vorbeiging und kurz stehen blieb, um ihre Wange mit seinen Lippen zu berühren. »Rufen Sie mich an, wenn *Sie* bereit sind, etwas Aufregung in Ihr Leben zu bringen.«

Liz verdrehte die Augen. *Vergiss es, Doktor. Es verschafft mir genug Aufregung, mich um die Beschwerden des Personals über Sie zu kümmern.*

Manche Leute lernten es nie.

»Das, was dich außergewöhnlich macht –
wenn du das bist –, ist zwangsläufig
auch das, was dich einsam macht.«
Lorraine Hansberry

3. KAPITEL

KAREN CURTIS

1. Januar

Ich bin mittags aufgewacht und habe einen großen koffeinfreien doppelt gesüßten Milchkaffee zum Frühstück geschlürft. Nichole rief an, weil sie mit mir ein wenig durch die Einkaufsmall bummeln wollte, also taten wir das. Ich traf Jeff, der im Fitnessstudio ›Body und Spirit‹ arbeitet, und plauderte ein wenig mit ihm. Er verschwendet seine Zeit damit, einer Gruppe übergewichtiger Geschäftsführer, die nichts anderes im Kopf haben als ihre Corporate Identity, Tae-Bo beizubringen. Es fiel mir wirklich schwer, keinen bissigen Kommentar abzugeben. Jeff lässt sein ganzes Talent den Bach runtergehen, und das regt mich wirklich auf.

Jeff und ich haben uns während eines Theaterkurses auf der Highschool geschworen, dass wir unseren Traum nie aufgeben würden. Am liebsten hätte ich ihn an den Schultern gepackt und daran erinnert. *Es ist zu früh, die Zukunft wegzuwerfen,* hätte ich ihm am liebsten gesagt. Obwohl ich meinen Mund hielt, konnte ich sehen, dass Jeff von mir weg wollte. Meine Gegenwart macht ihn nervös; sie zwingt ihn wohl dazu, darüber nachzudenken, was er tut.

Was mich am meisten nervt, ist, dass ich weiß, dass Jeff nicht der Einzige ist, der aufgegeben hat. Auch Angie und Burt haben das getan. Zuletzt habe ich gehört, Sydney und Leslie hätten ganz gewöhnliche Acht-Stunden-Jobs. Brad auch. Von uns sieben aus der Theatergruppe bin nur ich noch übrig. Ich weigere mich, mich dem Weltlichen zu ergeben. Ich weigere mich, mit dem Zweitbesten zufrieden zu sein. Ich bin Schauspielerin. Eine, die im Moment am Hungertuch nagt, aber das tut nichts zur Sache.

Also gut, ich komme von meiner Kanzel runter. Um Himmels willen, meine größte Angst ist es, eine Nervensäge zu werden. Ich rede schon wie meine Mutter, die Frau-die-immer-alles-besser-weiß.

Wenn ich daran denke, würde ich am liebsten schreien. Sie und Dad haben nämlich darauf bestanden, dass ich aufs College gehe. Ich wollte nicht, habe tapfer den Kampf aufgenommen, doch dann – in einer Phase, als ich unterhalb der Armutsgrenze lebte – habe ich nachgegeben. Okay! Sie haben diesen Kampf vielleicht gewonnen, aber den Krieg gewinne ich! Seit meiner Geburt versucht meine ach so dominante Mutter, mein Leben zu bestimmen. Von dem Moment an, als ich mich im College einschrieb, verlangte sie von mir, Lehrerin zu werden. Eine Lebensstellung, sagte sie. Ein guter Beruf für eine Frau. Lass mich doch in Ruhe!

Also gut, nun habe ich diesen kostbaren Abschluss, in Geschichte und Pädagogik. Ich habe nicht die Absicht, ihn zu nutzen, es sei denn, er wäre meiner Schauspielkarriere förderlich. Allerdings habe ich im Moment einen solchen Weg gefunden. Dummerweise bedeutet das auch, dass meine Mutter ihren Willen kriegt. Aber das ist nebensächlich. Wichtig ist, dass ich kriege, was *ich* will.

Wissen Sie, ich bin Aushilfslehrerin. In Teilzeit. Wegen des großen Lehrermangels, der im Moment in Südkalifornien herrscht, wird jeder, der einen College-Abschluss hat – ganz gleich in welchem Fach –, als Aushilfe angestellt. Ist das nicht unglaublich? Wenn ich einen Abschluss in Korbflechten habe, kann ich als Lehrerin für supergeile zweihundertfünfzig Dollar am Tag unterrichten. Das ist doch verdammt gutes Geld für einen Aushilfsjob, oder? Und das Beste daran: Ich kann mir die Arbeitstage aussuchen, wie ich möchte.

Wenn ich es in meinem Terminkalender unterkriege, stehe ich an zwei oder drei Tagen pro Woche vor der Klasse. Drei sind das Äußerste. Auf diese Weise verdiene ich genug zum Leben. Und an den Tagen, an denen ich nicht arbeite, kann ich zum Vorsprechen gehen – für alles, was gerade zu haben ist.

Vor den Weihnachtsferien schickte mich die Agentur zu einem Casting für einen TV-Werbespot für eine neue Art Toilettenbürste. Der Schuldirektor rief morgens früh an, und ich konnte, ohne Angst zu haben, meinen Job zu verlieren, und ohne einen Hauch von schlechtem Gewissen sagen, ich hätte etwas anderes vor. Kein Problem, sie riefen einfach die nächste auf der Liste an. Ich stürmte aus der Wohnungstür hinaus, in der Gewissheit, dass ich an einem anderen Tag arbeiten konnte, wenn ich es wollte. Leider bekam ich den Werbespot nicht, aber Absagen gehören nun mal zum Geschäft.

Sobald die Schule wieder anfängt, werde ich wieder unterrichten. Ich muss zugeben, nach den vielen freien Tagen habe ich finanzielle Probleme. Weihnachten hat nicht viel eingebracht, und dann waren da noch die Kosten für den eintägigen Schauspiel-Workshop letzte Woche. Ehrlich gesagt musste Jeff mir meinen Milchkaffee heute bezahlen. Aber keine Sorge, ich werde schon durchkommen. Das tue ich immer, trotz der düsteren Vorhersagen meiner Mutter.

Ich weiß, dass sie sich meiner schämt. Sie kann mit mir bei ihren ganzen Gesellschaftsdamen nicht so prahlen wie mit Victoria. Meine Schwester war so klug, einen hoffnungsvollen

Anwalt zu heiraten, was die soziale Stellung unserer Familie deutlich angehoben hat. Meiner Meinung nach ist Roger ein Widerling, aber mich fragt niemand nach meiner Meinung. Das ist auch gut so, denn ich hätte keine Skrupel, sie auch kundzutun.

Das einzig Positive an Victorias glänzender Partie ist, dass Mom und Dad ihre Aufmerksamkeit jetzt auf Victoria und ihr erstes Kind richten und nicht mehr auf mich (und ich muss zugeben, mein Neffe ist richtig süß!). Im Großen und Ganzen lässt Mom mich in Ruhe. Gott sei Dank.

In einem Kurs habe ich mal einen Psychologieprofessor sagen gehört, dass sich die weiblichen Teilnehmerinnen ihre Mütter gut anschauen sollten, weil wir mit großer Wahrscheinlichkeit einmal genau so würden. Der Himmel möge das verhüten!

Mutter meint es ja gut, ich kann ihr das gar nicht verübeln. Ich bin eben eine bittere Enttäuschung für sie. Mom ist so ... so steril. So vorhersehbar. In ihrer Seele gibt es keine Leidenschaft. Ich habe keinerlei Ähnlichkeit mit ihr, deshalb weiß ich nicht, wieso Professor Gordon so sicher behaupten kann, ich wäre in ein paar Jahren wie sie.

Wenn jemand wie Mom ist, dann Victoria. Für sie ist es äußerst wichtig, was die Leute denken und sagen. Die gesellschaftliche Stellung. Äußerlichkeiten. Geld. Das alles interessiert mich nicht. Also gut, vielleicht das Geld, aber davon brauche ich nur so viel, um zurechtzukommen. Es sei denn, ich verdiene es, indem ich etwas tue, was mir Spaß macht. Theaterspielen zum Beispiel. Ich vermute, ich bin eine Frau, die ein Publikum braucht. Mein erstes Wort als kleines Kind war nicht Mom oder Dad, sondern *schau*.

Als Mom erfuhr, dass ich mich um eine Rolle in einem Werbespot für Klobürsten beworben habe, ist sie ausgeflippt. Der bloße Gedanke, ihre Tochter könne im Fernsehen erscheinen und zugeben, dass sie Toiletten putzt, brachte sie bereits um. Ich war dagegen ganz begeistert von der Rolle und am Boden zerstört, als ich erfuhr, dass jemand anders sie bekommen hat. Aber so läuft das Geschäft eben ... Und wie Dad immer sagt, habe ich schließlich noch einen Universitätsabschluss, »auf den ich zurückgreifen kann«.

Liz, Clare und Julia, diese drei Überraschungen sind mir begegnet, als ich den letzten Schein für meine Prüfung machte. Ich mag sie furchtbar gern und finde es toll, dass wir uns weiterhin treffen, nur wir vier. Ich und drei kluge Frauen. Ich weiß nicht genau, was ich ihnen gebe. Ich vermute Witz.

Der Grund, warum ich diesen Tagebuchkurs gemacht habe, war, weil ich noch einen einfachen Schein benötigte, und nach der Kursbeschreibung war es ein einfacher Weg. Schon als Kind habe ich Tagebuch geführt. In meinem Schrank stehen bestimmt zwanzig Spiralblocks, die mein gesamtes Leben dokumentieren. Ich habe mich in dem Kurs eingeschrieben in der Überzeugung, mich schrecklich zu langweilen, und dann habe die drei faszinierendsten Frauen kennen gelernt, die mir je begegnet sind.

Die Englischlehrerin, die den Kurs leitete, war eine regelrechte Niete. Ich hatte mehr Ahnung vom Tagebuchschreiben als sie. Aber ich habe keine Stunde versäumt, und das nur wegen Liz und den anderen. Sie haben mich quasi adoptiert, und dafür bin ich ihnen dankbar. Mir gefällt der neue Blickwinkel, den sie mir geben, weil sie älter sind und alles. Liz ist genau so, wie ich mir meine Mutter wünschte. Hey, wenn meine Mutter mich verändern will, müsste mir dasselbe Privileg zustehen. Wenn sie mich als Tochter enttäuschend findet, sollte sie wissen, dass sie auch nicht gerade meiner Traumvorstellung von einer Mutter entspricht.

Anders als Mom hat Liz mich in meinen Schauspielabsichten immer nur ermutigt. Ich weiß, wie die Chancen stehen, es tatsächlich zu schaffen, aber das kann mich nicht von meinen Plänen abbringen. Es ist mein Traum. Mein Lebensziel. Ich werde ihn nicht aufgeben, niemals. Ich verstehe wirklich nicht, wieso meine Mutter mich nicht unterstützt.

So, das reicht jetzt. Das gesamte Tagebuch dreht sich sonst nur um meine Mutter, statt um mich. Ich will mich heute nicht mit ihr befassen, und auch sonst nicht. Außerdem hat Liz uns eine Aufgabe gestellt.

Ich brauche ein Wort, bevor wir uns nächsten Donnerstag treffen. Wir suchen uns alle ein persönliches Wort aus. Es soll in unserem Leben eine ganz besondere Bedeutung haben. Vielleicht sollte ich das als Schauspieltraining betrachten, als so etwas wie freies Assoziieren.

Eigentlich keine schlechte Idee. Mal sehen. Schauspielern. Ziele. Casting. Wäre es nicht schön, wenn ich mich einmal für eine Fernsehshow wie ›Friends‹ casten ließe? Freunde. Neue Freundinnen. Liz, Clare und Julia. Mir gefällt, dass sie so tolerant sind. Ich freue mich, dass sie über meine Witze lachen und mir das Gefühl geben, ich wäre tatsächlich ein Mitglied der Gruppe. Wäre meine Mutter doch nur halb so tolerant ...

Das ist es. Ich habe es! *Anerkennung.* Ich möchte, dass meine Eltern mich als die Person anerkennen, die ich bin. Vielleicht bin ich nicht so geworden, wie sie sich das vorgestellt haben, aber ich bin ein guter, anständiger, ehrlicher Mensch. Das ist doch immerhin etwas. Wenn meine Eltern einen Widerling wie Roger in die Familie aufnehmen, sollten sie auch mit einer Tochter leben können, die Schauspielerin werden möchte. Und nein, Mutter, ich halte es nicht für unter meiner Würde, einen Werbespot für Klobürsten zu drehen. Ich war eine Woche lang emotional am Boden, als jemand anders die Rolle bekam.

ANERKENNUNG. *I've got to be me* – Ich muss ich selber bleiben. Ol' Blue Eyes wusste, wovon er sprach. Anerkennung.

Das gefällt mir. Ich hoffe, dass meine Mutter mich eines Tages als das anerkennt, was ich bin, und auf mich genau so stolz ist wie auf Victoria.

Karen hatte gerade das erste Casting in diesem Jahr hinter sich, saß an ihrem Stammtisch am Fenster in *Valery's Café* und schrieb aufgeregt in ihr Tagebuch. Das beliebte Café brummte, ständig liefen Leute rein und raus. Sie war diejenige, die es für die Frühstückstreffen vorgeschlagen hatte, und sie war stolz, dass die anderen ihren Vorschlag begeistert angenommen hatten. Vor zwei Jahren hatte sie im Sommer hinter dieser Theke gestanden, Milch aufgeschäumt und gefüllte Muffins serviert. Obwohl sie wegen häufiger Abwesenheit gefeuert worden war, hatte sie sich ein freundschaftliches Verhältnis zum Geschäftsführer bewahrt und kam häufig hierher. Sie schrieb fast ihr gesamtes Tagebuch an diesem Tisch.

Sie wollte gerade gehen, als Jeff sich auf den Stuhl gegenüber setzte. »Wie geht's?«, fragte er.

»Hallo Jeff.« Es war schön, ihn zu sehen. Ein Ergebnis seiner Fitnesskurse war, dass er verdammt gut aussah. Seine Schultern waren durchtrainiert, und seine Brust muskulös. Er war gebräunt, wie es nur von einem Sonnenstudio kommen konnte.

»Ich habe mir gedacht, dass ich dich hier treffen würde«, sagte er und lächelte strahlend. Oh ja, er war der kalifornische Traumboy, mit makellos weißen Zähnen, die wegen seiner Bräune und seiner goldgesträhnten blonden Haaren noch weißer wirkten.

»Du hast mich gesucht?« Es schmeichelte ihr, dass dieser Supertyp zu ihr wollte, und dann auch noch hier, wo sie jeder kannte. Sie waren in der Highschool zusammen gewesen, aber es war nichts Ernstes. Die Generation ihrer Mutter nannte das

›zusammen gehen‹, dabei hatten Karen und Jeff nur ein bisschen zusammen rumgehangen. Sie hatten gemeinsam an der Theatergruppe teilgenommen, mit großem Engagement, sodass nur wenig Zeit für irgendetwas anderes geblieben war.

»Ich habe nachgedacht über das, was du gesagt hast.« Jeff lehnte sich auf seinem Stuhl zurück und verschränkte die Arme. »Deine Entschlossenheit imponiert mir. Du glaubst an dich.«

»Jeff, du hast genauso viel Talent wie ich. Du kannst es schaffen, da bin ich ganz sicher.«

»Ja, ich weiß, aber dazu gehört mehr als Talent.«

Talente gab es im Überfluss, das wusste Karen, denn schließlich begegneten sie ihr überall. Und wie Jeff sagte, reichte das nicht. Man brauchte Entschlossenheit, Mut und ganz einfach altmodische Sturheit.

Eine schlanke Platinblonde, die ihr Haar zu einem Pferdeschwanz zusammengebunden hatte, betrat das Café und ging zur Theke, wo sie ihre Bestellung aufgab. Jeffs Aufmerksamkeit richtete sich sofort auf sie. Sie trug eine marineblaue Gymnastikhose und einen passenden Sport-BH, ihr Gesicht glänzte von Schweiß. Es war nur zu offensichtlich, dass sie gerade aus einem Fitnessstudio kam.

»Kennst du sie?«, fragte Karen.

»Sie ist in einem meiner Kurse, zusammen mit ihrem alten Liebhaber.«

Karen starrte sie an. Das konnte doch nicht sein, oder? Sie war einmal mit Clare zusammen in der Mall gewesen, wo sie sich zum Lunch verabredet hatten, als eine knallblonde Frau, jünger als Karen, aus einem Laden gekommen war. Clare hatte damals auf sie gezeigt. Konnte das die Frau sein, für die Clares Mann sie verlassen hatte? Miranda Soundso? Nein. Die Welt wurde immer kleiner, aber doch nicht *so* klein. »Wie heißt sie?«, fragte sie.

»Miranda.«

»Du machst Witze. Und ihr Liebhaber?«

Jeff runzelte die Stirn. »Ich erinnere mich nicht.«

»Er heißt nicht zufällig Michael, oder?«

Seine Augen weiteten sich. »Kann sein. Ja, ich glaube, so heißt er. Kennst du ihn?«

»Flüchtig«, murmelte sie und musterte die andere Frau. Das also war Miranda. Clare hatte ihr selbst ein bisschen von der ganzen Geschichte erzählt; Liz noch ein wenig mehr, und in den letzten Monaten hatte Karen noch ein paar schäbige Einzelheiten erfahren.

»Er hat seine Familie für sie sitzen lassen.«

Jeffs Aufmerksamkeit kehrte wieder zu Miranda zurück. »Sie sieht nicht schlecht aus«, meinte er nachdenklich.

»Wie ist Michael?«

Er runzelte wieder die Stirn. »Bist du an ihm interessiert?«

»Nein.« Sie hätte ihn für seine Dummheit am liebsten geohrfeigt. »Er war mit einer Freundin von mir verheiratet. Erzähl mir ein bisschen über ihn.«

Jeff schien auf verlorenem Posten. »Ich weiß nicht.« Er zuckte die Achseln. »Charakterlich scheint er ganz okay zu sein, aber er ist nicht besonders sportlich. Hatte Probleme, im Kurs mitzuhalten. Hat sicher aufgegeben, denn in letzter Zeit habe ich ihn nicht mehr gesehen.«

»Aber du hast Miranda gesehen?«

»Oh, ja, sie kommt noch.«

»Tatsächlich?« Mit zusammengekniffenen Augen musterte Karen die andere Frau. »Was glaubst du, sieht sie in ihm?«, fragte sie Jeff.

»Ihrem Lover?«, antwortete Jeff. »Was sie alle sehen. Er hat Geld.«

Karen schüttelte den Kopf. »Das kann nicht alles sein.«

»Wieso interessiert dich das?«

»Es interessiert mich nicht. Ich habe dir doch gesagt, dass ich seine Exfrau kenne, und da bin ich einfach neugierig.«

Misstrauisch zog Jeff die Augenbrauen hoch. »Ich glaube, Miranda ist ganz okay. Ich weiß nicht, wieso sie sich auf diesen alten Knacker einlässt, aber ich sage immer, das muss jeder selbst entscheiden. Es ist nicht besonders ungewöhnlich, Karen. Im Fitnessstudio sehe ich so etwas ständig. Die älteren Männer kommen rein und schleppen die jungen Mädels ab. Das gehört zum Leben auf der Überholspur.«

»Und es stört dich nicht?«

»Mich?« Jeff lachte. »Hey, ich kriege mehr Aufmerksamkeit, als mir lieb ist. Ich bin froh, ein bisschen abgeben zu können.«

»Ich frage mich, wo *er* heute Nachmittag steckt«, fragte Karen sich laut.

»Michael? Entweder hat sie ihn total fertig gemacht, und er ist noch immer zu schwach, um aus dem Bett aufzustehen, oder er arbeitet hart, um Miranda weiter den Lebensstandard bieten zu können, an den sie sich inzwischen gewöhnt hat.«

Karen bezweifelte das. Clares Anwältin hatte deren Ex bluten lassen. Wenn Michael Craig hart arbeitete, bekam nicht Miranda die Mäuse. Karen sah wieder zu der anderen Frau hinüber und verspürte plötzlich Mitleid. Diesem Mädchen musste wirklich etwas gefehlt haben, sonst hätte sie nicht mit einem Mann angebändelt, der alt genug war, ihr Vater zu sein.

16. Januar

Die erste Zeit als Aushilfslehrerin war ganz lustig, aber inzwischen artet es richtig in Arbeit aus. Vielleicht liegt es daran, dass ich die ganze Woche mit Kindern aus der Junior Highschool zu tun hatte. Die machen mich ziemlich fertig. Ich frage mich, ob ich in dem Alter auch so energiegeladen war.

Heute habe ich es clever angefangen. Anstatt mich den ganzen Tag vor die Klasse zu stellen und Kinder anzuschreien, die nicht die Absicht haben, mir zuzuhören, habe ich eine große Tüte Mini-Schokoriegel mitgebracht. Das hat sie interessiert. Warum habe ich so lange gebraucht, um zu begreifen, dass ich diese wilde Horde mit einer kleinen Bestechung zähmen kann?

Mom hat angerufen. Es war seit Weihnachten das erste Mal, dass ich von ihr gehört habe. Sie hat mich für Samstag zum Lunch eingeladen. Ich habe zugesagt und dann erfahren, dass Victoria auch mitkommt. Das hat Mom mit Absicht getan. Sie weiß, was ich von Victoria halte. Wir verstehen uns nicht. Warum sollten wir auch, schließlich haben wir nichts gemeinsam. Mom ist ganz verrückt nach ihrer kostbaren Victoria. In meiner ganzen Kindheit wurde ich wie ein Stiefkind behandelt, weil ich nicht wie meine In-jeder-Hinsicht-perfekte-ältere-Schwester war. Offensichtlich hat sich das geändert, seit ich unterrichte. Jetzt, wo ich eine ›anständige‹ Stelle habe (wenn auch nur zur Aushilfe), gibt Mom auch mit mir vor ihren Freundinnen an.

Als ich mitbekommen habe, dass Victoria auch mit zum Essen kommt, hätte ich sofort eine Ausrede erfinden sollen, zumal Mutter mir auch noch erzählt hat, dass wir in den Jachtklub gehen. Aber in meiner momentanen Finanzlage kann ich es mir nicht leisten, ein kostenloses Essen sausen zu lassen.

Jeff ist in letzter Zeit wieder interessant geworden. Er scheint wieder Feuer gefangen zu haben, was die Schauspielerei angeht, und hat mich gefragt, ob ich ihm meine Agentin empfehlen kann. Ich habe ihm Gwens Telefonnummer gegeben, und anscheinend stehen sie schon in Kontakt. Ich weiß nicht, ob sie ihn nimmt, aber das ist nicht meine Sache. Jeff hat mich jedenfalls zum Essen eingeladen, um sich zu bedanken. In der

Nähe des Fitnessstudios gibt es einen tollen Mexikaner. Es tat gut, ihn zu sehen und ein bisschen zu plaudern, meine eigene Begeisterung neu aufzuladen. Konzentration, das ist das Wichtigste. Das kann mir niemand abnehmen.

Ich bin noch immer enttäuscht, dass ich den Klobürsten-Spot nicht gekriegt habe, aber Gwen sagte, der Produzent hätte ein sehr positives Feedback gegeben. Sie hat vor, mich zu einem weiteren Casting mit diesem Typen zu schicken, allerdings hat sie mich schon gewarnt, dass diesmal ein Hund dabei ist. Sie hat mir nicht gesagt, um was es genau geht, sondern wollte nur wissen, ob ich Welpen mag. Aber wer tut das nicht? Andererseits sollte man bedenken, was W. C. Fields über die Arbeit mit Kindern und Hunden gesagt hat ... Egal, der Produzent fand mich gut und hielt mich bloß nicht geeignet für die Rolle der fleißigen Hausfrau. Wahrscheinlich hat er einen Blick in mein Apartment geworfen. Ordnung und Sauberkeit sind nicht gerade meine Stärke. Wenn Gott den Frauen die Hausarbeit zugedacht hätte, hätte er die Männer nicht zuerst erschaffen.

»Elternschaft: Jener Zustand, in dem man besser bewacht wird als vor der Ehe.«
Madeline Cox

4. KAPITEL

JULIA MURCHISON

1. Januar

Dieses in Leder gebundene Tagebuch ist ein Weihnachtsgeschenk meines Mannes, und ich habe bis heute gewartet, um zum ersten Mal etwas hineinzuschreiben. Ich hoffe, dass ich die glänzenden weißen Seiten jeden Morgen fülle und meine Gedanken, Sorgen und Zweifel hineinschreibe, herausfinde, wer ich bin. Das habe ich in dem Tagebuchkurs gelernt, und noch einiges mehr. Dieser Kurs war so ziemlich das Beste, was ich seit Ewigkeiten gemacht habe.

Komisch – da schwärme ich in den höchsten Tönen von diesem hübschen Tagebuch, auf das ich mich eine ganze Woche gefreut habe, und jetzt, wo ich endlich etwas hineinschreiben kann, weiß ich nicht was.

Ich fange mit den Kindern an. Adam und Zoe werden immer größer. Es kommt mir vor, als wäre sie gestern noch Babys gewesen. Inzwischen sind sie beide Teenager, und ehe Peter und ich uns versehen, werden sie aufs College gehen. Unglaublich, dass Adam dieses Jahr den Führerschein macht! Er brennt darauf, endlich hinters Steuer zu kommen. Er ist schon lange bereit dazu, aber ich weiß nicht, ob Peter und ich das auch sind.

Zoe ist mit ihren dreizehn Jahren eine richtige Schönheit geworden. Wenn ich sie ansehe, so hübsch und unschuldig, kann ich kaum glauben, dass mein Baby schon eine junge Frau ist.

Der Wollladen ist inzwischen ein Jahr alt. Ich habe immer gern Handarbeiten gemacht, dennoch war es ein riskantes Unternehmen, einen eigenen kleinen Strickshop zu eröffnen. Es hat lange gedauert, bevor ich mich dazu durchgerungen habe. Ich habe Peters Zuspruch gebraucht, und er hat ihn mir gegeben. Der Laden war wunderbar für uns beide und hat uns eng zusammengeschweißt. Und bisher läuft das Geschäft gut. Der Artikel kürzlich, in dem stand, dass alle Berühmtheiten wieder angefangen haben zu stricken, hat bestimmt nicht geschadet. Immer mehr Frauen suchen nach Möglichkeiten, sich kreativ zu verwirklichen; außerdem ist Stricken beruhigend und entspannend – es wirkt so gut wie Meditieren, habe ich in einer Zeitschrift gelesen.

Letztes Jahr hat mein Laden 32 Prozent mehr eingebracht als prognostiziert (Peters Berechnungen, nicht meine, denn ich bin bei Zahlen hoffnungslos). Im Moment stecken wir den ganzen Ertrag in den Laden und investieren anständig. Ich verdiene noch nicht genug, um mir ein Gehalt auszuzahlen, aber das wird nicht mehr lange dauern. Ein Jahr noch, höchstens zwei. Ich wünschte nur, ich würde mich körperlich besser fühlen. Seit mich letzten Herbst die Grippe erwischt hat, leide ich irgendwie unter dem Wetter. Ich habe mich nicht so schnell erholt wie sonst. Und es half auch nicht gerade, dass ich mich anschließend in den Weihnachtstrubel stürzen musste. Ich hatte kaum eine Woche Zeit, da fing das große Feiertagsgeschäft an. Im ganzen Dezember war die Hölle los. Dazu kamen noch all die üblichen Weihnachtsverpflichtungen – Geschenke kaufen und einpacken, Karten schreiben, Weihnachtsessen und so weiter. Wenn ich daran denke, was ich alles zu tun hatte, wundert es mich nicht, dass ich mich nicht gut fühlte.

Peters Mutter ist zu Weihnachten eingeflogen. Sie hatte einen Geschäftstermin in unserer Gegend und hat das Angenehme mit dem Nützlichen verbunden. Ich schreibe das mit knirschenden Zähnen. Ich bin nicht gern mit meiner Schwiegermutter zusammen, die in meinen Augen nie hätte Mutter werden dürfen. Sie ist kalt und egoistisch und interessiert sich nur für ihre Karriere, glaube ich. Natürlich bin ich froh, dass sie Peter bekommen hat, sonst hätte ich meinen Mann ja nicht, aber ich schwöre, diese Frau besitzt keinerlei mütterliche Instinkte. Peter wurde während seiner gesamten Kindheit zu irgendwelchen Kindermädchen und Babysittern abgeschoben, während seine Mutter die Karriereleiter hinaufkletterte und in einem Aufsichtsrat nach dem anderen saß. Ich habe nichts gegen ihr Engagement, nur gegen das, worauf es sich in den letzten vierzig Jahren gerichtet hat. Es ärgert mich, dass sie für ihre Geschäfte quer durch die Vereinigten Staaten fliegen kann, ihren einzigen Sohn und ihre Enkel aber praktisch ignoriert. Okay, das reicht. Ich habe schon genug Seiten über meine Beziehung zu meiner Schwiegermutter vollgeschrieben.

Kommen wir zu einem wesentlich angenehmeren Thema, der Donnerstagmorgen-Frühstücksgruppe. Wir sollen uns alle ein Wort für das Jahr ausdenken. Ich habe hin und her überlegt, aber ich hatte mich eigentlich schon in dem Moment entschieden, als Liz uns ihre Idee vortrug. Ich wollte warten, um sicherzugehen, dass dies auch wirklich *mein* Wort ist. Doch aus Erfahrung weiß ich, dass meine erste Idee meist die beste ist. Trotzdem habe ich die Woche zwischen Weihnachten und Neujahr benutzt, um noch mal nachzudenken, und ich glaube, ich werde DANKBARKEIT nehmen.

Ich will Dankbarkeit praktizieren. Ich weiß, dass das blöd

klingt, aber anstatt mich auf das Negative zu konzentrieren, möchte ich die positiven Seiten des Lebens betrachten. Nach dieser grässlichen Grippe bin ich dankbar für meine Gesundheit, und ja, ich kann sogar Gründe finden, meiner Schwiegermutter dankbar zu sein. (Irgendetwas muss sie schließlich richtig gemacht haben, wenn man sich Peter anschaut.)

Ich habe beschlossen, jeden Tagebucheintrag damit zu beginnen, dass ich fünf Dinge aufschreibe, für die ich dankbar bin. Das nenne ich meine *Segensliste.* Auf diese Weise kann ich meinen Tag mit einer positiven Einstellung beginnen.

Ich habe das Gefühl, die Frühstücksgruppe ist so etwas wie eine Selbsthilfegruppe für mich geworden. Jeden Donnerstag um acht – was für ein Genuss! Wenn man bedenkt, dass ich mich nie zu dem Tagebuchkurs angemeldet hätte, wenn Georgia nicht gewesen wäre. Sie hat mich dazu überredet, weil sie keine Lust hatte, alleine hinzugehen. Also bin ich mitgegangen, und Georgia ist nach drei Wochen wieder ausgestiegen. Aber ich fühlte mich nicht im Stich gelassen, weil ich inzwischen Liz und Clare und Karen kennen gelernt hatte und wir uns sofort gut verstanden. Ich bin in dem Kurs geblieben, damit ich mit ihnen zusammenbleiben konnte.

Es fing damit an, dass wir nach dem Kurs noch regelmäßig auf einen Kaffee in Denny's Restaurant in der Nähe des Colleges gingen. Und nach der letzten Stunde schlug Liz vor, dass wir uns weiter treffen sollten. Sie ist diejenige mit den ganzen guten Ideen. Zuerst haben wir überlegt, uns weiter zu der Zeit zu treffen, zu der auch der Kurs stattfand, aber mit Teenagern zu Hause ist ein regelmäßiger freier Abend auf Dauer schwer zu organisieren. Das Schwierigste war, einen Termin zu finden, der allen passte. Ich schlug vor, uns zum Frühstück zu treffen, und darauf sprangen alle an. Manchmal ist die nächstliegende Lösung die schwierigste.

Georgia tut es Leid, dass sie aus dem Kurs ausgestiegen ist.

Ich habe sie nicht zu unserer Frühstücksgruppe eingeladen. Vielleicht ist es egoistisch von mir, meine neuen Freundinnen für mich haben zu wollen, aber ich brauche das. Ich brauche sie. Die Dinge, über die wir reden, die Dinge, die wir teilen, sind nicht immer für Georgias Ohren geeignet. Sie mag meine beste Freundin und Kusine sein, aber ich möchte nichts von den Gesprächen unserer Gruppe weitergetragen haben. Und die gute Georgia könnte im Leben kein Geheimnis für sich behalten.

Peter und ich haben zum Jahreswechsel nichts Aufregendes gemacht. Die Kinder waren mit Freunden zu einer Jugendveranstaltung der Gemeinde gegangen, die die ganze Nacht dauerte. Wir sind mit Bergmans essen gewesen. Es ist inzwischen schon Tradition, dass wir Silvester zusammen verbringen, aber dieses Jahr hatte ich keine rechte Lust dazu. Ich hätte lieber einen Abend für uns zwei alleine gehabt, aber ich wollte weder Peter noch unsere Freunde enttäuschen. Wir haben Karten gespielt, und Punkt Mitternacht hat Peter eine Flasche des besten Champagners geöffnet, den wir uns leisten können, und wir haben auf das neue Jahr angestoßen.

Ich wollte mich nicht ablenken lassen. Mein Wort heißt *DANKBARKEIT*, und das Erste, was ich tun werde, ist, meine Segensliste schreiben, und danach werde ich einen langen Mittagsschlaf halten, weil endlich mal Ruhe im Haus ist.

LISTE DER DINGE, FÜR DIE ICH DANKBAR BIN

1. Neuanfänge.
2. Mein Mann und seine Mutter.
3. Gute Freunde wie die Bergmans.
4. Der Klang von Adams Lachen und die reizende Schönheit meiner Tochter.
5. Zehn Stunden durchzuschlafen.

»Hi, Mom.« Nur zehn Minuten nachdem Julia von ihrem Mittagsschlaf erwacht war, kam Zoe in die Küche. Neujahr war immer ein fauler Tag. Ihre dreizehnjährige Tochter ließ sich auf den Stuhl gegenüber fallen. Sie legte den Kopf auf das Patchwork-Set und gähnte. Ihre Arme baumelten herab.

»War es schön gestern Abend?«, fragte Julia.

»Hm«, murmelte Zoe ohne allzu große Begeisterung.

Julia wusste, dass die Jugendgruppenleiter die Kinder mit Schwimmen und Rollerskaten, Basketball und Volleyball beschäftigt hatten. Die Nacht war mit einem riesigen Frühstück um fünf Uhr morgens beendet worden, und danach waren alle nach Hause gegangen. Peter hatte Adam und Zoe an der Kirche abgeholt, und Julia hatte angenommen, sie würden den ganzen Tag verschlafen. Sie hatte sich geirrt.

»Und du und Dad? Habt ihr euch ohne uns amüsiert?«, fragte Zoe, als rechnete sie damit, dass Julia nun sagen würde, ohne ihre Tochter sei der Abend unerträglich langweilig gewesen.

»Wir hatten einen wunderbar romantischen Abend«, antwortete sie, damit Zoe begriff, dass sie noch ein Leben außerhalb ihres Elterndaseins hatten.

Zoe runzelte die Stirn. Mit einem erneuten Gähnen stand sie auf und machte sich auf den Rückweg in ihr Zimmer.

»Was gab's denn?«, fragte Peter, der aus dem Wohnzimmer kam, wo eines der unvermeidlichen Neujahrs-Footballspiele über den Bildschirm flimmerte.

»Nichts Besonderes«, antwortete Julia, insgeheim amüsiert.

»Komm, setz dich zu mir.« Peter streckte die Hand aus.

Ein Dutzend Einwände kamen ihr in den Sinn. In der Küche herrschte Chaos, und sie war mit der Wäsche im Rückstand, aber sie konnte ihm nicht widerstehen.

Sie kuschelten sich auf der Ledercouch zusammen, Julias Kopf lag auf Peters Schulter, und er hatte seinen Arm um sie gelegt. Es war friedlich; die einzigen Geräusche kamen vom Fernseher, und der war ganz leise gestellt.

»Ich habe dich in dein neues Tagebuch schreiben sehen«, meinte er beiläufig, den Blick auf den Bildschirm gerichtet.

»Es ist toll«, sagte Julia, schmiegte sich an ihn und atmete mit einem Seufzer aus.

Peter sah sie an. »Was ist los?«

»Nichts.« Er schien damit zufrieden, aber Julia beschloss, ihm von ihrem Dankbarkeitsplan zu erzählen. »Beklage ich mich eigentlich zu oft?«, fragte sie und wusste nicht, ob seine Antwort ihr gefallen würde. »Ich frage deshalb, weil ich mich bemühen möchte, etwas zufriedener zu sein.«

»Tatsächlich?« Peters Blick war wieder auf den Fernseher gerichtet.

»Ich mache eine Liste.«

»Wie schön.«

Julia bezweifelte, dass er ihr überhaupt zugehört hatte. Trotzdem fuhr sie fort. »Ich möchte dieses Jahr an mir arbeiten.«

»Das ist nett, Schatz.«

Julia unterdrückte ein Seufzen. »Die Kinder sind bald erwachsen, und dann sind wir zwei ganz alleine.«

»Hey, ich habe es damit nicht eilig«, scherzte er.

»Ich auch nicht, aber es ist unausweichlich. Adam macht in diesem Jahr seinen Führerschein, und wir haben Glück, wenn wir danach von ihm oder dem Auto noch etwas zu sehen kriegen.« Ihr Sohn war ein selbstständiger Junge, und es würde eine große Erleichterung für Julia sein, ihn nicht mehr zum Training und zurück fahren zu müssen.

»Zoe wird bald in die Highschool gehen«, fügte Peter hinzu.

Dabei schien es noch gar nicht lange her sein, dass ihre Tochter sieben war und ihr beide Schneidezähne ausgefallen waren.

Peter schob seine Hand in Julias Bluse und umschloss ihre Brust. »Ich fand es schön, wie wir das neue Jahr begrüßt haben.« Er liebkoste ihren Hals und bedeckte ihn mit Küssen, die länger und intensiver wurden. Julia richtete sich auf, und ihre Lippen trafen sich zu einem Kuss, der sonst nur besonderen Nächten vorbehalten war.

»Es hat durchaus Vorteile, wenn die Kinder erwachsen werden«, flüsterte Peter, während seine Hände an ihren Brüsten leidenschaftlicher wurden.

»Ach?«

»Ich habe den Eindruck, sie bleiben viel länger in ihren Zimmern.«

»Das tun sie«, stimmte Julia zu, schlang die Arme um seinen Nacken und genoss seine Küsse.

»Mom. Dad.« Adam kam ins Wohnzimmer, das Gesicht schlaftrunken.

Peter zog seine Hand rasch zurück, und eine verlegene Julia strich sich die Bluse glatt.

Ihr Sohn warf ihnen einen Blick zu und runzelte die Stirn. »Was macht ihr denn?«

»Eh ... nichts«, murmelte Julia und schaute weg.

Adam ging in die Küche und machte sich einen heißen Kakao.

»Ich dachte, ihr wärt inzwischen über diese Phase hinaus«, murmelte er verächtlich, als er zurückkam. »Es ist peinlich, seine Eltern beim Zungenkuss zu erwischen.«

»Warte nur ab«, meinte Peter. »Wenn du erst vierzig bist, wirst du die Dinge anders sehen.«

Adam schnitt eine Grimasse, dann verzog er sich mit seiner Tasse in sein Zimmer. »Ich geh online«, verkündete er, während er im Flur verschwand.

»Wo waren wir stehen geblieben?«, fragte Peter und streckte wieder die Hände nach Julia aus.

»Um Rat fragen wir, wenn wir die
Antwort bereits kennen, aber
wünschten, es wäre nicht so.«
Erica Jong

5. KAPITEL

CLARE CRAIG

Hier ist es aber nett«, meinte Liz Kenyon und schlängelte sich Clare gegenüber auf die Bank in der viktorianischen Teestube. Es war Freitagnachmittag. Clare rang sich ein Lächeln ab, obwohl das Jahr nicht besonders gut begann. Der Januar war erst zwei Wochen alt, und das Thema Michael verfolgte sie schon wieder auf Schritt und Tritt.

Clare freute sich – nein, sie war *erleichtert* –, ihre Freundin zu sehen, auch wenn sie erst gestern zusammen mit den anderen gefrühstückt hatten. Es gab Dinge, über die sie dringend reden musste, aber nur ungern vor der ganzen Gruppe. Liz war diejenige, die sie verstehen würde. Die vielleicht sogar einen Rat für sie hatte oder zumindest etwas Aufmunterung.

Das Restaurant lag in der Nähe des Krankenhauses, sodass es auch für Liz gut erreichbar war.

Entschlussfreudig, wie Liz war, griff sie nach ihrer Speisekarte, schaute eine knappe Minute hinein und legte sie dann wieder beiseite.

Clare brauchte viel länger, um ihre Entscheidung zu treffen; sie hatte große Schwierigkeiten, sich zu konzentrieren. Ihr Kopf schwirrte, und es schien ihr im Moment unmöglich, auch nur die einfachste Wahl zu treffen. Spinatsalat oder ein Monte-Carlo-Sandwich? Es war keine Entscheidung auf Leben oder Tod, aber es kostete sie größere Anstrengung, als sie aufbringen konnte. Es schien einfach kein geeignetes Gericht zu geben, bei dem sie ihrer Freundin ihr Herz ausschütten konnte.

Als Clare ihre Karte schließlich zuklappte, sah sie, dass sie beobachtet wurde. »Alles okay?«, fragte Liz leise.

Bei jeder anderen hätte Clare ein tapferes Lächeln aufgesetzt und genickt. Aber Liz konnte sie nichts vormachen. Und sie wollte es auch nicht.

Als sie gerade zu einer Antwort ansetzen wollte, kam die Kellnerin, um ihre Bestellung aufzunehmen. Sie sah Liz zuerst an.

»Ich nehme einen Meeresfrüchte-Salat«, sagte Liz und reichte ihr die Karte.

Die Frau nickte. »Gute Wahl«, murmelte sie.

Dann wandte sie sich an Clare, doch inzwischen erschien ihr weder der Spinatsalat noch das Sandwich verlockend. »Ich nehme das Gleiche.«

»Sehr gut«, antwortete die Kellnerin im selben zufriedenen Ton wie zuvor.

Liz wartete, bis die Frau außer Hörweite war. »Ich dachte, du magst keine Meeresfrüchte.«

»Mag ich auch nicht.«

»Und warum hast du dir dann einen Meeresfrüchte-Salat bestellt?«

Clare war sich gar nicht bewusst, was sie bestellt hatte, und es interessierte sie eigentlich auch nicht. Sie hatte diesen Lunch auch nicht arrangiert, um etwas zu essen. Sie brauchte Rat und Aufmunterung, kein Essen. »Nur so«, murmelte sie.

»Clare, was ist los?« Liz sah sie aufmerksam an. »Es hat sicher etwas mit Michael zu tun, oder?«

Clare nickte und kaute auf ihrer Unterlippe. »Alex und Michael haben sich hinter meinem Rücken getroffen«, sagte sie geradeheraus. »Ich wusste, dass sie zusammen gesprochen hatten, das hat Alex mir Neujahr gebeichtet. Und am Dienstag hat er mir dann erzählt, er würde nicht zum Abendessen kommen, weil er lange arbeiten müsste. Es war eine Lüge. Ich habe im Computerladen angerufen und erfahren, dass Alex schon vor fünf gegangen war.«

»Hast du ihn darauf angesprochen?«

Clare nickte. »Er war mit seinem Vater essen. Von Miranda hat er nichts gesagt, aber sie war bestimmt auch dabei.« Der Knoten in ihrem Magen zog sich bei der Vorstellung, dass ihr Sohn mit ihrem Exmann und seiner Geliebten zusammen essen war, fester zusammen. Der Schmerz schien nie wegzugehen. Immer wenn Clare das Gefühl hatte, endlich Fortschritte zu machen, tauchte von irgendwoher eine neue Krise auf. Ein emotionaler Stolperstein – wie dieser. Sie hatte bloß nicht erwartet, dass ihr jüngster Sohn ihn ins Rollen bringen könnte.

»Es stört dich, dass Alex sich mit seinem Vater trifft?«

»Nein.« Also gut, sie fand es nicht besonders toll, aber sie gestand ihren Söhnen zu, Kontakt zu ihrem Vater zu haben. Und das irritierte sie zumindest nicht so wie die Lüge. »Ich will einer Beziehung zwischen den Kindern und Michael nicht im Weg stehen. Unsere Differenzen haben nichts mit Mick oder Alex zu tun.«

»Ist das nur ein Lippenbekenntnis, oder meinst du das wirklich?« Liz hatte eine unnachahmliche Art, den Dingen auf den Grund zu gehen.

»Ich meine es – zumindest glaube ich das. Manchmal weiß ich es selbst nicht. Ich bin nur so sauer auf Alex.«

»Auf Alex oder Michael?«

»Auch auf Michael, denn ich habe den Eindruck, Alex imitiert seinen Vater. Er wollte vor mir nicht zugeben, dass er mit seinem Vater zum Essen verabredet war, also hat er es einfach hinter meinem Rücken getan.«

»Aber er *hat* dir gesagt, dass er wieder Kontakt zu seinem Vater hat.«

Das stimmte allerdings. »Alex sagte, Michael hätte ihn *angerufen.* Aber ich finde, das ist ein bisschen mehr als ein einfaches Telefongespräch. Was mich am meisten stört, ist diese Geheimniskrämerei. Als ob er mich irgendwie schützen wollte, indem er mir nichts erzählt hat.«

»Was hat Alex denn dazu gesagt?«

Als ihr Sohn schließlich nach Hause gekommen war, war Clare so wütend gewesen, dass sie kaum noch in der Lage gewesen war, mit ihm zu sprechen. Zu seiner Ehrenrettung musste sie zugeben, dass Alex wenigstens nicht geleugnet hatte, sich mit Michael getroffen zu haben. Nachdem er ihr in Ruhe erzählt hatte, wo sie gewesen waren, war er in sein Zimmer gegangen und hatte Clare mit ihrer ohnmächtigen Wut allein gelassen. Sie war überzeugt, dass dies Michaels Rache dafür war, dass sie den Job bei Murphy Motors angenommen hatte.

»Alex hat mich belogen, und Michael hat ihn dazu ermuntert.«

»Das weißt du doch gar nicht.«

»Ich kenne meinen Ex«, schnappte Clare.

»Clare«, erwiderte Liz vorsichtig. »Ich bin auf deiner Seite, denk daran.«

»Ich weiß ... ich weiß. In gewisser Weise bin ich ja erleichtert, dass das Eis zwischen Alex und Michael gebrochen ist. Ich meine, ich weiß, wie schwer unsere Scheidung für Alex war. Er hatte immer so ein gutes Verhältnis zu seinem Vater.« Alles zog sich in ihr zusammen, als sie an den Schmerz dachte, den ihr Exmann ihrer Familie zugefügt hatte. Der arme Alex war in eine fürchterliche Lage versetzt worden. Er liebte seine Eltern beide und wollte Michael ebenso gefallen wie ihr. *Das* konnte sie verstehen, aber nicht die Lüge. Er hätte doch wissen müssen, was seine Unehrlichkeit bei Clare bewirken würde, wenn sie es herausfand.

Es war nicht nur die Beziehung zu ihr, die Michael zerstört hatte. Mick und Alex verstanden sich nicht mehr, und auch daran war Michael schuld. Er hatte es geschafft, einen Keil zwischen die Brüder zu treiben, und Clare befürchtete, das könnte auch zwischen ihr und Alex geschehen.

»Kürzlich hat Alex beim Weggehen so ganz nebenbei erwähnt, dass Michael vielleicht zu seinen Fußballspielen kommen würde. Jetzt erfahre ich plötzlich, dass es schon morgen Nachmittag so weit ist.«

»Und du willst nicht hingehen, wenn dein Ex kommt?«

»Das kannst du mir doch wohl nicht verübeln.« Clare runzelte die Stirn. »Wenigstens ist Miranda nicht dabei. So viel habe ich Alex entlocken können.«

»Nein, ich verübele es dir nicht.« Liz berührte ihren Arm. »Das ist völlig verständlich«, sagte sie. »Ich würde unter solchen Umständen auch nicht hingehen.«

Clare fühlte sich sofort besser. »Und was soll ich jetzt tun?«

»Wie meinst du das?«

Michael hatte ihr schon so viel genommen, und Clare konnte nicht hinnehmen, dass er ihr noch mehr fortnahm. »Es macht mir so viel Spaß, Alex spielen zu sehen. Ich bin diejenige, die ihn in den letzten zwölf Jahren zum Fußballtraining und zurück gefahren hat. Ich bin die Fußball-Mom, die das Team mit Eis und Pyjama-Partys verwöhnt hat. Ich bin mit den anderen Eltern befreundet.«

»Michael nicht?«

»Nein«, antwortete sie so laut, dass sich ein paar Gäste in der Nähe umdrehten. »Nein«, wiederholte sie, dieses Mal etwas leiser. »Es wird allen unangenehm sein, wenn Michael auftaucht. Nicht nur mir, sondern auch den anderen Eltern. Außerdem bin ich für den Eintrittskartenverkauf eingeteilt.«

»Verstehe«, murmelte Liz stirnrunzelnd. »Aber ich ...«

Das Eintreffen des Essen unterbrach, was Liz gerade sagen wollte. Die Kellnerin brachte zwei große Caesar-Salate, auf denen sich Garnelen, Venusmuscheln, Kammmuscheln und andere Meeresdelikatessen türmten. Clare betrachtete den Salat ein paar Minuten, ehe sie genügend Begeisterung aufbringen konnte, zu ihrer Gabel zu greifen.

»Oh Clare, du weißt gar nicht, was du verpasst.« Voller Wonne stach Liz in eine dicke Garnele.

Clare schüttelte den Kopf. »Ich habe keinen Hunger.« Sie schob die Meerestiere zur Seite, bis sie die Salatblätter freigelegt hatte, und nahm davon eine Gabel.

»Zurück zu deinem Problem«, meinte Liz und schaute nachdenklich. »Ich glaube, ich habe eine Lösung.«

Clare sah sie hoffnungsvoll an. »Und welche?«

»Du musst selbst Kontakt mit Michael aufnehmen.«

»Was?« Die Gabel rutschte aus Clares Fingern und fiel auf den Tisch. Sie nahm sie wieder auf und starrte ihre Freundin an. »Du machst Witze.«

»Keineswegs.«

»Ich habe nicht die Absicht, *je wieder* ein Wort mit Michael zu wechseln.«

Liz streute ein wenig Pfeffer über ihr Essen. »Meinst du nicht, das ist ein bisschen übertrieben?«

»Nichts auf der Welt könnte so wichtig sein, wieder Kontakt zu Michael aufzunehmen.«

»Und was ist mit deinen Söhnen? Sind Mick und Alex nicht wichtig genug?«

»Nun, ja ... aber es ist mehr als ein Jahr her ...«

»Spielt es eine Rolle, wie lange es her ist?«

»Nein, aber ...« Clare war nun allmählich frustriert. Liz

schien von ihr zu verlangen, die Angelegenheit mit ihrem Exmann in Ruhe und Anstand zu regeln – dabei war Anstand das Letzte, nach dem ihr der Sinn stand. »Lass mich das noch mal wiederholen. Du willst also, dass ich Michael anrufe und wir zusammen entscheiden, wer zu welchem Spiel fährt?«

»Genau.« Liz strahlte sie aufmunternd an.

»Wieso muss ich diejenige sein, die anruft? Kann Michael denn nicht begreifen, dass das alles unangenehm ist – für alle Eltern?«

»Unwahrscheinlich. Männer denken nicht so weit.«

Clare zögerte. Sie bezweifelte, dass sie auch nur noch einen einzigen Bissen hinunterkriegen konnte. Der Knoten in ihrem Magen waren nun doppelt so groß geworden. Sie hatte sich Liz anvertraut, weil sie Mitleid und einen guten Rat brauchte. Ihre Freundin hatte ihr von beidem ein bisschen gegeben, aber Clare glaubte nicht, dass sie ihren Rat befolgen konnte. »Ich ... ich kann das nicht«, gestand sie mit stockender Stimme.

»Du kannst es, und du wirst es tun.«

»Ich glaube nicht ...«

Sie hatte Michaels Stimme nun seit fast dreizehn Monaten nicht mehr gehört. Clare war sich gar nicht sicher, ob sie ihm überhaupt ohne Wut begegnen konnte. Das konnte Liz natürlich nicht verstehen, nicht wissen. Wenn ihre Freundinnen auch nur die geringste Ahnung hätten, welchen Zorn sie noch immer in sich trug, wären sie erschrocken. Sogar Clare selbst erschrak über die Intensität ihres Hasses.

»Ich habe ja nicht gesagt, dass du ihn zum Picknick einladen sollst.«

Clare musste trotz allem lächeln.

»Du musst nur einen Anruf tätigen, das ist alles. Schlag ihm vor, halbe-halbe zu machen. Er geht zu der einen Hälfte der Spiele und du zu der anderen. Es wird euch eine Menge Ärger ersparen.«

»Könnte ich ihm nicht auch schreiben?«

»Klar. Hauptsache, du kommunizierst mit ihm.«

»Es wäre mir lieber, wenn ich nicht mit ihm reden muss.« Clare wunderte sich, dass sie nicht schon früher auf diese Idee gekommen war. Eine schriftliche Erklärung würde sämtlichen Missverständnissen vorbeugen. Sie würde sich klar und deutlich ausdrücken. Michael war ein Anhänger kurzer, präziser Anweisungen, er zitierte ständig eine Zeile aus *Hamlet* über den Geist des schnellen Witzes. Nun, dann würde er ihre Botschaft sicher sehr witzig finden.

»Wie es dir am angenehmsten ist«, meinte Liz.

»Ich müsste nicht einmal einen Brief schreiben«, fuhr Clare fort. Sie fühlte sich inspiriert. »Ich könnte einfach den Spielplan nehmen, die Spiele unterstreichen, zu denen er gehen kann, und ihm klar machen, dass er denen, die ich mir ausgesucht habe, gefälligst fernzubleiben hat.« Sie würde das Abendessen gar nicht erwähnen. Das war eine Sache zwischen Alex und seinem Vater – auch wenn sie im Grunde Michael die Schuld daran gab. Er hatte ihr monatelang etwas vorgelogen, bis er ihr die Affäre gestanden hatte, und offensichtlich hatte ihr Sohn sich diese Art des Betrugs abgeschaut.

»Du könntest ihm den Plan schicken«, stimmte ihr Liz ohne großen Enthusiasmus zu. »Wann findet das nächste Spiel statt?«

»Morgen.« Noch während sie antwortete, begriff Clare, dass Michael den Plan auch mit Eilpost nicht mehr rechtzeitig vor dem nächsten Spiel bekommen würde. Also gut, sie würde auf dieses Spiel verzichten und sich darum kümmern, dass jemand anderes den Kartenverkauf übernahm. Keine große Angelegenheit – oder doch. Es war eine sehr große Angelegenheit.

»Clare?«

Clare sah auf.

»Du hast mir gar nicht zugehört, oder?«

»Zugehört?« Ihre Freundin hatte Recht; sie war so sehr in ihre eigenen Gedanken vertieft gewesen, dass sie in den letzten Minuten kein einziges Wort mitbekommen hatte.

»Ich sagte, dein Herz wird dir sagen, was das Beste ist.«

Na, das war eine interessanter Gedanke. Wenn sie auf ihr Herz gehört hätte, wäre Michael vor zwei Jahren eines qualvollen Todes gestorben.

Und sie säße jetzt im Gefängnis und klebte Tüten.

»Vielleicht bist du enttäuscht, wenn du versagt, aber du bist verdammt, wenn du es nicht versuchst.«
Beverly Sills

6. KAPITEL

LIZ KENYON

19. Januar

Es ist Freitagabend. Ich sitze vor dem Fernseher, schaue mir Wiederholungen von *Seinfeld* an und mampfe Popcorn, während ich in mein Tagebuch schreibe. Beinahe tue ich mir selbst Leid. Sogar Tinkerbell zeigt Anzeichen des Mitleids und sitzt auf meinem Schoß. Steve hat meine Zuneigung zu Katzen nie verstanden, aber Tinkerbell hat er gemocht.

Diese Woche war grässlich. Ich hatte kaum Gelegenheit, ein Problem zu lösen, da kam auch schon das nächste. Ich möchte nicht einmal daran denken, was los wäre, wenn die Schwestern streiken würden. Die ganze Woche bin ich nicht ein einziges Mal vor sieben Uhr nach Hause gekommen. Kein Wunder also, dass ich heute Abend nur noch faul vor dem Fernseher liegen will.

Das Wochenende hat bereits begonnen, das heißt, eine ganze Woche ist mal wieder verschwunden. Das macht mein Wort für das Jahr umso bedeutungsvoller. ZEIT! Mich überkommt ein Gefühl von Panik – das Gefühl, dass mir, wenn ich nicht *jetzt* etwas unternehme, die Wochen und Monate durch die Finger gleiten werden. Es wird Frühling werden und dann Herbst, und ich werde nichts von dem getan haben, was ich so sorgfältig geplant habe – reisen, einige der Bücher lesen, die sich neben meinem Bett stapeln, mich sozial engagieren, etwas Neues lernen.

Beim Treffen des Damen-Rotary-Klubs letzte Woche, ehe im Krankenhaus alles schief ging, sprach Ruth Howe, die Bibliotheksleiterin, über ein Hilfsprojekt in einer Jugendhaftanstalt. Die Bibliothekarinnen lesen dort jeden Abend abwechselnd über einen Lautsprecher Harry-Potter-Bücher vor. Es gibt nur drei Bibliothekarinnen, deshalb kam Ruth zu unserem Treffen, um noch ein paar Freiwillige zu finden.

Offenbar hatte sie von einem solchen Leseprogramm in Grand Rapids, Michigan, gehört. Sie berichtete, wie sehr es das Leben der jungen Menschen verändert hätte. Als sie die Idee erstmals hier vorbrachte, hatte man ihr im Jugendgefängnis bedeutet, dass sie nicht viel tun könnten, um die Geräuschkulisse in den Griff zu bekommen. Sie wäre jederzeit willkommen, aber das Personal könnte nicht dafür garantieren, dass auch jemand zuhörte.

Ruth und die anderen Bibliothekarinnen ließen sich nicht entmutigen. Wie erwartet, wurden sie zunächst nicht besonders begeistert aufgenommen, doch sie kamen stur jeden Abend wieder, trotz aller Proteste und allen Lärms. Die Störversuche hielten nicht lange an. Laut Ruth scheint die Vorlesestunde inzwischen die einzige Zeit des Tages zu sein, in der es in der Einrichtung mucksmäuschenstill ist. Für viele der Teenager ist es das erste Mal im Leben, dass jemand ihnen etwas vorliest.

Ich wusste sofort, dass das etwas war, was mir Spaß machen würde. Ruth fand bei unserem Treffen einige Freiwillige, und ich fühlte mich ebenfalls versucht zuzusagen, doch ich zögerte ...

Vor einiger Zeit habe ich etwas Interessantes gelesen. Du musst ganz genau und in Ruhe überlegen, ehe du dich zu etwas verpflichtest. Wenn du *Ja sagst,* musst du wissen, wozu du *Nein sagst.* Mit anderen Worten, wenn ich heute Abend im Jugendgefängnis vorlesen würde, was könnte ich dann *nicht* tun? Die Antwort liegt auf der Hand: Ich könnte nicht vor dem Fernseher sitzen und mir Wiederholungen ansehen, nicht in mein Tagebuch schreiben, nicht mit Tinkerbell um das letzte Popcorn streiten.

Was würde ich lieber tun?

Nach einer Arbeitswoche wie dieser, würde ich mich da gern auf den langen Weg in die Charleston Street machen, um laut ein Kapitel Harry Potter vorzulesen? Ich weiß nicht, wie gut ich wäre. Meinen Enkelkindern etwas vorzulesen ist etwas ganz anderes als der Versuch, Heranwachsende zu unterhalten. Dennoch, es reizt mich, und ich werde noch einmal in Ruhe darüber nachdenken.

Ich habe Angst, dieses ganze Jahr könnte vorbeieilen, ohne dass ich etwas erreicht habe. Ich bin entschlossen, wenigstens irgendwas Nützliches für die Gesellschaft zu tun.

Wenn ich mich für eine Sache melde, muss ich es aus ganzem Herzen tun und mit hundertprozentigem Einsatz. Das heißt, ich muss mir das Richtige aussuchen ...

»Wenn du glaubst, du schaffst es,
schaffst du es. Und wenn du glaubst,
du schaffst es nicht, hast du Recht.«
Mary Kay Ash

7. KAPITEL

CLARE CRAIG

Am Sonntagmittag kontrollierte Clare zum x-ten Mal an diesem Tag ihre E-Mails. Erst nach dem Lunch mit Liz war ihr die Idee gekommen, dass sie auch Kontakt mit Michael aufnehmen konnte, ohne mit ihm zu sprechen oder ihm einen Brief zu schicken. E-Mail. Sie machte nur selten Gebrauch davon, weil sie es als Zeitverschwendung betrachtete. Aber sie erinnerte sich daran, dass Michael, der ein Hightechfan war, einen großen Teil seiner Korrespondenz per E-Mail erledigte.

Ihre Nachricht war kurz gewesen:

Michael,
wenn du keine peinliche Szene wünschst,
schlage ich vor,
dass du heute Nachmittag
Alex' Fußballspiel fernbleibst.
Das Spiel am nächsten Donnerstag
gehört dir.
Du bekommst einen Plan der Spiele,
zu denen ich gehe.

Die andere Hälfte kannst du besuchen.
Ganz wie du willst.
Umarmungen und Küsse.
Nein!
Clare

Sie hatte über eine Stunde gebraucht, um diese paar Worte zu schreiben. Sie hoffte, der leichte Anflug von Humor würde die Sache erleichtern.

Um ein Uhr war ihr Magen so verdreht, dass sie nicht mal eine Tasse Tee trinken konnte. Sie hatte Michael nicht darum gebeten, ihr zu antworten, war jedoch davon ausgegangen, dass er das tun und ihr zumindest bestätigen würde, dass er ihre Nachricht erhalten hatte. Clare brauchte seine Zusicherung, dass er nicht versuchen würde, sie vor ihren Freunden bloßzustellen. Mehr wollte sie nicht; aber sie hätte wissen müssen, dass sie von Michael keine Kooperation erwarten konnte.

Um zwei Uhr, eine Stunde bevor sie sich auf den Weg machen musste, war Clare so nervös, dass ihr tatsächlich kalter Schweiß ausbrach. Ihr war übel. Als sie es keine Minute länger aushalten konnte, griff sie nach dem Telefon.

Sie hatte lange nicht mehr im Autohaus angerufen, aber die Telefonnummer war immer noch gespeichert. Sie drückte auf den Knopf.

»Craig Chevrolet«, meldete sich die Telefonistin mit leichter, angenehmer Stimme. »Was kann ich für Sie tun?«

»Ich möchte gern mit Hollie Hurst sprechen«, antwortete Clare. Es gab keinen Grund, mit Michael zu sprechen, wenn seine Sekretärin seinen Terminplan kannte.

»Einen Moment, bitte.«

Sie hing in der Warteschleife, während im Hintergrund leichte Musik dudelte. Die Telefondame war neu. Clare kannte ihre Stimme nicht und fragte sich kurz, was mit Janet Harris passiert sein mochte. Sie würde gern glauben, die junge Mutter habe aus Protest gekündigt, als sie von der Scheidung erfahren hatte, aber das war unwahrscheinlich. Alle in der Firma waren geblieben. Wenn man vernünftig war, war das wohl auch keine Frage persönlicher Loyalitäten. Schließlich war Michael derjenige, der die Gehaltsschecks unterschrieb.

»Michael Craig.«

»Was ist mit Hollie passiert?«, fragte Clare, ehe ihr der Gedanke kam, den Hörer einfach aufzuknallen.

Eine kurze, schockierte Pause, dann: »Clare?«

»Ich habe darum gebeten, mit Hollie zu sprechen.«

»Sie hat am Wochenende frei.«

Daran hätte Clare denken können. Sie erholte sich rasch von ihrem Schreck und konzentrierte sich auf ihre Stimme. Sie hatte nicht damit gerechnet, dass er am Telefon sein würde, aber er brauchte nicht zu wissen, welche Auswirkungen das auf sie hatte. »Na dann, hallo Michael.«

»Was ist los? Ist der Unterhaltsscheck geplatzt?« Er bemühte sich gar nicht erst, seinen Sarkasmus zu verbergen.

Clare lächelte. Dank Lillian war Michael dazu verpflichtet, ihr jeden Monaten einen saftigen Scheck zu schicken.

»Du hast meine E-Mail offensichtlich nicht gelesen?«

»Hätte ich das?« Er lachte höhnisch. »Ich habe viel zu tun, musst du wissen. Geld verdienen, das ich nicht behalten kann. Du hast mir eine E-Mail geschickt? Wozu?«

»Um das hier zu vermeiden«, murmelte sie.

Er seufzte, als würde ihn das Gespräch langweilen. »Anstatt sinnloses Zeug zu reden, komm bitte zum Punkt, ja.«

»Es geht um Alex ...«

»Ich habe das Recht, meinen Sohn zu sehen«, schnaubte Michael, ohne ihr Gelegenheit zur Erklärung zu geben.

»Habe ich etwas anderes behauptet?«, entgegnete sie im selben Tonfall. »Ob Alex sich mit dir trifft oder nicht, ist seine Sache. Nicht deine und ganz sicher nicht meine.«

»Okay«, antwortete er, aber seine Stimme klang noch immer gereizt.

»Siehst du? Wir können uns über alles einigen«, sagte sie mit übertriebener Freundlichkeit.

»Gibt es einen Grund für deinen Anruf?«

»Ja.« Sie bemühte sich, ihre Stimme kalt und geschäftsmäßig klingen zu lassen. »Ich habe gehört, dass du vorhast, zu Alex' Fußballspielen zu kommen.«

Clare konnte Michaels Anspannung durch das Telefon spüren.

»Muss ich jetzt meinen Anwalt anrufen? Meinst du das?«

Clare lachte leise. »Ich kann mir nicht vorstellen, dass du je wieder mit Lillian Case zu tun haben willst.«

»Ich werde alles tun, wenn du versuchst, mich von meinem Sohn fern zu halten.«

»Michael, wirklich!« Ihr bestimmter Ton war überzeugend. Sie war eine bessere Schauspielerin, als sie geglaubt hatte. Du meine Güte, Karen sollte Stunden bei ihr nehmen.

»Macht dir das Spaß? Verschafft es dir irgendeine Befriedigung, mir das Leben schwer zu machen?«

Clare konnte förmlich sehen, wie er im Gesicht rot anlief. Sie konnte seinen Ärger spüren – und sie fand es wundervoll. Die Erregung, die sie gerade verspürte, entschädigte sie für die ganzen Monate anstrengender, zorniger Stille. Wenn sie geahnt hätte, welchen Triumph, welche Befriedigung ihr das gab, hätte sie ihn früher angerufen.

»Habe ich etwas davon gesagt, dass ich dir verbieten möchte, dir die Spiele anzusehen?«, fragte sie mit gleichbleibend kühler Stimme. »Ich habe überhaupt kein Problem damit, wenn du zu Alex' Fußballspielen gehen willst.«

»Du weißt genau, dass ich das Recht habe, Alex Fußball spielen zu sehen!«

Wenn er endlich mal dem Mund hielte und zuhörte, dachte Clare. »Michael, hör doch mal zu«, sagte sie und war bemüht, das Lächeln aus ihrer Stimme zu nehmen.

»Nein, *du* hörst mir zu! Wenn es nötig ist, dass mein Anwalt deinen anruft, dann soll es eben so sein!«

»Michael ...«

»Ich warne dich, Clare, ich habe die Nase voll von deinem Mist.«

»Ich habe dich nicht angerufen, um mit dir zu streiten.«

»Den Teufel hast du.«

»Nein, wirklich nicht. Ich wollte nur einen Art Zeitplan mit dir vereinbaren. Zu Alex' Gunsten.« Sie wartete auf seine Antwort.

»Wie meinst du das?«

»Alex' Fußballspiele. Ich hatte gehofft, wir könnten anständig darüber reden. Ohne unsere Anwälte. Nicht schon wieder.«

»Die Vorstellung finde ich selbst nicht toll.«

Schweigen.

»Wir haben seit über einem Jahr nicht miteinander gesprochen. Ich habe mich mit der Situation abgefunden, mein Leben in den Griff gekriegt.«

»Sag mir, was du sagen willst.«

»Du möchtest dir Alex' Fußballspiele ansehen. Ich möchte das auch. Er ist auch mein Sohn. Aber ich denke, es wäre das Beste für uns alle, wenn wir nicht gleichzeitig auf dem Platz auftauchen würden. Dann kann Alex sich auf sein Spiel konzentrieren anstatt auf das, was außerhalb des Spielfelds zwischen seinen Eltern passiert.«

»Okay«, antwortete Michael misstrauisch.

»Ich habe versucht, das hier zu verhindern. Wenn du deine

E-Mails lesen würdest, hätten wir das alles lösen können ohne diese ... Situation.«

»Ich nehme an, Alex hat dir erzählt, dass ich zum Spiel komme.«

»Er hat mir nur gesagt, dass du vorhast, dir seine Spiele anzusehen. Am Donnerstagabend hat er mir dann eröffnet, dass du zu *diesem* Spiel kommen würdest. Aber das ist für mich zu wenig Vorlauf. Keith' Mutter hat mich gebeten, ihr beim Kartenverkauf zu helfen, und ich kann das nicht in letzter Minute absagen. Wenn ich früher Bescheid gewusst hätte, hätte ich einen Ersatz organisieren können. Dazu ist es nun zu spät.«

»Mit anderen Worten, du willst nicht, dass ich heute Nachmittag komme.«

»Genau.«

Er zögerte. »Okay, aber dann komme ich zu dem Spiel am Donnerstag.«

»Und ich nicht«, flötete sie. »War das so schwer?«

»Nein«, antwortete er brummig.

»Auf Wiedersehen, Michael«, sagte sie und legte den Hörer auf. Sie sank auf ihrem Stuhl zusammen und barg das Gesicht in den Händen. Es schockierte sie, als sie merkte, wie sehr sie zitterte.

Sie hatte mit ihrem Exmann gesprochen. Während des Gesprächs hatte sie Wut, Entrüstung und ein bitteres Triumphgefühl verspürt.

Jetzt verspürte sie nur Verzweiflung.

»Das Schwierigste am Erfolg ist es, jemanden zu finden, der sich für einen freut.«
Bette Midler

8. KAPITEL

KAREN CURTIS

Dieser Lunch würde noch schlimmer werden, als Karen es befürchtet hatte. Als sie im Foyer des Restaurants stand, sah sie ihre Mutter neben dem livrierten Pagen anhalten und aus ihrem Lexus steigen. Catherine Curtis trug ein hellblaues Leinenkleid mit einem passenden breitkrempigen Hut und weiße Handschuhe. Victoria sah aus wir ihre Zwillingsschwester, nur dass sie ein maßgeschneidertes blaues Kostüm mit weißem Kragen anhatte. Offensichtlich verbrachte der dreijährige Bryce den Tag mit seinem Vater. Karen war enttäuscht; sie hatte sich darauf gefreut, ihren Neffen wiederzusehen. Es stand außer Zweifel, dass ihre Mutter und ihre Schwester über ihren Jeansoverall von Old Navy die Nase rümpfen würden.

»Hi, Mom«, grüße Karen, als sie den Jachtklub betraten.

Der Gesichtsausdruck ihrer Mutter sprach Bände. »Karen.« Sie beugte sich vor und hielt Karen die Wange zum Kuss hin.

»Du bist früh«, lautete die einzige Begrüßung ihrer Schwester.

»Mein Auto ist kaputt, deshalb bin ich mit dem Bus gekommen.« In Wahrheit hatte Karen sich einen schönen Tag gemacht; sie war morgens in Willow Grove einkaufen gewesen und hatte dann den Bus zum Hafen genommen. Während der vierzigminütigen Fahrt hatte sie die neuste *Vanity Fair* gelesen, was sehr entspannend gewesen war und sie vor der unausweichlichen Konfrontation noch einmal beruhigt hatte.

Ihre Mutter und Victoria tauschten einen Blick.

»Keine Sorge«, meinte Karen und flüsterte übertrieben. »Niemand hat mich aus dem Bus steigen sehen. Zumindest niemand, der mich mit euch in Verbindung bringen könnte.«

Ihre Mutter überging die Bemerkung. »Sollen wir die Hostess bitten, uns einen Platz zuzuweisen?«

»Au ja«, piepste ihre Schwester mit alberner Begeisterung. Die beiden starteten in Richtung des Restaurants, und Karen trottete hinter ihnen her. Die Versuchung, sich einfach aus dem Staub zu machen, war ziemlich groß, aber die Konsequenzen waren es nicht wert. Also folgte sie ihnen wie ein gehorsames Schaf.

Die Empfangsdame führte sie an einen Fenstertisch und reichte ihnen die Speisekarten, ehe sie wieder ging. Karen saß ihrer Mutter und Schwester gegenüber und sah einige Minuten auf den Jachthafen hinaus. Das Wasser glitzerte in der Januarsonne, und Boote jeder Größe waren an den Docks vertäut – vom einfachen Segelboot bis hin zu Jachten für weit über eine Million.

»Was nimmst du?«, fragte Victoria Catherine. Nicht zum ersten Mal registrierte Karen, dass Victoria nur selten eine Entscheidung traf, ohne ihre Mutter vorher zu befragen.

»Vielleicht den Toast mit Krabben und Garnelen. Und dazu einen kleinen Avocadosalat.«

»Das habe ich mir auch überlegt«, meinte Victoria und klappte die Speisekarte zu. »Und du?«, fragte sie Karen.

»Ich nehme die Krabben Louis.«

»Gute Idee«, antwortete Catherine zustimmend.

Wenigstens konnte Karen ihre Mutter bei der Wahl ihres Essens zufrieden stellen.

Catherine legte die Karte beiseite und richtete ihre Aufmerksamkeit auf Victoria. »Wie geht es Roger?«

Karen runzelte die Stirn. Sie hatte gehofft, das Thema Widerling wäre bereits erschöpft. Ihre Mutter und Victoria hatten doch sicher während der gesamten Fahrt hierher nichts anderes getan als gemeinsam Loblieder auf Roger zu singen und sich anschließend die Münder über Karen zu zerreißen – über ihre Orientierungslosigkeit, ihre versponnenen Träume, ihre Unzulänglichkeiten.

Victoria lächelte ihrer Mutter zu. »Viel Arbeit, wie immer.«

Karen, die sich inzwischen wünschte, sie hätte sich die Zeit genommen, ihren Jeansoverall auszuziehen und gegen ihren neuen Rock zu tauschen, beugte sich zur Seite und suchte nach der Einkaufstüte. Sie hatte den Rock bei einem Räumungsverkauf erstanden, deshalb war er erschwinglich gewesen. Es war das perfekte Kleidungsstück für die Schule; überhaupt war es das anständigste Kleidungsstück, das sie sich seit Ewigkeiten gekauft hatte. Sie könnte rasch auf der Damentoilette verschwinden und sich umziehen. Auf diese Weise würde sie bei ihrer Mutter sicher ein paar Punkte sammeln. Leichte Punkte.

Karen gab vor, sich für das langweilige Gespräch zu interessieren, und zog sich dabei mit dem Fuß die Einkaufstüte näher heran. Erfolglos versuchte sie, sie heraufzuziehen, sodass ihr schließlich nichts anderes übrig blieb, als sich nach vorn unter den Tisch zu bücken und mit den Händen danach zu fischen.

Plötzlich drehte ihre Mutter sich um und sah sie vorwurfsvoll an. »Was tust du da eigentlich?«, fragte sie.

Karen fühlte sich ertappt und setzte ein unschuldiges Lächeln auf. »Was meinst du?«

»Du hampelst herum wie eine Zweijährige in der Kirche.«

»Oh«, meinte sie unschuldig. »Ich wollte nur meine Tüte holen.«

»Deine Tüte? Wozu?«

»Ich dachte, ich ziehe mir schnell meinen neuen Rock an.«

Ihre Mutter wäre fast vom Stuhl gefallen, dann hatte sie sich wieder gefangen. Mit zusammengepressten Lippen zischte sie. »Dies hier ist weder der richtige Ort noch der richtige Zeitpunkt, um sich umzuziehen.«

»Ich wollte auf die Damentoilette gehen«, informierte Karen sie.

»Im Jachtklub? Karen, darf ich dich darauf aufmerksam machen, dass die Damentoilette hier keine Umkleidekabine ist?«

»Mom, reg dich doch nicht auf. Ich hätte mich vorher umziehen sollen. Ich hatte vor ...« Sie hatte nicht, aber wie hätte sie auch ahnen können, dass ihre Mutter und ihre Schwestern hier erscheinen würden, als würden sie mit der Königin von England tafeln?

»Bitte.« Ihre Mutter atmete tief ein. »Bring mich nicht noch mehr in Verlegenheit.«

»In Verlegenheit?« Karen war erstaunt. Sie hatte die besten Absichten gehabt, und nun wurde sie für ihre ganze Mühe mit einem schneidenden Blick belohnt.

»Sollen wir nicht bestellen?«, schlug Victoria mit leicht erhobener Stimme vor, als sich die Kellnerin dem Tisch näherte.

Als die Kellnerin fort war, verfielen alle drei in Schweigen. Victoria war die Erste, die das Wort ergriff. Sie erkundigte sich bei Catherine nach ihrem Bridgeklub. Schon bald waren die beiden in ein Gespräch vertieft über Leute, die Karen nur wenig oder gar nicht interessierten. Einmal versuchte sie, eine Bemerkung zu machen, aber sie wurde abgewürgt, weil in diesem Moment das Essen kam. Die Diskussion ging weiter, und Karen fühlte sich zunehmend fehl am Platz. Es war genauso schlimm, wie sie es befürchtet hatte. Schlimmer sogar.

Plötzlich wandte ihre Mutter sich ihr zu. »Du hast dich noch nicht einmal an unserem Gespräch beteiligt.«

Dafür gab es einen guten Grund; schließlich kam sie nicht zu Wort. »Was möchtest du denn wissen?«, fragte sie höflich.

Catherine zog die Augenbrauen hoch. »Du könntest mir etwas von der Schule erzählen. Ich habe immer gewusst, dass du einmal Lehrerin wirst. Du kannst so gut mit Kindern umgehen.«

Karen war dankbar über das unerwartete Lob.

Victoria sah sie mit mehr Begeisterung als nötig an und stimmte ihrer Mutter zu. »Mom hat Recht«, meinte sie. »Du bist sicher eine wunderbare Lehrerin. Es macht dir Spaß, nicht wahr?«

»Nun, *Spaß* ist vielleicht nicht der richtige Ausdruck. Es ist mehr eine, hm, Herausforderung.«

»Alle Kinder sind eine Herausforderung«, bemerkte ihre Mutter spitz.

»Wie viele Tage in der Woche arbeitest du?«, fragte Victoria.

»Nicht mehr als drei. Zwei wären besser, aber das ist finanziell ein bisschen knapp. Als Lehrerin zu arbeiten ist ziemlich anstrengend, und die kleinen Lieblinge haben nicht das geringste Interesse daran, etwas zu lernen, vor allem nicht von einer Aushilfslehrerin.«

»Ich persönlich finde ja, dass Lehrer völlig unterbezahlt sind«, meinte Victoria.

Ihr Mitgefühl ließ Karen nicht kalt, und plötzlich fühlte sie sich zu ihrer Schwester hingezogen. »Ich auch. Ehrlich gesagt hoffe ich sehr, eine Rolle in einem Werbespot zu kriegen. Nächste Woche bin ich wieder bei einem Casting. Der Produzent fand mich beim letzten Mal gut und will mich noch einmal sehen.«

Ihre Mutter kniff die Augen zusammen und legte die Gabel hin.

»Natürlich hätte ich am liebsten eine Rolle in einer Serie«, fügte Karen hinzu. »Aber meine Agentin meint, dazu müsste ich erst Referenzen habe. Sie sagt, ich soll erst ein paar Werbespots drehen, dann will sie mich zu einem Casting für eine Sitcom anmelden.«

Umständlich häufte ihre Mutter sich einen Löffel Crème fraîche auf den Toast, und Karen sah, dass ihre Hand dabei zitterte.

»Auch wenn du eine Rolle in einem Werbespot bekämst, würdest du doch weiter unterrichten, oder?«, fragte sie.

»Nun, also, ich glaube schon, aber das Unterrichten ist für mich nur Mittel zum Zweck. Ich ...«

»Ich dachte, du würdest endlich etwas Sinnvolles mit deinem College-Abschluss anfangen. Dein Vater und ich haben für deine Ausbildung eine Menge Geld gezahlt. Du kannst dir gar nicht vorstellen, wie sehr es uns getroffen hat zu erfahren, dass du mehr daran interessiert bist, Toiletten zu putzen, als etwas Anständiges aus deinem Leben zu machen.«

»Es war eigentlich kein Putzfrauen-Job«, murmelte Karen. »Nicht, dass das irgendeinen ...« Sie brach abrupt ab und zwang sich, den Rest ihrer Antwort herunterzuschlucken. »Ich bin euch sehr dankbar für meine Ausbildung, Mom.« Das stimmte, aber nur weil sie es ihr ermöglichte, ihren Unterhalt zu verdienen, während sie sich um Schauspielrollen bewarb.

»Hast du einen Freund?«, fragte Victoria, die offensichtlich das Gespräch in eine andere Richtung lenken wollte.

»Jeff und ich sind ein paar Mal zusammen ausgegangen.«

»Jeff Hansen?«, fragte ihre Mutter. »Ist das nicht der Junge aus deiner Schauspielgruppe an der Highschool?«

»Ja, er gibt Aerobickurse im Fitnessklub ›Body and Spirit‹

und will wieder zur Schauspielerei zurück. Ich habe ihm meine Agentin empfohlen.«

»Ach du meine Güte«, murmelte Catherine. »Ich spiele mit seiner Mutter Bridge ... Sie hat sich so gefreut, dass Jeff sich endlich einen anständigen Job gesucht hat, und nun das.«

»Wieso findest du, dass Schauspielen so ein schlimmer Beruf ist?«, brach es aus Karen heraus. »Kannst du mir das ein für alle Mal erklären?«

Ihre Mutter seufzte, als wäre die Antwort völlig selbstverständlich. »Tu nicht so, als wüsstest du das nicht. Sieh dir doch nur die Leute an, die professionelle Schauspieler werden! Sie sind alle drogenabhängig, und keiner von ihnen führt eine anständige Ehe. Die Frauen werden alle schwanger, und die meisten von ihnen denken nicht im Traum daran, den Vater des Kindes zu heiraten. Sie haben alle Kinder von verschiedenen Männern. Sie ziehen sich vor aller Welt aus. Sie haben überhaupt keine Moral, Karen – und jeder weiß, dass die, die Erfolg haben, mit ihren Produzenten ins Bett gehen. Die anderen kriegen keinen Job.«

»Das ist so unfair!«, rief Karen, ohne sich darum zu kümmern, dass sie die Aufmerksamkeit der anderen Gäste auf sich zog. »Du urteilst nur nach Klischees. Zu diesem Beruf gehört mehr, als in den Schlagzeilen der Boulevardblätter steht, und außerdem darfst du nicht alles glauben, was du liest!« Das einzig Wahre, was ihre Mutter gesagt hatte, war das über die Arbeitslosigkeit, aber das ignorierte Karen lieber. »Im Übrigen«, fügte sie hinzu, »sind nicht alle Schauspieler drogenabhängig.«

»Ich habe über diese Hollywood-Partys mit Sex und Drogen und Gott weiß was alles gelesen. Ich will nicht, dass meine Tochter Umgang mit solchen Leuten hat.«

»Mom, du weißt doch gar nicht, wovon du sprichst.«

»Und ob. Sie werden dich einlullen. Sonderbare Kulte und Casting-Sofas ...«

»Ich nehme keine Drogen«, beharrte Karen. »Ich habe noch nie etwas von einem Kult gehört, weder von einem sonderbaren noch sonst einem, und ich habe auch noch nie ein Casting-Sofa *gesehen,* geschweige denn etwas darauf gemacht.«

»Was ist mit diesem Produzenten? Er will, dass du noch einmal vorsprichst?«

Karen seufzte. »Es geht um eine Hundefutter-Werbung. Er hat meiner Agentin gesagt, mein Stil hätte ihm gefallen und ...«

»Das glaube ich«, sagte ihre Mutter mit zusammengekniffenen Lippen. »Was genau musst du für diese Rolle tun?«

Genug war genug. So höflich wie möglich legte Karen die pinkfarbene Leinenserviette auf den Tisch und nahm ihre Tasche. »Ich glaube, es ist das Beste, wenn ich jetzt gehe.« Sie ließ ihre Stimme bewusst ausdruckslos klingen.

»Setz dich sofort hin!«, befahl ihre Mutter. »Ich werde nicht zulassen, dass du mir eine Szene machst und gehst, bevor unser Lunch beendet ist.«

Karen griff nach ihrer Einkaufstüte und umklammerte sie mit beiden Händen. »Wenn du Angst hast, ich könnte eine Szene machen, schlage ich vor, dass du mich das nächste Mal, wenn wir uns treffen, nicht beleidigst.«

»Ich habe nur gesagt, dass ...«

»Danke für das Essen.« Karen gab sich alle Mühe, sich zu beherrschen. Sie hätte es wissen müssen. Immer wenn sie mit ihrer Mutter zusammentraf, kam es zu einem Desaster. Tatsache war einfach, dass ihre Familie sie nicht respektierte und offenbar weder Vertrauen in ihr Talent hatte noch in ihr Urteilsvermögen. Und das tat weh.

»Karen, warte.« Victoria sprang auf.

Karen schüttelte den Kopf. Sie hatte Angst, dass sie etwas sagen könnte, was sie später bereute, wenn sie jetzt noch blieb.

9. KAPITEL

JULIA MURCHISON

25. Januar

SEGENSLISTE

1. Die Sicherheit der Ordnung. Alles ordentlich an seinem Platz. Wollknäuel nach Farben sortiert, sodass sich ein Regenbogeneffekt ergibt.
2. Das willkommene Gefühl, nach einem langen Tag auf den Beinen meine Matratze zu spüren.
3. Musik und die Art, wie sie mich aufbaut.
4. Zoes Wutanfälle, wenn etwas nicht so läuft, wie sie sich das vorstellt. Könnte meine Tochter nach mir kommen? Niemals!
5. Meine Kunden, die alle bestrebt sind, etwas Dauerhaftes und Schönes zu schaffen.

Ich fühle mich seit Wochen nicht gut, und da ich mir vorgenommen habe, mehr auf meinen Körper zu achten, habe ich einen Termin bei Dr. Snyder vereinbart, auch wenn ich dafür das Donnerstagmorgen-Frühstück früher verlassen muss. Das letzte Mal war ich im November bei Dr. Snyder, als ich diese grässliche Grippeattacke hatte und eine ganze Woche lang flachgelegen habe.

Ich schätze, ich habe mich noch immer nicht ganz von dem Virus erholt. Ich hatte gehofft, ich würde mich nach den Weihnachtsferien besser fühlen, aber so ist es nicht. Eigentlich fühle ich mich sogar müder als je zuvor. Ich kann einfach nicht genug Schlaf kriegen, so scheint es mir. Letzte Woche bin ich zweimal vor Adam und Zoe ins Bett gegangen.

Peter, der sich fast nie beklagt, hat dies heute Morgen beim Frühstück getan. Aber es ist mehr als Erschöpfung. Außerdem renne ich ununterbrochen auf die Toilette. Ob ich mir vielleicht eine Blaseninfektion zugezogen habe? Ich hoffe nicht.

Mein ganzer Körper ist aus dem Gleichgewicht. Selbst meine Periode ist verspätet. Ich werde dieses Jahr vierzig, so früh hätte ich nun doch nicht mit den Wechseljahren gerechnet. Wenn es so wäre, hätte ich allerdings auch nichts dagegen.

Wenn ich diese Sätze lese, kommt es mir fast vor, als wäre ich schwanger. Es ist so lange her, dass ich die Kinder bekommen habe. Ich habe es mir erst jetzt zusammengereimt. Aber es ist unmöglich. Ich nehme seit Jahren die Pille, und wegen meiner Grippe und dem ganzen Stress um diese Jahreszeit waren Peter und ich sexuell auch nicht besonders aktiv.

Nach Zoes Geburt hatte Peter vor, eine Vasektomie vornehmen zu lassen, aber da wir noch so jung waren, hat uns der Arzt geraten, diese Entscheidung noch ein paar Jahre aufzuschieben. Wir haben darüber gesprochen und beschlossen, noch zu warten. Nach der Stillzeit habe ich wieder angefangen, die Pille zu nehmen, und dann haben wir nicht mehr darüber nachgedacht. Fünf Jahre später hat Peter dann einen Termin für die Vasektomie ausgemacht; ich weiß gar nicht mehr, warum es dann doch nicht dazu gekommen ist. Er hatte alle vorbereitenden Untersuchungen machen lassen, doch nach dem abschließenden Gespräch mit dem Spezialisten beschloss er, noch einmal gründlich darüber nachzudenken. Also nahm ich weiter die Pille. Die zu 99 Prozent sicher ist ...

Ich bin *nicht* schwanger. Das kann nicht sein. Ich nehme meine Vitamine und die Antibabypille sehr regelmäßig. Ich vergesse sie nie. Niemals. Ich weigere mich, darüber nachzudenken. Eine Schwangerschaft wäre eine Katastrophe. Ich habe die Babyphase hinter mir und könnte mir beim besten Willen nicht vorstellen, noch einmal von vorne anzufangen.

Kein Anlass zur Sorge also, wenn ein Baby einfach unmöglich ist. Außerdem würde ich merken, wenn ich schwanger wäre. Das habe ich bei Adam und Zoe auch getan. Beide Male habe ich zehn Tage nach der Empfängnis die Veränderungen in meinem Körper gespürt. Ich fühlte mich, als würde alles in mir dieses neu entstehende Leben begrüßen. Jetzt ist mir überhaupt nicht feierlich zumute.

Ich will nicht mehr darüber nachdenken. *Ich bin nicht schwanger.* Ich möchte nicht schwanger sein, und ich weigere mich, mich mit etwas zu belasten, dass nur ein Prozent Chance hat, wahr zu sein.

»Ich brauche keinen Urintest«, beharrte Julia und stellte sich Dr. Lucy Snyders forschendem Blick. »Ich habe Ihnen schon gesagt, dass eine Schwangerschaft einfach unmöglich ist.«

Dr. Snyder rollte mit ihrem Stuhl näher an den Untersuchungstisch, auf dem Julia saß und die Beine baumeln ließ.

»Die gynäkologische Untersuchung deutet aber auf diesen Befund hin«, sagte Doktor Snyder ruhig.

»Ich *kann nicht* schwanger sein.« Julia wusste nicht, warum sie das Bedürfnis hatte zu streiten, wo eine Schwangerschaft nun fast zur Gewissheit geworden war. Das mulmige Gefühl in ihrem Magen hatte nichts mit morgendlicher Übelkeit zu tun, sondern nur mit ihrem inneren Zustand.

»Bei der Pille besteht immer ein gewisses Risiko«, murmelte die Ärztin.

Julia schüttelte energisch den Kopf.

»Sie sagen, Sie hätten die Einnahme nie versäumt? Nicht ein einziges Mal?«

»Nicht ein einziges Mal!« Julia kämpfte gegen die Emotionen, die sie derart überfielen, dass ihre Stimme zu zittern begann.

Dr. Snyder studierte die Karteikarte. »Was war, als Sie den Grippeinfekt hatten?«

»Ich habe die Pille genommen«, antwortete Julia.

»Und sie ist auch unten geblieben?«

»Unten? Was meinen Sie mit unten?«

»Nach meiner Karteikarte haben Sie drei Tage an Übelkeit und Erbrechen gelitten.«

Julia stand der Schweiß auf der Stirn. »Ja ... Und ich habe sieben Tage lang keine feste Nahrung zu mir genommen.« Ihr Magen hatte nichts vertragen außer dünnem Tee und ein paar Löffeln Hühnerbrühe.

»Ich möchte gern einen Urintest machen«, sagte die Ärztin. »Nur um sicherzugehen.«

Julias Arme und Beinen wurden taub, und sie nickte stumm. Dr. Snyder tätschelte ihre Schulter und ging leise aus dem Zimmer.

Wenn sie schwanger *wäre,* wüsste Julia genau, an welchem Abend es geschehen war – nach dem unglaublichen Erfolg ihres ersten Verkaufstages. Sie war unglaublich glücklich gewesen. Adam und Zoe waren über Nacht bei ihrer Schwester gewesen, und Julia und Peter waren ausgegangen, um zu feiern, was sie selten taten. Anschließend war eine wahnsinnige Liebesnacht gefolgt.

Nachdem sie der Arzthelferin die nötige Probe gegeben hatte, zog Julia sich langsam an. Ihre Finger zitterten, als sie die

Knöpfe ihrer Bluse schloss. Sie war gerade fertig, als Dr. Snyder mit den Ergebnissen hereinkam.

Ihre Blicke trafen sich, und Julia erkannte die Wahrheit sofort. Es war das, was sie am meisten gefürchtet hatte. Sie war schwanger. Alles, was Dr. Snyder danach sagte, verschwamm. Wie benommen verließ sie die Praxis und lief zum Parkhaus.

Das Nächste, was Julia registrierte, war, dass sie vor der Benjamin-Franklin-Schule stand, der Schule, in der Peter seit vier Jahren Direktor war.

»Mrs. Murchison, das ist aber eine nette Überraschung«, begrüßte sie die Schulsekretärin herzlich.

Beim besten Willen konnte Julia sich nicht an den Namen der älteren Dame erinnern, obwohl sie mit Peter zusammenarbeitete, seit er an dieser Schule beschäftigt war. Linda Dooley, dämmerte es ihr dann. Sie hieß Linda.

»Ist Peter zu sprechen?« Es kostete Julia große Anstrengung, diese Frage zu stellen. Ihr Kopf dröhnte, ihr Verstand hüpfte von einem wahnsinnigen Gedanken zum nächsten. Sie hatte die Praxis von Dr. Snyder verlassen, ohne zu wissen, wohin sie fuhr oder was sie tun oder sagen würde, wenn sie dort ankam. Offensichtlich hatte sie im Unterbewusstsein entschieden, dass Peter, ihr ruhiger und vernünftiger Ehemann, ihr die nötigen Antworten liefern würde.

»Gehen Sie nur hinein.« Linda sah sie besorgt an. »Ist alles in Ordnung, Mrs. Murchison?«

Julia schüttelte den Kopf. Nichts war in Ordnung. Ihr gesamtes Leben war im Chaos. Sie wollte dieses Baby nicht, wollte sich nicht mit dieser Schwangerschaft auseinander setzen. Da sie eine gläubige, gottesfürchtige Frau war, hätte ihre Reaktion alle geschockt, die sie kannten.

»Julia?« Peter sprang auf, als er sie sah. »Was ist los?« Er verließ seinen Schreibtisch und legte den Arm um ihre

Schultern, um sie dann vorsichtig zu einem Stuhl zu geleiten.

Julia ließ sich dankbar hineinfallen. Ihre Beine hatten jegliches Gefühl verloren, und sie fühlte sich am Rande eines Zusammenbruchs.

Peter schien die Ernsthaftigkeit der Situation zu spüren, ohne dass sie ein einziges Wort sagte. »Was ist?«, fragte er. »Etwas mit deiner Mutter?«

Julia schüttelte wieder den Kopf.

»Schatz, sag es mir.«

In ihren Augen und ihrer Kehle brannten Tränen, aber sie zwang sie herunter.

»Warst du bei Dr. Snyder?«, forschte ihr Mann weiter.

Sie nickte wild. »Die Grippe ...«, brachte sie heraus und unterdrückte weiter mühsam die Tränen. Tränen empfand sie als erniedrigend. Sie war keine von den Frauen, die aus Berechnung weinten. Außerdem sah sie mit roten Augen und laufender Nase nicht besonders attraktiv aus.

Peter streckte die Hände nach ihr aus. »Es war mehr als eine Grippe?«

»Ja ...«, flüsterte Julia.

»Es ist nicht etwa ... Krebs, oder?« Ihr Mann war schon bei dem Wort kreidebleich geworden.

»Nein, du Idiot!«, schrie sie und wusste, noch während ihr diese Worte entglitten, wie kopflos sie reagierte. »Ich bin schwanger!«

Peter starrte sie verständnislos an, als hätte er sie nicht gehört oder *wollte* sie nicht hören.

»Sieh mich nicht so an, als wäre das eine Riesenüberraschung«, schnappte Julia. Er war an allem schuld, verdammt! Wenn er sich hätte sterilisieren lassen, wären sie jetzt nicht in dieser Lage.

»Ehm ...« Peter richtete sich auf und vergrub die Hände in

den Hosentaschen. »Hatten wir nicht ein drittes Kind geplant?« Es war der Versuch eines Scherzes, aber sie fand das nicht zum Lachen.

»Es ist alles deine Schuld ...«

Sein Stirnrunzeln verwandelte sich langsam in ein nachsichtiges Lächeln. »Du machst Witze, oder?«

»Sehe ich aus, als machte ich Witze?«

»Nein ...« Er zögerte, sah sie verwirrt an. »Du bist wirklich schwanger?«

Julia war fest entschlossen, ihm ins Gesicht zu schlagen, wenn er jetzt wagte zu lächeln.

»Aber wie?« Er schüttelte den Kopf, als wollte er die Frage zurückziehen. »Nicht wie, aber wann? Ich dachte, du nimmst die Pille.«

»Ich nehme die Pille.«

»Und du bist trotzdem schwanger geworden?«

»Ja ... offensichtlich habe ich die Dinger wieder ausgespuckt, als ich damals die Grippe hatte.«

»Verstehe.« Sein Gesichtsausdruck blieb ernst, aber Julia kannte ihren Mann gut genug, um zu merken, dass seine Reaktion auf diese Nachricht eine völlig andere war als ihre eigene. Peter begann zu kichern, aber sie unterbrach ihn sofort.

»Lach nicht!« Eine Schwangerschaft war schließlich nichts zum Lachen. Nicht in dieser Phase ihres Lebens. Sie hatte die Zeit als Zu-Hause-sitzende-Mutter hinter sich. Sie bereute es nicht, aber die Zeit war nun vorbei. Es gab keine Aufgabe, keine ehrenamtliche Tätigkeit, die sie in den zwölf Jahren, als sie wegen Adam und Zoe zu Hause gewesen war, nicht übernommen hatte. Sie war Schulpflegschaftsvorsitzende gewesen, Leiterin einer Pfadfindergruppe bei Adam und der jungen Pfadfinderinnen bei Zoe, Trainerassistentin beim Fußball und was sonst noch alles. Sie war noch immer aktiv am Leben ihrer Kinder beteiligt, aber als Teenager waren sie nicht mehr so von ihr abhängig, beanspruchten ihre Zeit weniger. Endlich war *sie* an der Reihe, und sie war nicht gewillt, daran etwas zu ändern.

»Du findest das wohl amüsant?«, schrie sie. »Wir haben zwei fast erwachsene Kinder, Peter. Kannst du dir vorstellen, was ein Baby für unsere Familie bedeutet?«

»Julia«, sagte ihr Mann beschwichtigend. »Eine Schwangerschaft bedeutet doch nicht das Ende der Welt.«

»Klar, für dich ist es das nicht, aber du bist auch nicht derjenige, der mitten in der Nacht aufsteht. Und was ist mit Adam und Zoe? Was ist mit unseren Freunden? Keiner kriegt in unserem Alter noch ein Kind.«

»Es kommt immer wieder vor.«

»Aber nicht bei uns. Du scheinst ja begeistert zu sein, ich kann es einfach nicht glauben!«

»Ich bin überrascht, und das bist du ja offensichtlich auch, aber es gibt Schlimmeres. Wir werden schon damit klarkommen.«

»Du vielleicht, aber ich nicht. Ich will dieses Kind nicht.« So, nun hatte sie die schrecklichen Worte ausgesprochen, aber, Gott möge ihr verzeihen, es war die Wahrheit.

Peter starrte sie an, als hätte er sie nicht verstanden. »Gib dir etwas Zeit«, riet er ihr, als bräuchte sie nur ein paar Minuten, um sich von dem Schock zu erholen.

»Zeit für was? Glaubst du, dass ich meine Meinung ändere? Glaubst du ernsthaft, dass ich mich anders fühle, wenn ich mich erst an den Gedanken gewöhnt habe, schwanger zu sein?«

»Julia ...«

»Wieso glaubst du, fangen die Namen unserer Kinder mit A und Z an? Ein Junge, ein Mädchen. A bis Z, und das war's.«

»Anscheinend nicht.«

Julia warf die Handtasche über die Schulter und sprang von

ihrem Stuhl auf. »Ich merke schon, dass es keinen Sinn hat, mit dir zu reden.«

»Julia ...« Peter folgte ihr aus seinem Büro über den langen leeren Korridor. »Hör mir zu, Julia. Es ist doch gar nicht so schlimm. Es wird aufregend sein, noch ein Baby zu haben ...«

Ihr Mann verstand sie einfach nicht. Ebenso wenig wie ihre Ärztin. Sobald sie ihr die Nachricht beigebracht hatte – eine Nachricht, die Julia nicht hören wollte –, war die Angelegenheit für Dr. Snyder vorläufig erledigt gewesen, das hatte Julia genau gespürt.

Und Peter – klar, er war überrascht, aber offenbar teilte er ihre Bedenken nicht im Mindesten. Eher schien er angenehm berührt. Aufgeregt. Sogar erfreut.

Also alles das, was Julia nicht war.

»Niemand, nicht einmal Poeten,
haben je ermessen können, wie viel
das Herz aushalten kann.«
Zelda Fitzgerald

10. KAPITEL

LIZ KENYON

28. Januar

Ich fühle mich niedergedrückt, und ich bin nicht sicher, ob ich wissen möchte warum. Vielleicht ist es einfach diese Zeit in meinem Leben. Ich bin 57 und allein. Nie im Leben hätte ich geglaubt, dass das passieren könnte.

Nicht mir.

Der Wecker war nicht gestellt, weil Sonntag ist, aber ich bin trotzdem um sechs Uhr aufgewacht. Nachdem ich mich eine halbe Stunde hin- und hergeworfen habe, wurde mir klar, dass ich nicht mehr einschlafen würde, so sehr ich mir das auch wünschte. Also bin ich aufgestanden und habe geduscht. Als der Spiegel wieder klar wurde, habe ich mein Spiegelbild betrachtet, und was ich sah, war zum Weinen.

Wann sind diese Krähenfüße erschienen? Ich erinnere mich nicht, sie zuvor schon einmal bemerkt zu haben. Aber es sind nicht nur meine Augen; auch um meinen Mund und am Hals sind Linien, von denen ich schwören könnte, dass sie vor einer Woche noch nicht da gewesen sind. Ich sehe alt und mitgenommen aus, und ich spüre jeden Tag meiner 57 Jahre.

Bis vor kurzem – genau genommen bis ich mit meinem Tagebuch begann –, hatte ich dem Alter nicht viel Beachtung geschenkt. 57 ist noch immer jung. Heute Morgen, als ich mein Spiegelbild angesehen habe, war ich gezwungen, mich der Wahrheit zu stellen. 57 *ist nicht* mehr jung.

Ganz plötzlich ist mir das klar geworden.

Als sei es nicht genug, dass ich Steve verloren habe und die Kinder fortgezogen sind. Jetzt muss ich mich noch mit einem weiteren Verlust abfinden, der ebenso schrecklich ist wie die anderen. Mit dem Verlust meiner Jugend. Oh, ich will nicht behaupten, dass ich geglaubt habe, noch immer zwanzig zu sein oder so etwas Törichtes – aber ich habe geglaubt, mein Leben (und zugegebenermaßen mein Aussehen) würde sich auch in Zukunft nicht verändern. Und jetzt weiß ich, dass das nicht stimmt. Normalerweise gibt es Entschädigungen für all diese Verluste ... für verlorene Schönheit, Gesundheit und unendliche Möglichkeiten. Entschädigungen wie Enkelkinder, Weisheit, Einsicht. Doch was mich betrifft, war der Handel nicht fair. Meine Enkel sind weit weg, und ich besitze ganz sicher keine Weisheit. Ich spüre nur den Verlust und nichts von dem, was ich eigentlich hinzugewonnen haben sollte.

Oje, jetzt versinke ich gerade in einem neuen Tief. Selbstmitleid. Nein. Das werde ich nicht zulassen. Ich *weigere* mich, mir selbst Leid zu tun. Ich muss rasch etwas unternehmen.

Um die Sache noch komplizierter zu machen, bin ich überzeugt, dass Sean Jamison für dieses ganze Theater verantwortlich ist. Dem Hörensagen nach hat er was mit der neuen Physiotherapeutin.

Nichts könnte mich weniger interessieren.

Offensichtlich ist das eine Lüge – es interessiert mich –, sonst würde ich nicht darüber schreiben. Und es ist mir nicht entgangen, dass die Frau zwanzig Jahre jünger ist als er und dreißig Jahre jünger als ich. Natürlich findet Sean sie attraktiv.

Welcher Mann würde das nicht tun? Sie ist jung, hübsch und himmelt ihn bestimmt an. Ich bin dagegen älter (wenn auch vielleicht nicht weiser), und ich habe Falten. Also keine Konkurrenz. Nicht dass ich Interesse daran hätte, um Sean zu konkurrieren.

Wirklich, es macht keinen Sinn, dass ich mich aufrege. Er ist nicht auf der Suche nach dem, was man eine vernünftige Beziehung nennt. Er findet mich anziehend; das hat er mir klar zu verstehen gegeben, und ich muss zugeben, dass mir das schmeichelt. Um ehrlich zu sein, fühle ich mich auch von ihm angezogen. Ich wünschte, es wäre nicht so, denn es ist klar, dass eine Beziehung mit ihm in einer Sackgasse enden würde – wenn man es überhaupt Beziehung nennen könnte. Sean möchte nur, dass ich blindlings mit ihm ins Bett falle.

Dummerweise kann ich das nicht, zumindest würde ich mich dabei nicht wohl fühlen. Es hat nur einen Mann in meinem Leben gegeben, und nach einunddreißig Jahren mit Steve kann ich mich nicht auf einen Mann einlassen, der nur auf ein sexuelles Abenteuer aus ist. Für mich muss es um mehr gehen als um ein paar Stunden Vergnügen. Ich kann die Frau nicht ändern, die ich bin, nicht einmal für Sean Jamison.

Ich sollte nicht so enttäuscht sein. Man muss Sean zugute halten, dass er mir immer offen gezeigt hat, was er von mir will, auch wenn ich etwas anderes erhofft habe. Ich habe immer geglaubt, der Mann hätte Tiefe. Offenbar habe ich mich geirrt.

In dem Versuch, mich aufzumuntern, habe ich nach dem Frühstück Amy angerufen. Meine Sonntagmorgen-Telefonate mit meiner Tochter und meinen Enkeln sind für mich häufig der Höhepunkt der Woche.

Wie immer habe ich mich anschließend besser gefühlt. Ich habe Amy erzählt, dass ich beschlossen habe, mich als Vorleserin in der Jugendhaftanstalt zur Verfügung zu stellen, und sie fand meine Entscheidung gut. Aus dem Haus zu gehen und etwas für die Gesellschaft zu tun wird mir gut tun.

Amy hat sich nach der Frühstücksgruppe erkundigt, und ich habe ihr das Neuste von allen erzählt. Sie hat keine der Frauen, die meine Freundinnen geworden sind, je kennen gelernt, aber sie mag es, wenn ich ihr von ihnen erzähle. Ich glaube, Amy hätte auch gern so eine Gruppe.

Nachdem ich noch ein wenig mit Andrew und Annie geplaudert hatte, dachte ich über meine Donnerstagmorgen-Freundinnen nach. Sie sind natürlich mehr als das; es ist nur eine bequeme Art, sie von meinen anderen Freundinnen zu unterscheiden. Wir befinden uns zwar alle in ganz unterschiedlichen Lebensphasen, aber ich sehe dennoch viele Gemeinsamkeiten zwischen uns. Ich erkenne mich in Clares Wut und Trauer wieder, in Karens Leidenschaft, in Julias Sinn für Häuslichkeit und Ordnung. Ob auch sie etwas von sich in mir wiederfinden? Ich denke schon. Ich glaube auch, dass diese Freundschaften die ehrlichsten und tiefsten sind, die ich je hatte.

Ich bin so dankbar, dass ich Clare, Karen und Julia kennen gelernt habe. Ich brauche meine Freundinnen. Mehr als je zuvor.

»Das Einzige, was am Muttersein ewig und natürlich zu sein scheint, ist die Ambivalenz.«
Jane Lazarre

11. KAPITEL

JULIA MURCHISON

26. Januar

SEGENSLISTE

1. Eine saubere Küche.
2. Ein Bad in der Nähe des Bettes.
3. Wahrheit ... ob sie mir gefällt oder nicht.
4. Dunkle Wolken, die zu meiner Stimmung passen.
5. Meine Familie.

Gestern Abend bin ich erst nach zehn nach Hause gekommen. Peter und die Kinder hatten sich bereits große Sorgen gemacht. In dem Moment, als ich ins Haus kam, stürmte Adam in die Küche und wollte wissen, wo ich gewesen bin. Er hörte sich an wie ein aufgebrachter Elternteil. So viel zum Thema Rollentausch. Zoe war die Nächste; sie brach in Tränen aus, rannte zurück in ihr Zimmer und knallte die Tür zu. Dann überfiel mich Peter mit Vorwürfen – bloß sagte er kein Wort. Er sah mich nur an, und sein Gesichtsausdruck sprach Bände. Er war sauer auf mich, weil ich allen so große Sorgen gemacht hatte. Er stampfte hinaus und ließ mich allein in der Küche sitzen.

Ich saß dort eine Stunde lang. Wäre irgendeiner aus meiner Familie zu mir gekommen, um mir zuzuhören, hätte ich ihm genau geschildert, was ich gemacht habe. Herumgefahren. Nachdem ich den Laden zugeschlossen hatte, habe ich mich ins Auto gesetzt und bin quer durch die Stadt gefahren. Ziellos bin ich endlos sich windenden Straßen gefolgt, dann habe ich die Autobahnauffahrt genommen und bin bis zu McDonald's gefahren, wo ich eine Milch getrunken und einen Muffin gegessen habe, dann bin ich umgekehrt.

Peter war ebenso aufgebracht wie die Kinder, aber er war der Einzige, der letztlich verstehen konnte, was ich getan habe. Ich konnte meinen Kindern nicht in die Augen schauen, nun, da ich wusste, dass ich schwanger war.

Als ich durch die Gegend gefahren war, hatte ich mich plötzlich aus irgendeinem rätselhaften Grund am Friedhof wiedergefunden. Meine Großeltern sind dort begraben, aber ich erinnere mich kaum an sie und verspüre deshalb keine tiefe Verbindung. Wahrscheinlich hatte es mehr mit meiner momentanen Stimmung zu tun. Als wäre mein Leben, das ich so sorgfältig geplant und organisiert habe, jetzt vorbei. Das kling abgedroschen, ich weiß, aber so niedergeschlagen fühlte ich mich.

Ich habe noch einige Möglichkeiten, dessen bin ich mir sehr wohl bewusst. Ich wünschte bloß, ich wäre eine der Frauen, die in eine Klinik marschieren und die Sache aus der Welt schaffen können. Ich hätte mir nie träumen lassen, dass ich eine solche Möglichkeit auch nur in Erwägung ziehen würde. Zunächst war die Verlockung sehr groß. Niemand bräuchte es je zu erfahren. Peter, natürlich. Ihm würde das nicht gefallen, er würde versuchen mich umzustimmen, aber ich kenne meinen Mann, und er würde mich nicht davon abhalten. Ich habe darüber nachgedacht, ganz ernsthaft. Selbst jetzt, wo ich völlig ehrlich sein kann, schaffe ich es nicht, das Wort aufzuschreiben.

Es klingt wie eine einfache Lösung, und für manche Frauen

ist es vielleicht die Antwort, aber nicht für mich. Ich kenne mich selbst zu gut. Ich finde es schrecklich, dass ich schwanger bin, aber ich würde niemals etwas zerstören, was bereits geschaffen ist.

Adam und Zoe haben gespürt, dass etwas nicht stimmt, aber sie glaubten offenbar, ich hätte mich mit Peter gestritten. Ich bin abends immer zu Hause. Sie sind es gewohnt, dass abends der Tisch gedeckt wird und ich da bin, um ihnen zu helfen und mich mit ihnen zu unterhalten. Sie waren beide sauer auf mich. Peter auch. Später, als er sich beruhigt hatte, fragte er mich, ob ich etwas gegessen hätte, und ich sagte Ja. Er sagte, er hätte für die Kinder Pizza bestellt. Ich ging dann ins Bett, und Peter kam und fragte mich, ob er etwas für mich tun könnte. Ich sagte Nein.

Ich dachte daran, Georgia anzurufen, aber dann tat ich es doch nicht. So gern ich sie auch habe, ich weiß nicht, wie ich es ihr beibringen soll. Sie ist zum vierten Mal verheiratet, zweimal mit demselben Mann, und sie ist kinderlos. Wie soll sie meine Gefühle verstehen?

Ich könnte mit den Frauen aus der Frühstücksgruppe reden – aber so weit bin ich noch nicht. Vielleicht in ein paar Wochen.

Ich frage mich, ob das Baby spürt, wie wenig ich schwanger sein will. Adam und Zoe waren Geschenke; dieses Baby nicht.

Ist es falsch, auf eine Fehlgeburt zu hoffen? Die Tatsache, dass ich fast vierzig bin, bedeutet ein Risiko für das Baby ... Oh Gott, daran darf ich jetzt nicht denken.

Ich fühle mich so mies und schuldig. Vor allem fühle ich mich elend.

Julia saß in ihrem Schaukelstuhl, strickte rein mechanisch vor sich hin, während sich in ihrem Kopf die Gedanken überstürzten. Glücklicherweise war das Geschäft den ganzen Nachmittag ruhig gewesen. Ihr Erfolg war in erster Linie das Ergebnis des persönlichen Service, den sie ihren Kundinnen bot, von denen viele zu Freundinnen geworden waren. Frauen – und ein paar Männer – kamen in ihr Geschäft; sie vertrauten auf ihren Rat und baten sie um ihre Meinung zu ihren kreativen Versuchen.

Doch heute war ihr Service nicht so, wie er sein sollte. Gedankenverloren, wie sie war, neigte Julia dazu, Fehler zu machen. Irene Waldmann hatte ihr das ziemlich deutlich zu verstehen gegeben. Die ältere Frau war eine regelmäßige Kundin, und zu Beginn des Tages hatte Julia die Garnmenge falsch berechnet, die sie für ihr neustes Projekt benötigte. Mrs. Waldmann hatte das bemerkt und sich ausgiebig beschwert. Wegen ihrer schroffen Art war die Frau ohnehin nicht leicht zufrieden zu stellen, und sie war auch nicht der Typ, der Fehler hinnahm. Glücklicherweise war er noch rechtzeitig bemerkt worden.

Ein Auto fuhr auf den Parkplatz vor ihrem Schaufenster, und Julia erkannte Peter. Sie hatten an diesem Morgen kaum ein Wort gewechselt. Ihr Mann und ihre Kinder hatten sie umschlichen, als wäre sie völlig unberechenbar.

Sobald sie aus der Tür gewesen waren, hatte Julias Magen zu rumoren begonnen, und sie hatte das Schlückchen Kaffee, das sie mühsam zu sich genommen hatte, nach hastiger Flucht ins Bad wieder von sich gegeben. Die Morgenübelkeit war viel schlimmer als bei ihren beiden anderen Schwangerschaften.

Vielleicht war es die Rache des Babys dafür, dass es ungewollt war.

Peter kam mit einem Strauß gelber Maßliebchen, ihren Lieblingsblumen, in den Laden.

»Wie komme ich denn dazu?«, fragte sie. Ihre Stimme klang gereizt, aber sie konnte es nicht ändern.

»Ich wollte gern wissen, wie es dir geht.«

Sie zog unnötig heftig an ihrem Wollknäuel. »Großartig.«

Peter setzte sich auf den freien Schaukelstuhl neben sie. Wenn er versucht hätte, mit ihr zu reden, ihr ein Gespräch aufzuzwingen, hätte sie ihre schlechte Laune pflegen können. Stattdessen saß er einfach nur neben ihr, passte seine Schaukelbewegungen sanft an ihre an, die Blumen auf dem Schoß, und sagte nichts. Kein einziges Wort.

»Das ist der größte Witz«, flüsterte Julia nach einer Weile. »Mein Wort meine ich.«

»Dein Wort?«, wiederholte er. »Wovon redest du?«

»Von meinem Wort für das Jahr«, schnauzte sie, denn sie hielt das für offensichtlich. Er wusste doch, dass sich jede aus der Frühstücksgruppe ein Wort ausgesucht hatte.

»Ach, du redest von deinen Freundinnen aus dem Tagebuchkurs. Du hast mir gesagt, wie dein Wort heißt, aber ich habe es vergessen.«

Da sie fürchtete, in Tränen auszubrechen, schüttelte sie nur den Kopf.

»War es *Überraschung*?«, fragte er.

Ein idiotischer Versuch, einen Witz zu machen, vermutete sie. Zu einem anderen Zeitpunkt hätte sie das vielleicht lustig gefunden, aber nicht in ihrer gegenwärtigen Stimmung.

»Dankbarkeit«, brachte sie heraus.

»Dankbarkeit«, wiederholte er langsam.

»Witzig, oder?«

Er hörte auf zu schaukeln und legte seine Hand auf ihren Unterarm. Julia strickte weiter; sie befürchtete, völlig zusammenzubrechen, wenn sie jetzt damit aufhörte.

»Es tut mir Leid, Liebling«, sagte er. »Du hast Recht, ich bin schuld daran.«

»Ich auch ... Ich hätte ... Ich weiß auch nicht ... Oh Peter, ich fühle mich so schrecklich, ich habe so ein schlechtes Gewissen und schäme mich so.«

»Was hast du denn Schreckliches getan?«, fragte er und strich mit der Hand über ihren Arm.

»Ich will dieses Baby nicht! Ich kann nicht einmal daran denken. Jedes Kind verdient es doch, in eine Familie zu kommen, in der es geliebt wird.«

»Ich liebe das Baby«, sagte er.

Vielleicht dachte er, das würde sie trösten, aber das tat es nicht. »Wunderbar, dann liebe du das Baby. Ich nicht. Vielleicht solltest du zum Babymarkt tanzen und durch die Gänge schweben und glücklich sein. Ich bin es nicht! Und es hilft mir nicht im Geringsten zu hören, dass es dir so gut geht.« Ihre Stimme klang schrill.

»Okay, okay«, sagte er und hob die Hände. »Ich sage nichts mehr.«

»Und was machen wir jetzt? Wie sollen wir das schaffen?« Sie hoffte, dass er ein paar Antworten hatte, denn sie war am Ende.

»Ich weiß es nicht«, gestand er.

»Ich auch nicht.«

Sie schaukelten noch ein paar Minuten weiter, während Julia strickte, dabei immer wieder an der Wolle zerrte. Ihre Finger bewegten sich sicher. Sie arbeitete an einem Mohairpulli, den sie im Laden ausstellen wollte. Vielleicht sollte ich lieber Schühchen oder eine kleine Decke stricken, dachte sie düster, verbat es sich aber, die Babywolle auch nur anzuschauen.

»Meinst du, wir sollten es den Kindern sagen?«, fragte er.

Julia konnte nicht glauben, dass Peter ernsthaft solch eine Frage stellte. »Auf keinen Fall!«

Er gab lange keine Antwort. »Der einzige Grund, weshalb ich frage, ist, weil sie gestern beide so besorgt um dich waren«, sagte er schließlich. »Du hättest anrufen sollen.«

»Ich weiß.« Es tat ihr Leid, dass sie die Familie so beunruhigt hatte.

»Adam und Zoe sind alt genug, um zu merken, wenn etwas nicht in Ordnung ist. Ich finde, wir sollten es ihnen sagen. Sie haben das Recht, es zu erfahren.«

Unter anderen Umständen hätte sie ihm zugestimmt, aber jetzt nicht. »Ich halte es für keine gute Idee.«

»Wieso nicht?«

»Was ist, wenn ich eine Fehlgeburt habe? Das könnte ja schließlich passieren. Ich werde bald vierzig ... und mit dem Alter steigt auch das Risiko einer Fehlgeburt.«

»Das weiß ich, aber das Baby könnte genauso gut völlig gesund sein. Die Chance ist mindestens ebenso hoch.«

»Trotzdem ist diese Schwangerschaft nicht sicher, deshalb sollten wir ihnen noch nichts sagen«, sagte sie und klammerte sich an ihren letzten Strohhalm. Sie würde nichts gegen diese Schwangerschaft tun, aber wenn die Natur es so wollte ...

»Es tut mir Leid, dass dich das so unglücklich macht«, murmelte Peter.

»Mir auch«, und zwar mehr, als Julia zugeben wollte.

»Mach dir keine Sorgen, Liebling, es wird schon alles werden. So oder so.«

»So oder so«, wiederholte Julia. Sie wünschte, sie könnte anders über dieses Baby denken. Ihr Mann liebte Kinder. Wenn er allein zu entscheiden hätte, wäre ihr Haus voll davon.

Peter schaute auf die Uhr. »Ich fahre schon mal nach Hause und bereite das Abendessen vor.«

Julia nickte.

»Mach dir keine Sorgen, Liebes«, wiederholte er und beugte sich vor, um sie auf die Wange zu küssen.

Einen Moment später schloss sich die Tür hinter ihm. Julia warf ein Wollknäuel dagegen.

Gerade, als sie für diesen Tag Feierabend machen wollte, kam Georgia herein, wie immer vor Energie sprühend. Sie waren Kusinen und enge Freundinnen und dabei so verschieden wie zwei Frauen nur sein konnten. Auf der Highschool war Julia Vorsitzende des Schülerrats und das Hirn der Klasse gewesen. Georgia hatte die Cheerleader-Gruppe angeführt und schon immer mehr Schönheit als Vernunft besessen. Alle paar Jahre stolperte sie in eine neue Ehe und wieder hinaus, so wie sich andere Leute ein neues Auto kauften. Doch trotz ihres völlig unterschiedlichen Charakters war Georgia eine der wenigen Personen, der Julia vertrauen konnte.

»Also, was ist los?«, fragte Georgia laut, mit ausgestreckten Armen und klimpernden Armbändern. Ihre Kusine trat immer auffällig auf, das gehörte einfach zu ihr, und jeder erwartete es von ihr.

»Was ... was meinst du?« Julia konnte sich nicht vorstellen, wie Georgia die Neuigkeit erfahren haben könnte.

»Ich habe die ganze Woche nichts von dir gehört.« Ihre Kusine stand vor ihr, die Hände in die Hüften gestemmt. »Es muss also etwas passiert sein.« Georgias langes blondes Haar war kunstvoll aufgesteckt, ein paar Löckchen an den Seiten sorgfältig herausgezupft. Sie trug lockere schwarze Kleidung und Silberschmuck und sah wie immer super aus.

»Ich bin schwanger«, brach es aus Julia hervor. Sie hätte es weder ihrer Mutter noch ihrer Schwester oder ihren eigenen Kinder sagen können, aber bei Georgia hatte sie keine Hemmungen.

Georgia reagierte, indem sie auf den Schaukelstuhl fiel, den Peter gerade erst frei gemacht hatte.

»Schwanger?«, wiederholte sie, als wäre es ein Wort in einer fremden Sprache, die sie nicht verstand.

Julia verbarg ihr Gesicht in den Händen und brach in Tränen aus.

»Oh Julia, du machst Witze, oder?« Georgia sprang auf und griff nach ihrer Tasche, wobei sie die Hälfte des Inhalts ausschüttete. Make-up, eine Bürste und ein paar Münzen rollten über den Tisch. »Verdammt, ich brauche eine Zigarette.«

»Ich dachte, du hättest aufgehört.«

»Das habe ich auch, ich bin jetzt auf fünf am Tag runter.« Sie fand, wonach sie suchte, steckte sich die teer- und nikotinarme Zigarette zwischen die Lippen und zündete sie an. Sie lief zur Tür, nahm einen tiefen Zug, blies eine Rauchwolke nach draußen und sah dann die Zigarette stirnrunzelnd an.«

»Es war ein Unfall«, erklärte Julia.

»Alle Schwangerschaften sind Unfälle«, meinte Georgia ungerührt. »Was sagt Peter dazu?«

»Er findet es spannend.«

»Klar«, schnaubte sie und inhalierte tief. Am Türrahmen lehnend, wedelte sie mit der freien Hand in Richtung der Maßliebchen, die auf der Ladentheke lagen. »Peter?«

Julia nickte.

»Hätte ich mir denken können.«

Julia kramte nach einem Papiertuch und schnäuzte sich kräftig die Nase. »Ich habe es noch niemand erzählt – außer Peter.«

»Ich war auch einmal schwanger«, sagte Georgia.

»Wann?« Sie waren sich in den letzten Jahren sehr nah gewesen, aber davon hatte sie nichts gewusst.

»Gott, ich war noch ein Kind.«

»Und was hast du gemacht?«

»Nichts. Ich habe das Baby kurz nach der Hochzeit mit Ernie verloren. Ich hätte ihn sonst nie geheiratet.«

Ernie war Georgias erster Mann gewesen. Die Ehe hatte etwa zwei Jahre gehalten, höchstens. Georgia war damals noch ein Teenager gewesen, und Ernie nur wenig älter.

»Ich habe Ernie immer gemocht«, sagte sie mit einigem Bedauern. »Aber keiner von uns war zum Elterndasein geschaffen.«

Georgia sprach nur selten über ihre Ehen, aber Julia wusste, dass Ernie ihr das Herz gebrochen hatte. Er hatte ein Restaurant geleitet und offensichtlich eine Affäre mit der Konditorin gehabt. In dem Augenblick, als Georgia das erfahren hatte, war die Ehe beendet gewesen. Sie hatte erneut geheiratet, einen Mechaniker, der an der Flasche hing. Diese Ehe wurde zu einer Hassliebe. Wenn sie sich verstanden, war alles gut, wenn nicht, war Land unter. Sie waren zweimal verheiratet und geschieden, ehe Georgia ihren dritten und jetzigen Mann kennen lernte. Sie und Maurice waren inzwischen ein Jahr verheiratet, und Julia hatte ihn seit der Eheschließung nicht ein einziges Mal gesehen. Sie wusste kaum etwas von ihm, aber Georgia schien glücklich zu sein, und das war alles, was zählte.

Als sie die Tränen von ihren Augen getupft hatte, sah Julia auf und stellte erstaunt fest, dass auch Georgias Wangen feucht waren.

»Verdammt, ich brauche eine Zigarette«, schniefte sie.

»Du hast eine in der Hand.«

»Eine richtige Zigarette«, sagte Georgia. »Diese hier sind Scheiße.« Wenigstens ihre Kusine schaffte es noch, sie aufzumuntern. Julia begann zu lachen, und schon bald lachte auch Georgia. Und dann fingen sie beide ohne Übergang wieder an zu weinen.

»Schütte dein Herz aus«, sagte Wimsey.
»Geteiltes Leid ist halbes Leid.«
Dorothy Sayers

12. KAPITEL

DONNERSTAGMORGEN-FRÜHSTÜCKSGRUPPE

Als Julia zum wöchentlichen Frühstückstreffen am ersten Donnerstag im Februar eintraf, waren alle anderen schon da. Liz hatte sich wie immer Kaffee mit Croissant bestellt und sah in ihrem Nadelstreifen-Power-Anzug super aus. Ihr dunkles Haar war kurz, schick und äußerst feminin. Julia wusste, dass das Leben ihrer Freundin viel einfacher geworden war, seit es ihr gelungen war, den Streik des Pflegepersonals abzuwenden. In den letzten Wochen war Liz' Name in der lokalen Presse häufig aufgetaucht, sie hatte bei der Lösung des Konfliktes keine unbedeutende Rolle gespielt.

Neben Liz saß Clare mit ihrem doppelten Espresso und ihrem Johannisbeer-Scone. Sie sah nicht mehr ganz so mitgenommen aus wie zu Anfang ihrer Treffen, registrierte Julia, doch der jüngste Kontakt mit ihrem Ex hatte für einen Rückfall gesorgt, und Wut und Verbitterung standen Clare deutlich ins Gesicht geschrieben. Aber sie schien sich allmählich zu erholen, und das war gut für alle Beteiligten – vor allem für ihre Söhne. Julia wollte sich kein Urteil anmaßen; Clare hatte Gründe, sich so zu fühlen, wie sie sich fühlte. Und sie hatte große Anstrengungen unternommen, mit ihrem Leben zurechtzukommen. Sie arbeitete halbtags und schien weniger beherrscht vom Zusammenbruch ihrer Ehe. Sicher gab ihr die Gruppe viel Halt und war ihr eine große Hilfe.

Auch Karen war da, einen Milchshake vor sich; jede Woche wählte sie eine andere Geschmacksrichtung. Letzte Woche war es Kokosnuss gewesen, und Julia war von dem Geruch ganz übel geworden. Sie hatte ihnen noch nichts von ihrer Schwangerschaft erzählt, sie wollte damit warten, bis sicher war, dass es auch künftig tatsächlich eine Schwangerschaft geben würde.

Ihre drei Freundinnen begrüßten sie lächelnd. Sie besorgte sich Kräutertee und einen Blaubeer-Muffin an der Theke und trug beides zu den anderen an den Tisch.

»Morgen«, sagte sie und setzte sich neben Karen. »Wie geht es euch diese Woche?«

Ein vielstimmiges »Gut« folgte. So war es fast immer. Sie begannen langsam, alle erzählten ein bisschen von der vergangenen Woche, dann kamen sie allmählich in Fahrt. Das Leben jeder Einzelnen war voller Engagement, familiärer Verpflichtungen und Stress. Außerhalb dieser Donnerstage hatten sie sich bisher kaum getroffen, doch das schien sich gerade zu ändern. Liz und Clare sahen sich gelegentlich; offenbar waren sie sich näher gekommen. Und am letzten Sonntagnachmittag waren sie alle zusammen ins Kino gegangen.

Liz strich Erdbeermarmelade auf eine Croissanthälfte, während Karen lebhaft ein Casting für eine Hundefutter-Werbung beschrieb. Der Cockerspaniel hatte sie vom ersten Moment an nicht gemocht und jedes Mal böse geknurrt, wenn sie versuchte, ihre Zeilen herzusagen. Es war nicht überraschend, dass sie den Job nicht gekriegt hatte, aber die Art, wie Karen die Story erzählte, löste bei ihnen allen Gelächter und Mitleidsbekundungen aus.

»Aber der Produzent mag mich«, schloss sie, »und Gwen,

meine Agentin, meinte, sie würde meinen Namen bei seinem nächsten Casting wieder ins Spiel bringen.« Sie endete mit einem tiefen theatralischen Seufzer. »Ich glaube, meine ganze Karriere ist vom ›nächsten Mal‹ abhängig. Es wundert mich wirklich, denn ich liebe Hunde, und bis zu diesem Casting haben sie mich auch geliebt. Glaubt mir, ich werde mir nie einen Cockerspaniel zulegen.«

Während sie sich weiter über Karens Karriere ausließen, stellte Julia fest, dass Liz ganz still geworden war. Sie fragte sich, ob das etwas mit ihren Problemen im Krankenhaus zu tun hatte. Aber der Streik war doch verhindert worden. Vielleicht war es dieser Arzt, den sie einige Male erwähnt hatte. An der brüsken Art, mit der Liz von ihm gesprochen hatte, war ziemlich deutlich geworden, dass mehr dahinter steckte, als sie zugeben wollte.

»Hast du noch mal was von deinem Arzt-Freund gehört?«, fragte sie.

Liz schüttelte den Kopf. Gereizt rutschte sie auf ihrem Stuhl herum und sah an ihnen allen vorbei. Ganz offensichtlich wollte sie nicht darüber reden.

»Belästigt er dich etwa?«, fragte Clare trotzdem. Julia musste lächeln. Clare schien fest entschlossen, sie notfalls eigenhändig vor diesem Arzt zu schützen.

»Er belästigt mich eigentlich nicht«, antwortete Liz, aber Julia merkte, dass sie nicht gern in die Lage gebracht wurde, ihn zu verteidigen.

Karen beugte sich über den Tisch. »Du interessierst dich für ihn, habe ich Recht? Das habe ich sofort geahnt, als du zum ersten Mal seinen Namen erwähnt hast, und jetzt bin ich mir sicher.«

»Tue ich nicht«, beharrte Liz, aber sie klang nicht sehr überzeugend.

»Wen willst du an der Nase herumführen?«, meinte Clare

lachend. »Dieser gute Doktor taucht doch jede Woche in unserem Gespräch auf.«

»Gehst du mit ihm essen? Er hat dich wieder eingeladen, nicht?«

»Nein, hat er nicht, und selbst wenn er es täte, bliebe meine Antwort dieselbe. Ehrlich, ich bin *nicht* interessiert.«

»Okay«, meinte Karen beschwichtigend. Sie stemmte die Ellbogen auf den Tisch und schien mehr Einzelheiten von Liz zu erwarten.

Liz ignorierte sie und beschäftigte sich intensiv mit ihrem Croissant. »Er war seit Wochen nicht bei mir im Büro, und wie ich gehört habe, hat er jetzt ein Verhältnis mit einer der Physiotherapeutinnen, was mir ganz recht ist.«

»Tatsächlich?«, forschte Clare.

»Ja. Ich habe euch doch schon gesagt, dass ich zu alt für ihn bin.«

»Das ist doch lächerlich«, schimpfte Clare. »Außerdem wird er bald merken, was ihm fehlt, wenn er wirklich so brillant ist, wie du sagst.«

»Bald ist Valentinstag«, meinte Karen und zog ihre fein modellierten Augenbrauen hoch.

»Mädels, ich meine es ernst! Ich bezweifle, dass ich mit ihm ausgehen würde, auch wenn er mich fragte.«

»Du wirst es schon merken, wenn die Zeit gekommen ist«, meinte Karen zuversichtlich.

»Sei nur vorsichtig«, warnte Clare. »Und achte auf dein Herz.« Bei ihren letzten Worten senkte sie den Blick und sah niemanden an.

»Was ist mit dir, Clare?«, hakte Julia sofort ein. »Wie steht es zwischen Mick und Alex?«

Ein schmerzerfüllter Ausdruck trat in Clares Gesicht. »Mick spricht immer noch nicht mit seinem Bruder, aber ich bin mir sicher, dass sich das bald wieder einrenken wird.«

»Es ist schlimm für dich, dass deine Söhne sich wegen ihres Vaters streiten, nicht wahr?«

Clare verzog das Gesicht. »Hat jemand etwas dagegen, wenn wir das Thema Michael jetzt beenden? Ich hatte gerade wieder Appetit bekommen.«

Alle lachten.

Clare entspannte sich, und Julia bemerkte erneut, wie schwer es ihrer Freundin fiel, mit der Enttäuschung ihres Lebens fertig zu werden.

»Im Moment beschäftigt mich etwas anderes«, fuhr Clare fort. »Ich überlege, das Haus zu verkaufen, wenn Alex im Sommer sein Examen macht. Die ganze Woche habe ich damit verbracht, mich durch zwanzig Jahre Müll zu wühlen und zu entscheiden, was ich tun soll. Ich möchte gern positiv denken, aber das ist verflucht schwer. Als Michael und ich dieses Haus gebaut haben, hatten wir die Absicht, den Rest unseres Lebens dort zu verbringen. Deshalb liegt das Elternschlafzimmer im Erdgeschoss. Wir wollten im Alter keine Treppen steigen müssen.«

»Dann bleib dort«, schlug Karen vor. »Niemand sagt, dass du ausziehen musst.«

»Nein«, stimmte Clare zu. »Aber ich bin nicht sicher, ob ich dort bleiben kann, wenn Alex weg ist. Das Haus ist ein Teil dessen, was unsere Ehe für mich bedeutete, und jetzt ist alles vorbei. Alle Zukunftspläne sind nun bedeutungslos.«

»Du wirst neue Pläne machen«, versicherte Julia ihr.

»Ich weiß.« Clare nahm einen Schluck von ihrem Espresso. »Es braucht nur Zeit.«

»Hast du in letzter Zeit mal mit deiner Mutter gesprochen?«, fragte Liz Karen.

Karen reagierte unverzüglich. Sie wurde steif. »Kein Wort.«

»Und was ist mit deiner Schwester?«, fragte Clare.

Karen schüttelte den Kopf.

»Hast du nicht gesagt, Victoria hätte dich kürzlich angerufen?«

»Hat sie«, gab Karen zu. »Somit hat sie letzten Monat zweimal angerufen, und das ist ein neuer Rekord. Normalerweise kann ich von Glück reden, wenn sie an meinem Geburtstag an mich denkt.«

»Gibt es einen Grund dafür?«

»Ich kann mir keinen vorstellen, außer ...«

»Ja?«, forschte Liz.

Wieder schüttelte Karen den Kopf. »Ich fange an mich zu fragen, ob meine Schwester so glücklich ist, wie sie uns immer glauben macht.«

»Wie kommst du darauf?«

»Zuerst einmal hat sie selten Leute zu Besuch. Zweitens sehe ich sie und Roger kaum zusammen. Außerdem hörte es sich das letzte Mal, als sie anrief, an, als würde sie weinen.«

»Hast du sie danach gefragt?«

»Klar habe ich das.« Karen war ein bisschen beleidigt. »Sie sagte, sie sei stark erkältet.« Sie verdrehte die Augen. »Es würde mich nicht besonders schockieren, wenn sie *nicht* Ms. Perfect wäre. Aber Mom!«

»Vielleicht hat sie deshalb dich angerufen«, meinte Clare.

»Vielleicht.«

»Wie ist ihr Mann?«, fragte Julia.

»Er ist ein Widerling. Er ist ein bisschen wie meine Mutter, nur dass er ein Mann ist.« Karen verzog das Gesicht. »Ich kann nicht nachvollziehen, wie man Roger heiraten kann.«

»Deine Schwester liebt ihn«, erinnerte Liz sie.

»Ich weiß. Und das heißt, dass mit ihr auch etwas nicht stimmen kann.« Karen nahm einen großen Schluck von ihrem Milchshake; Julia fand, dass er diesmal wie eine Kombination aus Kirsche und Vanille roch. »Victoria und ich haben uns nie sehr gut verstanden.«

»Aber jetzt scheint sie die Hände nach dir auszustrecken«, meinte Julia.

»Vielleicht hofft sie, dass du auch die Hände ausstreckst«, fügte Clare hinzu.

Karen kaute auf ihrem Strohhalm. »Meint ihr?«

Alle nickten. Einen Moment war es still.

»Hast du in letzter Zeit etwas von Jeff gehört?«, fragte Liz plötzlich.

»Er ist von der Bildfläche verschwunden. Sieht so aus, als hätte ich am Valentinstag keine Verabredung. Aber das wäre nicht das erste und wahrscheinlich auch nicht das letzte Mal.«

»Was ist passiert?«

Sie zuckte mit den Schultern. »Meine Agentin hat beschlossen, ihn nicht zu vertreten. Er hätte zwar Talent, aber nicht genug Power. Er wollte, dass ich ihm den Weg ebne und ihn an die Hand nehme. Aber ich hab' genug mit meiner eigenen Karriere zu tun, ich kann mich nicht auch noch um seine kümmern. Als er das begriffen hat, hat er nichts mehr von sich hören lassen. Aber glaubt mir, es ist kein großer Verlust.«

»Was ist denn mit dem Typ, von dem du uns vor einer Weile mal erzählt hast?«, fragte Clare.

»Welcher Typ?«

»Dieser George Soundso.«

»Ich habe Glen erwähnt?« Karen schien überrascht.

»Hieß er nicht George«, sagte Clare zu Liz.

Liz lächelte. »Offenbar nicht.«

»Er heißt Glen.«

»Erzähl uns mehr«, bat Liz. »Wir können so schön mitfiebern.«

Karen grinste und warf ihre langen braunen Haare über die Schulter. »Tut mir Leid, aber da gibt es nichts zu erzählen. Er ist Chemielehrer an der Highschool. Wir haben uns auf dem

Parkplatz gegenüber der Schule, an der ich unterrichte, kennen gelernt. Er ist nicht mein Typ.«

»Mist«, murmelte Liz, und alle lachten.

»Moment mal«, meinte Clare plötzlich und wandte sich an Julia. »Was ist eigentlich mit dir? Alle haben jetzt von sich erzählt, nur du noch nicht. Wie war denn deine Woche?«

Julia starrte auf ihre Hände. Sie hatte eigentlich vorgehabt, ihren Freundinnen erst im März von ihrer Schwangerschaft zu erzählen, wenn die ersten drei Monate vorüber waren, doch jetzt verspürte sie plötzlich das dringende Bedürfnis, sie schon jetzt einzuweihen.

»Julia?« Liz wirkte plötzlich besorgt.

»Was ist los?«, erkundigte Clare sich mit einer Sanftheit, die Julia bei ihr noch nie erlebt hatte. Diese Demonstration des Mitgefühls ließ sie ahnen, wie ihre Freundin vor ihrer Scheidung gewesen war.

»Du kannst uns alles erzählen«, versicherte Karen.

»Ich weiß nicht wie«, flüsterte sie und kämpfte die Verzweiflung nieder, die ständig irgendwo zu lauern schien.

»Es geht um Peter, ja?«, rief Clare, die jetzt sehr aufgebracht und wütend war. »Er hat eine Neue.«

»Nein.« Julia schüttelte den Kopf. Sie hätte fast gelacht, so unglaublich war diese Vorstellung. »Nein«, sagte sie noch einmal und seufzte tief. »Ich bin schwanger.«

Die anderen drei starrten sie fassungslos an.

»Du machst Witze, oder?« Karen sah von einer zu anderen, um sicherzugehen, dass ihr nicht an einer Stelle etwas entgangen war.

»Ich fürchte nicht. Ich finde es jedenfalls nicht besonders witzig.«

»Oh Julia.« Liz' Augen waren voller Mitgefühl.

»Was willst du jetzt tun?«, fragte Clare als Nächstes.

»Tun?«, wiederholte sie. »Was *kann* ich denn tun? Ich werde dieses Baby bekommen.« *Und für den Rest meines Lebens hassen.* »Ich glaube, das ist Gottes Art von Humor. Da versuche ich dankbar zu sein, jeden Tag fünf Dinge aufzuschreiben, für die ich dankbar bin – und dann das. Eine Schwangerschaft mit vierzig ist etwas, worauf ich gut hätte verzichten können.«

»Hey«, meinte Karen. »Wir haben diese Woche noch gar nicht über unser Wort gesprochen.«

»Vergiss das Wort«, meinte Clare barsch. »Wir haben jetzt Wichtigeres zu tun.«

»Was sagt Peter denn dazu?«, fragte Liz.

»Peter?« Julia lachte bitter. »Der freut sich.«

»Klar«, stöhnte Clare.

»Er liebt Kinder ... Er wollte immer noch mehr haben. Ich war diejenige, die mit zwei genug hatte.« Und ihr Mann war nicht der Einzige, der sich über die Nachricht freute. Julias Mutter war ganz aus dem Häuschen gewesen. »Meine eigene Mutter ...«, sie warf den Kopf zurück und schloss die Augen. »Meine eigene Mutter sagte, das Baby wäre ein großes Glück.«

»Typisch Mutter«, meinte Liz. »Sie freut sich, noch einen Enkel zu kriegen.«

»Hast du es sonst jemandem erzählt?«, wollte Karen wissen.

»Meine Mutter und meine Schwester wissen Bescheid – und meine Kusine Georgia.«

»Was haben die dazu gesagt?«

»Janice hat gelacht. Sie meinte, sie könnte nicht anders. Ich war immer diejenige, die ihr Leben im Griff hatte, alles geplant hat ... Janice war immer chaotisch. Und jetzt das! Deshalb findet sie das Ganze so unglaublich witzig.« Julia seufzte leise. »Und als ich es Georgia erzählt habe, hat sie eine ganze Packung Zigaretten in einer halben Stunde geraucht. Dann haben wir zusammen dagesessen und geheult.«

»Typisch Georgia.«

Nervös streckte Julia die Hand nach ihrem Tee aus. Seit sie von der Schwangerschaft erfahren hatte, kam Georgia jeden Nachmittag zu ihr in den Laden. Erst gestern hatte sie Julia eine Packung Vitamintabletten mitgebracht, die so groß waren, dass ein Krokodil daran ersticken konnte. Zu den Vitaminen hatte sie ihr eine ausführliche Belehrung über gesunde Ernährung geliefert und Julia erklärt, wie wichtig körperliche Bewegung in ihrem Zustand wäre. Georgia war der Meinung, Julia müsse häufiger an die frische Luft, und hatte ihr angekündigt, sie von nun an regelmäßig zum Walken abzuholen. Zu diesem Zweck hatte sie zwei identische knallrote Outfits gekauft. Julia hatte versucht sich zu wehren, aber Georgia war hartnäckig geblieben, bis Julia ihr schließlich fest versprochen hatte, mit ihr zu trainieren, sobald es ihr etwas besser ging.

»Was ist mit den Kindern?«, fragte Liz. »Wie haben sie reagiert?«

»Wir haben es ihnen noch nicht gesagt.« Julia konnte den Gedanken daran kaum ertragen. Ihre Kinder waren typische Teenager – also: egoistisch –, und ihre ganze Welt kreiste nur um ihre eigenen Bedürfnisse. Peter war verblendet, wenn es um seine Kinder ging; er glaubte ernsthaft, sie würden sich genau so freuen wie er. Julia bezweifelte das.

»Du musst dich erst selbst an den Gedanken gewöhnen«, meinte Liz und tätschelte ihre Hand.

»Was ist mit deinem Laden? Willst du ihn schließen, wenn du in Mutterschutz gehst?«

»Ich weiß es nicht«, antwortete Julia hilflos. Es gab noch so viele ungelöste Fragen. Peter war voller vager Versicherungen; er beharrte ständig darauf, dass sie alles schon irgendwie hinkriegen würden.

Alle waren eine Zeit lang still, als bräuchten sie einen Moment, um die Neuigkeit zu verdauen.

»Wenn du irgendetwas brauchst, sag Bescheid«, bot Karen an. »Ich habe nicht viel Ahnung von Babys, aber ich tue, was ich kann.«

»Ich auch«, versicherte Clare. »Du hast meine volle Unterstützung.«

»Danke«, flüsterte Julia. Sie war ihren drei Freundinnen sehr dankbar. Sie hatte das Gefühl, als würde sie sie in den nächsten Monaten häufiger in Anspruch nehmen müssen.

»Das Leben ist nicht dazu verpflichtet,
unsere Erwartungen zu erfüllen.«
Margaret Mitchell

13. KAPITEL

CLARE CRAIG

4. Februar

Ich kann einfach nicht glauben, was gestern passiert ist. Ich habe Michael zum ersten Mal gesehen, seit die Scheidung rechtskräftig wurde. Nicht freiwillig, um Himmels willen. Alex hatte an diesem Wochenende ein Fußballturnier in Fresno, und ich ging davon aus, dass Michael nicht hinkommen würde. Mein Fehler. Seit ich denken kann, hat Michael an den Wochenenden gearbeitet, und Fresno ist ziemlich weit weg. Klar war ich mir ganz sicher, dass er nicht auftauchen würde.

Es war ein Schock, meinen Exmann zu sehen. Er ist ganz dünn geworden, und seiner Kleidung – Jeans und Sweatshirt – sah man an, wie sehr sich sein Leben verändert hat. Wer mit einer Zwanzigjährigen zusammenlebt, muss sich wohl so kleiden, vermute ich. Als könne er irgendjemanden täuschen. Es ist lächerlich.

Was mich am meisten erstaunte war der Schmerz, den ich fühlte, als ich ihn sah. Und nicht nur Schmerz, sondern Zorn und Verachtung. Dabei dachte ich, ich wäre endlich ein Stück darüber hinweg! Die Feststellung, was für einen langen Weg ich noch vor mir habe, war entmutigend.

Der Fairness halber muss ich zugeben, dass Michael sich von den anderen Eltern fern gehalten hat. Er stand am anderen Ende des Spielfelds, weit weg von allen. Ich habe ihn anfangs gar nicht bemerkt, erst als Alex zu ihm lief, um ihn zu begrüßen, erst da habe ich gesehen, dass der Fremde in der Nähe des Torpfostens Michael war. Von da an war das gesamte Turnier für mich gelaufen.

Alex wusste, wie durcheinander ich war, und hat versucht, mir alles zu erklären, als wir allein waren. Er sagte, er wäre auch überrascht gewesen, seinen Vater in Fresno zu sehen. Ich habe gespürt, dass er sich gefreut hat, und wollte ihm seine Freude nicht verderben, aber ich war sauer auf Michael. Er hätte doch wenigstens so viel Anstand besitzen können, mir vorher Bescheid zu sagen.

Seit gestern Abend bin ich völlig niedergeschlagen. Alex ist nicht da, er ist in letzter Zeit viel unterwegs, hat zu tun mit Job, Fußball, Schule und Freunden. Aber mit ihm könnte ich meine Gefühle sowieso nicht diskutieren. Normalerweise gehe ich zu Liz, wenn ich mich so fühle wie jetzt. Sie geht immer so vernünftig mit solchen Problemen um, sicher weil sie älter ist und viel durchgemacht hat, als sie ihren Mann verlor. In letzter Zeit bin ich häufig bei ihr, stütze mich zu sehr auf sie; ich finde, es wird Zeit, dass ich lerne, meine Probleme alleine zu lösen.

Gestern Abend bin ich vor Selbstmitleid fast zerflossen. Ich war erschöpft nach der langen Heimfahrt, aber ich habe bis in die frühen Morgenstunden im Wohnzimmer gesessen und an die Zeiten gedacht, als Michael und ich zusammen zu den Spielen der Jungs gefahren sind. Samstags kam er manchmal nicht mit, aber die meiste Zeit traten wir dort als Paar auf. Ich habe schon wieder geheult – dieser ganze Herzschmerz – und dann ganz einfach beschlossen, es nicht zuzulassen, dass ein Mann mein Leben so zerstört.

Leichter gesagt als getan.

Manchmal frage ich mich, ob dieser Schmerz je aufhört. Michael hat mindestens dreißig Pfund abgenommen. Er sieht dünn und runzelig aus (seinem Alter entsprechend, finde ich). Aber er kleidet sich eher wie seine Söhne. Dafür ist offenbar Miranda verantwortlich. Wahrscheinlich hat sie ihn mit ihren sexuellen Forderungen völlig fertig gemacht. Gut, vielleicht stirbt er jung und im Elend. Ich habe meinen Teil dazu beigetragen sicherzustellen, dass er in Armut stirbt.

»Mom.« Alex Stimme klang drängend durch das Telefon. »Du musst mir einen Gefallen tun.«

»Was ist denn?« Clare war damit beschäftigt gewesen, ihre Niedergeschlagenheit über das Fußball-Fiasko abzuarbeiten, indem sie die Dusche in ihrem Bad geschrubbt hatte. Sie war fest entschlossen, ihre Emotionen wieder unter Kontrolle zu bekommen, konnte sich aber, da Montag war, nicht in die Arbeit bei Murphy Motors stürzen. Ihre Arbeitstage dort waren Dienstag und Donnerstag.

»Ich muss heute Nachmittag eine Klausur nachschreiben.«

»Englisch oder Algebra?«

»Algebra.«

Wegen des Fußballturniers hatte Alex zwei wichtige Klausuren verpasst. Algebra war das schlechteste Fach ihres Sohnes; er kam in dieser Beziehung mehr auf seinen Vater als auf sie.

»Was ist mit Englisch?«

»Mrs. Ford war ziemlich großzügig. Sie meinte, ich könnte sie irgendwann diese Woche nachholen.«

»Und Mr. Lawrence nicht?«

»Nein. Er sagte, wenn ich die Klausur nicht heute Nachmittag schreibe, bekomme ich null Punkte. Und wenn ich null Punkte kriege, sind meine Chancen, nach Berkeley zu kommen, dahin.«

»Hast du dich vorbereitet?«

»Na klar. Ich kriege volle Punktzahl, wenn ...«

»Wenn was?«

»Mom«, sagte er und zögerte dann. »Weißt du, ich würde dich nicht fragen, wenn ich eine andere Möglichkeit wüsste.«

»Was denn?« Clare wurde langsam ungeduldig. Ihr Gefühl sagte ihr, dass ihr sein Vorschlag nicht gefallen würde. Alex war normalerweise geradeheraus, wenn er etwas wollte; es musste einen Grund geben, warum er so herumdruckste.

»Ich habe Dad versprochen, ihn vom Krankenhaus abzuholen, und jetzt kann ich nicht.«

Clare brauste sofort auf. »Du verlangst von *mir*, deinen Vater durch die Gegend zu chauffieren?«

»Ja.« Alex' Stimme klang zerknirscht. »Ich weiß, dass du und Dad geschieden seid, aber das heißt doch nicht, dass du nicht anständig sein kannst.«

Clare knirschte mit den Zähnen und wartete darauf, dass ihr Ärger verflog. »Ich bin anständig, Alex. Willst du mir etwa was anderes unterstellen?«

»Nein, Mom, bitte ... Ich will mich nicht mit dir streiten. Ich hätte dich nicht gefragt, wenn es nicht wichtig wäre.«

»Was ist denn mit seiner ... Freundin?«, fragte Clare. Sollte Miranda ihn doch gefälligst abholen.

»Sie kann nicht von ihrer Arbeit weg, weißt du.«

Clare hatte nicht gewusst, dass es im Nagelstudio so enge Terminpläne gab.

»Kann er denn kein Taxi nehmen?« Wenn es einen Ausweg gab, würde Clare ihn finden.

»Ja, schon, aber ich hatte ihm versprochen, dass ich da sein würde, und du hast doch immer gesagt, man muss seine Versprechen halten.«

Hm. Jetzt fuhr er schwere Geschütze auf.

Irgendetwas stimmte hier nicht. Ein Gedanke kam ihr plötzlich. »Wieso kann er nicht selbst fahren?«

»Mom, ich hab gleich die nächste Stunde und keine Zeit, das zu diskutieren, aber Dad bekommt irgendwelche Untersuchungen in der Klinik gemacht. Er soll danach nicht Auto fahren.«

»Ach.« Sie machte eine Pause. »Was für Untersuchungen?«

»Ich ... bin nicht sicher.« Jetzt machte er eine Pause. »Tust du es nun oder nicht?«, fragte er ungeduldig.

Am liebsten hätte sie Alex gesagt, dass Michael sich selbst um seinen verfluchten Heimweg kümmern sollte. Aber Clare wusste ganz genau, wenn sie Nein sagte, würde Alex die Klausur sausen lassen und null Punkte in Kauf nehmen, um das Versprechen gegenüber seinem Vater zu halten.

»Also?«, drängte er.

»Also gut«, murmelte sie, sauer, weil sie sich zu etwas hatte überreden lassen, was sie nicht wollte.

Alex gab ihr rasch alle nötigen Informationen, dann sagte er: »Danke, Mom. Ich wusste, dass ich mich auf dich verlassen kann.«

Die Verbindung war unterbrochen, ehe sie noch etwas sagen konnte.

So schrecklich die Situation auch war, es gab ihr die Möglichkeit, mit Michael über das nächste Fußballturnier zu sprechen, das im März stattfinden sollte. Sieh es von der positiven Seite, Clare! Sie hatten sich darauf geeinigt, sich mit den Spielen abzuwechseln. Heute Nachmittag war eine gute Chance, die Einzelheiten zu besprechen und dafür zu sorgen, dass sich das letzte Wochenende nicht wiederholte.

Clare vermutete, dass Alex im Stillen hoffte, seine Eltern

würden sich wieder versöhnen. Was für ein Witz. Was sie anging, hatte Michael sich als völlig vertrauensunwürdig entpuppt. Doch nach allem, was sie in Büchern gelesen hatte, war dies ein ganz normaler Wunsch von Scheidungskindern – ganz gleich welchen Alters.

Sie machte sich ein wenig Sorgen um Alex. Er war noch ein Kind; er sollte Michael nicht durch die Gegend kutschieren und sich mit seinen Problemen belasten. Doch Alex hatte die Last angenommen, als wäre es seine eigene.

Als es Zeit wurde, zum Krankenhaus aufzubrechen, zog Clare ihr schickstes Geschäftskostüm an. Als sie sich im Spiegel betrachtete, zog sie es wieder aus. Zu steif, fand sie. Sie wollte lässig-elegant aussehen.

Nein. Das gab ihm vielleicht den Eindruck, sie lebte ein lockeres Leben. Was immer sie trug, musste ihm zeigen, wie glücklich sie war, wie ausgefüllt. Ihr Ziel war es, Michael spüren zu lassen, wie unwillkommen es ihr war, dass ihr Tagesablauf so gestört wurde. Zugleich würde ihre Großzügigkeit und Hilfsbereitschaft ihm gegenüber klar machen, dass sie die Stärkere war, die in der Lage war, Vergangenes zu vergessen.

Das Beste war, dass Michael nicht ahnte, dass sie ihn abholte. Wie Alex gesagt hatte, gab es keine Möglichkeit, ihm eine Nachricht zukommen und ihn wissen zu lassen, dass die Pläne sich geändert hatten. Also würde sie Michael völlig überrumpeln, wenn sie kam. Gut – sollte er doch denselben Schock kriegen wie sie letzten Samstag. Nicht nur das, *sie* war vorbereitet, und ihr sorgfältig geplantes Verhalten würde ihm deutlich machen, was er weggeworfen hatte. Eine reife, großzügige und fähige Klasse-Frau.

Ja. Sie hatte sich alles genau überlegt.

Ab und zu wurde man für die unangenehmen Überraschungen des Lebens wenigstens ein bisschen entschädigt.

Nachdem Clare beinahe ihren gesamten Kleiderschrank geleert hatte, entschied sie sich für einen kanariengelben Hosenanzug. Er verhieß gute Laune und Optimismus; und was noch besser war, Michael hatte ihn immer sehr an ihr gemocht. Immer wenn sie ihn getragen hatte, hatte er gesungen, ›You Are My Sunshine‹, und er hatte – genug davon! Sie hatte vor, in die Klinik zu schweben wie ein ... wie ein Sonnenstrahl. Herzlich, aber nicht zu sehr. Michael stand von nun an in ihrer Schuld, und das war ihr lieber, als *ihm* etwas zu schulden.

Die Klinik. Offenbar wirkte sich Michaels gegenwärtiger Lebensstil bereits auf seine Gesundheit aus. Der Ärmste, er konnte mit diesem Kind einfach nicht Schritt halten. Sie würde genau die richtige Menge Mitleid verströmen, gemischt mit einem Hauch Verachtung.

Auf der Fahrt zum Willow-Grove-Memorial-Krankenhaus spielte Clare das Szenario immer wieder vor ihrem geistigen Auge durch, stellte sich Michaels Reaktionen vor und probte ihre eigenen.

Michael würde vor der Klinik auf sie warten. Alex zufolge musste sie nichts weiter tun, als ihn von Tür zu Tür zu fahren.

Doch Michael war nirgends zu sehen, und so fuhr sie ein paar Mal um den Block. Als er noch immer nicht erschien, stellte sie ihr Auto in der ersten verfügbaren Parklücke ab und schritt entschlossen auf die Eingangstür zu.

Ihre Stimmung verdüsterte sich.

Es war nicht geplant gewesen, dass sie Michael suchte. Das machte all ihre ausgeklügelten Pläne zunichte und brachte das Drehbuch durcheinander, das sie so sorgsam entworfen hatte. Wenn Michael nicht da wartete, wo er sollte, konnte er gefälligst alleine nach Hause fahren.

Als sie das mit Marmor ausgelegte Foyer betrat, hörte sie jemanden ihren Namen rufen.

»Clare?« Liz kam auf sie zu. »Was tust du denn hier?«

Wie peinlich. Von ihrer Freundin gesehen zu werden war ebenfalls nicht geplant gewesen. »Eh ...« Eine Notlüge käme jetzt gelegen, aber ungeübt wie sie war, fiel ihr so schnell keine passende ein.

»Es ist doch alles in Ordnung, oder?«

»Eh ... ja sicher.« Sie seufzte. »Ich bin hier, um Michael abzuholen.«

Liz riss die Augen auf, sagte aber nichts.

Widerstrebend erklärte Clare ihr die Geschichte und endete mit Michaels Nicht-Erscheinen am vereinbarten Ort. »Ich werde wohl ein paar Minuten warten«, meinte sie.

Liz war voller Mitgefühl. »Bist du sicher, dass du dir das zutraust?«

Clare zuckte mit den Schultern. »Das werde ich dann feststellen.«

»Ja.« Sie blickte über Clares Schulter. »Ist er das da drüben?«

Er war es, und er sah schrecklich aus. Blass und fahl. Als sie ihn aus der Nähe sah, stellte sie fest, dass er noch mehr abgenommen hatte, als sie am Samstag registriert hatte. Er war völlig abgemagert.

Er blieb abrupt stehen, als er sie sah.

»Wo ist Alex?« Er schaute sich suchend um.

»Bei einer Algebraklausur«, erklärte sie steif. Sie nickte in Liz' Richtung. »Das ist meine Freundin Liz Kenyon, die Verwaltungsdirektorin des Krankenhauses.«

Michael nickte ihr kurz zu und lächelte knapp. »Hättest du etwas dagegen, wenn wir jetzt fahren?«

»Bis Donnerstag«, sagte Clare und wandte sich zur Tür.

»Okay.«

Vor dem Krankenhaus blieb Michael stehen. »Wo ist dein Auto?«

»Auf dem Ost-Parkplatz.« Sie zeigte in die Richtung.

Wieder nickte er und begann in die Richtung zu gehen.

Clare folgte ihm langsam. Sie hätte bei ihren Fragen nach den Untersuchungen hartnäckiger sein sollen. Alex wusste wahrscheinlich etwas, und sie hätte darauf bestehen sollen, dass er es ihr erzählte. In ihrem Bestreben, das perfekte Outfit zu tragen und ihm zu zeigen, dass sie sich völlig von der Scheidung erholt hatte, hatte sie nicht mehr darüber nachgedacht. Was immer das für Untersuchungen waren, sie mussten höllisch gewesen sein.

Keiner von ihnen sagte etwas, während sie zum Parkplatz gingen. Als sie das Auto erreichten, atmete Michael schwer. Sie tat, als würde sie es nicht merken.

Im Auto lehnte Michael sich gegen die Kopfstütze und schloss die Augen. Er hatte Schweißperlen auf der Stirn. Sie bemühte sich, nicht mit Mitleid oder Angst zu reagieren. Bemühte sich, nicht wie eine Ehefrau zu reagieren.

Clare fuhr aus der Parklücke.

»Ich weiß das sehr zu schätzen, Clare«, sagte er mit kaum hörbarer Stimme.

»Ich möchte nicht behaupten, dass es mir gelegen kam«, sagte sie mit kühler Stimme. Sie gestattete sich keinerlei Empfindungen und hasste sich zugleich dafür. »Ich bin nur wegen Alex gekommen.«

»Ich weiß.«

Sie wartete, bis sie sich in den fließenden Verkehr eingegliedert hatte, ehe sie das Gespräch auf ihren Sohn und die noch ausstehenden Fußballspiele brachte.

»Ich dachte, wir wären übereingekommen, Alex' Spiele aufzuteilen«, sagte sie so sachlich wie möglich. »Du hättest mir vorher Bescheid geben sollen, dass du nach Fresno fährst.«

Michael gab keine Antwort, und als sie sich zu ihm umdrehte, sah er aus dem Seitenfenster.

Er beabsichtigte also, sie mit Schweigen zu strafen. Also gut. Aber sie würde sich das nicht gefallen lassen. Sie ...

»Es tut mir Leid.«

Wieder hatte sie Mühe, ihn überhaupt zu hören. Irgendwie war sie beinahe enttäuscht über seine Entschuldigung. Sie sabotierte ihren ganzen Ärger.

»Leid?« Er könnte sich wenigstens erklären.

»Halt an.« Seine Stimme klang energisch. Drängend. Er zeigte in eine Seitenstraße und fügte hinzu: »Beeil dich ... bitte.«

»Anhalten?«, wiederholte sie. Noch während sie die Worte wiederholte, wechselte sie die Spur und bog von der Hauptstraße ab in die Straße, in die er gezeigt hatte. In der Sekunde, als sie am Straßenrand anhielt, fiel Michael fast aus dem Wagen, beugte sich vor und übergab sich auf den Gehweg.

Clare erinnerte sich an Julias schrecklichen Grippeanfall letzten November. Michael schien etwas Ähnliches zu haben, vielleicht noch ein bisschen schlimmer. Er würgte und würgte.

Als er fertig war, lehnte er sich geschwächt gegen den Türrahmen.

Wortlos öffnete Clare den Kofferraum, fand eine Flasche Wasser und öffnete sie. Dann zog sie ein Papiertuch aus ihrer Tasche, mit dem er sich den Mund abwischte. Sie reichte ihm die Wasserflasche.

Michael nahm sie, spülte sich den Mund aus, dann benutzte er den Rest, um sich auf dem Gehweg ein wenig abzuwaschen.

Er kletterte ins Auto zurück und wirkte noch fahler als zuvor.

»Du musst ja eine schreckliche Untersuchung hinter dir haben«, meinte sie. »Oder hast du die Grippe?« Clare *wollte* kein Mitleid für ihn empfinden, aber sie konnte nicht anders. Es war unmöglich, sich von den Schmerzen eines Menschen nicht bewegen zu lassen. Selbst wenn dieser Mensch ihr Leben zerrissen hatte. Selbst wenn sie sich geschworen hatte, hart zu bleiben.

»Ich war nicht zu Untersuchungen in der Klinik«, sagte er nach einer Weile. »Und ich habe auch keine Grippe.«

Clare sah in seine Richtung und wartete auf eine Erklärung. Die Hand hatte sie bereits wieder am Zündschlüssel.

»Ich mache eine Chemotherapie.«

Chemotherapie? Michael?

»Du hast Krebs?«, flüsterte Clare.

»Ich sehe es so: Wenn du den Regenbogen willst, musst du auch den Regen ertragen.«
Dolly Parton

14. KAPITEL

LIZ KENYON

8. Februar

Ich sorge mich um Clare und Julia. Unser Treffen heute hat mich irritiert.

Um Clare mache ich mir die meisten Gedanken. Ich habe nicht lange gebraucht, um herauszufinden, wieso Michael Craig am Montag im Krankenhaus war, und es war nicht wegen Untersuchungen, wie Clare vermutet hatte. Ein Blick auf ihren Exmann sagte mir sofort, dass er kein gesunder Mann ist. Ich frage mich, ob Clare um die Ernsthaftigkeit seines Zustands weiß, aber dummerweise kann ich sie das nicht fragen.

Meine erster Gedanke war, dass ihr Sohn sie praktisch dazu gezwungen hat, Michael abzuholen. Ich frage mich, ob er das mit Absicht getan hat, damit Clare die Wahrheit erfährt. Später erfuhr ich, dass sie nicht sicher ist, wie viel die Jungen tatsächlich wissen.

Ich war der Meinung, dass sie mit jemandem über diese Geschichte sprechen musste, und ich hatte Recht. Am Montag habe ich nach der Arbeit beim Chinesen etwas zu essen geholt und bin dann zu ihr nach Hause gefahren. Es dauerte fast fünf

Minuten, bis sie die Tür aufmachte, und sie sah blass aus und mitgenommen und war sehr froh, dass ich gekommen war.

Wir redeten mehrere Stunden, während wir Frühlingsrolle und Pekingente aßen und dann vor ihrem Kamin schwarzen Tee tranken. Offenbar lebt Michael immer noch mit Miranda zusammen. Es kann nicht leicht für Clare gewesen sein, ihn zu dem Haus zu fahren, das er mit einer anderen Frau teilt. Ich weiß nicht, was sie sich gegenseitig gesagt haben, sie und Michael. Ist aber auch egal. Mein Hauptanliegen ist es, einer Freundin zu helfen.

Clare ist eine starke Frau. Sie hat eine Menge hinter sich, aber es steht ihr auch noch einiges bevor. Dennoch hatte ich am Ende dieses Abends das Gefühl, dass Clare die Sache einigermaßen gefasst erträgt.

Heute Morgen beim Frühstück sah sie dann aus, als hätte sie die ganze Nacht kein Auge zugetan. Sie wirkte extrem ruhig, und Karens Versuche, sie auszufragen, blieben ohne Erfolg.

Clare ist nicht die Einzige, die Probleme hat. Julia ist offenbar völlig durcheinander. Diese Schwangerschaft scheint sie körperlich sehr zu belasten, und natürlich erst recht emotional. Auch sie war sehr still und zurückhaltend.

Damit blieben Karen und ich. Karen, ganz Schauspielerin, schien glücklich zu sein, Zuhörer zu haben, und übernahm den größten Teil des Gesprächs. Ich hoffte, das würde Clare und Julia ein wenig aus der Reserve locken, aber keine von ihnen hat sich so richtig an der Unterhaltung beteiligt. Wenn sie nicht mitmachen, funktioniert die ganze Gruppe irgendwie nicht.

Ich versuche nun, Clare und Julia häufiger zu treffen. Schließlich bin ich diejenige, die die meiste Zeit in unsere Freundschaften investieren kann. Auf jeden Fall kann ich ihnen meine Zuneigung und mein Mitgefühl geben – wenn nicht gar meine Erfahrung!

Mit diesen Hintergedanken habe ich beschlossen, Stricken zu lernen, und Julia hat eingewilligt, es mir beizubringen. Sie bietet keine regelmäßigen Kurse an; sie meint, es sei zu viel, den Laden zu führen und gleichzeitig Leuten das Stricken beizubringen. (Sie kann es sich noch nicht leisten, jemand einzustellen, aber das ist ihr Ziel.) Die Abende sind ihrer Familie vorbehalten, und sie verlässt das Geschäft in der Regel gegen sechs Uhr.

Ich wollte schon immer stricken (gleichzeitig erfülle ich damit eine meiner Aufgaben für das neue Jahr – nämlich neue Fähigkeiten zu erlernen!). Ich werde Wolle kaufen, um einen Pulli für Annie zu machen, und während ich die Grundlagen erlerne, habe ich die Möglichkeit, Julia zu besuchen. Wir haben für unsere Stunden zwei Mittage in der Woche vereinbart; ich bringe etwas zu essen mit, weil sie kein Geld von mir annehmen möchte. Wir werden stricken – und reden. Über das Baby, ihre Gefühle, worüber sie will.

Es liegt sicher an Julias Baby, dass mir Lauren in letzter Zeit so häufig durch den Kopf geht. Das Kind sechs Monate zu tragen und dann zu verlieren, weil es drei Monate zu früh geboren wurde, hat uns fast zerstört. Steve und ich waren so jung und ängstlich. Ich habe sie nie vergessen, auch wenn ich nicht oft von ihr gesprochen habe. Wenn meine Tochter heute zur Welt gekommen wäre, hätte sie sicher überlebt. Ein Arzt wie Sean hätte ihr eine Lebenschance gegeben.

Er war Anfang der Woche bei mir im Büro. Ich habe ihn nicht gesehen, aber ich wusste sofort, dass er da gewesen war. Ich hatte eine Besprechung mit dem Leiter des Pflegepersonals, um die letzten Einzelheiten des neuen Vertrags zu besprechen. Als ich zurückkam, lag eine langstielige Rose auf meinem Schreibtisch. Es ist fast einen Monat her, seit Sean und ich uns zuletzt unterhalten haben. Ich bin mir nicht einmal sicher, ob er sich noch mit der Physiotherapeutin trifft.

Ich wünschte, ich könnte genau sagen, was ich an diesem Mann so attraktiv finde. Und verdammt, ich muss zugeben, dass es so ist. Ich weiß, dass er jünger ist und arrogant und ungeduldig und fordernd – und er leidet an völlig falscher Selbsteinschätzung. Und trotzdem ... trotzdem muss ich ständig an ihn denken.

Er ist so verschieden von Steve, wie man sich nur vorstellen kann. Vielleicht ist es die Herausforderung, die mich lockt. Aber brauche ich das zu diesem Zeitpunkt meines Lebens wirklich? Ich glaube nicht. Also was will ich dann?

Ich weiß es nicht.

Ich habe genügend Herausforderungen. Meinen Job natürlich. Und meine Arbeit in der Jugendhaftanstalt. Ich finde es extrem befriedigend, dort vorzulesen.

Wie auch immer, ich habe Seans Rose ins Wasser gestellt und auf meinem Schreibtisch stehen gelassen (gleich neben meiner Ausgabe des zweiten Harry-Potter-Buches). Die ganze Woche hat mich die Rose an ihn erinnert. Ich sehe sie als Erstes, sobald ich morgens ins Zimmer komme, und als Letztes, wenn ich es abends verlasse. Ich hätte sie sofort wegwerfen sollen, aber das habe ich nicht getan.

Normalerweise kann ich mich auf meine Einschätzung von Menschen und Beziehungen gut verlassen. Dieses Mal habe ich das unbestimmte Gefühl, mich auf eine gründliche Enttäuschung einstellen zu müssen.

Das ist kein angenehmes Gefühl. Sean empfindet offenbar dasselbe, sonst hätte er mich noch einmal gebeten, mit ihm auszugehen, aber das hat er nicht.

Ich bin nicht sicher, ob ich erleichtert oder enttäuscht sein soll.

»Es versteht sich von selbst, dass man nie mehr Kinder als Autofenster haben sollte.«
Erma Bombeck

15. KAPITEL

JULIA MURCHISON

12. Februar

SEGENSLISTE

1. Heiße Bäder und Lavendelseife und eine passende Körperlotion, die sich wie Samt auf meiner Haut anfühlt. Ein vorzeitiges Valentinsgeschenk für mich selbst.
2. Eine Nacht durchschlafen – etwas, was ich wirklich zu schätzen weiß, seit ich Schlafprobleme habe.
3. Dachböden.
4. Pillen gegen Sodbrennen.
5.

Ich war zu meinem monatlichen Besuch bei Dr. Fisk, der Gynäkologin, die mich auch während der Schwangerschaften mit Adam und Zoe betreut hat. Wir haben uns fast eine Viertelstunde unterhalten und hätten sicher noch länger über die Schwangerschaft gesprochen, wenn sie nicht so einen engen Terminplan gehabt hätte.

Meine Einstellung ist nicht gut. Ich gebe mir Mühe, aber bisher funktioniert es nicht richtig. Mein errechneter Geburtstermin ist der siebte September. Die Ultraschalluntersuchung hat eine gesunde Schwangerschaft gezeigt; der Fötus entwickelt sich normal. Aber ich erinnere mich nicht, bei Adam oder Zoe an so starker Übelkeit und Sodbrennen gelitten zu haben.

Ich sollte mich allmählich damit abfinden, dass unsere Familie um ein weiteres Mitglied wachsen wird. Ich sollte davon ausgehen, dass alles irgendwie funktionieren wird. Ich habe keine Lust mehr, mir Sorgen darüber zu machen, wie wir das alles hinkriegen, keine Lust mehr, an die Komplikationen zu denken, die das Baby in unser Leben bringen wird. Babys sind teuer, und unsere Finanzen sind schon jetzt arg strapaziert.

Peter hat die Schwangerschaft gut angenommen – kein Wunder, er ist ja auch nicht derjenige, der schwanger ist. Wenn das Baby da ist, werde ich es meinem optimistischen Mann überlassen, eine Tagesbetreuung zu finden. Ich werde ihm vorschlagen, mitten in der Nacht aufzustehen, das Füttern zu übernehmen und sich um die ständigen Bedürfnisse eines Neugeborenen zu kümmern. Peter hat offenbar vergessen, wie fordernd so ein Baby sein kann, aber er wird sich bald daran erinnern.

Die Kinder ahnen, dass etwas im Busch ist. Wir können nicht mehr lange aufschieben, es ihnen zu sagen. Auch hier hat mein Mann eine rosige, unrealistische Vorstellung davon, wie sie reagieren werden. Ich raube ihm ungern seine Illusionen, aber ich weiß genau, was Adam und Zoe sagen werden, und das hat keinerlei Ähnlichkeit mit dem, was er erwartet.

Am Samstag, als Peter mit Adam und Zoe unterwegs war und von einem Sportereignis zum nächsten gepilgert ist, bin ich auf den Dachboden gestiegen. Ich kann mich nicht erinnern, wann ich das zum letzten Mal getan habe. Was für ein Chaos! Anscheinend sind die Kinder hier oben gewesen.

Ich habe alles zusammengesucht, was wir für das Baby gebrauchen können. Soweit ich mich erinnern kann, haben wir

Bettchen, Hochstuhl und die anderen Möbelstücke meiner Schwester gegeben, aber Peter war sich sicher, dass wir die Wiege behalten hatten. Wenn, dann habe ich sie nicht gefunden. Ich habe überall nachgeschaut, aber ohne Erfolg. Auch Babykleidung ist keine mehr da. Nichts. Niente. Nada.

Wir müssen ganz von vorne anfangen. Ich weiß wirklich nicht, wie wir uns das leisten sollen. Die Einnahmen in meinem Laden sind zurückgegangen – kein Wunder, schließlich muss ich ein oder zwei Mal in der Woche schließen, um zu verschiedenen Ärzten zu gehen und all die Untersuchungen machen zu lassen, die Dr. Fisk für nötig hält. Gott sei Dank haben wir eine gute Krankenversicherung.

Julia war nervös, denn sie hatte sich vorgenommen, die Kinder heute über ihre Schwangerschaft aufzuklären. Sie nahm die Hühnchenkasserolle, eines der Lieblingsgerichte der Familie, vom Herd und trug sie auf den Tisch. Dazu gab es frische grüne Bohnen, warme Brötchen und anschließend ein Dessert.

Julia bestand auf gemeinsame Mahlzeiten, auch wenn Adam und Zoe an vielen Schulaktivitäten teilnahmen, die häufig erst spät zu Ende waren. Es wurde immer schwieriger, alle gemeinsam um den Esstisch zu versammeln.

»Essen ist fertig!«, rief sie, als sie alles auf dem Tisch hatte. Sie wartete darauf, dass ihr Mann und ihre Kinder kamen.

Peter war der Erste. Ihre Blicke trafen sich, und Julia las die Frage in seinen Augen.

»Heute Abend?«

Julia nickte.

»Wie war es bei der Ärztin?«

Sie zuckte die Schultern. Sie hatten das Ergebnis der Ultraschalluntersuchung besprochen, und es hatte länger gedauert, als sie gehofft hatte. Sie hatte den Laden über eine Stunde verspätet geöffnet und sich gefragt, wie viele Geschäfte ihr dadurch wohl entgangen waren. Oder schlimmer noch, wie viele Kunden sie verärgert hatte, weil sie nicht zu den angegebenen Öffnungszeiten im Laden gewesen war. Es war schon das zweite Mal in dieser Woche passiert.

»Ist alles in Ordnung?«

»Ja.« Er wusste, dass der Ultraschall in Ordnung gewesen war, das hatte sie ihm schon vorher gesagt. Peter war erleichtert gewesen, und sie natürlich auch. Diese ganze Situation war unangenehm genug, ohne sich auch noch um Down-Syndrom oder Spina bifida sorgen zu müssen. Obwohl sie da erst ganz sicher sein konnten, wenn sie die Amniozentese hinter sich hatte.

»Adam. Zoe!«, rief Peter. »Abendessen!«

Adam latschte in die Küche, als täte er seinen Eltern damit einen Gefallen. Er hatte sich vor kurzem den Schädel kahl rasieren lassen und war nach einem erneuten Schuss letzten Sommer knapp ein Meter achtzig groß. Er war lang und schlaksig und sich seiner Größe unangenehm bewusst.

Er zog seinen Stuhl hervor und ließ sich fallen. »Ich habe am Computer gesessen«, sagte er, als würde das die Verspätung erklären.

»Wo ist deine Schwester?« Julia stellte die Milch neben den Salat und die grünen Bohnen auf den Tisch.

Adam zuckte mit den Schultern. »Keine Ahnung. In ihrem Zimmer, schätze ich.«

Peter ging auf den Flur und rief erneut nach Zoe.

Die Dreizehnjährige erschien eine Minute später, voller Enthusiasmus. »Sorry«, rief sie, als sie ins Zimmer stürmte. »Ich habe gerade mit Ashley telefoniert.«

Ashley und Zoe standen in ständigem Kontakt. Als Julia dreizehn war, war Kathleen O'Hara ihre beste Freundin gewesen, inzwischen lebte sie als Journalistin in Seattle. Ihre Freundschaft hatte sich auf eine Weihnachtsgruß-Beziehung reduziert, und sie hatte ganz vergessen, wie intensiv Freundschaften mit dreizehn waren. Die beiden Mädchen fanden es unmöglich, länger als ein paar Stunden getrennt zu sein. Das alles würde sich ändern, vermutete Julia, sobald sich die ersten Jungenfreundschaften anbahnten, und sie hoffte, dass das noch ein paar Jahre dauerte. Im Moment waren Ashley und Zoe jeden Tag in der Schule zusammen, dann telefonierten sie den halben Abend und schickten sich in den Pausen dazwischen E-Mails. Auch die Wochenenden verbrachten sie gemeinsam, wechselseitig bei sich zu Hause.

»Sollen wir essen?« Peter setzte sich.

Julia nahm am gegenüberliegenden Ende des Tischs Platz.

Als sie alle saßen, senkten sie den Kopf für ein kurzes Gebet. Dann begann Peter das Essen zu verteilen. »Nach dem Essen würden eure Mutter und ich gern kurz mit euch sprechen«, meinte er beiläufig.

»Mit uns sprechen?« Zoe war erstaunt.

»Worüber?«, fragte Adam.

»Wir warten bis nach dem Essen«, antwortete Julia, die den Frieden noch nicht unterbrechen wollte.

»Geht es um mein Auto?« Adam würde bald seinen Führerschein bekommen. Schon jetzt bedrängte er Peter und Julia, ihm ein eigenes Auto zu kaufen. Natürlich, so hatte er ihnen versichert, würde er sich einen Job suchen, um für Versicherung, Benzin und Unterhalt aufzukommen.

Julia spießte eine Bohne auf. Sie brachte es nicht übers Herz, Adam zu erklären, dass es mit den zusätzlichen finanziellen Belastungen eines dritten Kindes nicht mehr möglich sein würde, noch ein Auto zu finanzieren. Sie hatten überlegt, einen anständigen Gebrauchtwagen zu kaufen, aber das stand nun außer Diskussion.

»Ich weiß, was es ist«, platzte Zoe aufgeregt heraus. Sie warf ihrem Bruder einen triumphierenden Blick zu.

Adam sah verächtlich in ihre Richtung.

»Wir machen dieses Jahr zusammen Urlaub, stimmt's?«, fragte Zoe.

Julia und Peter tauschten einen Blick.

Zoes Augen leuchteten. »Wir fahren zum Grand Canyon, habe ich Recht?«

»Ich fahre«, bot Adam sofort an.

»Hättet ihr etwas dagegen, diese Diskussion auf nach dem Essen zu verschieben?«, bat Julia und wünschte sich, Peter hätte ihre Absicht nicht schon im Voraus verraten.

»Ich brauche morgen vierzig Dollar für den Sportkurs«, verkündete Adam, nahm sich noch ein Brötchen aus dem Korb und bestrich es mit Butter.

»Vierzig Dollar?« Peter sah ihn entsetzt an.

»Tja, Kinder sind ein teures Vergnügen«, bemerkte Julia spitz. Peter schien noch immer nicht zu begreifen, welches Opfer dieses neue Kind bedeutete, und dabei dachte sie noch nicht einmal an die nicht unwesentlichen emotionalen Aufwendungen.

»Wo wir gerade vom Geld reden, ich brauche eine neue Klarinette«, warf Zoe ein.

Schule. Musikstunden. Sport. Pfadfinder. Kirche. Alles das erforderte Geld und Zeit. Sowohl Adam als auch Zoe waren sehr aktive Teenager, und daran würde auch ein neugeborenes Baby nichts ändern. Allein letzte Woche hatte jeden Abend eine Elternversammlung stattgefunden, von einem der Vereine oder Jugendgruppen der Kinder.

Julia konnte sich nicht vorstellen, wie das im nächsten Jahr gehen sollte, wenn sie ein Baby zu Hause hatten. Ein Baby, das einen regelmäßigen Ess- und Schlafrhythmus hatte. Sie würde es zu all diesen Veranstaltungen nicht mitnehmen können, und Peter würde auch nicht immer zu Hause sein, um Babysitter zu spielen. Er hatte eigene Verpflichtungen – Lehrerkonferenzen, Elternsprechstunden und Ähnliches –, die häufig abends stattfanden.

»Also, reden wir über den Urlaub in diesem Jahr?«, drängte Adam.

»Nein«, sagte Julia, bevor die Kinder sich auf eine völlig falsche Fährte begaben, die zu einer weiteren Enttäuschung führen würde.

Beide Kinder starrten sie an.

»Was ist es dann? Sag es uns«, bat Julia.

»Ja«, meinte Adam. »Wieso sagt ihr es uns nicht sofort?« Er manövrierte eine weitere Portion Hähnchenfleisch auf seinen Teller. In den letzten sechs Monaten hatte sich der Appetit ihres Sohnes verzehnfacht. Peter hatte kürzlich gescherzt, er würde einen zusätzlichen Job annehmen müssen, nur um die Lebensmittel zu bezahlen. Ein Witz, an den Julia sich jetzt mit Bitterkeit erinnerte.

»Vielleicht sollten wir es ihnen sagen und es hinter uns bringen«, stimmte Peter zu und sah Julia an.

»Es ist nicht fair, uns so zappeln zu lassen«, meinte Zoe, die vor Neugier fast zu platzen schien.

»Ich muss zurück an meinen Computer, ich habe haufenweise Englisch-Hausarbeiten zu machen«, fügte Adam hinzu und versuchte ihnen weiszumachen, dass er sofort nach dem Essen damit beginnen würde. Er hatte vorhin ganz sicher am Computer gesessen, aber ebenso sicher war, dass er nicht mit seinen Englisch-Hausaufgaben beschäftigt gewesen war. Julia hätte schwören können, dass ihr Sohn vor irgendeinem Spiel gesessen hatte.

»Ich habe nichts dagegen, wenn eure Mutter einverstanden ist«, sagte Peter.

Beide Kinder wandten sich an Julia. »Bitte, Mom, sag es uns.«

Eigentlich hatte Julia gehofft, Peter wäre derjenige, der die

Nachricht verkünden würde. Ihr war klar, dass sie es nicht länger vor sich herschieben konnte, also legte sie die Gabel ab und faltete die Hände auf dem Schoß. Sie setzte ein tapferes Lächeln auf. »Euer Vater und ich haben eine gute Nachricht für euch.« Sie war fest entschlossen, dem Ganzen eine positive Note zu geben, auch wenn sie selbst wenig begeistert war.

»Ich habe doch gesagt, es ist etwas Gutes«, rief Adam und warf seiner Schwester einen triumphierenden Blick zu.

»Wir fahren doch zum Grand Canyon«, meinte Zoe. »Mom hat nur Nein gesagt, weil es eine Überraschung sein sollte.«

»Ich glaube nicht, dass ein Baby das ist, woran ihr gedacht habt.« Peter spuckte die Worte ein bisschen verzweifelt aus.

»Yellowstone Park.« Adams Augen blitzten vor Begeisterung. »Ich könnte ab und zu mal fahren, dann wären wir in achtzehn Stunden da. Wir könnten doch in den Nationalparks übernachten, oder?«

»Baby?« Die Aufregung schwand aus Zoes Gesicht, als sie die Worte ihres Vaters begriff. »Was soll das Gerede von einem *Baby*?«

Julia wünschte, ihr Mann hätte das Thema etwas feinfühliger eingeleitet. Sie gab sich alle Mühe, fröhlich auszusehen, beugte sich vor und sah ihren Kindern in die Augen. »Ihr habt ganz richtig gehört.«

»Ein Baby?« Adam hatte nun den gleichen verwirrten Gesichtsausdruck wie seine Schwester.

»Eure Mutter ist schwanger«, erklärte Peter. Julia war es recht, wenn er die weiteren Erklärungen übernahm, schließlich freute er sich ja auch so auf dieses Baby. Nach Adams und Zoes entsetzten Gesichtern zu urteilen, war er allerdings der Einzige in der Familie, der das tat. »Euer kleines Brüderchen oder Schwesterchen wird im September geboren.«

Beide Kinder drehten den Kopf und starrten Julia an, als könnten sie das unmöglich glauben.

»Ich wusste gar nicht, dass so alte Frauen wie Mummy noch Kinder kriegen können«, meinte Adam.

»Es mag euch vielleicht erstaunen, aber eure Mutter ist nicht alt«, klärte Peter ihn auf, ohne seine Belustigung zu verbergen.

»Ich werde dieses Jahr vierzig«, murmelte sie, für den Fall, dass Peter das vergessen hatte.

»Du kriegst ehrlich ein Baby?«, fragte Zoe, den Kopf auf die Seite gelegt. »Heißt das, dass wir nicht in Urlaub fahren?«

»Dieses Jahr nicht«, antwortete Julia. *Und wahrscheinlich auch nicht in den nächsten fünf. Oder noch länger.*

»Wo soll ein Baby schlafen?«, fragte Adam, als wäre ihm dieser Gedanke gerade gekommen.

Julia verstand die Sorge ihres Sohnes. Adam befürchtete, sein Zimmer teilen zu müssen.

»Das entscheiden wir, wenn das Baby da ist«, antwortete Peter. »Wenn es ein Junge wird, wird er eines Tages bei dir schlafen. Ein Mädchen würde zu Zoe ziehen.«

Die Ultraschallaufnahmen hatten das Geschlecht noch nicht erkennen lassen; und Julia war es im Moment auch egal. Sie war nur froh, dass das Baby gesund war – und dass es nur eins war. Sie hatte gelesen, dass ältere Mütter häufiger Zwillinge bekamen.

»Wäre es nicht besser, in ein größeres Haus zu ziehen?« Zoe sah ihre Eltern abwechselnd an.

»Das können wir uns nicht leisten«, meinte Julia und schob das Essen auf ihrem Teller von einer Seite auf die andere. Ihr Appetit war seit Wochen nicht besonders groß, und dieses Gespräch war da nicht gerade förderlich.

»Ihr meint, wenn das Baby ein Mädchen wird, kommt es zu mir ins Zimmer?« Zoes Zorn schwang in jedem Wort mit. »Ich habe sowieso schon das kleinste Zimmer! Dann soll wenigstens Adam sein Zimmer mit mir tauschen.«

»Adam. Zoe.« Peters Stimme klang nun bestimmt. »Es gibt keinen Grund, jetzt schon darüber zu streiten. Wenn das Baby geboren ist, wird es in den ersten Monaten bei eurer Mutter und mir schlafen.«

»Wieso kann es nicht immer bei euch bleiben?«

»Glaubt ihr nicht, ihr seid ein bisschen zu egoistisch?«, fragte Peter milde.

Julia wusste, dass er über die Reaktion der Kinder enttäuscht war. Nun, sie hatte ihn gewarnt.

»Niemand in meinem Alter hat noch so kleine Geschwister«, maulte Zoe und sah zu ihrem Bruder, damit er ihr zustimmte. »Es ist ... peinlich.«

»Wir sind selbst ein bisschen überrascht«, erklärte Peter. »Es ist nicht so, als hätten eure Mutter und ich das geplant.«

»Ein Baby wird unser ganzes Leben verändern«, meinte Adam, und es war klar, dass er nicht an eine Verbesserung glaubte.

Und genau das war von Anfang an auch Julias Sorge gewesen. »Du hast Recht. Diese Schwangerschaft wird einiges in unserer Familie verändern.«

»Ist das der Grund, weshalb Großmutter so oft anruft?«, fragte Zoe plötzlich.

Zoe war fast immer am Telefon gewesen, wenn Julias Mutter angerufen hatte. Und sie hatte jedes Mal deutlich gemacht, dass sie es verabscheute, ihre eigenen Telefonate für etwas zu unterbrechen, das nichts mit ihrer eigenen kleinen Welt zu tun hatte.

Julia nickte. »Meine Mutter und meine Schwester wissen Bescheid.«

»Du hast es Großmutter und Tante Janice eher erzählt als uns?« Adam war fassungslos.

»Was soll ich nur meinen Freundinnen sagen?« Zoe war den Tränen nahe. »Ich kann einfach nicht glauben, dass ihr zugelassen habt, dass so etwas passiert.«

»Sag deinen Freundinnen einfach, du würdest eine große Schwester werden«, schlug Peter vor.

»Oh Daddy, wie albern. Es ist so ... dämlich.«

Adam sagte eine Weile gar nichts mehr. Dann murmelte er, »Das heißt, dass ihr es euch nicht mehr leisten könnt, mir ein Auto zu kaufen, stimmt's?«

»Wir wissen es noch nicht.« Julia antwortete rasch, ehe Peter antworten und die Träume seines Sohnes endgültig zerstören konnte. »Vielleicht im nächsten Jahr ...«

»Schließt du den Wollladen?«, erkundigte sich Zoe.

»Nein.« Da war Julia sich ganz sicher. Sie war zu weit gekommen, hatte zu viel geopfert, um jetzt alles aufzugeben.

»*Wolltet* ihr mehr Kinder?«, fragte Adam.

»Nein«, gab Julia zu.

Zoe stand auf und blickte sie und Peter über den Tisch an. »Wieso musstet ihr das tun?«, jammerte sie. »Ich will mein Zimmer mit niemandem teilen, und ich will auch nicht jeden Nachmittag babysitten. Ich weiß, dass ihr euch das so vorstellt.«

»Zoe, so weit sind wir doch noch gar nicht. Dein Vater und ich müssen die Neuigkeit ja selbst noch verdauen. Keine Sorge, wir werden von dir nicht verlangen, dass du Babysitterin spielst, höchstens mal im Notfall.«

»Was soll ich meinen Freundinnen nur sagen«, klagte sie, und in ihren Augen glitzerten Tränen.

»Sag ihnen, deine Eltern bekommen ein Baby.«

»In *eurem* Alter?«

»Ich sage es niemandem«, erklärte Adam. »Sonst denken alle, es wäre ein Witz.«

»Ich hasse euch dafür, dass ihr uns das antut!« Zoe rannte aus der Küche. Ein paar Sekunden später knallte ihre Zimmertür zu und ließ das ganze Haus erschüttern.

Wortlos schob Adam seinen Teller fort. Er verließ den Tisch

und marschierte durch den Flur. Sekunden später flog auch seine Tür zu.

In der Küche war es plötzlich totenstill. Julia war übel. Das war sogar noch schlimmer gelaufen, als sie befürchtet hatte. Sie hatte gewusst, dass die Kinder überrascht sein würden und vielleicht verlegen, aber sie hatte nicht damit gerechnet, dass sie derart vehement reagierten.

»Also«, meinte Peter und lehnte sich auf seinem Stuhl zurück. »Was meinst du?«

»Was ich meine?«, wiederholte Julia, während der Kloß in ihrer Kehle anschwoll.

»Es ist nicht gut gelaufen, oder?«

»Nein, Peter«, antwortete sie. »Es ist nicht gut gelaufen.«

»Lasst mich auf mich und nicht auf sie hören.«
Gertrude Stein

16. KAPITEL

LIZ KENYON

Er ist hier«, sagte Donna DeGooyer, die Sozialarbeiterin des Krankenhauses, am Donnerstagnachmittag und steckte ihre Nase in Liz' Büro.

»Wer?«, fragte Liz und stellte sich ahnungslos.

»Du *weißt* schon wer. Ich habe Dr. Jamison gerade auf dem Flur gesehen, er kommt in diese Richtung!«

»Wirklich?« Liz' Puls reagierte sofort. Aus irgendeinem Grund hatte sie damit gerechnet, am Tag zuvor von ihm zu hören – am Valentinstag. Es war lächerlich, so etwas anzunehmen. Männer waren keine romantischen Wesen. Steves Liebe zu ihr war nie infrage gestellt gewesen, aber er hatte sich mit Geschenken und romantischen Gesten immer schwer getan. Und Dr. Jamison hatte schon mehr als einmal bewiesen, dass er, abgesehen von seinen Patienten, an niemanden außer sich selbst einen Gedanken verschwendete. Oder, wie Karen es lakonisch kommentiert hatte: »Das Ego ist gelandet.« Der bloße Gedanke, er könnte am Valentinstag an sie denken, war dumm gewesen. Peinlich. Und siehe da, er hatte es nicht getan. Trotzdem war er in dieser Sekunde unterwegs zu ihr.

»Er will sicher mit dir ausgehen.«

»Wahrscheinlich.« Liz nickte, obwohl sie das überhaupt nicht für wahrscheinlich hielt. Abgesehen von der Rose auf ihrem Schreibtisch hatte sie ewig nichts mehr von dem Arzt gehört. Er hielt Abstand zu ihr und hatte ein neues Techtelmechtel.

»Was wirst du dann sagen?«, wollte Donna wissen.

Liz zuckte mit den Schultern und versuchte cool und gleichgültig auszusehen, obwohl sich in ihrem Kopf alles drehte und ihre Hände feucht waren.

Donna blickte über ihre Schulter. »Bis dann«, meinte sie und entfernte sich mit einem unanständigen Grinsen.

Kaum war Donna fort, erschien Sean. Er sah unverschämt gut aus. »Na also, Sie sind noch da«, murmelte er. »Das habe ich mir doch gedacht.«

Liz sah auf die Uhr auf ihrem Schreibtisch und stellte überrascht fest, dass es schon halb sieben war. »Ich muss noch Papierkram erledigen«, erklärte sie.

»Sind Sie sicher, dass Sie nicht auf mich gewartet haben?« Nur sein leichter, neckender Ton verhinderte, dass er arrogant klang. Sie schluckte eine Antwort hinunter. Sollte Sean doch glauben, was er wollte – zum Beispiel, dass sie sich danach verzehrte, etwas von ihm zu hören. Da es nicht allzu weit von der Wahrheit entfernt war, schwieg sie. »Danke für die Rose«, sagte sie stattdessen.

»Welche Rose?« Er lehnte mit überkreuzten Armen am Türrahmen.

»Die, die Sie letzte Woche auf meinen Schreibtisch gelegt haben.« Er wusste verdammt genau, was sie meinte.

»Ach, die *Rose*.« Er lächelte sein umwerfendes, sexy Lächeln, und ihr Herz schlug schneller.

»Haben Sie heute Abend etwas vor?«, fragte er.

Sie zögerte – aber nicht lange. »Eh, nein.«

»Wie wäre es mit einem Drink?«

»Ich dachte, Sie hätten ein Verhältnis mit ... wie hieß sie doch gleich? Die Physiotherapeutin?«

Er zuckte mit den Schultern. »Nicht mehr. Sie ist mir zu anstrengend.«

Sie starrte ihn an, dann musste sie plötzlich lächeln. Ein Drink würde ja nicht schaden.

»Wo?«, fragte sie.

»Im Seaside?«

»Okay.« Liz war ein wenig besorgt, denn sie hatte das Gefühl, gerade etwas Unwiderrufliches und vielleicht Gefährliches getan zu haben: Indem sie eingewilligt hatte, hatte sie ihm zu verstehen gegeben, dass sie seinem Charme erlegen war. Aber sie hätte nicht Nein sagen können. Sie wollte nun mal unbedingt herausfinden, *wieso* sie diesen Mann so attraktiv fand, obwohl er sie ständig in Rage brachte.

Sean blickte auf die Uhr. »Sagen wir in einer Viertelstunde?«

»Einverstanden.«

Er warf ihr noch einen Blick zu, dann ging er.

Zwölf Minuten später fand Liz glücklicherweise eine Lücke auf dem Parkplatz des beliebten Restaurants. Sie brauchte noch eine Minute, um ihre Make-up aufzufrischen und in ihrer Tasche zu wühlen, bis sie den Miniflakon mit ihrem Lieblingsparfum fand.

»Auf in den Kampf«, murmelte sie, als sie aus dem Auto stieg und es zuschloss. Zumindest würde sie ihrer Frühstücksgruppe am nächsten Donnerstag etwas zu erzählen haben.

Sie hatten sich heute Morgen getroffen, und Clare hatte ihnen berichtet, dass Michael sich einer Chemotherapie unterzog. Clare hatte geschwankt zwischen Mitleid und dem Versuch, gleichgültig zu bleiben. Eine Sekunde sagte sie, es wäre alles Mirandas Problem; in der nächsten äußerte sie große Sorge um seine Aussichten und die Nebenwirkungen der Medikamente. Julia hatte ihren Kindern endlich eröffnet, dass sie schwanger war, mit vorhersehbaren Folgen, und Karen war noch immer sauer, weil der Cockerspaniel sie nicht gemocht hatte, als sei ihre gesamte Karriere deswegen aus dem Ruder gelaufen. Liz hatte ihnen allen zugehört und war dann mit dem Gefühl in die Klinik gefahren, dass ihr eigenes Leben nicht genug Bedeutung und sie nichts zu erzählen hätte.

Die Bar war verraucht und voll. Valentinsdekorationen – Herzen und Liebesgötter – hingen noch immer von der Decke herab, und statt des normalerweise gespielten klassischen Jazz dudelten schmalzige Liebeslieder. Sean war noch nicht da, und sie wünschte nun, sie hätte draußen auf ihn gewartet. Wenn er sie versetzte, so schwor sie sich, würde er sein blaues Wunder erleben. Ein Tisch wurde frei, als die Hostess die Gäste, die dort gesessen hatten, ins Speisezimmer nebenan führte, und Liz stürzte rasch hin, um sich den Platz zu sichern.

Ein paar Minuten später kam eine gestresste Kellnerin; Liz bestellte ein Glas Merlot und machte sich sofort über das Schälchen Erdnüsse her, das auf dem Tisch stand, denn sie hatte das Gefühl, dringend etwas im Magen zu brauchen.

Sean kam vor ihrem Wein. Er bezahlte ihren Drink und bestellte sich selbst einen Cocktail. Keiner von ihnen schien etwas zu sagen zu haben, und Liz begann, sich ein bisschen verzweifelt zu fühlen.

»Ich wünschte ...«

»Nun, was ...«

Immer wenn sie etwas sagen wollte, begann er ebenfalls. Sean grinste und machte ihr ein Zeichen, als Erste zu beginnen. Sie nickte und überlegte, ob sie sich gepflegt unterhalten sollten, ein wenig über die Klinik plaudern oder über Bücher, Politik, Filme, doch am meisten interessierte sie eigentlich Sean selbst.

»Erzählen Sie mir ein bisschen von sich.«

Grinsend nahm er eine Hand voll Erdnüsse. »Meine Hobbys? Was möchten Sie gern wissen?«

Sie konnte sich vorstellen, dass er häufig über seinen Beruf, seinen Erfolg sprach, aber davon wusste sie bereits genug. »Was sollte ich erfahren?«

»Also gut.« Seelenruhig kaute er seine Erdnüsse und nippte an seinem Cocktail. »Zum Beispiel, dass ich mich normalerweise nicht so anstrengen muss, um eine Frau dazu zu bewegen, mit mir auszugehen.«

Sie verdrehte die Augen. »Falsches Thema, ein neues.«

Er lächelte. »Also gut. Ich bin seit zehn Jahren geschieden.«

Das war es also, was sie erfahren sollte? Liz fragte sich, ob das seine Art war, ihr zu verstehen zu geben, dass er nicht an einer langfristigen Beziehung interessiert war.

»Kinder?«, fragte sie.

»Eine. Eine Tochter, Eileen. Sie lebt mit ihrem Mann, der als Wissenschaftler für Boeing arbeitet, in Seattle. Sie haben eine dreijährige Tochter namens Emily.«

»Dann sind Sie also Großvater.«

Er sah weg und nickte.

»Haben Sie Fotos?«

Er schüttelte den Kopf. »Wir haben kein besonders enges Verhältnis.«

»Meine Tochter hat zwei Kinder«, erzählte sie ihm, um die peinliche Stille nach diesem Geständnis zu überspielen. Offensichtlich schien er das alles zu bedauern, aber jetzt war nicht der Zeitpunkt, ihn zu fragen, was schief gegangen war und wieso er und Eileen keinen Kontakt mehr hatten.

»Wie sind Sie zur Krankenhausarbeit gekommen?«, fragte er als Nächstes. Offenbar versuchte er, das Gesprächsthema von sich abzulenken.

Liz, der der Wein schon leicht zu Kopf gestiegen war, hob

scherzend den Zeigefinger. »Wir hatten doch über Sie gesprochen.«

»Okay.« Er schien einen Moment tief in Gedanken versunken, dann zuckte er lächelnd mit den Schultern. »Sonst gibt es da nicht mehr viel zu erzählen.«

Liz wollte nicht lachen, tat es aber trotzdem. »Das kann ich nicht glauben.«

Auch er lachte. »Also zumindest nicht über mein Privatleben«, meinte er mit untypischer Bescheidenheit. »Und meine beruflichen Qualifikationen kennen Sie ja.«

Liz nickte. Ihr wurde klar, dass sie soeben durch diesen winzigen Sprung in seinem Ego einen Blick auf den wahren Sean Jamison erhascht hatte. Und sie hatte das Gefühl, ihn zu mögen.

Doch ehe sie mehr erfahren konnte, lenkte er das Gespräch ab, und Liz stellte plötzlich fest, dass sie über sie sprachen. Er interessierte sich für ihre Tätigkeit in der Jugendhaftanstalt, was zu einer erhitzten Debatte über das Justizsystem, die Todesstrafe und Jugendkriminalität führte. Klar, dass sie fast bei jedem Thema verschiedener Meinung waren.

»Sie sind so engstirnig«, murmelte sie.

»Und Sie sind ein Flammendes Herz.«

»Wenigstens *habe* ich ein Herz«, konterte sie.

Grinsend sah er auf seine Uhr. »Haben Sie neben diesem großen Herz auch einen Magen?«

»Ja ...«

»Wie wäre es dann mit etwas zu essen?«

Inzwischen hatten sie beide zwei Drinks gehabt und außer einem kleinen Schüsselchen Erdnüsse nichts gegessen.

»Möchten Sie dieses Gespräch unbedingt fortsetzen?«, fragte sie, denn ihm musste doch ebenso wie ihr aufgefallen sein, dass sie wenig gemeinsam hatten. So sehr sie seine medizinischen Fähigkeiten schätzte und ihn zu mögen begann –

seine Leidenschaft zu diskutieren, seinen Intellekt, selbst seinen Humor –, waren sie doch bei fast jedem Thema absolut gegensätzlicher Ansicht.

»Klar. Ich streite mich gern. Sie nicht?«

»Und ob.« Sie musste ohnehin dringend etwas essen.

Er beugte sich vor, küsste sie auf die Wange und stand dann auf. »Ich besorge uns einen Tisch.«

Auch während des Essens wurde es keine Sekunde langweilig. Sie stritten über jeden Punkt, scherzten, neckten sich und lachten. Als sie fertig waren, stellte Liz fest, dass sich das Restaurant fast vollständig geleert hatte.

Sean blickte auf die Uhr. »Es ist halb zwölf – für mich längst Zubettgehzeit. Wie steht es mit Ihnen?«

Liz seufzte. »Für mich auch. Ich muss morgen früh in der Klinik sein.«

Die Rechnung war bereits bezahlt, also standen sie auf, um zu gehen. Sean half ihr in die Jacke und brachte sie zum Auto. »Sicherheitshalber folge ich Ihnen noch bis nach Hause.«

»Das brauchen Sie nicht.«

»Streiten Sie nicht mit mir, Elizabeth.«

»Ich habe fast den ganzen Abend mit Ihnen gestritten«, erinnerte sie ihn spitz, doch insgeheim rührte sie seine Fürsorglichkeit.

»Sie werden bald lernen, dass ich die meisten Diskussionen gewinne.«

»Ja, Sir«, erwiderte sie sarkastisch. »Obwohl ich sagen würde, dass es heute Abend sehr ausgeglichen war.«

Er lächelte, sagte aber nichts.

Sean fuhr bis nach Hause hinter ihr her, und als sie in die Garage einbog, hielt er ebenfalls an und stellte den Motor aus.

Stirnrunzelnd stieg Liz aus dem Wagen und ging zu ihm. »Nochmals danke. Das war ... ein unterhaltsamer Abend.«

»Das fand ich auch.«

Sie war froh, dass er das sagte.

Er streckte die Arme nach ihr aus, und nach ganz kurzem Zögern lehnte sie sich an ihn und erwartete seinen Kuss. Sein Mund war warm und feucht und fest, und Gefühle überkamen sie, die sie seit über sechs Jahren nicht mehr verspürt hatte. Sie schlang die Arme um seinen Hals, und er hielt sie fest. Seine Hände drückten sie dicht an ihn. Er wollte sie, das war ihr mehr als klar.

»Nimm mich mit rein«, flüsterte er. Ehe sie antworten konnte, küsste er sie ein zweites Mal, dann noch einmal – kurze, hungrige Küsse, die ihren Widerstand schwächten. Um ein wenig Abstand zwischen sie zu bringen, ließ sie ihn los und trat einen Schritt zurück.

»Ich werde aus einem unterhaltsamen Abend einen genussvollen machen, für uns beide«, versprach er, und seine raue Stimme war voller Verlangen.

Liz hätte lügen müssen, wenn sie bestritten hätte, wie sehr sie in Versuchung war. Sie lehnte die Stirn an seine Schulter und wartete darauf, dass sie wieder zu Vernunft und Verstand kam.

»Denk jetzt nicht«, bat er. »Fühl nur.« Seine Lippen, die ihren Nacken und ihre Ohrläppchen liebkosten, unterstützten sein verlockendes Angebot.

»Sean«, sagte sie schnell, ehe sie keine Chance mehr hatte. Sie hob den Kopf und umfasste sein Gesicht. »Dein Angebot ist wirklich verlockend.«

Seine Augen, voller Leidenschaft, wurden plötzlich hellwach. »Aber?«

»Wenn ich zwanzig wäre, würde ich es wahrscheinlich tun.«

»Was hat das Alter damit zu tun?«

»Nicht so sehr das Alter, sondern die Vernunft. Ich bin 57 ...«, bewusst erinnerte sie ihn daran, dass er jünger war als sie. »... und ich bin besonnener geworden. Ich finde dich erregend und attraktiv, und du sagst, du empfindest für mich das Gleiche.«

»Ja, Gott, ja.« Er küsste sie unvermittelt, tief und leidenschaftlich, sodass ihre Knie anfingen zu zittern.

Als er sie freigab, schloss Liz die Augen, entschlossen, wieder einen klaren Kopf zu bekommen. »Jetzt hör mir bitte zu, denn das, was ich zu sagen habe, ist wichtig.«

Er hob den Kopf, und ihre Blicke trafen sich. »Also gut.«

»Es wäre das Einfachste auf der Welt, jetzt mit dir ins Bett zu fallen. Ich gehöre der Generation an, die immer gesagt hat, wenn du ein gutes Gefühl hast, tu es, und ich ...«

»Soll das ein Vortrag werden?«, fragte er, plötzlich gelangweilt.

»Nein, eine Erklärung«, beeilte sie sich zu versichern. »Ich war einunddreißig Jahre lang verheiratet, und in dieser Zeit habe ich gelernt, dass Sex mehr ist als Vergnügen. Es ist Zuneigung und Kommunikation, es sind geteilte Träume und Leben. Es ist wunderbar, aber für mich muss es mehr sein als ein ... ein One-Night-Stand. Ich habe den Abend sehr genossen. Ich habe es genossen, mit dir zusammen zu sein.«

»Mit anderen Worten, danke, aber nein danke. Ein anderes Mal vielleicht?«

Sie zögerte. Es war komplizierter, aber sie bezweifelte, dass er das verstand. »So ähnlich.«

»Ich habe deine Gesellschaft auch sehr genossen, Liz, aber ich bin kein Anhänger dieser Zauder-Philosophie, die du da vorträgst. Du willst nicht ins Bett mit mir? Das kann ich akzeptieren. Es gefällt mir nicht, aber die Entscheidung liegt bei dir.«

Sie küsste sein Kinn, um ihm zu zeigen, dass sie froh war, dass er ihr zugehört hatte.

»Weißt du was«, sagte er und seufzte tief. »Ich werde warten, bist du so weit bist, und dann rufst du mich an.«

»Was?« Er verwirrte sie.

»Ich frage eine Frau nicht zweimal, Liz.«

Sie sah ihn an, zornig, weil er einen Willenskrieg daraus machte. Er hatte kein Wort von dem verstanden, was sie gesagt hatte. »Du wirst lange warten müssen, Sean.«

Er lächelte, offenbar amüsiert. »Das bezweifle ich«, antwortete er mit nervtötender Zuversicht. »Du wirst bald zur Vernunft kommen, und wenn es so weit ist, werde ich bereit, willig und fähig sein.«

»Vom Leben zu erwarten, dass es einen gut behandelt, weil man ein guter Mensch ist, ist so, als erwarte man von einem Bullen, nicht anzugreifen, weil man Vegetarier ist.«
Shari R. Barr

17. KAPITEL

KAREN CURTIS

23. Februar

Glen Trnavski, der Chemielehrer von der Highschool, den ich vor ein paar Wochen auf dem Parkplatz kennen gelernt habe, hat mich gestern nach der Schule angerufen. Ich vermute, er hat geahnt, dass ich nach mehr als acht Stunden mit Fünftklässlern moralische Unterstützung brauchte. Auch wenn meine Mutter das anders sieht, aber ich bin nicht zur Lehrerin geboren. Immerhin, etwas Gutes hat es, mit Peter Murchison, Julias Mann, zusammenzuarbeiten. Ich mag ihn sehr, und er kann toll mit den Kindern umgehen.

Glen ist eigentlich so ähnlich wie Peter. Ruhig, gelassen, humorvoll. Er ist anders als die Typen, die ich vom Theater kenne – Jeff zum Beispiel. Obwohl er so ruhig ist, ist er einer der angenehmsten Männer, die ich je kennen gelernt habe, und als ich mir überlegt habe, warum, bin ich zu dem Schluss gekommen, weil er *zuhört*. Und er hört nicht nur zu, er scheint sich auch für das zu interessieren, was ich sage. Was mir besonders an ihm gefällt ist sein Lachen – es kommt ganz tief aus seiner Brust. Aber: Er ist *NICHT* mein Typ. Zu langweilig. Nicht frech genug. Nein, das meine ich nicht, aber er ist mir zu wenig spontan. Er hat kein Feuer im Hintern, keine Leidenschaft ... Ob ich wohl genug für zwei habe?

Ich mag seine Gesellschaft, und er hat begriffen, dass wir nur Freunde sind, auch wenn es mir scheint, als wollte er mehr. Nach all der Ablehnung, die ich in letzter Zeit erfahren habe, brauche ich einen Mann, der in mich verliebt ist – auch wenn ich seine Gefühle nicht erwidern kann. Ich sehne mich nach Aufmerksamkeit. Es macht mich nicht stolz, das zuzugeben, aber leider ist es wahr.

Wo wir gerade von Ablehnung sprechen ... am Montag habe ich mich an einem weiteren Werbespot versucht. Diesmal ging es um Haarspray, und ich müsste bald davon hören. Ich glaube, ich war ganz gut. Vielleicht passte die Rolle der peniblen Hausfrau nicht zu mir, aber eine aufgedonnerte Blondine kann ich haargenau spielen. Diesmal mache ich mir wirklich Hoffnungen. Meine Agentin meint, bis Ende der Woche müsste ich Bescheid wissen.

Von meiner Mutter habe ich nichts mehr gehört. Das stört mich nicht weiter; ich betrachte es als Geschenk, dass sie es vorzieht, mich in Ruhe zu lassen. Wer braucht schon ständiges Genörgel? Ich werde ihre Erwartungen nie erfüllen können. Wieso kann sie mich nicht so nehmen, wie ich bin? Ist es nicht das, was alle Kinder brauchen? Liebe und Anerkennung? Mutter möchte gern, dass ich tue, was *sie* anerkennenswert findet, damit sie vor ihren Freundinnen prahlen kann – und erst *dann* liebt sie mich. Das ist doch völlig falsch herum! Und es ist unfair und ... Anscheinend ist das noch immer ein großes Thema für mich, sonst würde ich nicht so viel darüber schreiben. Und ich hätte nicht ›Anerkennung‹ als mein Wort des Jahres gewählt. (Nun, ich fände es auch schön, wenn meine Schauspielfähigkeiten anerkannt würden und ich einen Job bekäme! Ist das positives Denken oder was?)

Kommen wir zurück zu Glen. Wir gehen morgen Abend zusammen ins Kino. Wahrscheinlich hätte ich nicht zusagen sollen. Ich mache ihm ungern etwas vor, aber er hat mich gefragt, und es ist nicht so, als würden scharenweise Männer an meiner Tür klopfen. Umso mehr tut er mir Leid. Ich liebe Kino, und ich will mich nicht beklagen, aber ich finde Glen ... unaufregend. Bequem, aber unaufregend.

Während ich diese Zeilen lese, fällt mir auf, dass ich das Thema ›Schwester‹ bisher ganz übergangen habe. Sie hat sich kürzlich in mein Donnerstagmorgengespräch eingeschlichen. Liz hat das gemerkt. Nichts entgeht ihr. Auch Julia war es aufgefallen.

Als ich Liz nach ihrer Meinung gefragt habe, sagte sie, ich hätte mein ganzes Leben damit zugebracht, mit Victoria um die Gunst meiner Mutter zu buhlen. Nun ja, das war nichts Neues! Obwohl Liz etwas gesagt hat, das mich zum Nachdenken brachte. Aber es hat mich auch genervt. Sie schlug vor, dass ich mich auffällig anziehen sollte (auffällig gemessen an welchem Geschmack?), um meine Mutter zu provozieren. Um wenigstens negative Aufmerksamkeit zu erringen. Ich bin dagegen. Ich tue *nichts,* um eine Reaktion meiner Mutter zu provozieren. Ich ziehe mich an, wie ich mich anziehe, und das ist modern und einzigartig (jedenfalls meiner unmaßgeblichen Meinung nach). Denn so bin ich nun mal. Ich bin ich und niemand anders.

Also, das war schon sehr tiefgründig!

Allerdings sage ich meinen Freundinnen auch ungern, dass sie sich irren. Meine Beziehung zu meiner Mutter hat praktisch nichts zu tun mit meiner älteren Schwester. Ja, ich konkurriere mit Victoria, aber *sie* ist diejenige, die dafür verantwortlich ist.

Sie müsste ja nicht so perfekt sein. Sie hat immer alles getan, wie es sich gehört. Das klassische brave Mädchen eben. Sie hat mich sozusagen zum Scheitern verdammt, denn ich hatte keine Chance, hübscher, klüger oder erfolgreicher zu sein als sie. Genug jetzt. Das Thema ist beendet, und ich gehe ins Bett.

Am Samstagabend um sechs Uhr kamen Karen ernste Zweifel an ihrer Sieben-Uhr-Verabredung mit Glen. Sie befürchtete, ihn zu benutzen, um ihr angeschlagenes Ego aufzubauen, und schlimmer noch, dass er mehr von dieser Verabredung erhoffen könnte, als ihr lieb war. Am Freitagabend hatte sie diese Vorstellung noch nicht allzu sehr bewegt, aber heute im Laufe des Tages erschien ihr ihr Verhalten nicht fair. Sie hatte zwar betont, dass sie ›nur Freunde‹ wären, aber dennoch ...

Karen hatte gerade beschlossen, ihn anzurufen und abzusagen, als das Telefon klingelte. Wenn sie Glück hatte, war es Glen, der von sich aus absagte. Dann wäre das Problem gelöst.

»Hallo«, rief sie hoffnungsvoll.

Keine Antwort.

»Hallo«, wiederholte sie, dieses Mal etwas lauter. »Sag mal, bist du es, Jeff?« Sie hatte seit ihrem Streit nichts mehr von ihm gehört und kam nicht umhin, ständig an ihn zu denken – und zu hoffen ...

Schweigen.

»Du bist wirklich krank, weißt du das? Wenn du Jeff bist, dann weißt du, was ich von dir denke. Wenn du jemand anders bist, dann kann ich nur sagen: *Scher dich zum Teufel*!« Mit diesem Worten knallte sie den Hörer so laut auf, dass die Person am anderen Ende es bedauern würde, sie angerufen zu haben.

Glen Trnavski kam fünf Minuten zu früh mit einem Strauß rosa Nelken.

Karen hatte sofort ein schlechtes Gewissen, weil sie hatte absagen wollen.

»Wie nett«, sagte sie und hielt sich die Blumen vor die Nase. Rosa Nelken waren vielleicht nicht besonderes originell, aber es war lange her, seit ein Mann für sie etwas so Süßes und, ja, Traditionelles gemacht hatte. Karen war gerührt, auch wenn sie sich in Erinnerung rief, dass dieses erste Date eigentlich gar kein Date sein sollte, mehr eine zwanglose Verabredung zweier Freunde.

»Hast du dir einen Film ausgesucht?«, fragte er und folgte ihr in die Wohnung.

»Ich darf aussuchen?« Die Typen, mit denen sie sonst ausgegangen war, hatten in der Regel schon vorher entschieden, welchen Film sie anschauen würden. Bestenfalls hatten sie die Entscheidung zusammen getroffen. »Es gibt einen neuen Film mit Julia Roberts, den ich mir gern ansehen würde.« Ein Frauenfilm. Die meisten Jungs interessierten sich mehr für Action, Blut und Ballerei.

»Einverstanden.« Er war so entgegenkommend; einerseits gefiel ihr das, andererseits auch nicht. Dies war kein Mann, der einen Streit vom Zaun brach. Aber er würde auch keine Feuerwerke entzünden.

Nachdem Karen die Nelken in ein leeres Mayonnaiseglas gestellt hatte, das sie genau für eine solche Situation aufbewahrt hatte, griff sie nach Jacke und Tasche. Gerade, als sie gehen wollten, klingelte das Telefon wieder.

»Ich gehe schnell ran«, sagte sie und rannte durch den Raum. Sie rechnete eigentlich nicht damit, am Samstagabend von ihrer Agentin zu hören, aber sie wollte nichts riskieren. Ihr billiger Anrufbeantworter war nicht immer zuverlässig.

»Hallo?«

Nichts.

Ungeduldig knallte sie den Hörer auf und beklagte sich: »Das ist vorhin schon einmal passiert. Ich gehe ans Telefon, aber da ist keiner. Also, da ist schon einer, aber er oder sie sagt nichts.«

»Hast du eine Ahnung, wer das sein könnte?«

»Nicht die geringste.« Ganz sicher würde sie Jeff jetzt nicht erwähnen.

»Was ist mit der Rufnummernanzeige?«, fragte Glen.

»Habe ich nicht.« Sie gab ungern zu, dass sie sich einen solchen Luxus nicht leisten konnte. Es fiel ihr schon so schwer genug, die Telefonrechnungen zu bezahlen. Der einzigen Luxus, den sie sich erlaubte, war eine Warteschleife – der Himmel möge verhindern, dass sie einen Anruf ihrer Agentin verpasste, nur weil sie mit einer Freundin quasselte. Gut, sie könnte auch noch die Telefongesellschaft anrufen. Karen beschloss, das jetzt zu tun. Natürlich war die Nummer nicht registriert, und sie stöhnte frustriert.

»Wenn er oder sie noch mal anruft, bist du einfach nicht da«, meinte Glen mit einer glasklaren Logik, der sie einfach nichts entgegenzusetzen hatte. »Er oder sie kann eine Nachricht hinterlassen – oder auch nicht.«

Er hatte Recht, natürlich. Sie schaltete den Anrufbeantworter ein, und erleichterten Herzens griff sie nach einem Wollcape, das sie zu besonderen Anlässen trug. Glen nahm es ihr aus der Hand und legte es um ihre Schultern. Wieder benahm er sich ganz konservativ, und sie kam zu dem Schluss, dass es ihr eigentlich gefiel. Dies war eine Geste, an die sie nicht gewöhnt war und die sie nur aus alten Filmen und Theaterstücken kannte.

Der Film war amüsant, und sie lachten beide fast die ganze Zeit. Anschließend aßen sie zusammen eine Pizza und tranken ein paar Gläser Rotwein. Trotz aller Vorbehalte gegen ihre Verabredung mit Glen amüsierte Karen sich und genoss es, mit ihm zusammen zu sein. Ihre einzige Enttäuschung war, dass sie schon gegen elf Uhr zu Hause war. Als sie Glen zu einem Kaffee einlud, lehnte er höflich ab.

Als sie ihre Wohnung betrat, fragte sie sich unwillkürlich,

ob *sie* den Test bestanden hatte. Das Erste, was sie dann registrierte, war das flackernde Lämpchen des Anrufbeantworters. Als sie ihn abhörte, stellte sie fest, dass nicht weniger als sechs Anrufer sofort wieder aufgelegt hatten. *Einen* hätte sie ja noch verstehen können, auch zwei, aber sechs?

Wer immer am frühen Abend angerufen und sich nicht gemeldet hatte, hatte es offenbar weiterhin versucht. Karen war versucht, den Telefonstecker einfach aus der Wand zu ziehen, dann wäre die Sache erledigt.

Sie schaltete zur Gesellschaft den Fernseher ein, dann zog sie sich Jeans und Weste aus. Sie hatte sich gerade den Pyjama angezogen, als das Telefon schon wieder klingelte. Karen starrte es an, sie war sich inzwischen sicher, dass da jemand ein böses Spiel mit ihr trieb. Das Beste wäre, den Anrufbeantworter das Gespräch annehmen zu lassen, doch dann griff sie, Sekunden, bevor er sich einschalten konnte, doch zum Hörer. Sie wusste selbst nicht warum. Eben hatte sie den Telefonhörer noch angestarrt und gehofft, er würde aufhören zu klingeln, und in der nächsten Sekunde hielt sie ihn auch schon in der Hand.

»Hallo?«, brüllte sie, ebenso wütend über sich selbst wie über den anonymen Vollidioten am anderen Ende der Leitung.

Schweigen.

Karen wollte den Hörer gerade wieder aufknallen und das Telefon ausstecken, als sie eine leise, unerkennbare weibliche Stimme ihren Namen sagen hörte.

»Hallo?« Karen versucht es abermals. »Wer ist da?«

»Ich bin es.«

Karen gab sich alle Mühe, die Stimme zu erkennen, aber es gelang ihr nicht. »Wer?«, fragte sie.

»Victoria.«

»Was ist los mit dir?«, fragte Karen aggressiv. »Bis du diejenige, die ständig hier anruft und wieder auflegt? Wieso? Du hast mir Angst gemacht, verdammt!«

»Ich ... ich kann nicht lauter reden, sonst hört Roger mich.«

Roger, ihr Schwager, der Widerling. »Er darf nicht wissen, dass du telefonierst?«

»Nein ...«

Karen glaubte ein abruptes Einatmen vernommen zu haben, das auch ein Schluchzer gewesen sein konnte. »Was ist denn?«, fragte sie etwas sanfter.

Keine Antwort.

»Victoria? Bist du noch da?« Die Leitung war nicht unterbrochen worden, aber es war kein Geräusch mehr zu hören.

»Ich bin hier«, flüsterte Victoria schließlich.

Ihre Schwester schien in irgendwelchen Schwierigkeiten zu stecken, sonst hätte sie nicht angerufen, vor allem nicht um diese Zeit. Und dieses ständige Wiederauflegen ... Karen überkam plötzlich ein Gefühl der Unruhe. Eines, das nach sofortigem Handeln verlangte. Irgendwas lief da ganz schrecklich falsch. »Ich hole dich und Bryce ab.«

»Nein.« Die Antwort ihrer Schwester kam prompt und deutlich.

»Dann sag mir, was los ist.«

Victoria zögerte, schluchzte wieder, und ihre Stimme war so leise, dass Karen sich konzentrieren musste, um die einzelnen Worte zu verstehen. »Roger und ich hatten einen Streit.«

Karen begriff nicht, wieso ihre Schwester sie anrief. Was wollte sie von ihr? Mitleid? Einen Rat? Das schien ihr unwahrscheinlich, aber gerade als sie fragen wollte, hörte sie Victoria mit bebender Stimme sagen: »Du warst immer so tapfer ... Du hast dir nie etwas gefallen lassen. Ich ... ich habe das immer bewundert. Ich ... wollte mit dir reden, dir alles erzählen ...« Ihre Stimme brach ab.

»Ist zwischen dir und Roger wieder alles in Ordnung?«, fragte Karen.

Wieder das Zögern. »Nein.«

»Bist du sicher, dass ich dich nicht doch holen soll?«

»Ich bin sicher.«

»Gibt es sonst etwas, was ich für dich tun kann?« Karen setzte sich auf das Sofa und zog die Beine an. »Willst du weg, willst du reden, was auch immer?« Sie konnte sich nicht erinnern, wann sie das letzte Mal mit ihrer Schwester geredet hatte – *wirklich* geredet. Es musste Jahre her sein. Lange bevor Karen die Highschool beendet hatte. Victoria war zwei Jahre älter, und Karen hatte immer zu ihrer Schwester aufgeschaut. Ihre Probleme hatten erst begonnen, als Victoria auf dem College war und Karen sich in der Schultheatergruppe engagierte.

»Ich glaube nicht, dass irgendjemand etwas für mich tun kann«, flüsterte Victoria.

Ihre Schwester schluchzte leise und versuchte ohne viel Erfolg, es vor Karen zu verbergen. Karens Herz ging auf. »Habe ich dir je erzählt, dass ich Roger für einen absoluten Widerling halte?«

Victoria antwortete mit einem unterdrückten Laut, der halb Lachen, halb Schluchzen war. »Nein, aber ich habe es vermutet. Und ... er weiß es auch.«

»Gut.« Karen war froh, dies zu hören.

»Oh, Schwester, manchmal denke ich ...« Sie beendete den Satz nicht.

»Denkst du was?«

»Nichts«, antwortete Victoria nach einer Weile.

»Willst du mir von eurem Streit erzählen?«

»Es ... es ist unwichtig.«

»Victoria, hör zu. Menschen sind nicht immer einer Meinung. Wir haben uns als Kinder auch häufig gestritten, weißt du noch? Das heißt aber nicht, dass wir uns nicht lieben. Wir sagen alle möglichen Dinge und bereuen sie später wieder.« Karen wollte unparteiisch bleiben und sich auch nicht in die Auseinandersetzung zwischen ihrer Schwester und ihrem

Schwager einmischen. Sie wollte lediglich eine vernünftige Lösung anbieten und beiden Raum zum Atmen verschaffen. »Warum springst du nicht ins Auto und kommst mit Bryce hierher? Wir könnten die ganze Nacht aufbleiben und quatschen, so wie früher.«

»Ich kann nicht.«

»Natürlich kannst du. Wenn du willst, komme ich auch zu dir.«

»Nein ... nein, das geht nicht.«

Karens Hand umklammerte den Hörer, als ihr ein entsetzlicher Gedanke kam. »Gibt es einen Grund, warum du nicht möchtest, dass ich dich sehe?«

Ein erneuter unterdrückter Schluchzer, dann: »Ja.«

Karen lief es kalt den Rücken hinab. »Das Schwein hat dich geschlagen, stimmt's?«

»Wir müssen das alleine durchstehen.«
Lily Tomlin

18. KAPITEL

CLARE CRAIG

9. März

Den größten Teil des Tages habe ich mit Michael verbracht. Nicht *mit* ihm im Sinne von im selben Raum oder auch nur in der Nähe. Aber ich habe ständig an ihn gedacht. Er war zu seiner zweiten Chemotherapie in der Klinik, und Alex hat ihn abgeholt.

Offenbar kümmert Miranda sich nicht um ihn. Ihre Entschuldigung lautet, dass sie sich gerade einen neuen Kundenstamm aufbaut und nicht aus ihrem Nagelstudio fort kann, ohne einen Termin zu versäumen. Ich kann die Art und Weise, wie Michael sie verteidigt, nicht ertragen!

Alex ist so schlau, nicht mit mir über dieses Schätzchen zu diskutieren, aber vielleicht will er das auch gar nicht. Ich glaube, er findet Michaels Geliebte ebenso zum Kotzen wie ich.

Ich weiß, dass es für Alex schwer ist, seinen Vater so sehen. Das ist es für mich auch. Ich kann das meinem Sohn nachfühlen; schließlich ist Michael sein Vater. Meine eigene Reaktion ist schwieriger zu verstehen. Wieso nimmt mich das Ganze so mit? Aber es ist so, zumal Michaels Lage ziemlich ernst zu sein scheint. Bisher ist er meinen Fragen immer ausgewichen, aber nach allem, was ich herausbekommen habe, leidet er an einer Form von Leberkrebs. Alex kennt nicht mehr Einzelheiten als ich, und das kann kein gutes Zeichen sein.

Während der Scheidung dachte ich, es würde eine Genugtuung für mich sein, Michael leiden zu sehen, aber überraschenderweise ist es das nicht. Dreiundzwanzig Jahre Ehe, die meisten davon gute Jahre, zwei Kinder plus ein erfolgreiches Geschäft, das wir zusammen aufgebaut haben – das haben wir alles geteilt. Und ich schätze, das ist auch der Grund, warum mich seine Krankheit nicht kalt lässt. Wenn ich je nach einem Beweis für die schmale Grenze zwischen Liebe und Hass gesucht habe, hier ist er! Die Grenze ist sogar so schmal, dass sie manchmal unsichtbar ist.

Michaels Chemotherapie – offensichtlich erhält er eine sehr aggressive Medikamentierung – dauert fast den ganzen Tag. Er ist beinahe acht Stunden im Krankenhaus und anschließend so schwach, dass er kaum laufen kann. An vier aufeinander folgenden Tagen bekommt er diesen Medikamentencocktail, dann hat er drei Wochen Pause. Ich weiß nicht, wie viele Behandlungen er benötigt, aber Alex hat etwas von vier Einheiten gesagt. Vier solche Monate erscheinen mir eine sehr lange Zeit.

Zweimal war ich wegen Alex' Stundenplan bereits diejenige, die Michael vom Krankenhaus abgeholt hat. Meine Freundinnen aus der Donnerstagmorgengruppe finden, ich sollte das nicht tun. Sie meinen, Michael hätte noch andere Möglichkeiten und sollte mich aus dem Spiel lassen. Ich verstehe ihre Vorbehalte, und trotzdem biete ich mich immer wieder an.

Im Moment verwirren mich meine Gefühle für Michael. Liebe, Hass. Mitleid, Wut. Von allem etwas.

Und offenbar bin ich nicht die Einzige, die verwirrt ist. Michael weiß auch nicht, was er von mir denken soll. Die Fahrt vom Krankenhaus zu ihm nach Hause dauert ungefähr eine halbe Stunde, je nach Verkehr. Da ist es ganz natürlich, dass wir uns unterhalten. Schließlich haben wir das mehr als zwei Jahrzehnte lang getan. Aber wir reden nie über die Scheidung oder über *sie*.

Beim ersten Mal war unsere Unterhaltung steif und unpersönlich. Vor kurzem hat Michael mir die Nebenwirkungen der Chemotherapie beschrieben. Die Schwäche und die Übelkeit, den ständigen Gewichtsverlust, die Depressionen. Er verliert Haare, aber das scheint zu unbedeutend, um es zu erwähnen. (Obwohl es seine Freundin wahrscheinlich stört.)

Auch als ich ihn das zweite Mal abgeholt habe, musste ich unterwegs anhalten. Ich bin mit dem Auto an den Straßenrand gefahren, wie beim ersten Mal, Michael stolperte nach draußen und übergab sich sofort. Dann tat er etwas ganz Seltsames. Er griff nach unten und berührte sein Erbrochenes. *Berührte* es. Ich musste wissen, wieso. Unter normalen Umständen würde Michael so etwas nie tun.

Nachdem er sich den Mund ausgespült hatte, erklärte er es mir. Es ist das Feuer, sagte er. Es fühle sich so an, als würde sein ganzer Körper von innen brennen. Er habe das Erbrochene angefasst, um zu fühlen, ob es koche. So fühle es sich jedenfalls an, wenn es vom Magen durch die Kehle hochkomme. Wie geschmolzenes Lava.

Ich gab ihm ein paar Minuten, um sich wieder zu fangen und draußen frische Luft zu schnappen. Er lehnte sich gegen den Kotflügel, weil er zu schwach war, aufrecht zu stehen.

Ich musste ihm zurück in den Wagen helfen und wusste, dass ihm das unangenehm sein würde. Als wir schließlich weiterfuhren, erkundigte er sich beiläufig nach Mick. Offenbar lehnt es unser ältester Sohn noch immer ab, mit seinem Vater zu sprechen. Er weiß von seinem Krebs, ich habe es ihm selbst gesagt. Aber Mick ist genauso stur und nachtragend wie ich. Es befriedigt mich nicht, das zu schreiben.

Michael ist nicht der Einzige, mit dem Mick im Moment nicht mehr spricht. Ich frage mich, ob er wohl weiß, dass seine Söhne wegen ihm entzweit sind. Alex und Mick haben seit Wochen nicht miteinander geredet. Es tut mir weh, das mit anzusehen, zumal die beiden früher ein so gutes Verhältnis hatten. Die Jungs und ich haben uns während der Scheidung aneinander geklammert, und jetzt kann Mick es seinem Bruder nicht verzeihen, dass er sich mit seinem Vater versöhnt hat. Er war auch auf mich sauer, als er erfuhr, dass ich Michael vom Krankenhaus abgeholt habe. Ich vermute, ich kann mich glücklich schätzen, dass er überhaupt noch mit mir spricht. Wahrscheinlich ist es ein Segen, dass Mick im Moment auf dem College ist und nicht zu Hause wohnt, auch wenn es mir schwer fällt, das zuzugeben.

Als wir bei Michael zu Hause angekommen waren, sagte er mir, wie sehr er bedauere, was zwischen ihm und seinen Söhnen geschehen sei. Obwohl er Alex jede Woche sieht, weiß Michael ganz genau, dass ihr Verhältnis nie mehr wie früher sein wird. Und Mick will gar nichts mit ihm zu tun haben.

Michael wollte gern, dass ich weiß, wie sehr er sie liebt und wie Leid ihm alles tut, und dass er alles tun würde, um die Sache wieder gutzumachen. Er wirkte traurig und gebrochen, als er aus dem Auto stieg und auf das kleine unscheinbare Mietshaus zuging.

Erst als er verschwunden war, wurde mir etwas Wichtiges klar. Als er über sein Bedauern gesprochen hat wegen allem, was geschehen ist, kam mein Name nicht vor.

»Sieh dir das Leben an –
wirf nicht nur einen Blick darauf.«
Anne Baxter

19. KAPITEL

LIZ KENYON

13. März

Annie hat mir geschrieben; ihr süßer Brief erwartete mich, als ich von der Arbeit nach Hause kam. Ich habe mich riesig gefreut, etwas von meiner Enkelin zu hören, aber den ganzen restlichen Abend war ich rastlos und traurig. Noch vor wenigen Monaten wohnte sie hier in Willow Grove, und wir hatten alle Zeit der Welt zusammen. Ich vermisse unsere Teegesellschaften, mit ihr zusammen Muffins zu backen und es uns im Bett gemütlich zu machen.

Ich habe den Brief zweimal gelesen, dann bin ich ins Schlafzimmer gegangen. Die großen bunten Hüte und die weißen Handschuhe, die wir für unsere Teegesellschaften gebraucht haben, liegen in meinem Kleiderschrank im obersten Fach und verstauben. Was hatten Annie und ich für einen Spaß, wenn wir an unserem Tee nippten – ihrer war mit Milch abgekühlt –, aus den feinen Porzellantässchen, die ich von Steves Mutter geerbt hatte. Wir haben Kekse geknabbert, alberne Konversationen geführt und viel gelacht. Bei dieser Erinnerung kommen mir die Tränen.

Amy, die Kinder und ich telefonieren jede Woche, aber es ist nicht dasselbe. Ich vermisse Annie und Andrew so sehr. Sie sind meine einzigen Enkel, die Fortführung meiner Kinder, die Fortführung von Steve und mir und von den wunderbaren Jahren, die wir gemeinsam verbracht haben.

Ich hatte heute keinen Appetit, trotzdem habe ich mich zum Abendessen gezwungen. Aber beim Kochen habe ich mir nicht die geringste Mühe gegeben, und ich empfand auch keinerlei Freude, als ich mich zum Essen an den Küchentisch setzte. Als Steve noch lebte, waren unsere Abendessen etwas Besonderes; wir deckten im Esszimmer mit der schönen Leinentischdecke und unserem guten Porzellan, und fast immer tranken wir ein Glas Wein dazu. Ich habe gern gekocht. Heute ist das Essen eine reine Notwendigkeit, eine Pflicht.

Als ich mit dem Essen und meinem Selbstmitleid fertig war, schrieb ich Annie, mit Tinkerbell auf dem Schoß, und machte ein gewagtes Versprechen. Ich schrieb ihr, ich würde sie in diesem Sommer besuchen. Die Vorstellung hob meine Laune ein wenig, und dann beschloss ich, einem plötzlichen Impuls folgend, mit dem Auto nach Oklahoma zu fahren. Ich hasse fliegen. Ich verabscheue es, auf einem engen Sitz eingepfercht zu sein und recycelte Luft einzuatmen. Und immer sitzt irgendein rücksichtsloser Idiot vor mir, der mir die Rückenlehne seines Sitzes vor die Nase rammt. Wieso soll ich fliegen, wenn ich die Zeit und die Lust habe, mit dem Auto zu fahren?

Ich höre schon Amys und Brians Einwände. Meine Kinder werden mir sagen, dass es für eine Frau zu gefährlich ist, eine so weite Strecke allein zu fahren. Sie werden mich fragen, wieso ich dieses Risiko eingehe, wo es doch so bequem ist, mit dem Flugzeug zu fliegen. Und ich weiß schon jetzt, dass ihnen meine Antwort nicht gefallen wird.

Im Laufe der Jahre haben Steve und ich viele Autoreisen unternommen, mit den Kindern und ohne sie. Wie waren immer gern unterwegs. Wie so vieles aus meiner Ehe fehlt mir auch das. Den ganzen Tag im Auto zu verbringen ist beileibe keine Tortur, wenn man mit einem Menschen zusammen ist, den man liebt, einem Menschen, den man so gut kennt. Es ist ein Vergnügen und für mich ganz bestimmt die angenehmste Art zu reisen. Aber das ist jetzt vorbei, denn in meinem Leben gibt es keinen solchen Menschen mehr. Doch ich kann meine Ferien immer noch genießen. Wenn ich mir drei Wochen Urlaub nehme, kann ich in aller Ruhe fahren, anhalten, wo ich will, Touren unternehmen, wie ich will, und trotzdem noch viel Zeit mit Amy und den Kindern verbringen.

Ich will jetzt nicht schwarz malen, aber selbst wenn etwas Schreckliches geschieht, ein Unfall oder so etwas, dann ist es eben so. Ich weigere mich, mein restliches Leben in Angst zu verbringen. Ich fahre gern Auto, ich vermisse meine Enkel, und ich werde mich auf den Weg nach Tulsa machen.

Aber ich werde meiner Familie gegenüber nichts von meinen Plänen erwähnen. Noch nicht. Es gibt keinen Grund, sie schon jetzt zu beunruhigen. Als Erstes werde ich morgen früh meinen Urlaub einreichen. Es geht mir schon viel besser, jetzt, wo ich weiß, dass ich diesen Sommer bei Annie und Andrew sein werde.

Karen hat mich angerufen, kurz bevor ich ins Bett ging. Sie hat mir einige Fragen zu Strafanzeigen bei ehelicher Misshandlung gestellt. Ich habe nicht lange gebraucht, um zu ahnen, von wem sie spricht, auch wenn sie den Namen ihrer Schwester nicht genannt hat.

Karen ist außer sich, und das mit Recht. Sie will *den Hurensohn* hinter Gitter bringen. Ich weiß zwar nicht genau, wieso sie *mich* angerufen hat, um diese Fragen zu stellen, aber ich vermute, weil ich älter bin und sie mich wahrscheinlich für kompetent hält. Vielleicht glaubt sie auch, dass ich mich mit diesem Thema auskenne, weil ich in einem Krankenhaus arbeite. Ich habe ihr gesagt, dass ein Außenstehender meines Wissens nach keinen Strafantrag stellen kann. Ich habe ihr erklärt, dass die Person, die misshandelt wurde, das selbst tun muss.

Es war ziemlich einfach, mir auszurechnen, was geschehen ist, auch wenn sie sich größte Mühe gab, nicht konkret zu werden. Karen hat nur selten von ihrem Schwager gesprochen, und sie hat nie seinen richtigen Namen genannt. Sie hat ihn immer ›Widerling‹ genannt, was mir eine ziemlich passende Bezeichnung zu sein scheint. Sie erklärte mir, dass dieser *Hurensohn* seiner Frau ziemlich zugesetzt hat. Erst als es so aussah, als hätte Karen *die Ehefrau* davon überzeugt, Anzeige zu erstatten, kam der Widerling zur Besinnung und hat sich entschuldigt. *Die Ehefrau* hat ihm offenbar verziehen.

Karen ist wütend, nicht nur auf den ›Widerling‹, sondern auch auf ihre Schwester. Es fällt ihr sehr schwer, Victorias Entscheidung zu respektieren. Immer wieder sprach sie über die Gefahr, in der *die Ehefrau* und ihr Kind ihrer Überzeugung nach schweben, und darüber, dass man dem *Hurensohn* nicht trauen kann. Ich sagte ihr, dass sie ohne die Kooperation der Ehefrau nicht mehr viel tun könne.

Es gefiel ihr ebenso wenig, das zu hören, wie mir, es zu sagen.

Mir ist eines aufgefallen: Seit Monaten höre ich Karen sich über ihre traurige Beziehung zu ihrer Familie beklagen. Selbst ihr Wort für das Jahr hat mehr mit ihrer Familie als mit ihr selbst zu tun – zumindest scheint es mir so.

Bei einem Frühstück sprach sie davon, die Beziehung zu ihrer Mutter endgültig zu beenden. Jede von uns riet ihr, nichts zu überstürzen, warnte sie, dass sie das vielleicht später bereuen würde. Wir haben alle betont, die Familie sei zu wichtig, um sie so einfach wegzuwerfen. Karen nahm sich unsere Worte zu Herzen, und ich glaube, sie ist froh, dass sie das getan hat. Wenn ihre Schwester je ihre Liebe und Unterstützung gebraucht hat, dann jetzt. Denn nach allem, was Karen erzählt hat, kann *die Ehefrau* nicht zu ihren Eltern gehen. Karen ist wahrscheinlich der einzige Mensch, an den Victoria sich wenden kann.

Es war fast zwei, und Liz hatte noch immer keine Mittagspause gemacht. So wie die Dinge im Moment standen, war es einfach nicht möglich, ihr Büro für dreißig Minuten zu verlassen. Ihre einzige Chance war es, in die Cafeteria hinunterzurasen, sich ein Sandwich zu schnappen und an ihrem Schreibtisch zu essen.

»Du gehst schon?« Donna DeGooyer sah Liz erschrocken an, als sie in deren Büro gestürmt kam.

»Brauchst du Hilfe?«

»Ja, und zwar jede Menge. Ich habe ein Adoptivelternpaar, das gleich kommt, um ein Baby abzuholen, einen Anwalt, der den Papierkram noch nicht fertig hat, und eine junge Mutter, der plötzlich Zweifel gekommen sind. Der Anwalt und die junge Mutter sind gerade auf dem Weg hierher.«

»Ich wollte mir nur schnell ein Sandwich holen. Kommst du mit?«

Donna schaute auf die Uhr. »Mein Gott, es ist schon kurz nach zwei. Geh nur allein, ich komme gleich nach.« Dann war sie ebenso schnell verschwunden, wie sie aufgetaucht war.

Liz machte sich auf den Weg in die Cafeteria im Erdgeschoss. Das Essen war preiswert und für solch eine Einrichtung erstaunlich gut, fand sie. Die Mittagessenschlange war beachtlich geschrumpft und der Raum fest leer. Liz griff nach einem Tablett und schob es über die Metallstangen, während sie das Angebot studierte.

So spät am Mittag war die Auswahl nicht mehr groß. Als sie sich ein Sandwich mit Eiersalat und ein kleines Gebäckstück aus der Theke nahm, tauchte plötzlich Sean auf und schob sein Tablett neben ihres.

»Eiersalat?« Er klang skeptisch. »Hm. Und ein Hefeteilchen. Viel Fett, wertlose Kalorien. Das würde ich nicht empfehlen.«

Liz ignorierte ihn und stellte beides auf ihr Tablett.

»Du bist ganz schön eigensinnig, stimmt's?«

Sie sah nicht einmal in seine Richtung. »Wenn du das bisher noch nicht bemerkt hast, bist du ganz schön begriffsstutzig.«

Seit jenem Abend war fast ein Monat vergangen. Er wartete wohl noch darauf, dass sie ihn anrief, aber das würde nicht geschehen. Sie mochte Sean, hatte seine Gesellschaft genossen, aber sie war nicht interessiert an einer flüchtigen Affäre, und das schien alles zu sein, was er suchte.

Er nahm sich ebenfalls ein Sandwich – *und* ein Gebäckstück, registrierte Liz. Was für ein Heuchler! Sie schenkte sich noch eine Tasse Kaffee ein, und er tat es ihr nach.

»Isst du hier?«, fragte er, als sie gemeinsam zur Kasse gingen.

Liz hatte eigentlich vorgehabt, das Essen mit in ihr Büro zu nehmen, aber nun zögerte sie. »Ich hatte daran gedacht.«

»Ich auch.«

Sie bezahlte ihr Essen, dann suchte sie sich einen Fensterplatz.

Sean folgte ihr und setzte sich an den Nebentisch. Liz sah ihn an. »Benimmst du dich nicht ein bisschen albern?«, fragte sie.

»Ist das eine Einladung, mich zu dir zu setzen?«

Sie seufzte. »Du bist verrückt. Natürlich kannst du dich hierher setzen, wenn du möchtest.«

Innerhalb weniger Sekunden saß er an ihrem Tisch. Sein durchtriebenes Lächeln sagte ihr, dass er sehr zufrieden war und ihre Einladung – so wie sie war – als Zugeständnis wertete.

»Es tut gut, dich zu sehen«, meinte er, während er sein Sandwich aus dem Zellophan packte. »Ich hatte gehofft, dich eher wiederzutreffen. Ehrlich gesagt war es ein langer Monat. Du stellst meine Geduld ziemlich auf die Probe, Liz. Wir wissen doch beide, was wir wollen, also lass uns wie erwachsene Menschen damit umgehen.«

Liz griff nach Salz und Pfeffer, um von beidem eine großzügige Prise auf den Eiersalat zu verteilen. »Gibst du eigentlich nie auf?«, fragte sie, nicht in der Stimmung zu einem Wortgefecht.

»Was?«

»Du verschwendest deine Zeit. Ich werde dich nicht anrufen.«

»Ach so«, meinte er lächelnd. »Es ist also eine Frage des Stolzes.«

»Komm schon«, spottete sie. »Das weißt du doch besser. Ich habe mich nach unserem gemeinsamen Abend sehr gut gefühlt – bis du mich zu einer deiner sexuellen Eroberungen machen wolltest.«

»Falsch. Ich finde, du bist eine attraktive Frau, und ich bin der Ansicht, wir könnten ein für beide Seiten zufrieden stellendes Abkommen finden und uns amüsieren. Was ist so schrecklich daran?«

Sie wollte ihm gerade erneut erklären, wieso sie etwas dagegen hatte, aber er ließ sie nicht zu Wort kommen.

»Du bist sexuell gehemmt, habe ich Recht?«, meinte er als Nächstes und schien das ernst zu meinen.

Lachen war nicht die passendste Antwort auf seine Unterstellung, aber Liz konnte nicht anders. »Weißt du, was ich beschlossen habe?«, fragte sie und fuhr fort, ohne ihm eine Chance zur Antwort zu geben. »Ich mag dich. Aber ich weiß nicht warum, denn wenn es um Beziehungen zwischen Mann und Frau geht, bist du so oberflächlich, wie man sich nur vorstellen kann.«

»Soll das eine Beleidigung sein?«

»Nein, es ist die Wahrheit, und offensichtlich gibt es nicht genügend Menschen auf dieser Welt, die mutig genug sind, sie dir ins Gesicht zu sagen.«

»Sollte ich dankbar sein, dass du mich erleuchten willst?« Er sah eher amüsiert als beleidigt aus.

»Ja, aber ich bezweifle, dass du das bist. Ehrlich, ich weiß nicht, mit wem du in den letzten Jahren alles eine Affäre hattest, aber dieses Hugh-Hefner-Image hat seine Wirkung schon lange verloren.«

»Hugh Hefner?«, wiederholte er belustigt. »Machst du Witze?«

»Ich bin enttäuscht von dir.« Auch das war die Wahrheit. Er schien gespürt zu haben, dass sie es ernst meinte, denn sein Lächeln verschwand langsam. »Du betrachtest mich nur als Herausforderung«, stellte sie nüchtern fest.

Er schob sein angegessenes Sandwich zur Seite. »Dann haben wir ja etwas gemeinsam, denn genau das tust du auch mit mir. Du interessierst dich bloß für einen Ring am Finger. Ich bin die Ehetour schon einmal gefahren, wenn du dich erinnerst, und sie hat mir nur eine Menge Schmerz gebracht.«

»Ich habe dich nicht darum gebeten, mich zu heiraten. Ich sage nur, dass ich ohne eine ernsthafte Beziehung mit keinem Mann ins Bett steige.«

»Sex ist kein schmutziges Wort«, meinte er.

»Ganz im Gegenteil. Es bedeutet Liebe!«

»Die habe ich hinter mir, danke, ich habe kein Interesse, es noch mal zu versuchen.«

Liz sah ihn nachdenklich an. Sie erinnerte sich daran, dass das einzige Persönliche, was er ihr erzählt hatte, war, dass er einmal verheiratet gewesen war. Erst jetzt wurde ihr die Bedeutung dessen klar.

»War die Ehe denn so schlecht?«

Sein Gesicht wurde hart. »Lass meine Ex da raus.«

»Okay.« Anscheinend trug er die Last seiner gescheiterten Ehe seit zehn Jahren mit sich herum. Alles, was er sagte, machte ihr deutlich, dass er nie über den Schmerz hinweggekommen war.

»Ich brauche keine Belehrungen, weder von dir noch von jemand anders.« Er stand auf und schüttete das, was noch auf seinem Tablett war, Hefeteilchen, Kaffee und alles andere, auf dem Weg nach draußen in den Mülleimer.

Liz wusste, dass es unwahrscheinlich war, dass sie noch einmal von ihm hören würde, es sei denn, es wäre etwas Berufliches und somit unvermeidlich. Sie kam zu dem Schluss, dass sie nichts wirklich gemeinsam hatten, und eine große Traurigkeit überfiel sie.

Sie wusste, dass sie die Hoffnungen begraben musste, die sie um Sean Jamison aufgebaut hatte. Normalerweise würde sie jetzt nicht aufgeben und weiterhin hoffen, aber wenn Liz eines in den letzten sechs Jahren gelernt hatte, dann, welche Gefahr das für ihr Herz bedeutete. Manchmal musste man Menschen einfach loslassen – musste man seine Gefühle für sie loslassen –, um sich selbst zu schützen.

Sie war gerade wieder in ihrem Büro, als Donna zurückkam. Ihrem erleichterten Gesichtsausdruck entnahm Liz, dass das Adoptionsproblem gelöst war. Donna blieb in der Tür stehen. »Ist alles in Ordnung?«, fragte sie.

»Natürlich ist alles in Ordnung.« Liz war überrascht, dass ihre Freundin sie so rasch durchschaute.

»Ich habe gerade Dr. Jamison getroffen, der mal wieder einen seiner Anfälle hat. Eure Wege haben sich nicht zufällig gekreuzt?«

Liz nickte. »Doch, das könnte man so sagen«, murmelte sie. »Wir sind uns in manchen Fragen einfach nicht einig.«

Donna ließ sich auf einen Stuhl fallen und schlug die Beine übereinander. »Ich kapiere das nicht. Als Arzt ist er fantastisch und wunderbar, aber als Mann ist er ein absoluter Idiot. Es ist erschreckend, wie er Frauen behandelt.«

»Da stimme ich dir zu.« Und das tat Liz.

»Der Eintritt eines Kindes in eine Situation verändert die ganze Situation.«
Iris Murdoch

20. KAPITEL

JULIA MURCHISON

In ihrem Wollladen war es den ganzen Vormittag ruhig gewesen. Kein ermutigendes Zeichen, dachte Julia, die in ihrem Schaukelstuhl saß und einen Rapport strickte, um das neuste Baumwollgarn auszuprobieren. Sie wollte, dass es sich gut verkaufte, es *musste* sich gut verkaufen, denn sie hatte es in fünfzehn verschiedenen Farben bestellt. Die Edelstahlnadeln klapperten leise und durchbrachen die Stille. Ihr war den ganzen Morgen mulmig gewesen, aber sie hatte sich bemüht, es zu ignorieren. Ebenso wenig gestattete sie es sich, über die Untersuchungen nachzugrübeln, denen sie sich unterzogen hatte. Die Ergebnisse waren noch nicht aus dem Labor zurück, und Julia war sich nicht sicher, ob sie sie überhaupt hören wollte. Sie hatte im Moment genug Sorgen. Wenn das Baby am Down-Syndrom oder Spina bifida oder sonst etwas litt, würde sie sich damit auseinander setzen, wenn es nötig wurde, und nicht vorher.

An manchen Tagen half ihr diese Strategie, und sie konnte sich erfolgreich einreden, dass alles okay wäre. An anderen Tagen gelang ihr das nicht. Ihr Magen rebellierte. Die Morgenübelkeit war nicht mehr so schlimm wie in der ersten Zeit ihrer Schwangerschaft. Aber es reichte ihr.

Ein Mercedes fuhr auf den Parkplatz vor dem Geschäft, und Julia erkannte Irene Waldmann. Na prima! Irene Waldmann war nicht gerade Julias Lieblingskundin, zumal sie keine Gelegenheit ausließ, um sie an ihren kleinen Rechenfehler zu erinnern. Die ältere Frau war schwierig, launisch und anspruchsvoll – sie erwartete etwa, dass Julia eine bestimmte Wolle führte, die längst nicht mehr hergestellt wurde. Die Wurzel des Problems lag nach Julias Ansicht darin, dass Mrs. Waldmann selbst nicht so genau wusste, was sie eigentlich wollte. Sie war, nach ihrer Kleidung und ihrem Auto zu schließen, offenbar nicht unvermögend und trieb von einer Idee zur nächsten.

»Hallo.« Julia begrüßte sie mit einem Lächeln.

Mrs. Waldmann ignorierte den Gruß und ging zielstrebig auf das Regal zu, in dem Julia den Ordner mit den Strickanleitungen aufbewahrte.

»Kann ich Ihnen vielleicht helfen?«, fragte sie.

»Noch nicht.«

Julia beendete ihre Reihe und stand auf – und der Raum begann sich zu drehen. Sie griff nach dem Stuhl, um sich festzuhalten. Eine Sekunde später war ihr Kopf wieder klar, und dann krampfte sich plötzlich ihr Magen zusammen. Das Gefühl war unmissverständlich.

»Bitte entschuldigen Sie mich einen Moment«, keuchte Julia und rannte in den hinteren Teil des Ladens. Sie schaffte es gerade noch zu der kleinen Toilette, und dann war das bescheidene Frühstück, das sie sich mühsam hinuntergezwungen hatte, wieder draußen.

Mrs. Waldmann sah Julia überrascht an, als sie zurückkam. Bisher hatte sie ihren Kunden ihre Schwangerschaft verschwiegen. Doch Situationen wie diese verlangten nach einer Erklärung.

»Bitte verzeihen Sie ...«, sagte sie und schwankte leicht. »Ich bin ... ich bin schwanger.«

Mrs. Waldmann sah sie mit unverhohlener Neugier an. »Schwanger? In Ihrem Alter?«

»Sieht so aus.« Wie nett, daran erinnert zu werden, dass sie ihre Jugend hinter sich hatte. Instinktiv wollte Liz erzählen, dass diese Schwangerschaft unbeabsichtigt war, dass sie und ihr Mann ebenso überrascht waren wie alle anderen. Doch sie hielt sich zurück, weigerte sich, sich oder ihre Situation zu rechtfertigen. Es war ihre Privatsache und ging niemanden etwas an.

»Nun«, sagte die ältere Frau und blätterte in dem Anleitungsordner wieder zurück. »Damit wäre die Sache entschieden.«

»Wie bitte?«

»Ich wollte mir gerade etwas aussuchen, was ich als Nächstes stricken könnte.« Sie blätterte, bis sie den Kinderteil gefunden hatte und zog eine Anleitung heraus.

Julia verstand nicht. »Es tut mir Leid, habe ich vielleicht etwas nicht mitbekommen?«

»Offensichtlich«, antwortete die ältere Dame trocken. »Ich habe beschlossen, eine Babydecke für Ihr neues Baby zu stricken.«

»Für mein neues Baby?«

»Hören Sie schlecht?«

»N-nein, ich meine, a-aber wieso ...« Julia wusste, dass sie stotterte, aber sie konnte es nicht verhindern.

»Ich vermute, Ihre Schwangerschaft ist unerwartet?«

»Also, ja, aber ...«

»Haben Sie schon etwas für das Baby gestrickt?«

»Nein, noch nicht, aber ...« Sie hatte vor, das zu tun. Das Problem war nur, Zeit dafür zu finden zwischen der Arbeit zu Hause und hier im Laden.

»Das dachte ich mir«, antwortete Mrs. Waldmann mit – konnte das sein? – einem Anflug von Humor. »Sie können eine Decke also gut gebrauchen, stimmt's?«

»Das würden Sie für mich tun?« Julia war überrascht über dieses großzügige Angebot. Vor allem von einer Kundin, die sie häufig als Belastung empfunden hatte.

»Junge oder Mädchen?«, fragte Mrs. Waldmann brummig.

»Wir wollen es nicht wissen«, antwortete Julia.

Mrs. Waldmann nickte zustimmend. »Gut. Heutzutage gibt es viel zu wenige Überraschungen im Leben.«

Im Moment wäre es Julia lieber, wenn es noch weniger gäbe. Die letzten vier Monate waren nicht einfach gewesen. Adams und Zoes Einstellung zu ihrer Schwangerschaft hatte sich nicht gebessert. Die einzigen Menschen, die sich zu freuen schienen, waren ihr Mann und ihre Mutter. Also gut, ihre Schwester und Georgia auch. Georgia war der festen Überzeugung, dass es ein ganz besonderes Baby werden würde.

»Was halten Sie davon?« Mrs. Waldmann zeigte ihr ein kompliziertes Muster.

»Das ist ein Familienerbstück«, erklärte Julia und fragte sich, ob Mrs. Waldmann klar war, wie viel Arbeit solch eine Decke bedeutete.

»Genau das habe ich auch gedacht.«

»Aber ...«

»Soll ich sie in Ecru arbeiten, oder hätten Sie lieber ein zartes Gelb?«

»Eh ...«

»Schlagen Sie bloß nicht dieses grässliche Limone vor. Das könnte ich nicht ertragen.«

»Ein zartes Gelb wäre sehr schön.« Julia konnte ihre Überraschung nicht ganz verbergen. Ausgerechnet Mrs. Waldmann strickte eine Babydecke für sie!

»Gut, das finde ich auch am schönsten. Gelb hat so etwas ... Warmes, finden Sie nicht auch? So etwas Aufmunterndes.«

»Ja«, stimmte Julia zu. Sie drehte die Anleitung um und las nach, wie viel Garn Mrs. Waldmann für die Decke benötigte, dann zählte sie die Knäuel ab und legte sie auf die Ladentheke.

Mit gerunzelter Stirn konzentrierte Mrs. Waldmann sich auf das Muster. Julia hatte noch nie etwas Fertiggestelltes von der älteren Dame gesehen und fürchtete, das Projekt könne ihre Fähigkeiten übersteigen, aber sie wagte nicht, ihr das zu sagen.

»Sie müssen das aber nicht tun«, glaubte sie noch einmal wiederholen zu müssen.

»Hat man Ihnen nicht beigebracht, dass man einem geschenkten Gaul nicht ins Maul schaut?«, fragte Mrs. Waldmann barsch.

»Doch, aber das ist wirklich zu viel.«

»Sagen Sie mir nicht, was zu viel ist und was nicht. Ich möchte das gern tun, und ich werde es tun.«

»Das ist so nett von Ihnen.«

»Ach, hören Sie auf. Ich weiß, dass ich keine sehr einfache Frau bin. Aber Sie waren immer sehr geduldig mit mir, und das weiß ich zu schätzen.«

»Und ich weiß das Geschäft zu schätzen«, erwiderte Julia, und das stimmte, vor allem an Tagen wie diesem. Sie musste am Tag zweihundert Dollar einnehmen, nur um die Miete und die Fixkosten zu decken. Der Vormittag war halb vorüber, und dies war ihr erster Verkauf. Manche Tage waren so.

Mrs. Waldmann schrieb einen Scheck aus und reichte ihn Julia. Sie zögerte, als wollte sie noch etwas sagen, dann änderte sie offenbar ihre Meinung. Julia gab ihr die Tragetasche.

»Nochmals vielen Dank«, sagte sie.

Mrs. Waldmann nickte. »Bis in ein paar Wochen.«

»Ich freue mich schon.«

Abends beim Essen erzählte Julia von Mrs. Waldmann. Es

war eine Möglichkeit, das Thema Baby noch einmal anzusprechen; vielleicht half das den Kindern, sich an die Situation zu gewöhnen.

»Wieso tut sie so etwas?«, fragte Adam, und es klang eher genervt als erfreut.

»Manche Leute mögen Babys eben«, antwortete Zoe in einem Ton, der deutlich machte, dass sie nicht dazugehörte.

»Was sagtest du, wie war ihr Name gleich?« Stirnrunzelnd stützte Peter die Ellbogen auf den Tisch und ließ die Gabel über dem Teller baumeln.

»Irene Waldmann.«

»Waldmann, Waldmann«, wiederholte er nachdenklich. »Der Name kommt mir bekannt vor.«

Julia stellte fest, dass sowohl Adam als auch Zoe sofort schlechter Laune waren, als sie das Baby erwähnte. Sie hoffte, dass sie mit der Zeit etwas toleranter würden.

Sie sah ihre Familie an. Sie hasste Missstimmungen am Esstisch, aber sie konnte ihre Haltung nicht einfach ignorieren.

»Ich verstehe ja, dass das alles nicht leicht für euch ist«, sagte sie zu den Kindern. Es bedurfte keiner weiteren Erklärung; Adam und Zoe wussten gleich, dass sie von dem Baby sprach.

»Wie konntet ihr das tun?«, fragte Zoe wieder. »Nichts wird mehr so sein wie früher.«

»Wir können uns jetzt kein Auto mehr leisten.« Vernichtend sah Adam sie an.

»Oder einen Urlaub«, fügte Zoe hinzu, den Tränen nahe.

»Hört auf!« Peter schlug mit der Faust auf den Tisch. »Jetzt hört mal gut zu!«, verlangte er. »Hört gut zu! Ihr denkt ständig nur an euch selbst!«

Julia hatte ihren ausgeglichenen und geduldigen Mann selten so wütend erlebt.

»Es ist absolut nicht unsere Pflicht, dir ein Auto zu schenken, Adam, nur weil du sechzehn wirst. Und es gibt auch kein Gesetz, das von Eltern verlangt, mit ihren Kindern teure Urlaubsreisen zu machen, Zoe. Eure Mutter und ich wissen, dass ihr enttäuscht seid, weil ihr jetzt auf all diese Dinge verzichten müsst. Aber wisst ihr was? Das Leben ist voller Enttäuschungen. Ich schäme mich für euren Egoismus. Anscheinend haltet ihr es schon für eine Katastrophe, wenn euch vor euren Freunden etwas peinlich ist oder ihr euer Zimmer mit einem kleineren Bruder oder einer kleineren Schwester teilen müsst. Ich glaube, euch sind die Relationen ein wenig verrutscht!«

Beide Kinder starrten ihren Vater mit offenem Mund an.

»Eure Mutter und ich haben uns alle Mühe gegeben, geduldig zu sein, euch Zeit zu geben, damit ihr euch mit den Tatsachen anfreunden könnt. Aber ich sage euch was: Dieses Baby hat ein Recht darauf, ebenso viel Liebe und Wärme zu bekommen wie ihr, als ihr damals in unsere Familie kamt.«

Stille. Dann schniefte Zoe und senkte den Kopf. »Kann ich aufstehen?«

»Bist du mit dem Essen fertig?« Sie hatte ihren Teller kaum angerührt.

Zoe nickte.

»Also gut.«

»Ich auch«, murmelte Adam.

Stirnrunzelnd gab Peter ihm ebenfalls ein Zeichen, und die Kinder rannten eilig hinaus.

An der Art, wie sie das Zimmer verließen, erkannte Julia, dass sich nichts geändert hatte.

Ihr Mann schüttelte den Kopf. »Ich glaube, meine Kinder haben mich noch nie so enttäuscht.«

»Gib ihnen eine Chance«, bat Julia und hatte ein schlechtes Gewissen wegen ihrer eigenen Vorbehalte. Peter hatte Recht.

Dieses Kind verdiente die gleiche Liebe wie Adam und Zoe. Leider waren die Kinder nicht die Einzigen, denen man das sagen musste. Julia musste sich selbst daran erinnern.

SEGENSLISTE
1. Irene Waldmann.
2. Salz und wie verzweifelt ich es vermisse.
3. Bequeme Schuhe.
4.
5.

21. März

Adam und Zoe reden kaum mit mir und Peter. Die letzten Tage waren ein ziemlicher Stress. Peter hat vorgeschlagen, dass wir sie einfach in Ruhe lassen. Sie würden schon irgendwann zur Vernunft kommen, meint er. Ich hoffe nur, dass er Recht behält. Ich wusste, dass sie sauer auf uns sind, aber mir war nicht klar gewesen, wie sehr.

Peter kam heute Nachmittag nach der Schule zu mir in den Laden. Er hatte die Kopie eines Zeitungsartikels von Anfang der neunziger Jahre bei sich. Darin ging es um einen Highschool-Absolventen namens William Waldmann, der bei der Militäraktion Desert Storm umgekommen war. Er war das einzige Kind von Irene und Brad Waldmann.

Als ich abends beim Essen Irenes Namen erwähnt hatte, hatte Peter gleich gesagt, er käme ihm bekannt vor. Daraufhin hatte er in der Schule im Internet recherchiert und diesen Artikel gefunden.

Mrs. Waldmann tut mir schrecklich Leid. Ihr einziger Sohn. Ich kann mir nicht vorstellen, wie es ist, ein Kind zu verlieren. Die Trauer wäre unerträglich. Jetzt begreife ich, wieso sie unbedingt eine Babydecke für mich stricken will. In ihrer Zukunft gibt es keine eigenen Enkelkinder.

Georgia kam auf ihrem Nachhauseweg von der Arbeit heute Morgen bei mir im Laden vorbei. Sie hat in ihrer Galerie die verrücktesten Arbeitszeiten; sie haben die ganze Nacht an einer Ausstellung gearbeitet, die heute eröffnet wird. Sie hat mich vertreten, während ich zu meinem Termin bei Dr. Fisk gegangen bin. Glücklicherweise war ich nach vierzig Minuten wieder draußen, was ein ziemlicher Rekord ist. Ich lasse den Laden nur ungern allein, aber es lässt sich nun einmal nicht vermeiden. Noch mehr hätte es mir widerstrebt, ihn auch nur für eine Stunde schließen zu müssen; das habe ich schon viel zu häufig getan. Wenn es eines gibt, wonach Kunden verlangen, dann ist das Zuverlässigkeit. Wenn ich sage, mein Laden ist von 10 bis 17 Uhr geöffnet, dann muss er auch in dieser Zeit geöffnet sein.

Georgia hat mir ein Umstands-Top mitgebracht. Ich habe es angesehen und hätte am liebsten geheult. Sie wollte nur nett sein, aber die Vorstellung, da hineinzuwachsen, ist mir ein Gräuel.

Um die Mittagszeit kam Liz zu ihrer Strickstunde.

Sie sagt, dass sie unter dem Stress im Krankenhaus leidet und festgestellt hat, dass ihr das Stricken abends hilft zu entspannen. Wir haben zwei Quadrate gestrickt, um verschiedene Maschen zu üben, und heute hat sie Wolle für einen Pulli für ihre Enkeltochter gekauft. Wir haben mit einem einfachen Muster angefangen, das ich für sie ausgesucht habe.

Ich lasse mich nicht täuschen. Sie kommt, um nach mir zu sehen, und nicht, weil sie wirklich stricken lernen möchte. Ich weiß, dass sie und die anderen sich Sorgen um mich machen. In den letzten Wochen war ich beim Frühstück immer sehr still. Und das wird auch noch eine Weile so bleiben. Ich habe Liz das gesagt und ihr erklärt, wieso, und sie hat es verstanden.

Ich bemühe mich, das Beste aus dieser Situation zu machen. Ich bin enttäuscht von meinen Kindern, aber ebenso von mir selbst.

»Nur Freunde werden dir die Wahrheit
sagen, die du brauchst, um ...
dein Leben erträglich zu machen.«
Francine du Plessix Gray

21. KAPITEL

DONNERSTAGMORGEN-FRÜHSTÜCKSGRUPPE

Karen erschien früh in *Valery's Café* und bestellte ihren momentanen Lieblingsshake, eine Mischung aus Karamell und Mokka, der wie flüssige Schokoriegel schmeckte – mit etwa doppelt so viel Kalorien. Glücklicherweise hatte Karen keine Probleme mit ihrem Gewicht. Viele ihrer Freundinnen machten ein großes Theater um jeden Krümel, den sie sich in den Mund steckten. Karen nicht: Sie aß, wann sie wollte und was sie wollte. Ein guter Stoffwechsel, vermutete sie.

Sie trug ihr Glas an den Tisch und setzte sich. Heute wollte sie mit ihren Freundinnen über Victoria sprechen. Aber sie hatte auch eine gute Nachricht, denn mit der Haarspray-Werbung hatte es diesmal geklappt, und das musste sie dringend loswerden. Trotzdem beschäftigte sie die Lage ihrer Schwester im Moment viel mehr. Sie war froh, dass Victoria sich an *sie* gewandt hatte, selbst wenn sie sich jetzt ein bisschen zurückhielt. Karen wollte ihrer älteren Schwester gern helfen, aber sie wusste noch nicht so richtig wie. Liz betrat das Café und ging zur Theke, um sich ihr Frühstück zu bestellen. Normalerweise war sie immer die Erste.

Die meisten Leute waren Stammgäste, sinnierte Karen, und

sie vier waren da keine Ausnahme. Sie saßen immer am selben Tisch, wenn das möglich war, sogar auf denselben Stühlen. Jede Woche bestellte Liz das Gleiche. Einfachen Kaffee und ein Croissant, Clare nahm einen Espresso und einen Scone mit Johannisbeergelee, und Julia bestellte immer Tee, Kräutertee, jetzt wo sie schwanger war, und einen Muffin. Nur Karen variierte ihre Bestellung; vielleicht gab Vorhersehbarkeit ein gewisses Gefühl der Sicherheit, aber ihr war es angenehmer, spontan zu sein.

Wieder wünschte sie sich, ihre Mutter wäre wie Liz. Karen kam mit ihrem Vater viel besser zurecht, doch auch er wurde seit Jahren von ihrer Mutter dominiert. Manchmal fragte sie sich, ob es im Krankenhaus eine Verwechslung gegeben hatte und sie eigentlich die Tochter von jemand anders war. Oder ob sie adoptiert worden war – eine ihrer liebsten Kindheitsfantasien.

»Guten Morgen.« Liz setzte sich elegant. »Du bist heute Morgen so früh und strahlend.« Sie trug ein dunkelrotes Kostüm, dazu passende Pumps, die wunderbar aussahen. Nur noch wenige Frauen trugen Pumps, und Liz, die groß war, brauchte die Höhe nicht. Sie ließen sie energischer aussehen und zugleich sehr feminin.

»Morgen«, erwiderte Karen lächelnd.

Clare und Julia kamen nur wenige Minuten später. Und dann saßen sie alle mit ihrem gewohnten Frühstück am Tisch.

»Karen war schon hier, als ich kam«, erklärte Liz, und die beiden anderen Frauen wandten sich ihr zu. Dies war offensichtlich Liz' Art, ihnen mitzuteilen, dass Karen etwas auf dem Herzen hatte.

»Geht es um deine Schwester?«, fragte Clare. Letzte Woche hatte Karen ihnen alles über Victorias Situation erzählt.

»Ja«, antwortete sie. »Himmel, ich würde sie am liebsten schütteln. Ihr Mann schlägt ihr ins Gesicht. Erst hat sie nicht zugelassen, dass ich die Polizei anrufe, und jetzt ... jetzt benimmt sie sich, als sei das alles gar nicht wahr gewesen.«

»Sie will die ganze Sache beiseite schieben?« Liz runzelte nachdenklich die Stirn.

»Ja, aber es ist mehr als das. Es ist ihr schon peinlich, dass sie mich angerufen hat.«

»Es war nicht das erste Mal, dass Roger sie geschlagen hat, oder?« Die Frage kam von Clare.

Karen war sich nicht sicher, aber sie vermutete, dass es bestimmte Verhaltensmuster zwischen Victoria und ihrem Mann gab. Misshandlung, gefolgt von Entschuldigungen und Versprechungen. Roger war jemand, der seinen Frust an seiner Frau ausließ. Vor sechs Jahren, zu Beginn der Beziehung zwischen Victoria und Roger, hatte es einen Vorfall gegeben, den Karen nie vergessen hatte. Es war bei einer Familienfeier passiert – beim Thanksgivingdinner, wenn sie sich richtig erinnerte.

Victoria hatte damals Roger mitgebracht, um ihn der Familie vorzustellen, und ihre Mutter hatte während des gesamten Essens ein riesiges Theater um ihn gemacht und sich derart bei ihm eingeschmeichelt, dass Karen sich heute noch der Magen umdrehte, wenn sie daran dachte. Das Essen war ein Desaster gewesen. Ihre Mutter hatte ihr teuerstes Porzellan und Silber hervorgeholt, um Victorias reichen Schönling zu beeindrucken. Sie hatte ununterbrochen geplappert, immer wieder beiläufig Namen fallen lassen, als gehörte ihre Familie zu den sozialen Kreisen, die in den Topklubs und Geschäften von Beverly Hills ein- und ausgingen.

Während das Horrormahl seinen Lauf nahm, hatte Karen beobachtet, wie Roger ein Glas Wein nach dem anderen trank. Sie hatte festgestellt, dass er bei jeder Gelegenheit an Victoria herummäkelte, bis ihre Schwester in Tränen aufgelöst vom Tisch flüchtete.

Karens erster Impuls war es gewesen, ihr zu folgen und zu raten, diesem Idioten den Laufpass zu geben. Er mochte aus einer wohlhabenden Familie stammen und in einer etablierten Anwaltskanzlei arbeiten, aber das war keine Entschuldigung für seine Manieren und sein geschmackloses Verhalten. Ehe sie sich rühren konnte, hatte ihre Mutter sich für Victorias Unhöflichkeit entschuldigt.

Karen war außer sich gewesen. Zum Entsetzen ihrer Eltern hatte sie ebenfalls das Zimmer verlassen. Der anschließende Streit mit ihrer Mutter hatte dazu geführt, dass Karen verstimmt aus dem Haus gelaufen war. Sie hatte gedroht, nie wieder zurückzukommen, aber das tat sie dann natürlich doch. Aber ihre ohnehin schwierige Beziehung zu ihrer Mutter wurde dadurch noch mehr belastet.

Eine Woche nach diesem denkwürdigen Thanksgivingdinner waren Victoria und Roger verlobt. Ihre Hochzeit war ein Galaereignis ersten Ranges, das ihre Mutter nutzte, um sich auch bei seiner Familie einzuschleimen. Von der Sekunde der Hochzeit zwischen Victoria und Roger hatte Catherine Curtis ihre älteste Tochter auf ein Podest gehoben. Verbittert überlegte Karen, dass ihre Mutter sich nie darüber beklagt hatte, dass *Victoria* ihren Collegeabschluss nicht nutzte; im Gegenteil, sie hatte sie ermuntert, zu Hause zu bleiben und die Ehefrau zu sein, die »ein Mann in Rogers Position« brauchte.

»Ich vermute, Roger hat sie schon früher geschlagen«, meinte Karen jetzt, auch wenn sie keine Beweise dafür hatte. »Sicher weiß ich, dass er sie seit Jahren psychisch terrorisiert.«

»Und du hast sie nicht dazu überreden können, Anzeige zu erstatten?« Julia schüttelte den Kopf. Sie verstand nicht, wie sich irgendeine Frau von ihrem Ehemann eine solche Behandlung gefallen lassen konnte.

»Ich habe mir große Mühe gegeben«, versicherte Karen. Sie hatte tatsächlich nichts unversucht gelassen. Victoria war ihr so klein und zerbrechlich vorgekommen, als sie das erste Mal darüber gesprochen hatten. Karen war gezwungen gewesen zu warten, bis Roger am Montagmorgen in der Kanzlei war, ehe sie Victoria besuchen durfte.

Die Blutergüsse auf ihrer Wange und den Unterarmen waren tiefrot und hässlich. Karen war erzürnt, wagte es aber nicht, es Victoria zu zeigen. Sie riet ihrer Schwester, sich an die Polizei zu wenden, ihren Arzt anzurufen, eine Beratungsstelle aufzusuchen – irgendetwas zu unternehmen –, aber Victoria wiegelte ab und weigerte sich schließlich, überhaupt darüber zu diskutieren.

»Es war alles ihre Schuld, habe ich Recht?«, sagte Clare. »Das hat sie dir doch bestimmt gesagt.«

Karen nickte. »Genau. Wenn Bryce im Bett gewesen wäre, als Roger von seinem Geschäftsessen nach Hause kam, wäre alles in Ordnung gewesen. Kann du dir das vorstellen?«

»Ich fürchte, das ist typisch für misshandelte Frauen.«

»Ich kann einfach nicht verstehen, wieso meiner Schwester das passiert«, meinte Karen.

»Es ist nichts Ungewöhnliches«, erklärte Liz ihr. »Und die Reaktionen der Frauen sind komplexer, als es die meisten Menschen verstehen können. Für uns ist es einfach zu sagen, sie soll ihn verlassen, aber sie empfindet vielleicht Scham, Angst, Verzweiflung, möglicherweise sogar Einsamkeit.

»Irgendwie sind die Dinge jetzt noch schlimmer als vorher«, murmelte Karen.

»Schlimmer?«, wiederholte Karen. »Hat er sie wieder geschlagen?«

»Ich wünschte fast, das hätte er. Dann würde Victoria die Situation vielleicht endlich begreifen.«

Liz brach eine Ecke ihres Croissants ab und schüttelte nachdenklich den Kopf. »Ich schätze, der Bastard hat sich in einen echten Märchenprinzen verwandelt.«

Karen sah die ältere Frau erstaunt an. »Woher weißt du das?«

Liz antwortete mit einem traurigen Lächeln. »Ich habe es viel zu häufig erlebt. Und ich habe von einigen ähnlichen Fällen gehört.«

»Es tut ihm so Leid«, meinte Karen und imitierte mit honigsüßer Stimme ihre Schwester. Wenn man Victoria glauben wollte, hatte Roger ein unendlich schlechtes Gewissen gehabt, als er ihre Blutergüsse sah. Er habe um Vergebung gefleht, hatte sie berichtet, den Tränen nahe, und als sie gesehen habe, wie Leid es ihm tat, habe Victoria seine Entschuldigung angenommen. »Es wird nie wieder geschehen«, gab Karen wieder, »zumindest behauptet Victoria das.«

»Bis zum nächsten Mal«, fügte Clare hinzu, und ihre tiefe Stimme war voller Sarkasmus.

»Was soll ich tun?« Frustration und Zorn verzehrten Karen fast. Ihre ganze Freude über die Rolle in dem Werbespot verblasste gegen das, was sie von ihrer Schwester erfahren hatte. Sie dachte nur noch an Victoria. Sie war ihre *Schwester,* und auch wenn sie einige Differenzen hatten, konnte Karen den Gedanken nicht ertragen, dass jemand sie schlecht behandelte.

»Du kannst nicht mit deinen Eltern reden?«, fragte Julia.

»Nein. Ich wünschte, ich könnte es ... aber es geht nicht.« Karen hatte selbst daran gedacht, doch nach reiflicher Überlegung war sie zu dem Schluss gekommen, dass das nur noch mehr Probleme in ihrer Familie auslösen würde. Victoria würde in ihrem augenblicklichen Zustand den ganzen Vorfall möglicherweise leugnen und Karen dafür hassen, dass sie ihr Vertrauen gebrochen hatte. Dasselbe galt, wenn sie eigenmächtig eine Beratungsstelle aufsuchte. Roger wäre außer sich vor Zorn, und Karen war überzeugt, dass er das an Victoria auslassen würde.

»Du könntest Victoria vorschlagen, sich an einen privaten Therapeuten zu wenden«, riet Liz.

»Das habe ich auch schon versucht – sie hat Nein gesagt. Es würde aber auch nichts nützen. Roger ist derjenige, der eine Therapie braucht.«

»Deine Schwester benötigt auch Hilfe«, meinte Clare in ihrer unverblümten Art. »Sie lässt sich von ihrem Ehemann schlagen und entschuldigt ihn dann noch.«

»Wirklich wahr.« Karen verabscheute es, das zuzugeben.

»Es hat mir damals sehr geholfen, mit einem Therapeuten zu sprechen, nachdem Michael mich verlassen hatte«, erklärte Clare.

»Wo du Michael gerade erwähnst, wie geht es ihm?« Karen wollte nun gern das Thema wechseln.

»Er hat die zweite Chemotherapie-Einheit gerade hinter sich gebracht«, antwortete Clare. Sie pflückte ihren Scone auseinander und machte einen Berg Krümel daraus. »Ich habe ihn ein paar Tage nicht gesehen, aber Alex ruft ihn jeden Nachmittag an.«

»Stört dich das?«, fragte Julia. »Mich würde es das nämlich.«

Clare schüttelte den Kopf, und Karen war nicht sicher, ob das die Antwort auf Julias Frage war oder ob sie ganz einfach keine hatte.

»Ich habe immer gedacht, es würde mir gut tun, ihn leiden zu sehen ...«, sagte sie schließlich.

»Und nun, wo es so weit ist, kannst du es gar nicht gut mit ansehen«, murmelte Liz.

Clare nickte.

»Ist seine ... Freundin in der Nähe?« Karen fragte sich, ob Michael von Miranda Armstrong irgendeine Unterstützung bekam.

Schulterzuckend griff Clare nach ihrem Espresso. »Keine Ahnung. Muss sie wohl, weil er immer noch dort wohnt.«

Michael war mit Miranda Armstrong in ein Mietshaus gezogen, und da er noch immer da wohnte, wohnte er wohl auch noch mit ihr zusammen. Karen hielt das für eine logische Schlussfolgerung.

»Wie kommt Mick damit zurecht?«, fragte sie.

Clares Seufzer sagte alles. »Nicht gut. Er spricht noch immer nicht mit seinem Vater. Er ist wütend auf Alex und auf mich. Er sagt, wir wären die blödeste Familie, die er kennt, und dass er nichts mit uns zu tun haben will.«

»Das meint er nicht so«, versicherte Karen ihrer Freundin rasch. »So ein Zeug sage ich auch immer zu meinen Eltern. Ich meine es zuerst ernst, aber später tut es mir Leid.«

»Wann hast du zum letzten Mal mit Mick gesprochen?«, fragte Liz.

»Sonntagnachmittag.«

»Gib ihm eine Woche«, schlug Julia vor.

»Zwei Wochen«, meinte Karen. »Dann ruf ihn von dir aus an. So macht es mein Vater auch immer. Er bringt zwar jedes Mal den gleichen Spruch und ich kenne ihn fast auswendig, aber wenn er anruft, freue ich mich immer, also höre ich zu und tue so, als nähme ich seine Ratschläge an.« Es war Teil eines besonderen Rituals in ihrer Familie; alle Familien verfügten über so etwas. Und sie war tatsächlich jedes Mal dankbar, wenn ihr Vater sich einschaltete und das eisige Schweigen zwischen ihr und ihrer Mutter brach.

»Hält er eine kleine Rede?« Zu Karens Freude lächelte Clare verständnisvoll.

»Ja. Erst sagt Dad immer, dass er nicht verstehen kann, wieso meine Mutter und ich nicht miteinander klarkommen. Dann erzählt er mir, wie wichtig eine Familie ist, und am Ende sagt er jedes Mal, dass er seine Mädels liebt. Anschließend fühle ich mich immer besser und meine Mutter anscheinend auch.«

Karen verschwieg, dass sie bei diesen Gesprächen nie mit

ihrer Mutter sprach. Vernon Curtis war der Friedensstifter der Familie.

»Und wie behandelt *dich* das Leben?«, fragte Julia und sah Liz gespannt an.

»Keine Klagen«, antwortete sie.

»Bist du in letzter Zeit Dr. Jamison begegnet?«, wollte Clare als Nächstes wissen.

Trotz aller Verbitterung über ihre gescheiterte Ehe war Clare eine Romantikerin, fand Karen.

»Nein«, antwortete Liz abrupt.

»Aber er war im Krankenhaus, oder?«

»Keine Ahnung.« Sie sah strikt an ihnen allen vorbei. »Sean und ich sind uns einig, uns nicht einig zu sein.«

»Spüre ich da ein gewisses Bedauern?«, fragte Julia vorsichtig.

Liz dachte einen Moment über diese Frage nach. »Vielleicht. Aber Steve ist nun seit sechs Jahren tot. In dieser Zeit habe ich gelernt, dass ich in meinem Leben keinen Mann brauche. Wenn ich mich doch noch mal für eine Beziehung entscheiden sollte, dann nur mit einem Mann, der mich schätzt und respektiert.«

»Vielleicht *brauchst* du tatsächlich keinen Mann«, meinte Karen und beugte sich vor, »aber das ist etwas anderes als einen zu *wollen*.«

»Außerdem hattest du in diesen sechs Jahren die meiste Zeit deine Kinder um dich«, fügte Clare hinzu, »und jetzt bist du allein.«

»Sie hat Recht«, bekräftigte Julia. »Jetzt, wo dein Sohn und deine Tochter fortgezogen sind, musst du dich erstmals mit bestimmten Dingen auseinander setzen – etwa damit, allein zu sein, und damit, wie du deine Zukunft gestalten willst. Es gibt keine Ablenkung mehr für dich, und das macht einen großen Unterschied.«

Liz gäbe eine perfekte Pokerspielerin ab, fand Karen. Ihr Gesicht war undurchdringlich. »Vielleicht fange ich ja noch einmal etwas Ernstes an«, meinte sie, aber Karen konnte nicht sagen, ob sie das wirklich meinte.

»*Du* könntest auch eine Beziehung brauchen«, meinte Julia und schaute Clare an.

Bei Clares schockiertem Gesichtsausdruck brachen alle in Gelächter aus.

»Du machst Witze, oder?« Clare schüttelte den Kopf, als wäre diese Idee völlig absurd.

»Nein, mache ich nicht«, antwortete Julia. »Um ehrlich zu sein, habe ich einen Onkel, den du einmal kennen lernen solltest.«

Clares Mund öffnete und schloss sich, doch kein Laut drang heraus. Schließlich fragte sie, »Wen?«

»Meinen Onkel Leslie. Er ist großartig und lustig und besucht gerade die Familie. Er kommt am Samstagabend zu uns zum Essen, und ich möchte gern, dass du auch kommst.«

»Ich?« Clare presste die Hand gegen ihre Brust. »Was ist denn mit Liz? Die hat nicht so eine große Bande um sich herum wie ich. Außerdem bin ich noch nicht so weit. Ich ...«

»Es ist völlig harmlos«, unterbrach Julia sie. »Er ist nur für ein paar Wochen in der Stadt. Er ist ebenfalls geschieden. Er hat großes Verständnis.«

»Ich weiß nicht ...«

»Du gehst hin«, entschied Liz mit autoritärer Stimme.

»Wieso ich?« Clare sah sie herausfordernd an. »*Du* solltest hingehen.«

Karen fing den Blick zwischen Liz und Julia auf. Er bestätigte ihr, was sie ohnehin bereits vermutet hatte. Julia hatte Liz als Erste gefragt, aber die hatte abgelehnt und Clare stattdessen vorgeschlagen.

»Du kommst doch, oder?«, bat Julia.

»Ich ...« Clare sah unsicher aus, dann schien sie einen Entschluss zu fassen. »Ja, ich denke schon.«

Liz strahlte.

»Bist du sicher, dass du dazu in der Lage sein wirst?«, fragte Clare Julia. »Ist es nicht zu anstrengend für dich?«

»Natürlich nicht.«

»Verläuft deine Schwangerschaft gut?«

Sie nickte, aber Karen registrierte ein leichtes Zögern. »Mir war zum ersten Mal nicht die ganze Woche schlecht.«

»Hat sich das Baby schon bewegt?«

»Sie bewegt sich die ganze Zeit.«

»Sie?«

»Ich weiß es nicht, aber ich stelle mir gern vor, dass ich ein Mädchen bekomme.«

»Ich weiß einen Namen für sie«, meinte Karen. »Du solltest sie Thursday, also Donnerstag, nennen.«

»Thursday?«

»Klar, wieso nicht? Du könntest sie nach uns benennen.«

»Tut mir Leid.« Julia wischte die Idee sofort vom Tisch. »Für so etwas bin ich viel zu konservativ. Außerdem ist ein ›Donnerstagskind voller Sorg ...‹ – kennt ihr den alten Reim nicht?«

»Ehe wir zu sehr abschweifen«, meinte Liz, »ich glaube, Karen hat uns noch etwas mitzuteilen.«

Alle Blicke waren auf Karen gerichtet.

Karen blinzelte und sah ihre Freundinnen an.

»Gibt es nicht eine gute Nachricht von deinem letzten Casting?«

Karen zuckte mit den Schultern und tat so, als wäre ihr Erfolg nicht der Rede wert. Doch dann warf sie die Arme in die Luft und rief: »Ich habe die Rolle!«

»Es ist nicht leicht, Glück bei sich selbst zu finden; und es ist nicht möglich, es woanders zu finden.«
Agnes Repplier

22. KAPITEL

CLARE CRAIG

7. April

Ich kann nicht glauben, dass ich zu diesem Essen tatsächlich zugesagt habe. Es ist wahnsinnig! Das letzte Mal, dass ich mit einem anderen Mann als Michael ausgegangen bin, ist fast sechsundzwanzig Jahre her. Als Julia mit ihrem Vorschlag kam, hätte ich sofort Nein sagen sollen. Ich habe keine Ahnung, wie ich dazu kam, einzuwilligen. Wie konnte ich das tun, ohne in Ruhe darüber nachzudenken?

Ich bin noch nicht so weit, mich wieder zu verabreden. Aber wenn ich jetzt anrufe, ein paar Stunden, bevor es losgeht, bringe ich Julia in Verlegenheit. Aber ehrlich gesagt habe ich davor weniger Angst als vor dem, was sie den anderen aus unserer Gruppe erzählen könnte. Dann wüssten alle, was für ein Feigling ich bin.

Also gut, die Entscheidung ist gefallen. Ich gehe hin.

Nein, ich gehe nicht. Ich kann nicht. Ich wüsste gar nicht, was ich sagen sollte. Smalltalk mit einem Fremden war noch nie meine Stärke, auch dann nicht, wenn dieser Fremde der netteste Mann auf der Welt ist (wie Julia behauptet, die auch findet, dass wir vieles gemeinsam haben). Die Wahrheit ist, dass ich nicht einmal weiß, wovor ich Angst habe. Wie Julia bereits sagte, das Ganze ist völlig harmlos. Ein Abendessen mit dem Onkel einer guten Freundin. Wirklich, was ist daran so furchtbar?

Ich glaube, dass mich die Vorstellung ängstigt, ein anderer Mann als Michael könnte in mein Leben treten. Ich wusste gar nicht, wie verunsichert ich bin.

Ich kann einfach nicht glauben, dass ich nach all den Jahren als kompetente Geschäftsfrau zulasse, dass mich ein Abendessen so fertig macht. Ich schätze, es ist gar nicht so sehr Unsicherheit als vielmehr die Furcht, mich noch einmal verwundbar zu machen. Ich will kein Risiko mehr eingehen, vor allem seit ich weiß, wie zerstörerisch der Schmerz der Zurückweisung sein kann.

Liz sagte der Gruppe, dass sie in ihrem Leben keinen Mann mehr braucht. Ich stimme ihr da zu. Ich brauche auch keinen Mann. Ich bin eine kluge, attraktive Frau, verflucht! Ich gebe zu, mein Privatleben war in letzter Zeit ein Desaster. Doch langsam, aber sicher fange ich mich wieder. Ich erhole mich von der Trauer um Michael. Ich komme über meine Wut hinweg.

Heute Abend gehe ich mit einem tapferen Lächeln und null Erwartungen zu Julia. Ich habe mir selbst etwas bewiesen. *Ich genese.* Ich bin fast wiederhergestellt. Sicher, ab und zu mache ich noch einen Schritt zurück. Zum Beispiel mit meinem Job bei Murphy Motors – in gewisser Weise war das ein Fehler. Der Hauptgrund, warum ich diesen Job angenommen habe, war, Michael eins auszuwischen. Ich wollte, dass er nachts wachliegt und sich um das sorgt, was ich tue, aber mein Plan ist zusammengebrochen, als ich erfahren habe, dass er ganz andere Sorgen hat, die ihn nachts wach halten.

»Clare!« Julia nahm Clares Hand und drückte sie kurz, als sie vor der Tür stand. »Du siehst toll aus!«

Das musste sie auch, dachte Clare, bei all der Zeit und all den Mühen, die sie in ihr Äußeres investiert hatte. Sie hatte ein grünes Samtkostüm gewählt mit einem Seidentop, nachdem sie jedes Outfit anprobiert hatte, das sie für einen solchen Anlass besaß. Zum Glück war Alex nicht zu Hause gewesen, um mitzubekommen, welchen Stress ihr das Dinner bereitete – oder sie wegen ihres albernen Benehmens auszuschimpfen. Sie hatte Angst, er würde das missbilligen. Und das war das Letzte, was sie brauchte. Doch er war schon morgens weggegangen, und sie hatte ihn den ganzen Tag nicht gesehen. Sie hatte ihm eine Nachricht hinterlassen, dass sie ausgegangen wäre. Hey, sie konnte ebenso geheimnisvoll sein wie Alex!

»Komm, ich stell dir meinen Onkel Leslie vor.« Julia führte sie ins Wohnzimmer, wo Peter sich mit einem distinguiert aussehenden älteren Herrn unterhielt. Beide hielten ein Glas Wein in der Hand und sahen in Clares Richtung.

Leslie und Peter standen auf, als sie hereinkam.

»Clare, das ist mein Onkel, Leslie Carter.«

Sie machte ein paar Schritte nach vorn und streckte die Hand aus. »Ich freue mich, Sie kennen zu lernen.« Dann lächelte sie Peter an. »Es ist auch schön dich wiederzusehen, Peter.«

»Ganz meinerseits.« Er ging in die angrenzende Küche, wo ein leeres Weinglas bereitstand. »Darf ich dir etwas Wein einschenken?«

»Bitte.« Im Esszimmer war für vier Personen gedeckt. Julia hatte erwähnt, dass die Kinder bei Freunden waren.

Sie setzten sich auf die beiden bequemen Sofas im Wohnzimmer. Julia stellte einen Artischockendip und Cracker vor Clare auf den Couchtisch.

»Julia hat mir erzählt, dass Sie zu Besuch sind«, begann

Clare und bestrich sich einen Cracker mit dem Dip. Leslie Carter war ein gut aussehender Mann, wie Julia es versprochen hatte. Er hatte strahlend blaue Augen und war sonnengebräunt. Er war fast völlig kahlköpfig, was bei ihm jedoch extrem attraktiv wirkte – sexy wie bei Sean Connery, fand Clare. Im Gegensatz zu ihr hatte er sich zwanglos gekleidet; er trug ein weißes Polohemd, beigefarbene Jeans und Dockers. Sie schätzte ihn auf Ende fünfzig, vielleicht Anfang sechzig. Julia hatte sein Alter nicht erwähnt.

»Ich bin seit einigen Jahren in Rente«, erklärte Leslie.

»Er ist ein Finanzgenie. Er hat Peter und mir viele Steuertipps gegeben und einige gute Ratschläge für meinen Laden.«

Clare lächelte.

»Er reist in einem Segelboot um die Welt«, meinte Peter enthusiastisch.

»Bisher bin ich nicht weiter gekommen als bis zur Westküste der Vereinigten Staaten«, berichtigte Leslie.

»Aber du willst von hier aus nach Hawaii segeln, oder?«

»Das ist mein Plan.«

»Allein?«, fragte Clare, die ein solches Unterfangen für ziemlich gefährlich hielt.

»Nein. Ich habe eine kleine Crew, die mich begleitet.«

»Sie müssen das Segeln lieben«, meinte Clare.

»Das tue ich auch, aber es ist eine neu entdeckte Leidenschaft.«

»Vor drei Jahren besaß Onkel Leslie nicht einmal ein Segelboot«, erklärte Julia.

»Es war etwas, das ich immer vorhatte, aber vor mir hergeschoben habe. Dann sind mir irgendwie die Ausreden ausgegangen.« Leslie beugte sich vor und griff nach einem Cracker. »Als ich dann einmal angefangen hatte, habe ich mich gefragt, wieso ich so lange gewartet habe.«

»Sie sagten, Sie sind seit einiger Zeit in Rente?«

»Ja, ich war Manager einiger Unternehmen in Pacific Northwest.«

Julia stand auf und ging Richtung Küche. »Kann ich dir bei irgend etwas helfen?«, bot Clare an.

»Auf keinen Fall«, versicherte Julia ihr. »Ich muss nur noch letzte Hand an den Salat legen.«

»Ich helfe dir«, sagte Peter wie abgekartet.

Ganz plötzlich waren Clare und Leslie allein. Nervös drehte sie den Stiel ihres Weinglases in den Händen, während sie sich den Kopf zerbrach, wie sie das Gespräch in Gang halten könnte.

»Sie sind auch seit kurzem geschieden, nicht wahr?«, fragte Leslie.

»Eigentlich ist es schon etwas länger her. Etwas über ein Jahr, glaube ich.« Sie wusste genau, wie lange das her war, auf die Stunde genau. »Sind Sie auch geschieden?«

Er nickte. »Seit fünf Jahren. Es war eine ziemliche Umstellung. Ich wollte eigentlich mit Barbara alt werden, aber sie ... Ich glaube, wir haben uns in verschiedene Richtungen entwickelt. Sie wünschte sich ein neues Leben, in dem ich keinen Platz mehr hatte.«

»Mein Ex auch«, antwortete Clare mit einem kleinen bitteren Lachen. »Michael hat eine jüngere Frau gefunden, die sein Leben aufregender gemacht hat.« Sie zuckte mit den Schultern. »Wieso sich mit Margarine begnügen, wenn man auch Butter haben kann.«

»Barbaras neuer Freund heißt Troy. Sie lebt mit ihm zusammen.«

»Kinder?«

Er schüttelte den Kopf. »Dafür müsste ich eigentlich dankbar sein, aber ich bin es nicht. Mein Leben kam mir nach der Scheidung eine lange Zeit verflucht leer vor. Was ist mit Ihnen?«

»Zwei Söhne. Mick ist fast zwanzig und Alex siebzehn. Ich weiß nicht, was ich ohne sie gemacht hätte.«

Leslie nickte. Clare vermutete, dass dieser Mann am Scheitern seiner Ehe zerbrochen war und noch immer darunter litt, ebenso wie sie.

»Der Salat ist fertig«, verkündete Julia und kam wieder herein.

»Falls Sie es noch nicht wissen, meine Nichte ist eine ausgezeichnete Köchin«, sagte Leslie und erhob sich.

Es war Clares erste Gelegenheit, Julias Kochkünste zu erproben. Wenn der Artischockendip ein Maßstab war, standen ihr noch einige Genüsse bevor. Der Salat war delikat – eine bunte Mischung aus Blattsalaten mit frischer Birne, zerbröckeltem Blauschimmelkäse, Walnüssen und einer Himbeer-Vinaigrette.

»Julia, du hast dich selbst übertroffen«, lobte Leslie nach dem ersten Bissen.

Clare stimmt ihm zu. »Es schmeckt wunderbar.«

Julia strahlte. »Danke. Wenn du möchtest, bringe ich dir das Rezept am nächsten Donnerstag mit.«

»Gerne«, versicherte Clare, auch wenn sie keine Ahnung hatte, wann sie es ausprobieren sollte. Alex und Mick waren Fleisch-und-Kartoffel-Esser, genau wie ihr Vater.

Nach dem Salat gab es gegrillten Lachs und Kartoffelgratin. Beides sah himmlisch aus und schmeckte auch so. Clare hatte schon immer vermutet, dass ihre Freundin gute hausfrauliche Fähigkeiten besaß, aber sie hatte nicht gewusst, dass Julia so begabt war. Zum Dessert gab es eine Limonentarte.

Beim Kaffee im Wohnzimmer plauderten sie über Leslies bevorstehenden Segeltörn nach Hawaii. Julia holte ihr Strickzeug hervor, und zum ersten Mal an diesem Abend registrierte Clare die deutliche Wölbung unter ihrem Kleid. Sie fragte sich, ob Julia die Schwangerschaft Leslie gegenüber erwähnt hatte. Aber vermutlich hatte Peter das getan. Julias Mann und ihr Onkel schienen sich gut zu verstehen.

Clare genoss Peters und Leslies Gesellschaft; sie waren sehr unterhaltsam. Julia war stiller als gewöhnlich, aber sie schien zufrieden zu sein. Sie konzentrierte sich auf ihr Strickzeug und machte nur hin und wieder eine Bemerkung.

Um halb zehn fand Clare, dass es Zeit war, nach Hause zu gehen.

»Ich muss auch gehen«, meinte Leslie und stand mit ihr auf.

»Es war ein sehr schöner Abend«, sagte Clare zu Julia und Peter, aber das Lob galt nicht nur für die beiden. Trotz aller Vorbehalte hatte sie sich richtig gut amüsiert.

Nach einer längeren Abschieds- und Dankesrunde brachte Leslie Clare zu ihrem Auto, das hinter seinem geparkt war. Der Abend war mild und angenehm, der Himmel sternenklar, und der Duft blühender Zitronenbäume erfüllte die Nachtluft.

»Danke, Clare«, sagte er, als sie ihr Auto aufschloss – das neuste Chevy-Modell.

Clare wusste, was er meinte. »Ich danke *Ihnen*.«

Er lächelte; sie verstanden sich. Der Abend war nicht nur sehr angenehm gewesen, er hatte ihnen auch Hoffnung für die Zukunft gegeben – nicht unbedingt auf eine gemeinsame Zukunft, aber auf eine mit *einem neuen Partner*. Romanzen und männliche Gesellschaft waren nicht für alle Zeit verloren, dachte Clare, solange es Männer wie Leslie Carter gab.

»Viel Spaß bei Ihrer Reise«, rief sie, als sie ins Auto stieg. »Ich würde Sie gern wiedersehen, wenn Sie zurück sind.«

»Gleichfalls.« Leslie schloss die Tür für sie und ging dann zu seinem eigenen Wagen.

Clare fuhr nach Hause und fühlte sich so gut wie ... seit Jahren nicht. Seit zwei Jahren, um genau zu sein. Sie fuhr in die Garage und stieg gerade aus dem Auto, als die Haustür aufflog. Alex stand auf der Schwelle.

»Wo warst du?«, wollte ihr Sohn wissen.

»Ich war zum Essen eingeladen«, antwortete sie ruhig. Nach seiner Stimme zu urteilen hatte er sich Sorgen gemacht. Vielleicht würde er ihr von nun an ein bisschen häufiger sagen, wo *er* hinging.

»Du hattest eine Verabredung?«, fragte Alex, und sein Ton war nun beinahe unverschämt.

»Hey, sei vernünftig! Ich bin nach der Scheidung nicht verschrumpelt und gestorben, weißt du.«

Alex folgte ihr ins Haus. »Mit wem warst du unterwegs?«

»Mit wem?« Sie runzelte die Stirn. »Wieso willst du das wissen?« Als er sie weiterhin anstarrte, fragte sie, »Ist es so bemerkenswert, wenn ich einmal ausgehe?«

»Ja.«

Erstaunt sah sie ihn an.

»Wo warst du?«, fragte er noch einmal.

»Bei Julia und Peter Murchison, wenn du es unbedingt wissen willst.«

»Sie ist in deinem Frühstücksverein, stimmt's?«

»Stimmt.« Clare ging in ihr Schlafzimmer, streifte ihre Schuhe ab und zog sich die Ohrringe aus. Alex folgte ihr und ließ sich auf ihre Bett fallen.

»Hattest du einen schönen Abend?«, fragte er eine Spur freundlicher. Anscheinend bemühte er sich jetzt, etwas netter zu sein.

»Wunderbar. Julias Onkel Leslie war zu Besuch, ich habe ihn kennen gelernt.« Sie erzählte von Leslies Segeltörn nach Hawaii.

»Cool.« Aber es klang nicht sonderlich beeindruckt.

»Ist etwas passiert, während ich weg war?« Irgendetwas bedrückte ihren Sohn. Normalerweise folgte Alex ihr weder von einem Zimmer ins andere noch horchte er sie so genau aus, wo sie gewesen war.

»Dad hat angerufen.« Alex' Stimme klang verdächtig beiläufig.

»Und?« Sie wusste nicht genau, was kam, aber sie vermutete nichts Gutes. Bei Michael wusste sie nicht mehr, was sie erwarten sollte.

»Er wollte dich sprechen.«

»Mich?« Nun, das war etwas ganz Neues.

»Er ... er ...« Alex Stimme brach ab, und er biss sich auf die Unterlippe.

Clare drehte sich zu ihrem Sohn um. »Was ist denn los?«

»Dad wollte mich nicht fragen. Verdammt, Mom, du hättest hier sein müssen! Dad hat dich gebraucht, und du warst nicht hier.« Alex hatte die Hände in seinen Hosentaschen verkrampft.

»Wieso hat dein Vater mich gebraucht?«, fragte sie und überhörte den Vorwurf in seiner Stimme.

»Er brauchte jemand, um ihn ins Krankenhaus zu bringen – er wollte mich nicht darum bitten.«

»Hast du ihn gefahren?«

»Nein ... Als ich zu ihm kam, ging es ihm so schlecht, Mom, ich wusste gar nicht, was ich tun sollte, deshalb habe ich den Notarzt angerufen. Ich dachte, er würde sterben.« Alex Stimme brach ab. »Du hättest da sein sollen, Mom, du hättest da sein sollen, um Dad zu helfen. Er brauchte dich.«

»Es ist nie zu spät, das zu sein,
was du gewesen sein könntest.«
George Eliot

23. KAPITEL

LIZ KENYON

Sharon Kelso ist hier«, verkündete Liz' Sekretärin durch die Sprechanlage. »Sie möchte Sie sprechen. Es sei dringend.«

Liz seufzte. Ihr Nachmittag wimmelte nur so von Terminen, aber das wusste ihre Sekretärin sicher. Wenn die Vorsitzende der Gewerkschaft der Schwestern und Pfleger sie um eine sofortige Unterredung bat, dann musste etwas im Busch sein. Mit aller Wahrscheinlichkeit bedeutete das, dass es erneut Probleme geben würde.

»Führen Sie sie herein«, sagte Liz. Ihr war ein wenig übel. Auch wenn ein Streik verhindert werden konnte, waren die Beziehungen zwischen der Klinikleitung und dem Pflegepersonal gespannt.

Sharon Kelso war eine große Frau, die sich professionell und zielstrebig gab. Liz mochte und respektierte sie. Sie hielt sie für eine harte, aber faire Verhandlungspartnerin.

Liz stand auf, als Sharon energisch in ihr Büro schritt.

»Liz.« Die andere Frau nickte zur Begrüßung.

»Hallo Sharon, was kann ich für Sie tun?« Es gab keinen Grund, nicht sofort zur Sache zu kommen; sie hatten beide viel zu tun.

»Ich würde Sie gern um zehn Minuten Zeit bitten.«

»Gern.« Liz zeigte auf einen freien Stuhl. Sie wartete, bis Sharon Platz genommen hatte, ehe sie sich ebenfalls wieder setzte.

Die Gewerkschaftsvorsitzende sortierte kurz ihre Gedanken, ehe sie sprach. »Ich habe nicht vor, Ihnen Klatschgeschichten zu erzählen«, begann sie. Ihre zusammengekniffenen Lippen machen deutlich, dass sie verärgert war. »Eine der Schwestern hat ein Problem mit einem der Belegärzte.«

In solchen Fällen wurden gewisse Schritte unternommen, die Sharon ebenso gut bekannt waren wie Liz.

»Möchten Sie eine schriftliche Beschwerde einreichen?«, fragte Liz.

»Über diese Möglichkeit haben wir bereits nachgedacht«, erklärte Sharon.

»Können Sie mir genauer sagen, um was es geht?«

»Es geht um eine disziplinarische Maßnahme, die Dr. Sean Jamison vorgenommen hat.«

Liz hätte sich denken können, dass es um Sean ging. Sie konnte einen Seufzer nicht unterdrücken.

»Die betroffene Schwester und ich haben beschlossen, die Sache ohne eine offizielle Beschwerde zu regeln«, erklärte Sharon. Sie schien ihre Worte vorsichtig abzuwägen. »Wenn Sie hören, was passiert ist, werden Sie unser Zögern verstehen. Wir glauben nicht, dass es sinnvoll wäre, es an die große Glocke zu hängen. Es gibt mildernde Umstände.«

Die gab es fast immer, aber das sagte Liz nicht.

»Ehe ich fortfahre, möchte ich betonen, dass die Beschwerdeführerin die volle Verantwortung für ihren eigenen Anteil an der Sache übernimmt. Dennoch, ich finde Dr. Jamisons Verhalten unakzeptabel.«

»Sagen Sie mir, was passiert ist«, bat Liz.

Die Geschichte, die folgte, war kurz und bündig. »Eine

Schwester hat einen kleinen Schreibfehler in einer der Krankenakten gemacht.«

Liz wusste, dass es keine kleinen Fehler gab, sagte aber nichts.

»Es wurde rasch festgestellt, aber als Dr. Jamison davon erfuhr, hat er ein Riesenaufheben um die Sache gemacht. Er besteht darauf, dass die betroffene Schwester keinerlei Kontakt mehr mit seinen Patienten hat. Also, Liz, Sie und ich wissen, dass das eine unmögliche Forderung ist.«

Sie nickte.

»Er war unhöflich, unverschämt und unnötig grob. Wir sind nicht perfekt. Wir können nur unser Bestes geben. Niemand verdient es, so heruntergeputzt zu werden, wie Dr. Jamison es mit ihr getan hat. Es war erniedrigend und verachtend, wie er sie im Beisein anderer Kollegen angeschrien hat. Ich finde, ein solch unprofessionelles Verhalten muss gemeldet werden.«

»Ich stimme Ihnen zu.« Liz verstand Sharons Dilemma. Da sie Sean kannte, konnte sie sich die Szene nur allzu gut ausmalen. Es überraschte sie, dass sie nicht schon früher davon gehört hatte. Liz verübelte ihm seine Verärgerung nicht, aber ihr missfiel die Art und Weise, wie er ihr Ausdruck verliehen hatte. Unter gewöhnlichen Umständen hätte Sharon nicht gezögert, eine formale Beschwerde einzureichen. Der Grund, warum sie es nicht tat, war klar; die Schwester hatte einen Fehler gemacht, und sie wollte nicht, dass dieser Fehler dokumentiert würde.

»Werden Sie mit Dr. Jamison sprechen?«, bat Sharon – es war weniger eine Frage als eine Aufforderung.

»Das werde ich«, versprach Liz, obwohl es das Letzte war, wozu sie Lust hatte. Bisher war es ihnen ganz gut gelungen, sich aus dem Weg zu gehen. Es war nicht sehr schwierig. Außer bei Situationen wie diesen gab es keinen Grund für einen Kontakt.

»Danke.« Sharon erhob sich. »Wir sind zufrieden mit unserem neuen Vertrag und möchten nicht, dass einer langen guten Beziehung etwas im Weg steht.«

»Ich stimme Ihnen da absolut zu«, entgegnete Liz, während ihr Magen sich immer mehr zusammenzog.

Sharon ging, aber Liz blieb noch stehen und überlegte, wie sie die Situation am besten anging. Sean würde sicher vermuten, ihre Bitte um ein Gespräch mit ihm wäre lediglich ein willkommener Anlass für sie, ihn wiederzusehen. Frustriert schüttelte sie den Kopf; sich auf ihn einzulassen, ganz gleich wie kurz, war ein Fehler.

Sie ging zu ihrem Schreibtisch und drückte auf den Knopf der Sprechanlage. »Cherie«, bat sie, »könnten Sie Dr. Jamison vielleicht bitten, bei nächster Gelegenheit einmal bei mir vorbeizukommen?«

»Natürlich«, antwortete Cherie und klang erfreut. »Das werde ich sofort erledigen.«

Sean ließ sie nicht lange auf sich warten. Noch am selben Abend, gerade als Liz ihren Computer ausschaltete, um nach Hause zu gehen, stand er in der Tür. Cherie war schon lange nach Hause gegangen, und Liz war ganz allein. Sean schien das beabsichtigt zu haben.

»Du wolltest mich sprechen?« Er hatte sein übliches vieldeutiges Grinsen aufgesetzt, als er in ihr Büro geschlendert kam.

»Es geht um eine dienstliche Angelegenheit«, erklärte Liz ihm sofort. »Setz dich bitte.«

Sein Gesicht war betont gleichgültig, als er sich auf den Stuhl gegenüber setzte. »Es hat etwas mit dem Tucker-Baby zu tun, nicht wahr?«

»Mir wurden keine Einzelheiten mitgeteilt.«

»Wurde eine Beschwerde eingereicht? Wenn das so ist, sage ich dir, dass diese Frau jedes einzelne Wort verdient hat, das ich gesagt habe. Es gibt eines, das ich nicht hinnehme, und das ist ...«

Liz hob die Hand, um ihn zu unterbrechen. »Es wurde keine Beschwerde eingereicht.«

Er machte nicht den Eindruck, erleichtert zu sein. »Diese Frau verdient eine Ohrfeige. Ihre Unachtsamkeit hätte dem Tucker-Baby das Leben kosten können. Es gibt viele Dinge, die ich in diesem Krankenhaus toleriere, aber nachlässige Einträge gehören nicht dazu.«

»Niemand sagt, dass dein Ärger nicht berechtigt war.«

»Natürlich nicht, er war ja berechtigt. Glaub mir, wenn ich nicht gewesen wäre, hätte Sharon Kelso so schnell eine Beschwerde eingereicht, so schnell kann man gar nicht schauen.«

Das alles stimmte, aber Liz zog es vor, nicht zu antworten.

»Was verlangt sie denn?«, fragte Sean. »Eine Entschuldigung? Ich schulde *niemandem* eine Entschuldigung.«

»Nein. Die betroffene Krankenschwester übernimmt die volle Verantwortung für ihren Fehler.«

»Gut, denn das muss sie auch.«

»Ich glaube, Sharon kam zu mir, um mir ihren guten Willen zu demonstrieren«, sagte Liz. »Sie möchte die Dinge gern auf niedriger Flamme halten und Konfrontationen vermeiden. Sie ...«

»Zum Teufel! Sie wollte mich verpetzen wie einen dummen Schuljungen.« Er zuckte mit den Schultern. »Ich weiß das, und du weißt es auch. Wenn es um meine Patienten geht, bin ich sehr empfindlich.«

»Niemand lastet dir deine Fähigkeiten und dein Engagement an.«

»Nur meine Krankenbettgeschichten?«

»Nein, ich würde sagen, es ist dein generelles Verhalten den Schwestern gegenüber, das zu Problemen führt.«

Sein Gesicht entspannte sich. »Ich gebe ja zu, dass ich verdammt wütend war.« Ein Lächeln begann sich breit zu machen.

Das war eine gewaltige Untertreibung, da war sich Liz sicher.

Er massierte seinen Nacken und seufzte langsam. »Vielleicht habe ich sie ein wenig zu hart angegriffen«, gab er schließlich zu, widerstrebend jedoch, als machte auch er Konzessionen um des Friedens willen. »Ich hatte Angst, den Tucker-Jungen zu verlieren. Ich hatte über dreißig Stunden nicht geschlafen. Ich werde morgen mit ihr sprechen, das wird die Sache sicher wieder etwas glätten.«

»Du hast dreißig Stunden nicht geschlafen? Das ist weder gut für dich noch für deine Patienten.« Obwohl sie ihn jetzt rügte, erinnerte sie sich daran, dass sie das selbst einmal getan hatte, vor Jahren, als das Leben ihres Babys an einem seidenen Faden gehangen hatte. Liz hatte Angst gehabt, Lauren allein zu lassen, Angst gehabt, einzuschlafen, Angst gehabt, ihr Baby auch nur aus den Augen zu lassen. Die Schwestern waren sehr freundlich zu ihr und Steve, aber es war kein Arzt in ihrer Nähe gewesen. Niemand, der sie trösten konnte, als ihr kleines Mädchen starb.

Wie dankbar die Tucker-Familie Sean sein musste. Es fiel Liz schwer, schlecht über einen Arzt zu denken, der sich so sehr für das Wohlergehen seiner Patienten einsetzte.

Sean sah sie an. »Mach mir bitte keine Vorschriften, wie ich meinen Job zu erledigen hab, dann mache ich dir auch keine.«

Sie blieb ruhig. »Du solltest lernen, mit Druck umzugehen – irgendeine andere Methode, als ihn an die Schwestern weiterzugeben. Du musst dir einen anderen Ausgleich suchen.«

»Ich weiß, aber du machst ja nicht mit. Eine Woche mit dir im Bett würde alle meine Leiden heilen, und dir würde es wahrscheinlich auch gut tun.«

Liz schnappte nach Luft. Sie wusste nicht, ob sie über seine

Worte wütend oder ganz einfach nur gekränkt sein sollte. »Ich schätze diese Kommentare ganz und gar nicht«, antwortete sie steif.

»Natürlich nicht. Sonst würde ich sie ja auch nicht machen.«

Sie blickte ihn an und sah, dass er lächelte. Zehn Minuten mit Sean Jamison, und *sie* hatte plötzlich Mühe, nicht die Beherrschung zu verlieren.

»Was machst *du* denn gegen den Stress in deinem Job?«, fragte er, und es klang ernsthaft interessiert.

»Ich ... ich mache Verschiedenes.« Liz schaffte diesen plötzlichen Wechsel von der Provokation zur Ernsthaftigkeit nicht so schnell.

»Zum Beispiel?«

»Seit neuestem habe ich angefangen zu stricken«, antwortete sie, obwohl sie ihre Termine mit Julia diese Woche absagen musste.

»Stricken?« Sein Blick war skeptisch.

»Eine der Frauen in meinem Frühstückskreis hat einen Wollladen.«

Er grinste. »Ach ja, diese Frühstücksgruppe. Sag mir, sind eure Treffen nur ein Anlass zur Männerhetze?«

So eine Idee konnte nur von Sean stammen. »Kaum. Das Problem von euch Männern ist, dass ihr sofort annehmt, wenn wir Frauen uns treffen, es ginge um euch.«

»Ist es denn nicht so?«

»Nein«, antwortete sie entschieden.

»Okay.« Er war jetzt wieder ernst. »Ich stimme dir zu, ich brauche irgendein Ventil, um meinen Stress loszuwerden, aber ich weiß, dass Stricken nicht mein Ding ist.«

»Probier es doch erst einmal aus«, scherzte sie.

Er dachte kurz nach, dann nickte er langsam. »Okay, ich probiere es. Bringst du es mir bei?«

Es war mehr als eine unverfängliche Frage, Liz wusste das. Als sie das letzte Mal miteinander geredet hatten, hatte Sean ihr zu verstehen gegeben, dass sie zu ihm kommen musste, wenn sie ein Interesse an einer Fortsetzung ihrer Beziehung hatte. Er hatte sie mit seiner Arroganz so genervt, dass sie sich geschworen hatte, ihn nie wiederzusehen. Doch das hatte sie nicht davon abhalten können, ständig an ihn zu denken. Seit Wochen bemühte sie sich nun schon, jeden Gedanken an ihn in die hinterste Ecke ihres Kopfes zu verbannen. Was sie irritierte war die Tatsache, wie häufig sie das tun musste.

»Es ist eine einfache Frage«, neckte er und wusste genau, dass es das nicht war.

»Nur du und ich und ein Wollknäuel?«, fragte sie und suchte nach einem Aufschub, um die Risiken abzuwägen.

»Hört sich ruchlos an, aber ich mache mit, wenn du willst.«

Liz stöhnte.

Er wusste, dass sie diese sexuellen Anspielungen hasste, und hob grinsend beide Hände in die Luft. »War ja nur ein Witz.«

Sie verschränkte die Arme vor der Brust. »Ist es dir mit dem Stricken ernst?«

Das Spöttische verschwand aus seinem Blick. »Ich verspreche dir, dass ich einen ernsthaften Versuch machen werde.«

Sie wussten beide, dass er nicht über das Stricken sprach.

»Was meinst du, Liz?« Sein Blick hielt sie weiter fest.

Ihr erster Impuls war es, die ganze Sache abzulehnen; sie brauchte keinen weiteren Herzschmerz. Doch sie fühlte sich versucht. Sie hatten einen schlechten Start erwischt. Er wollte eine Sache, und sie eine andere. Vielleicht war es nicht möglich, einen Kompromiss zu finden, aber wenn er gewillt war, einen neuen Versuch zu starten, sollte sie eigentlich auch bereit dazu sein.

»Also gut.« Sie nickte. »Aber enttäusch mich nicht«, murmelte sie schnell hinterher.

Er lachte, und das brachte auch sie zum Lächeln.

»Würde ich das jemals tun?«

»Man braucht nicht singen zu können.
Das Gefühl, das man es am liebsten
tun würde, macht den Tag lebenswert.«
Coleman Cox

24. KAPITEL

KAREN CURTIS

19. April

Die Frühstücksgruppe hat sich heute Morgen getroffen, und wie üblich gab es viele Neuigkeiten. Julia und ihr Mann haben eine Wiege für das Baby gekauft und in ihrem Schlafzimmer aufgestellt. Clare hat eine witzige Karte von Julias Onkel Leslie bekommen und herumgezeigt. Es war ihr ein bisschen peinlich, was ich süß fand. Da wird diese Frau, die jahrelang verheiratet war, rot wegen einer blöden Karte. Das Abendessen war offensichtlich ein voller Erfolg, auch wenn weder Julia noch Clare viel davon erzählt haben. Aber wir haben so viel zu bereden.

Diejenige, die uns am meisten überraschte, war Liz. Kurz bevor wir alle gingen, erwähnte sie beiläufig, dass sie sich wieder mit Sean Jamison trifft. Man hätte eine Feder zu Boden fallen hören, als sie *diese* Neuigkeit verkündete. Alle wurden ganz still. Niemand mag ihn. (Wir haben ihn zwar alle noch nicht persönlich kennen gelernt, haben aber ein ziemlich klares Bild vor Augen.) Und wir fragen uns alle, was eine so kluge, clevere Frau wie Liz in einem Mann sieht, der Frauen wie

Gegenstände behandelt. Irgendwas muss an dem Typ doch dran sein. Ich hoffe es auf jeden Fall. Es wäre schrecklich, wenn Liz eine zweite Victoria würde.

Wo ich gerade meine Schwester erwähne: Sie hat mir eine dieser kitschigen Grußkarten geschickt, und darauf steht, wie toll es ist, eine Schwester zu haben. Wenn sie das wirklich so empfände, würde sie auf mich hören. Hey, ich verstehe ja, dass sie bei dem Widerling bleibt, aber die Misshandlungen werden nicht aufhören, wenn sie nichts verändert. Victoria behauptet, Roger würde sie lieben und ernsthaft Reue zeigen. Ich glaube, dass er das tut – bis er sie das nächste Mal schlägt. Es deprimiert mich, an meine Schwester und ihre Ehe zu denken. Ebenso wie an mein eigenes Liebesleben.

Ich hatte so lange keine Verabredung mehr, dass ich langsam die Hoffnung aufgebe. Ich hatte viel zu tun, aber es ist auch nicht so, als gäbe es jemanden, der nur darauf wartet, dass ich endlich mehr Zeit habe. Glen Trnavski vielleicht, aber auch von dem habe ich lange nichts gehört. Ich war in letzter Zeit zur Vertretung in anderen Schulen, deshalb gab es keine Gelegenheit, ihm zufällig zu begegnen. Es ist ja schon mitleiderregend, dass ich an ihn denke, schließlich sind wir nur ein einziges Mal zusammen ausgegangen. Außerdem ist er ein Trottel, die Art Typ, die sich einen Rechenschieber an den Gürtel hängt; allerdings ist er nett und wirklich süß. Egal – er hat nicht angerufen und Jeff auch nicht. Jeff und ich würden ohnehin nur streiten, deshalb ist es im Grunde ganz gut, dass wir keinen Kontakt haben. Vor allem nach unserem letzten Gespräch ... Glen ist vielleicht ein bisschen langweilig, aber immerhin hat er Ziele. (Auch wenn ich nicht dazugehöre. Ha! Ha!)

Positiv ist immerhin, dass die Haarspray-Werbung nächste Woche zum ersten Mal ausgestrahlt wird. Die Aufnahmen haben endlos gedauert. Der Aufnahmeleiter war nett, aber sein

Zehn-Sekunden-Spot ist ja schließlich kein *Vom Winde verweht.* Dummerweise ist mein Hinterkopf das Einzige, was von mir zu sehen ist. Die Kamera zeigt, wie ich meinen Kopf schüttele, während bei meinen perfekt frisierten Haaren keine einzige Locke aus der Reihe tanzt, dank »Beauty Hold«. Es soll so aussehen, als würde ich Tennis spielen, dabei bin ich in Wahrheit auf einem Trampolin auf und ab gehopst. Klar, dass meine Mutter froh ist, dass mich niemand erkennen wird.

Meine Miete ist bezahlt, und ich habe gerade einen Scheck vom Schulamt bekommen. Ich fühle mich super! Da passt es gut, dass ich gerade meinen ersten national ausgestrahlten Werbefilm feiere. Ich war seit Ewigkeiten nicht mehr im Kino, aber es wird immer schwieriger, jemanden zu finden, der nicht eine Hälfte eines Paares ist. Ich hätte nie gedacht, dass ich einmal solche Probleme haben könnte, aber fast alle, die ich kenne, egal ob männlich oder weiblich, sind entweder verheiratet oder in einer festen Beziehung.

Ich könnte Liz fragen, aber sie arbeitet immer so lange, und außerdem scheint die wenige Zeit, die ihr bleibt, jetzt von dem guten Doktor ausgefüllt zu sein. Vielleicht hat Clare ja Lust. Sie ist lustig, und ich stelle fest, dass ich sie immer mehr mag.

»Soll ich dich abholen?«, fragte Karen. Sie war ihrem Impuls gefolgt und hatte Clare Craig angerufen, und zu ihrer Freude hatte Clare sofort zugesagt. Es schien sie zu überraschen, dass Karen an einem Freitagabend nichts vorhatte.

Sie brauchten ein paar Minuten, um sich einen Film auszusuchen und einigten sich schließlich auf eine Komödie.

»Ja, hol mich ab«, meinte Clare. »Dann lernst du auch gleich meinen Sohn kennen.«

»Ist Alex zu Hause?«

»Er kommt jedes Wochenende zur Wartung.« Clare lachte.

»Ich habe ihm vorgeschlagen, dass ich in unserem Haus ein Drive-through-Fenster einbauen lasse, dann brauche ich mich nur noch herauszulehnen und ihm Geld, frische Wäsche und etwas zu essen herauszureichen.«

Karen lachte ebenfalls und wünschte sich, ihre Mutter hätte nur halb so viel Humor wie die Frauen in ihrer Frühstücksgruppe. Sie und Catherine würden sich viel besser verstehen, wenn sie einen Grund hätten, zusammen zu lachen.

Am Freitagmorgen war Karen, wie vorhergesehen, zum Einsatz in die Manchester Highschool gebeten worden. Diesmal sollte sie die Englischlehrerin vertreten. Sie hatte erst gezögert, aber nicht lange. Das Geld war einfach zu verlockend, und außerdem war die Manchester Highschool die Schule, an der Glen Chemie unterrichtete.

Die Schüler der Highschool waren Karen am liebsten. Irgendwie – vielleicht wegen ihres eigenen Alters – kam sie mit ihnen gut zurecht. Sie unterrichtete drei Stunden, hatte dann eine Stunde Pause und nachmittags noch einmal drei Stunden. Die elfte Klasse beschäftigte sich gerade mit *Macbeth,* das Karen ziemlich gut kannte, weil sie es auf dem College aufgeführt hatten; sie hatte eine der Hexen gespielt. Der neunten Klasse stellte sie eine kreative Schreibaufgabe. In ihrer Mittagspause aß sie im Lehrerzimmer, in der Hoffnung, zufällig-absichtlich mit Glen zusammenzustoßen.

Das geschah nicht, und als sie sich nach ihm erkundigte, sangen mehrere der Lehrer sofort ein Loblied auf ihn. Er war im Kollegium offenbar beliebt. Auch bei ihr wäre er beliebt, wenn er mehr Anstrengungen unternähme, sie zu sehen. Nach dem Unterricht beschloss Karen, ein wenig durch die Schulkorridore zu schlendern, um einer Begegnung ein wenig nachzuhelfen. Sie fand Glen schließlich im Chemielabor, inmitten einer Schülergruppe, die ihn umringten wie Groupies einen Rockstar.

Karen blieb in der Tür stehen, unsicher, ob sie ihn unterbrechen sollte. Sie räusperte sich. »Mr. Trnavski?«, sagte sie.

Glen schaute überrascht auf. Er freute sich, sie zu sehen und machte keinen Hehl daraus. »Karen, hi!«

»Hi«, antwortete sie. »Hm, ich kam gerade vorbei und dachte, ich sag mal schnell Hallo.« Sie hob die rechte Hand. »Hallo!«

»Ich bin gerade fertig«, sagte er und klappte sein Buch zu.

Die Schüler tauschten erstaunte Blicke, als überraschte es sie, dass es für ihren Lehrer noch ein Leben außerhalb der Chemie gab. »Aber ...«, begann einer von ihnen.

»Wir machen am Montag weiter«, antwortete er und entließ sie.

»Aber der Versuch ...«

»Wird auf Dienstag verschoben.«

Aus der Art, wie sie reagierten, schloss Karen, dass die Zusatzstunde so etwas wie ein Geschenk war. Die sechs Schüler gingen schwätzend davon und klopften sich dabei zufrieden auf die Schulter, als hätte man ihnen gerade eine Haftentlassung angeboten.

Glen wartete, bis sie nicht mehr zu sehen waren, bevor er etwas sagte. Er hatte vielleicht nicht das Super-Aussehen, das in Hollywood Aufsehen erregen würde, dachte Karen, als sie ihn ansah, aber er war auch kein schlechter Anblick.

»Du siehst gut aus«, sagte er, als der letzte Schüler verschwunden war.

Seine Bewunderung war genau das, was Karens angeschlagenes Ego brauchte. Aber wenn er so sehr daran interessiert war, sie zu sehen, wie er jetzt tat, wieso hatte er sie nie angerufen? »Ich habe lange nichts von dir gehört.«

Glen drehte sich um und begann die Tafel zu putzen. »Wenn ich mich recht erinnere, sagtest du, dass du möchtest, dass wir Freunde sind. Nicht mehr und nicht weniger.«

»Das habe ich gesagt?«

»Vielleicht in nicht so vielen Worten. Aber ich habe verstanden und beschlossen, weder deine noch meine Zeit zu verschwenden.« Er wischte sich den Kreidestaub von den Händen.

»Oh.« Sie erinnerte sich tatsächlich daran, so eine ähnliche Bemerkung gemacht zu haben, aber nur, weil sie nicht so recht gewusst hatte, was sie wollte. Außerdem war das Monate her. Konnte man seine Meinung denn nicht ändern? Glen war klug und witzig, und je mehr Zeit sie mit ihm verbrachte, desto mehr mochte sie ihn. »Ich sage häufig Dinge, die ich später bereue.«

»Wirklich?«

Karen nickte, in der Hoffnung, dass er den Hinweis verstand und sie noch einmal bat, mit ihm auszugehen.

Das tat er nicht.

Sie schaute auf die Uhr und beschloss, dass sie nun dringend gehen musste. Kein Grund, noch länger hier herumzuhängen und sich vielleicht demütigen zu lassen. Der einzige Grund, ihn zu suchen, war der gewesen, ihn wissen zu lassen, dass sie verfügbar war, und das hatte sie nun getan. Sie dachte kurz daran, ihn selbst um ein Treffen zu bitten, doch wahrscheinlich war er zu konservativ, um das gut zu finden. »Okay ... wir sehen uns«, sagte sie hastig und wandte sich zum Gehen.

»Kann ich dich anrufen?«, rief er hinter ihr her.

Sie drehte sich um. »Ich wäre enttäuscht, wenn du es nicht tätest.«

»Hast du heute Abend schon etwas vor?«, rief er und folgte ihr auf den Korridor. Er blieb lässig im Türrahmen stehen und verschränkte die Arme. »Hast du Lust auszugehen?«

»Tut mir Leid«, antwortete sie. »Ich habe schon Pläne.«

»Dann ein anderes Mal?«

»Gern«, sagte sie und lief rückwärts, bis sie mit dem Hausmeister zusammenstieß, was ihr den Abgang völlig ruinierte.

Zwei Stunden später fuhr Karen zu der Adresse, die Clare ihr genannt hatte, und parkte vor dem großen Haus mit dem wunderschön gestalteten Garten. Es war das erste Mal, dass sie bei einer der anderen Frauen zu Hause war, und sie war beeindruckt.

Alex öffnete die Tür und starrte sie an.

»Hi, ich bin Karen Curtis«, sagte sie und stellte sich vor. »Die Freundin Ihrer Mutter.«

Alex war ein groß gewachsener Siebzehnjähriger, und obwohl sie ihn noch nie gesehen hatte, kam er ihr irgendwie bekannt vor.

»Sie waren heute Nachmittag bei Mr. Trnavski, habe ich Recht?«, fragte er und ließ sie hinein.

»Ist das Karen?« Clares Stimme erklang von der Treppe.

»Ja«, rief Alex über die Schulter.

Hatte Clares Haus sie schon von außen beeindruckt, so verblasste dieser Eindruck im Vergleich zu seinem Innern. Das gesamte Haus strahlte Qualität und Geschmack aus. Karen dachte an das Zuhause ihrer Eltern, wo der Wunsch ihres Vaters nach Behaglichkeit – bequeme Lehnsessel, ein großer Fernseher – auf die Vorliebe ihrer Mutter für teure und dekorative Dinge prallte.

»Haben Sie eine Beziehung mit Mr. Trnavski?«

»Wir sind befreundet.«

»Mann, ich habe ihn noch nie so durcheinander erlebt.«

Karen freute sich das zu hören.

»Du hast meinen Sohn bereits kennen gelernt?«, fragte Clare, als sie ins Wohnzimmer kam. Sie versuchte, einen Ohrstecker zu befestigen. Dazu legte sie den Kopf auf die Seite und fummelte an dem goldenen Verschluss herum.

»Mom, das ist Mrs. Curtis von der Highschool.«

»Ja, Süßer, das weiß ich. Karen ist in meiner Frühstücksgruppe.«

»In deiner Frühstücksgruppe? Ich dachte, da wären nur alte Tanten wie du.«

Karen konnte sich ein Lachen nicht verkneifen. »Ich glaube nicht, dass du so Punkte bei deiner Mutter sammeln kannst.«

Alex wirkte verlegen. »Ihr wisst schon, was ich meine.«

Seine Mutter schloss einen kurzen Moment die Augen, als könnte sie das Thema so ganz umgehen. Dann widmete sie sich wieder ihrem Ohrring und hatte schließlich Erfolg.

»Sind Sie auch geschieden?« Alex setzte sich auf die Sofalehne und sah Karen an.

»Nein. Ich war noch nie verheiratet.«

»Nicht alle in unserem Kreis sind geschieden«, informierte Clare ihren Sohn. Sie sagte nicht, dass sie genau genommen die Einzige war. Karen fragte sich warum.

»Gehst du denn nicht ...« Alex runzelte die Stirn. »Ist heute nicht Freitag?«

»Doch.« Auch Karen runzelte nun die Stirn. »Ist das ein Problem?«

»Heute Abend ist doch deine Selbsthilfegruppe für Geschiedene, Mom, oder nicht?«

»Ach so, das meinst du«, antwortete Clare. »Aber es besteht keine Verpflichtung, jeden Freitag dort zu erscheinen.«

»Also gehst du nicht hin?«

»Heute nicht. Karen und ich wollen ins Kino.«

»Oh.«

»Ich bin sofort zurück«, sagte sie zu Karen und verschwand auf dem Flur.

Alex starrte Karen weiter an.

»Was ist los?«, fragte sie. »Wusstest du nicht, dass Lehrer auch ein Leben außerhalb des Klassenzimmers haben?«

»Das ist es nicht«, meinte er. »Es ist meine Mom.«

Karen sah ihn verständnislos an.

»Sie verstehen nicht. Sie hat noch nie einen Termin bei ihrer Selbsthilfegruppe ausfallen lassen. Sie *braucht* diese Gruppe.«

»Vielleicht braucht sie sie nicht so sehr, wie du glaubst.«

Alex schüttelte den Kopf. »Sie braucht sie«, beharrte er.

»Dann frag sie danach.«

»Das werde ich auch tun.« Alex war aufgestanden, als seine Mutter zurückkam. »Was ist mit deiner Selbsthilfegruppe? Meinst du nicht, du solltest doch hingehen?«

Clare griff nach ihrer Tasche. »Ich habe beschlossen, heute nicht hinzugehen.«

»Ja, das sehe ich. Aber wieso?«

»Weil, mein lieber Sohn«, antwortete Clare und drückte die Hand an seine Wange, »es Zeit wird, sich zu verändern. Ich bin fertig«, sagte sie und sah zu Karen herüber. »Wie steht es mit dir?«

»Fertig«, wiederholte sie und lächelte still.

»Man kann sich nicht aussuchen, wie man sterben wird. Oder wann. Man kann nur entscheiden, wie man leben will. Jetzt.«
Joan Baez

25. KAPITEL

CLARE CRAIG

Clare schaltete den Staubsauger aus und noch während das Gerät mit einem Seufzer verstummte, hörte sie im Hintergrund das Telefon klingeln. Sie griff nach dem Hörer, ohne zu wissen, ob es zum ersten Mal geklingelt hatte oder zum fünften Mal.

»Hallo«, rief sie leicht außer Atem. Obwohl sie sich eine Putzhilfe leisten könnte, zog sie es vor, ihre Hausarbeit selbst zu erledigen. Das half ihr, so scherzte sie häufig, ihre Aggressionen abzubauen, und es stimmte; außerdem hatte sie so das Gefühl, ihre unmittelbare Umgebung in dem Zustand zu haben, in dem sie sich das wünschte.

Auf ihren Gruß folgte ein kurzes Zögern. »Clare, hier ist Michael.«

Sie wusste, dass er vor wenigen Tagen aus der Klinik entlassen worden war; nach Alex' Notruf hatte man ihn zum zweiten Mal stationär aufgenommen, und nun war er wieder zu Hause, in den zarten, perfekt manikürten Händen Mirandas.

»Alex ist in der Schule«, erinnerte sie ihn, für den Fall, dass er das vergessen hatte.

»Eigentlich wollte ich mit dir reden.«

Es gab eine Zeit, da hatte sie sich den Tag erträumt, an dem Michael sie brauchen, die Hände nach ihr ausstrecken würde, in ihr Leben zurückkehren wollte. Aber es war in den zwei Jahren seit seinem Auszug nicht geschehen, und in der Zeit hatte Clare wichtige Dinge über sich selbst gelernt. Mit jedem Tag war sie stärker geworden, zuversichtlicher und selbstsicherer. Sie waren immer ein Team gewesen, sie beide, aber sie hatte gelernt, allein zu leben.

»Ich würde dich gern zum Essen einladen«, schockierte Michael sie.

»Zum Essen?« Sie verschluckte sich fast an dem Wort.

»Damit würde ich mich gern für deine Freundlichkeit während meiner Chemotherapie bedanken.«

Clare setzte sich auf die Ecke des Couchtisches. Er hatte ihr erklärt, dass es nur ein Dankeschön war; also sollte sie der Einladung nicht allzu viel Bedeutung beimessen. Er wollte sie ebenso wenig zurück, wie sie *ihn* zurück wollte, sagte sie sich energisch.

»Du brauchst dich nicht zu bedanken.« Und das stimmte. Ihre Gründe waren zu kompliziert, um sie zu analysieren. Es genügte zu sagen, dass sie es für ihn getan hatte *und* für sich. Wegen ihrer gemeinsamen Vergangenheit und wegen ihrer Kinder.

»Ich bestehe darauf. Ich würde gern mit dir zu Mama Lena's gehen.«

Ihr Lieblingsitaliener, nicht weniger. Als sie gerade verheiratet waren und praktisch von Gehaltsscheck zu Gehaltsscheck lebten, war es immer ein besonderes Ereignis gewesen, bei Mama Lena's zu essen. An jedem Geburtstag und Erinnerungstag hatten sie dort Ravioli und Auberginen mit Parmesan genossen. Dazu Weißbrot und Käse, herrliche Antipasti, ein Glas Rotwein – danach Espresso und Tiramisu zum

Dessert. Die Erinnerungen spulten sich wie ein Stummfilm in ihrem Kopf ab.

»Ich ... ich glaube nicht, dass das eine gute Idee ist«, sagte sie und kämpfte gegen den Drang, einfach Ja zu sagen.

Michael dachte kurz nach. »Gut, dann ein anderes Restaurant. Such dir eins aus.«

»Ich weiß, dass du meine Hilfe zu schätzen wusstest, Michael, aber ich finde, zusammen essen zu gehen, ist nicht das Richtige. Nicht zu diesem Zeitpunkt.«

»Ich muss mit dir reden«, sagte er nach kurzem Zögern.

»Dann tu es jetzt.«

»Das kann ich nicht«, sagte er, und in seiner Stimme schien Bedauern zu liegen. »Ich bitte dich nur darum, dich mit mir zu treffen. Wo du willst, wann immer du willst.«

»Also gut«, antwortete sie. Die Neugier war zu groß. »Morgen Nachmittag um drei Uhr in *Valery's Café*.«

Dort fühlte sie sich sicher. Michael wollte ihr am Telefon nicht erzählen, um was es ging, aber sie traf ihn auch nicht im Mama Lena's, wo sie Erinnerungen an glücklichere Zeiten überkommen würden, als das Leben noch süß war und ihre Illusionen noch nicht zerstört.

Clare erwähnte den Telefonanruf mit keinem Wort, weder gegenüber Alex noch gegenüber Karen, die am selben Abend anrief, um ihr aufgeregt zu erzählen, dass Alex' Chemielehrer sie zum Abendessen eingeladen hätte. Wenn Clare versucht war, Michaels Anruf mit jemand zu diskutieren, dann mit Liz. Doch sie behielt ihr Geheimnis für sich, fragte sich, was das alles wohl zu bedeuten hatte und was zum Teufel so wichtig sein konnte, dass Michael sie unbedingt treffen musste.

Vielleicht interpretierte sie mehr in die Sache, als sie eigentlich sollte. Da ihre Beziehung nun einigermaßen freundschaftlich war, wollte Michael sicher nur mit ihr über ihre Söhne sprechen. Sicher wollte er nur ihren Rat, wie er sich mit Mick versöhnen könnte ...

Vielleicht hatte es auch etwas mit Alex' bevorstehendem Highschool-Abschluss zu tun. Sollten sie gemeinsam an der Feier teilnehmen und zugunsten ihrer Söhne so tun, als seien sie eine glückliche Familie? Nein. Das sah sie nicht, und außerdem musste man auch noch Mick berücksichtigen. Michael konnte natürlich jederzeit teilnehmen, aber Mick würde sich weigern, sich auch nur in die Nähe seines Vaters zu setzen.

Ein weiterer Gedanke kam ihr, als sie am nächsten Nachmittag vor einem starken Kaffee saß und auf ihren Exmann wartete. Vielleicht hatte es etwas mit seiner Krebstherapie zu tun.

Um Punkt drei betrat Michael *Valery's Café*. Er war sogar noch schmaler als beim letzten Mal, als sie ihn gesehen hatte, aber nicht mehr so entsetzlich blass. Seine Wangen hatten wieder ein wenig Farbe bekommen. Er blieb in der Tür stehen und lächelte, als er sie sah.

»Hallo Clare«, grüßte er und kam auf ihren Tisch zu.

»Hallo Michael.« Sie nickte ihm kurz zu, entschied sich, ihn nicht zu intensiv anzuschauen, damit er ihr Interesse nicht falsch verstehen konnte. Er blickte über die Schulter zur Theke und der Speisekarte dahinter. »Ich vermute, hier wird man nicht bedient?«

»Nein, man muss sich selbst etwas holen.«

»Möchtest du noch einen Kaffee?«

Als sie den Kopf schüttelte, ging er zur Theke und kam wenige Minuten später mit einem Glas Milch zurück. Er zog sich einen Stuhl hervor und setzte sich ihr gegenüber.

»Wie geht es dir?«, fragte sie. Jetzt, wo er so nahe war, erkannte sie, dass er nicht so gut aussah, wie sie zuerst gedacht hatte. Das Weiß seiner Augen war leicht gelblich gefärbt, und er hatte zwar Farbe im Gesicht, aber seine Wangen waren noch immer eingefallen.

»Wieder besser, danke«, antwortete er und nippte an seiner Milch.

»Und deine Krankheit?«

Er antwortete nicht sofort. »Ich bin nicht gekommen, um Neuigkeiten mit dir auszutauschen.«

»Gut, dann komm zur Sache, damit wir es hinter uns bringen.« Sie fühlte sich ein bisschen gekränkt.

»Ehrlich gesagt möchte ich dich gern um einen Gefallen bitten.«

Er hatte eine seltsame Art, sie um etwas zu bitten, fand sie.

»Ich habe eigentlich kein Recht, dich das zu fragen«, fuhr Michael nun mit leiserer Stimme fort. Er starrte in sein Glas, als könnte er eine Lösung für seine Probleme in der kalten Milch finden.

»Was zu fragen?« Sie bemühte sich, die Gereiztheit zu zügeln, die sie in ihrer eigenen Stimme hörte.

»Ich würde es auch nicht tun, wenn nicht unsere Söhne wären.«

»Was ist es denn?«, fragte sie. Genug mit diesem Herumgerede!

»Ich möchte gern, dass du wieder in meinem Geschäft arbeitest«, sagte er, und seine Augen sahen sie durchdringend an.

»Auf keinen Fall.« Sie brauchte nicht darüber nachzudenken, brauchte seine Gründe nicht zu hören. Ihre Antwort kam unverzüglich.

Michael hob die Hand. »Lass es dir erklären.«

»Ich habe bereits einen Job.« Sie hatte ihn verunsichern wollen, indem sie den Job bei Murphy Motors angenommen hatte. Das tat ihr Leid; offensichtlich hatte Michaels Geschäft darunter gelitten, und er hatte nun Angst.

»Kündige bei Murphy.«

»Michael, das kann ich nicht ... Hör zu, ich habe einen Fehler gemacht. Ich hätte diesen Job nie annehmen dürfen und ...«

»Hör mir zu«, unterbrach Michael sie.

Sie lachte und schüttelte den Kopf. Es war so, als wären sie noch verheiratet. Damals hatte er sich auch nie bemüht, sie aussprechen zu lassen.

»Das hat nichts mit Murphy Motors zu tun«, sagte er ungeduldig. »Die ganze Zukunft von Craig Chevrolet hängt von deiner Entscheidung ab.«

»Michael, bitte ...« Er übertrieb maßlos. Natürlich wollte er nicht, dass sie für seinen größten Konkurrenten arbeitete, und jetzt versuchte er, sie zurückzulocken. Was er nicht verstanden hatte, nicht gehört hatte, war, dass sie die ganze blöde Idee inzwischen bedauerte.

»Ich schwöre dir, es ist nichts Persönliches. Ich möchte, dass du meinen Platz übernimmst.«

»Und was willst du tun?« Wenn er ihr nun erklärte, dass er Zeit brauchte, um mit Miranda exotische Reisen zu unternehmen, würde sie ihm in aller Deutlichkeit sagen, was er mit seinem Jobangebot tun konnte.

Er wich ihrem Blick aus.

»Was genau willst du tun, während ich deinen Job übernehme?«, wiederholte sie. Obwohl ihre Stimme ruhig blieb, weigerte sie sich, seine Frage zu beantworten, ehe er ihre beantwortet hatte.

»Es ist nicht, was du denkst«, erklärte er hastig.

»Woher weißt du denn, was ich denke?«

»Oh Clare, hast du vergessen, dass ich dreiundzwanzig Jahre lang mit dir verheiratet war?« Er lächelte zwar, aber seine Stimme klang nicht sehr humorvoll. »Gut, ich sage es dir.« Er atmete tief durch. »Ich bin für einen Therapieversuch mit einem neuen Medikament ausgewählt worden. Das bedeutet, dass ich meine Arbeit als Geschäftsführer nicht fortführen kann.«

»Hat das etwas mit deinem Krebs zu tun?«

Wieder wich er ihrem Blick aus.

»Du kennst das Autogeschäft besser als jeder andere. Trotz unserer Differenzen in den letzten Jahren vertraue ich dir.«

Sie wusste nicht, was sie darauf antworten sollte. Vorhin hatte er ihre Frage nach seinem Gesundheitszustand abgetan, hatte so getan, als habe er es eilig, zur Sache zu kommen.

»Das Geschäft ist mit einer hohen Hypothek belastet, und wenn dieser Übergang nicht glatt verläuft, könnte ich alles verlieren.«

Er hatte Angst vor Verlusten? Clare war erstaunt über seine mangelnde Sensibilität. Ihr Leben war auseinander gerissen worden, ihre Sicherheit dahin, ihr Herz gebrochen. Und er hatte nun Angst, sein Unternehmen könnte Schaden nehmen, wenn er ein paar Wochen fort war – deshalb war er zu ihr gekommen. Natürlich, jede Finanzschwäche des Autohauses würde sich auf sie und die Jungs auswirken, aber sie einfach zu bitten, die Sache zu übernehmen! Als wären sie immer noch ein Ehepaar, immer noch ein Team ... Nun, das waren sie nicht, und es war ganz allein seine Schuld.

Sie wollte ihm sagen, was sie dachte, aber sie bekam kein Wort heraus. Dann erstaunte Michael sie noch mehr, als er plötzlich lachte.

»Findest du das *witzig*?«

»Nein.« Er schüttelte den Kopf. »Überhaupt nicht. Ich amüsiere mich nur über deine Reaktion. Im Augenblick bist du so wütend, dass du kaum denken kannst.«

»Richtig. Stell Miranda ein, Michael, denn ich bin nicht interessiert.« Sie erhob sich zum Gehen, aber seine Hand auf ihrem Arm hinderte sie daran.

»Miranda hat mich verlassen.« Der Schmerz hinter diesen Worten war nicht zu überhören gewesen.

Clare spürte, wie ihre Knie zitterten. Seit zwei Jahren wünschte sie sich, dass er wenigstens einen Bruchteil des seelischen Leids empfinden würde, dass sie erlitten hatte, als er sie verlassen hatte.

»Willst du mir jetzt nicht sagen, dass mir das zu Recht geschieht?«, fragte er heiser.

»Nein«, flüsterte sie. Nicht, nachdem er seine Lektion selbst so gründlich gelernt hatte. Allerdings war sie überrascht, dass er das so bereitwillig zugab, vor allem ihr gegenüber.

»Clare«, sagte er nun flehend. »Setz dich, bitte.«

Sie setzte sich wieder, zumal sie ohnehin keine andere Wahl hatte, denn ihre Beine schienen unter ihr wegzusacken. »Seit wann ist sie fort?« Clare fragte sich, wie lange Michael schon alleine war.

»Schon seit einer Weile.«

Sie nickte.

»Sie ist zu einer Freundin gezogen, kurz nachdem ich von meiner Krankheit erfahren habe. Sie hat ... Schwierigkeiten, mit Krankheiten umzugehen.«

Clare fand es interessant und ziemlich traurig, dass er weiterhin Entschuldigungen für Miranda fand.

»Ich hätte es dir früher erzählen sollen.« Seine Stimme war weicher geworden, und er saß nach vorn gebeugt und wirkte plötzlich alt.

»Es geht mich nichts an.« Sie sah weg, weil es ihr schwer fiel, den Schmerz in seinen Augen zu sehen. Michael war allein und wusste, wie es war, in ein kaltes leeres Haus zurückzukehren. Sie forschte nach Spuren des Bedauerns, sah aber keine. Selbst jetzt, krank und verlassen von der Frau, für die er so viel aufgegeben hatte, zeigte er keinerlei Zeichen der Reue für das, was er Clare und seiner Familie angetan hatte.

Das tat weh, und sie rügte sich im Stillen dafür, dass sie mehr von ihm verlangte, als er geben konnte.

»Freust du dich denn nicht?«, fragte er, und etwas von seinem alten Feuer trat in seine Augen zurück.

»Nein«, flüsterte sie.

»Wirst du es tun?«, wiederholte er dann. »Wirst du das Geschäft übernehmen, wenn ich ins Krankenhaus gehe?«

Clare konnte ihn nicht ansehen. »Lass mich darüber nachdenken.«

»Ich werde es dir wieder gutmachen«, versprach er. »Das Geschäft gehört den Jungs. Ich möchte es nicht aufgeben müssen. Und dann sind da natürlich noch deine Unterhaltszahlungen ...«

Sie nickte. Die würde sie sicher nicht vergessen.

»Wie lange brauchst du für deine Antwort?«, fragte er.

»Ich weiß nicht«, antwortete sie, kaum fähig, das alles zu verarbeiten. »Ich ... ich muss nachdenken.«

»Einen Tag?«

»Länger.«

»Eine Woche?«

Wieso drängte er sie so? »Ich weiß nicht«, sagte sie zum zweiten Mal. Der Druck belastete sie. »Wenn du mich zwingst, sofort zu antworten, lautet meine Antwort Nein. Ich habe mir ein neues Leben ohne dich aufgebaut, Michael, und ich sehe keinen Grund, unsere persönlichen und geschäftlichen Beziehungen wieder zu vermischen.«

»Denk darüber nach, Clare. Es ist wichtig.«

»Für dich, meinst du.«

»Es ist wichtig für unsere Kinder«, erinnerte er sie.

»Ich brauche Zeit«, wiederholte sie.

»Verdammt Clare, ich habe keine Zeit. Kannst du das denn nicht sehen? Muss ich es dir erst buchstabieren? Ich werde sterben.«

»Sterben?« Das Wort drang kaum aus ihrer zugeschnürten Kehle.

»Die Ärzte sagen, ich hätte Glück, wenn mir diese Behandlung weitere sechs Monate schenkt. Der Krebs breitet sich aus ... Sieh mich an, Clare. Sieh mich an«, flehte er. »Ich habe nicht mehr lange. Also, hilfst du mir nun oder nicht?«

25. April
2.34 Uhr

Ich kann nicht schlafen. Jedes Mal, wenn ich die Augen schließe, sehe ich Michael am Tisch in *Valery's Café* vor mir sitzen und mir sagen, dass er bald sterben wird.

Sterben!

Er scheint es als unausweichlich hinzunehmen. Nach dem anfänglichen Schock hatte ich Tausende von Fragen. Er hat die ersten beantwortete, wollte aber nicht ins Detail gehen. Der Krebs hat in seiner Leber begonnen, sich inzwischen jedoch über den ganzen Körper ausgebreitet. Man kann nichts mehr tun. Keine Wunderdroge, keine Klinik, die ihn retten kann, keine Therapie. Er will nicht, dass die Jungs es erfahren, und hat mich gebeten, es für mich zu behalten.

Alles an diesem Nachmittag steht mir noch deutlich vor Augen. Ich denke wieder und wieder darüber nach, wie besessen. Miranda hat ihn verlassen – ich weiß nach wie vor nicht, wann genau sie ausgezogen ist. Ich bin sicher, Michael will nicht, dass ich es erfahre.

Daraufhin habe ich mich gefragt, ob er wegen ihr erst so spät zum Arzt gegangen ist. Und ich habe mich gefragt – wenn wir noch zusammen gewesen wären, wenn es keine Affäre und keine nachfolgende Scheidung gegeben hätte –, ob ich etwas gemerkt hätte, ehe es zu spät war. Wenn Michael vorher medizinisch behandelt worden wäre, hätte das etwas genutzt?

Ich werde es nie erfahren.

Seither laufe ich wie benommen durch die Gegend. Michael hat mich zwar gebeten, die Geschäftsleitung seines Autohauses zu übernehmen, aber er hat mir auch zu verstehen gegeben, dass er nicht zurückkommen wird. Micks Hauptfach ist Betriebswirtschaft, und Michael hofft, dass unser ältester Sohn eines Tages die Rolle des Geschäftsführers übernehmen wird und sich die Anteile mit seinem jüngeren Bruder teilt. Bis dahin braucht Michael mich, um das Geschäft zu leiten.

Ich erinnere mich noch gut, dass ich kurz nach der Trennung Gott angefleht habe, Michael leiden zu lassen. Meine Wut brauchte das. Ich wollte, dass er am eigenen Leib erfuhr, wie zerstörerisch so ein Betrug ist, wollte, dass sein Schmerz alles zerfraß, was er je für fair und anständig gehalten hatte. Doch selbst in meinen verzweifeltsten Momenten hätte ich ihm nicht so etwas gewünscht.

Als Alex heute Abend zur Tür hereinkam, wusste er sofort, dass etwas passiert ist. Ich habe mein Versprechen Michael gegenüber gehalten, aber ich weiß nicht, wie lange ich die Wahrheit für mich behalten kann.

Ich werde Michaels Bitte nachkommen, bei Murphy Motors kündigen und in Michaels Geschäft zurückkehren. Wenn wir zwei zusammenarbeiten, sollte der Übergang nahtlos klappen.

Michael stirbt, und er hat mich um Hilfe gebeten. Ich bin bereit zu tun, was ich tun kann, zum Wohle meiner Kinder ... und zu seinem Wohl. Ich *möchte* nicht einbezogen sein, möchte nicht emotional beteiligt sein. Aber ich bin es, und obwohl wir geschieden sind, wird sich das nicht ändern.

»Der größere Teil unseres Glücks oder Elends hängt von unserer Stimmung ab und nicht von äußeren Umständen.«
Martha Washington

26. KAPITEL

JULIA MURCHISON

SEGENSLISTE

1. Meine Mutter.
2. Bequeme Schuhe.
3. Umstandskleidung aus dem Versandhandel.
4.
5.

13. Mai – Muttertag

Das Haus ist still, alle schlafen noch. Ich bin früh aufgewacht, obwohl dies der einzige Tag des Jahres ist, an dem ich ohne schlechtes Gewissen ausschlafen könnte. Die Ruhe war einfach zu wunderbar, um sie nicht auszunutzen, also sitze ich hier im Wohnzimmer und denke an die Pläne für den heutigen Tag.

Meine Mutter kommt nach der Kirche zum Brunch, und danach ist sie bei meiner Schwester zum Dinner eingeladen. Janice wollte, dass wir alle zusammen Muttertag feiern, aber das konnte ich nicht.

Ich wollte diesen Tag mit meinem Mann und den Kindern feiern – allerdings funktioniert das nicht so ganz, wie ich es mir vorgestellt hatte. Peters Mutter wird bei uns sein. Zwei Besuche in einem Jahr. Das ist neuer Rekord! Natürlich ist sie nur hier, weil sie einen Termin in der Gegend hat. Und wir haben leider das Pech, auch hier zu sein. Wie undankbar von mir, aber so empfinde ich nun mal.

Ich hatte nie viel für meine Schwiegermutter übrig. Sie ist meinem Mann so wenig ähnlich, dass es mir schwer fällt, in den beiden Mutter und Sohn zu sehen. Sie kam von Seattle zu einem Geschäftstermin hergeflogen und bestand darauf, in dem Hotel zu wohnen, das ihr Unternehmen für sie gebucht hatte. Ich habe den leisen Verdacht, dass es für sie eine Belastung ist, uns zu besuchen. Es ist so, als würde sie am liebsten vergessen, dass sie einen Sohn und Enkel hat. Es fällt mir manchmal schwer, bei ihr meinen Mund zu halten. Ich habe einen wunderbaren, liebevollen Ehemann, aber Peter verdankt seine Erziehung den Babysittern und Kindermädchen, die ihm die Liebe und emotionale Unterstützung gaben, die seine Mutter ihrem einzigen Kind nicht zu geben bereit war.

Wir haben Peters Mutter eingeladen, mit uns in die Kirche zu gehen und anschließend zum Brunch zu uns zu kommen, aber sie hat abgelehnt, was mich nicht weiter überrascht hat. Ihre Ausrede war, dass sie sich nicht in unsere Zeit mit meiner Mutter hineindrängen will.

Peter ist sehr zurückhaltend, was seine Mutter angeht, deshalb habe ich nichts gesagt, aber ich freue mich nicht auf heute Nachmittag. Ich hoffe nur, dass die Kinder sich anständig benehmen. Aber das sind wahrscheinlich fromme Wünsche. Unsere Kinder sind typische Teenager; die einzigen Menschen, für die sie sich interessieren, sind sie selbst.

»Ich will aber nicht Klarinette für Großmutter spielen«, maulte Zoe, während Julia Gurkenscheiben in den Salat gab und die Schüssel dann in den Kühlschrank stellte.

»Dein Vater hat dich darum gebeten«, erinnerte Julia ihre rebellische Tochter.

»Ich hasse es, wenn er so etwas tut.«

Julia verstand den Widerstand ihrer Tochter, doch gleichzeitig ergriff sie Partei für Peter. Er war stolz auf Zoe und wollte seine Mutter mit ihren musikalischen Fähigkeiten beeindrucken.

»Wann kommt Dad zurück?«, fragte Adam und rekelte sich auf dem Sofa, wo er die neuste Ausgabe eines Automagazins durchblätterte.

Julia sah auf die Digitalanzeige an der Mikrowelle. »Es ist zwanzig nach drei. Gib ihm noch zehn Minuten.«

»Wie kommt es, dass Großmutter nicht hier schlafen will?«, fragte Zoe und folgte Julia durch die Küche.

»Würdest du das wollen?«, bemerkte Adam, das Gesicht hinter der Zeitschrift versteckt.

Zoe schien über die Frage ihres Bruders nachzudenken. »Ja, das würde ich. Wenn ich nur ein paar Stunden mit meinen Enkelkindern verbringen könnte, würde ich jede einzelne davon ausnutzen.« Sie zuckte mit den Schultern. »Ich meine, sie kriegt uns doch wirklich nicht oft zu sehen.«

»Großmutter Murchison ist auch dieses Mal nicht gekommen, um uns zu sehen«, informierte Adam seine Schwester.

»Ist sie wohl!«

Adam ließ die Zeitschrift sinken. »Sag es ihr, Mom.«

»Sag mir *was*?«

»Ich glaube, eure Großmutter ist wegen eines Geschäftstermins hier«, bestätigte Julia und wählte ihre Worte mit Bedacht.

Zoe runzelte die Stirn. »Was?«

»Sie ist hier wegen eines Finanzierungsgesprächs mit irgendeinem Gesellschafterbonzen«, sagte Adam.

Peters Mutter hatte ihre Enkelkinder in ihrem ganzen Leben vielleicht ein Dutzend Mal gesehen. Adam hatte Recht; der einzige Grund, weshalb sie jetzt zu Besuch kam, war, weil ihr Unternehmen sie hergeschickt hatte.

»Großmutter ist anscheinend richtig wichtig«, fuhr Adam fort, der sich auskannte.

»Das habe ich auch gehört«, murmelte Julia.

Als Zoe ein Auto vorfahren hörte, rannte sie ans Wohnzimmerfenster. »Dad ist wieder da«, rief sie aufgeregt. Sie zog sich hastig ein Paar alte Sandalen über und rannte zur Haustür.

Adam legte seine Zeitschrift aus der Hand und stand ebenfalls auf.

Julia zog die Schürze aus und fuhr sich mit der Hand über die Bluse, um ein paar Krümel zu entfernen. Sie seufzte tief; abgesehen von der halben Stunde Ruhe nach dem Aufstehen hatte sie den ganzen Tag geputzt und gekocht.

Peter hatte ihr, aufmerksam wie immer, schon gestern eine Pflanze geschenkt, aber sie war diejenige gewesen, die zwei Essen organisiert hatte, erst für ihre Mutter und jetzt dieses hier. Alle betrachteten die Mühe und Planungen, die dahinter steckten, als Selbstverständlichkeit. Zum Brunch hatte es einen geräucherten Lachs und frittierten Spargel gegeben – der, was die Kinder anging, zugegebenermaßen eine Verschwendung gewesen war –, dazu selbst gebackene Brötchen, Muffins und Obstsalat. Nicht zu vergessen den frisch gepressten Orangensaft. Das Dinner sollte ein Barbecue werden. Zumindest würde Peter diesen Part übernehmen, dachte Julia grollend, auch wenn sie das Hähnchenfleisch mariniert und die Salate und das Dessert vorbereitet hatte. Sie seufzte wieder, fühlte sich müde und zerschlagen.

»Wir sind wieder da!«, rief Peter und führte seine Mutter ins Haus.

»Brenda, herzlich willkommen«, sagte Julia und ging auf sie zu. »Schön, dich zu sehen.«

»Hallo Julia.« Die andere Frau beugte sich vor und küsste Julia auf die Wange. Aber ihr Blick wich nicht von der kleinen Wölbung, die ihre Schwangerschaft verriet.

»Wann soll das Baby noch mal kommen?«, fragte sie mit hochgezogenen Brauen.

»Am siebten September«, antwortete Adam mit lauter, deutlicher Stimme. Es klang, als sei das Datum wie ein historischer Tag in seinem Gehirn eingebrannt.

»Adam ist ganz schön gewachsen, seit du ihn das letzte Mal gesehen hast, nicht?«, sagte Julia und legte den Arm um die Schultern ihres Sohnes.

»Hi, Großmutter«, sagte er mit einem Anflug von Wärme.

»Zoe, sag deiner Großmutter guten Tag«, verlangte Peter von ihr.

»Hi«, murmelte Zoe und versteckte die Hände hinter dem Rücken, als wollte sie demonstrieren, dass sie nicht die Absicht hatte, auf Kommando Klarinette zu spielen.

»Bitte komm rein«, sagte Julia. Es war ein bisschen komisch, wie sie alle im Flur standen.

Brenda ging ins Wohnzimmer und setzte sich, wobei sie sich den bequemsten Sessel aussuchte.

»Eistee, Mutter?«, fragte Peter, der sich große Mühe gab, zuvorkommend zu sein.

»Das wäre nett.« Sie betupfte ihre Stirn mit einem Spitzentaschentuch. »In Südkalifornien ist es um diese Jahreszeit deutlich wärmer als in Seattle«, murmelte sie.

Peter eilte in die Küche. Sobald er den Raum verlassen hatte, wandte Brenda sich an Julia.

»Dann kommt das Baby also im September?«

Julia nickte und setzte sich ebenfalls. Es war das erste Mal seit heute Morgen, dass sie Gelegenheit dazu hatte.

»Hältst du ein drittes Kind in dieser Phase eures Lebens für eine gute Idee?«, fragte Brenda geradeheraus.

»Wie bitte?« Am liebsten hätte Julia ihr ins Gesicht gesagt, dass sie das überhaupt nichts anginge. Brenda hatte kein Recht, sich in ihr Privatleben und ihre privaten Entscheidungen einzumischen. Schließlich kannte sie kaum die Namen ihrer Enkelkinder, dachte Julia wütend.

»Das Baby war nicht geplant.« Es gelang ihr, ruhig zu antworten.

»Ihr habt drei Schlafzimmer, stimmt's?«, fragte Brenda und sah sich kritisch um.

»Mom und Dad möchten, dass wir unser Zimmer mit dem Baby teilen«, informierte Adam sie. Er ignorierte Julias wütende Blicke.

»Das könnt ihr Adam und Zoe nicht antun«, meinte Brenda.

»In den ersten Monaten soll das Baby bei uns im Zimmer schlafen«, erklärte Julia ihr.

»Das wird eure Ehe ruinieren.«

»Peter, ich hätte auch gern ein Glas Eistee«, rief Julia und versuchte, das Thema von dem kritischen Thema Schwangerschaft abzulenken.

»Kommt sofort«, rief er zurück.

Julia hätte am liebsten verzweifelt die Hände gerungen, als ihr klar wurde, dass sie damit nur Peters Rückkehr verzögert hatte.

»Zoe.« Julia lächelte ihre Tochter grimmig an. »Geh und hole deine Klarinette.«

Das Mädchen riss die Augen auf. »Mom ich habe dir doch gesagt, dass ich nicht spielen will.«

»Bitte, Zoe«, flüsterte sie verzweifelt.

Die Dreizehnjährige stampfte aus dem Zimmer und schimpfte dabei leise vor sich hin. Julias Gefühle schwankten zwischen Verlegenheit über das Benehmen ihrer Tochter und Erleichterung über die bevorstehende Ablenkung.

»So, da wären wir.« Peter kehrte mit einem Tablett zurück, auf dem der Eistee stand. Die Spannung im Zimmer war ihm nicht entgangen. Er bediente erst seine Mutter, dann Julia und nahm sich selbst das dritte Glas. Die drei Erwachsenen saßen in einem kleinen Kreis; Adam stand neben seinem Vater.

»Ich schlage vor, erst später zu grillen, wenn es ein wenig abgekühlt ist«, versuchte Julia das Schweigen zu brechen.

Niemand hatte etwas dagegen.

»Gefällt dir meine Tasche?«, fragte seine Mutter und hielt die Aktenmappe aus Leder hoch. »Ich habe sie mir extra für diese Reise gekauft.«

»Sie ist sehr schön«, antwortete Julia. *Und offensichtlich sehr teuer ...*

»Es ist mein Muttertagsgeschenk an mich selbst.« Sie wandte sich an Peter. »Danke, mein Lieber, für die Blumen in meinem Zimmer.«

Julia fand, dass sie von ihrer Schwiegermutter einiges lernen konnte. Brenda wartete nicht darauf, dass ihr Sohn oder sonst jemand losging und ihr kaufte, was sie gern haben wollte. Sie kaufte es sich einfach selbst.

Julia hatte eine Azalee von ihrem Mann geschenkt bekommen. Die Kinder hatten Karten für sie gehabt und ein kleines Körbchen mit parfümierten Seifen. Sie liebte diese kleinen Aufmerksamkeiten – aber was sie sich wirklich gewünscht hatte, war ein ecrufarbenes Seidennachthemd mit passendem Morgenmantel. Das Nachthemd lag im Schaufenster eines Wäschegeschäfts, und Julia war schon dreimal dort gewesen, um einen Blick darauf zu werfen. Sie wünschte sich etwas Schönes, etwas, das ihr zeigte, dass sie auch im fünften Schwangerschaftsmonat noch attraktiv und begehrenswert war. Leider überstieg die Zahl auf dem Preisschild die Summe, die sie in ihrem Laden an einem ganzen Tag einnahm.

»Muss ich denn unbedingt spielen?«, maulte Zoe, als sie mit der Klarinette in der Hand ins Zimmer zurückschlurfte.

»Großmutter würde sich sicher freuen, etwas von dir zu hören«, sagte Peter mit einem Blick, der keinen Widerspruch mehr duldete.

»Kennst du etwas von Bob Dylan«, fragte Brenda. »Vielleicht einen der frühen Protestsongs?«

Zoe sah hilfesuchend zu ihrer Mutter. Julia schüttelte den Kopf.

»Leider nicht.«

»Dann such selbst etwas aus«, sagte Brenda mit einem resignierten Gesichtsausdruck, der deutlich machte, dass sie ebenso wenig Lust hatte zuzuhören, wie Zoe zu spielen.

»Ich werde im Sommer den Führerschein machen«, verkündete Adam, sobald seine Schwester mit dem Vorspielen fertig war und in ihr Zimmer zurückrannte.

Julia wünschte, sie könnte sich irgendwo verstecken.

»Führerschein?« Brenda schien erstaunt zu sein.

»Ich werde nächsten Monat sechzehn«, verkündete Adam voller Stolz.

»Und du bist schwanger«, meinte Brenda und sah Julia an.

Julia schaute weg.

»Ich hoffe nur, dass ihr euch dieses Kind leisten könnt.«

»Mutter ...«, murmelte Peter.

»Überlegt doch mal«, fuhr ihre Schwiegermutter ungerührt fort. »Ihr kommt doch jetzt schon nur mit Mühe und Not über die Runden. Julias Geschäft ist so gut wie erledigt. Was wollt ihr mit dem Baby machen, wenn ihr beide arbeitet? Habt ihr je einen Gedanken daran verschwendet?«

»Meine Mutter geht dieses Jahr in Rente«, erklärte Julia.

»Du erwartest von deiner Mutter, einzuspringen und Babysitter zu spielen?«, fragte Brenda mit aller Schärfe. »Das ist absolut unfair.«

»Meine Mom ...«

»Mutter!«, sagte Peter diesmal etwas lauter.

»*Du* würdest doch im Leben nicht auf die Idee kommen, deine Hilfe anzubieten«, schrie Julia.

»Ihr erwartet von *mir,* eure Fehler auszubügeln?«

Zoe kam zurück ins Wohnzimmer, offenbar angezogen von dem Geschrei. Sie und Adam verfolgten gespannt und mit weit aufgerissenen Augen die hitzige Auseinandersetzung zwischen ihrer Mutter und ihrer Großmutter. Peter versuchte erfolglos, die beiden zu beruhigen.

Julia stand plötzlich auf und sah ihre Schwiegermutter, ihren Mann und ihre Kinder mit blitzenden Augen an. »Dies ist vielleicht für euch alle eine Überraschung, aber mein Baby ist ganz und gar kein Fehler.«

»Willst du damit sagen, dass du absichtlich schwanger geworden bist?«, wollte Brenda wissen.

Julia sah sie vernichtend an. »Ebenso wenig wie du.« Sofort schämte sie sich für ihre Worte. Brenda hatte sich entschieden, nicht zu heiraten, und hatte Peter ganz allein großgezogen. »Mein Kind ist zwar nicht geplant gewesen, aber er oder sie ist kein Fehler.« Dann verließ sie den Raum, weil der gesamte Vorfall sie völlig aus der Fassung gebracht hatte.

Peter folgte ihr einen Moment später ins Schlafzimmer. »Liebling ...«

»Ich möchte nur ein paar Minuten allein sein. Es tut mir Leid, wenn ich deine Mutter gekränkt habe.«

»Nein. Es tut mir Leid, wenn *du* gekränkt bist.« Er seufzte und atmete langsam aus. »Die Dinge sind eskaliert, bevor ich gemerkt habe, was passiert. Es tut mir Leid, Liebes.« Er setzte sich auf die Bettkante. »Was möchtest du, was soll ich jetzt tun?«

»Ich ... weiß nicht. Gib mir eine Sekunde zum Ausruhen und Beruhigen, dann komme ich zurück und entschuldige mich.«

Peter strich über ihren Arm. »Lass dir so viel Zeit, wie du brauchst. Und Julia?«

Sie sah ihn an.

»Entschuldige dich nicht.«

Müde und emotional erschöpft beschloss Julia, ein wenig die Augen zu schließen. Sie schlief sofort ein und erwachte erst zwei Stunden später. Als sie wieder zu den anderen ging, war es so, als sei nichts geschehen. Ihre Schwiegermutter deckte zusammen mit Adam und Zoe den Tisch. Brenda hatte die Ärmel aufgerollt und trug eine von Julias Lieblingsschürzen.

»Wir wollten dich gerade wecken«, sagte sie und stellte ein paar Salatschüsseln auf die Mitte des Tisches. »Die Kartoffeln sind schon im Backofen. Ich hoffe, das ist okay.«

»Danke«, antwortete Julia matt.

»Du bist aufgestanden?« Peter trug eine Platte gegrillter Hähnchen herein.

»Gerade rechtzeitig.« Sie küsste ihn auf die Wange und zeigte ihm, dass sie sich viel besser fühlte. Weil sie so erschöpft gewesen war, hatte sie sich von seiner Mutter so provozieren lassen, was sie nun ehrlich bedauerte.

»Wir hätten nicht ohne dich gegessen, Mom«, versicherte Zoe und legte einen Arm um Julias stärker gewordenen Taille. Es war das erste Mal seit Wochen, dass ihre Tochter eine so liebevolle Geste machte. Julia spürte Tränen in ihre Augen steigen; sie blinzelte heftig, entschlossen, sich nichts anmerken zu lassen. Seit sie schwanger war, war sie so empfindsam geworden.

Während Peter den Grill ausschaltete, verschwanden die Kinder in der Küche, um die Kartoffeln und die Getränke zu holen.

Julia ging auf ihre Schwiegermutter zu. »Es tut mir Leid«, sagte sie leise.

Brenda zögerte, dann nickte sie und flüsterte, ohne Julia anzuschauen, »Mir auch. Ich habe die dumme Angewohnheit, Dinge zu sagen, die ich nicht sagen sollte – mich in Dinge einzumischen. Du und Peter, ihr seid wunderbare Eltern. Alles, was ich nie war.« Ihre Schwiegermutter rückte die Schüsseln kurz zurecht. »Ich habe verstanden, dass die Schwangerschaft ungeplant ist, aber du hast Recht, das Baby ist kein Fehler.« Sie sah zu Peter, und ihr Blick wurde ganz weich. »Ich war nie zum Muttersein bestimmt, und als sich herausstellte, dass Peter unterwegs war, kamen mir Zweifel, ob ich in der Lage sein würde, ein Kind zu erziehen. Im Laufe der Jahre habe ich ziemlich viele Fehler gemacht, aber ich habe meinen Sohn immer geliebt und würde die Erfahrung, Mutter zu sein, gegen nichts auf der Welt eintauschen. Du und Peter, ihr werdet das wunderbar hinkriegen.« Nachdem sie das gesagt hatte, tat Brenda etwas für sie ganz und gar Ungewöhnliches.

Sie umarmte Julia.

»Fäll keine Urteile, wenn
du kein Mitgefühl hast.«
Anne McCaffrey

27. KAPITEL

LIZ KENYON

17. Mai

Amys verspätetes Muttertagsgeschenk kam heute Nachmittag mit der Post an. Es war ein 13x18 Zentimeter großes Porträt von Andrew und Annie. Meine Güte, was sind meine Enkelkinder groß geworden. Es kostete mich einige Mühe, nicht in Tränen auszubrechen. Ich vermisse sie alle so schrecklich.

Der Gutschein, den Brian mir geschickt hat, liegt auf dem Küchentisch. Ich war noch nicht in der Buchhandlung, um ihn einzulösen. Zuerst war ich ein bisschen enttäuscht, dass er mir diesen Gutschein geschickt hat, anstatt mich zu besuchen und den Tag mit mir zu verbringen. Auf den zweiten Blick erschien es mir ein perfektes Geschenk. Und ein sehr durchdachtes. Es ist die Art meines Sohnes, mir zu zeigen, dass er mein Engagement in der Jugendstrafanstalt gut findet. Ich denke, als Nächstes werde ich aus den C. S. Lewis-Büchern vorlesen – wenn der letzte Harry-Potter-Band zu Ende ist. Ich muss mit Ruth absprechen, ob das okay ist, aber ich bin mir sicher, dass sie nichts dagegen einzuwenden hat. Ich werde mir von dem Gutschein eine neue Ausgabe besorgen –

das passt gut, weil die Lewis-Geschichten in Brians Kindheit immer seine absoluten Lieblingsbücher waren. Also, abgemacht. Ich werde meinen Geschenkgutschein benutzen, um ein Buch von C. S. Lewis zu kaufen, außerdem ein Buch übers Stricken und, wenn dann noch Geld übrig ist, die neue Barbara Kingsolver. Eine zufrieden stellende Lösung, würde ich sagen.

Die Kinder haben mich am Sonntagmorgen angerufen, aber wenn Sean nicht gewesen wäre, hätte ich Muttertag alleine verbracht. Ich habe etwas an ihm festgestellt. Seine ganzen provozierenden Bemerkungen über Frauen sollen mich nur wütend machen. Das hat immer funktioniert, doch in letzter Zeit ignoriere ich die lächerlichen Dinge, die er sagt, einfach, und das irritiert ihn so sehr, dass er nicht weiß, wie er reagieren soll.

Okay, ich spiele mit. Von nun an werde ich einfach so tun, als hörte ich ihn gar nicht. Vielleicht sollte ich auch ab und zu eine abfällige Bemerkung über Männer in medizinischen Berufen machen, nur um zu sehen, wie er das findet.

Er unternimmt noch immer große Anstrengungen, mich ins Bett zu kriegen, aber so leicht lasse ich mich nicht überreden. Er hätte gern ein Wochenendabenteuer, hat er mich wissen lassen. Das Problem ist, dass ich ziemlich verunsichert bin. Er kann jede Frau haben, aber er will ausgerechnet mich.

Letzte Woche waren wir zweimal zusammen essen, und am Sonntagabend habe ich ihm etwas gekocht. Danach habe ich Wolle und Stricknadeln geholt und versucht, ihm Stricken beizubringen, was lustig war, denn Tinkerbell dachte immer, die Wolle wäre für sie. Ich kann mich nicht erinnern, wann ich das letzte Mal so viel gelacht habe. Ich weiß jetzt, warum er kein Chirurg geworden ist! Sein ganzes Gerede über seine Fingerfertigkeit war genau das – Gerede. Sean hat zwei linke Hände. Als er versucht hat, Maschen aufzuschlagen, hatte er die Wolle plötzlich um die ganzen Finger gedreht. Nach einer Viertelstunde hat er schließlich aufgegeben und vorgeschlagen, ins Kino zu gehen. Wir haben uns einen Mel-Gibson-Film angesehen und uns eine Tüte Popcorn geteilt. Nachdem wir das Popcorn aufgegessen hatten, hielten wir für den Rest des Films Händchen.

Er bat mich, niemandem zu erzählen, dass wir nur Händchen gehalten haben (und uns ein- oder zweimal geküsst haben – nicht zu vergessen). Denn wenn herauskäme, dass wir so viel Zeit zusammen verbracht haben, ohne ins Bett zu gehen, würde das seinen Ruf zerstören. Ich habe die Augen verdreht, aber versprochen, nichts zu verraten.

Ich beginne mich zu fragen, wie viel an den Gerüchten über die zahlreichen Affären tatsächlich dran ist.

Es klingelte an der Tür, und Liz legte ihre Zeitschrift zur Seite. Ein kurzer Blick durch den Spion genügte. Es irritierte Liz, wie ihr Herz auf Seans Anblick reagierte. Er bedeutete ihr inzwischen so viel, und dieses Gefühl machte sie verletzbar. Doch innerhalb von Sekunden schüttelte sie alle Bedenken ab. *Nutze den Augenblick,* sagte sie sich und öffnete die Tür.

»Überrascht, mich zu sehen?«, fragte er. Als sie nur lächelte, kam er herein, beugte sich vor und küsste sie kurz auf den Mund, als sei das gängige Praxis zwischen ihnen.

Bislang waren seine Küsse immer voller Leidenschaft gewesen. Diese unverbindliche Annäherung war ihr willkommen. Als er sich wieder zurückziehen wollte, hielt Liz ihn fest, fuhr mit den Fingern durch sein Haar und küsste ihn selbst.

Als sie den Kopf hob, sah sie das Erstaunen in seinem Gesicht. Offenbar wusste er nicht so recht, was er von diesem plötzlichen Stimmungswechsel halten sollte.

»Du scheinst dich ja sehr zu freuen, mich zu sehen«, flüsterte er.

»Das tue ich auch«, bestätigte sie. Er folgte ihr in die Küche. »Hast du schon gegessen?«

»Ja, im Krankenhaus. Hast *du* gegessen?«

»Vor einiger Zeit.« Es war nach acht Uhr.

»Störe ich dich gerade bei etwas?«

»Es ist nichts, was ich nicht auf später verschieben könnte. Was kann ich für dich tun?«

»Na, wenn das keine zweideutige Frage ist.«

»Okay, das war schlecht formuliert.«

»Hast du ein oder zwei Stunden für mich?«

»Natürlich.«

»Dann nimm dir einen Pulli mit.«

Merkwürdigerweise gehorchte sie aufs Wort und kehrte mit einem leichten Pulli und ihrer Handtasche aus dem Schlafzimmer zurück. Er streckte die Hand aus, und sie nahm sie.

»Sag mir, wo wir hinfahren«, bat sie, als er sie zu seinem Auto führte und die Beifahrertür öffnete.

»Das wirst du bald merken.«

Aus bald wurden zwanzig Minuten. Er fuhr auf den Autobahnzubringer, blieb einige Meilen auf der Autobahn und verließ sie dann wieder, bis sie schließlich in eine Wohngegend kamen, die Liz unbekannt war.

Sie registrierte, dass es eine ordentliche Gegend war, mit gepflegten Gärten. Sean blieb vor einem Eckhaus stehen. Nichts unterschied es von den anderen Häusern.

»Bringst du mich zu Freunden?«, fragte sie. Wieso sagte er dann nichts?

»Zu meinen allerbesten Freunden«, erklärte er und stieg aus dem Auto.

Liz sah sich um. »Macht es dir etwas aus, mir zu erklären, wo wir sind?«

»Ecke 35th/Jackson Street«, antwortete er ohne zu zögern.

»Okay, und wieso sind wir hier?«

»Aha.« Er grinste breit. »Jetzt stellst du die richtige Frage. Meine liebe Liz, ich werde dir jetzt zeigen, was ich tue, um den Stress in meinem Leben abzubauen.« Er zeigte auf das Haus. »Meine Alternative zum Stricken.«

»Du hast noch nie davon gesprochen.«

Er grinste wieder. »Dafür hatte ich meine Gründe.«

»Hat dein Stressabbau etwas mit Rolfing zu tun?«, fragte sie und fragte sich, ob dieses Haus vielleicht einem Masseur gehörte.

»Rolfing?«, wiederholte er lachend.

»Schon gut.«

Er führte sie auf den Gehweg und klopfte leise an die Tür.

Liz war sich sicher, dass niemand dieses Klopfen hören konnte. Gerade, als sie ihn darauf hinweisen wollte, dass niemand zu Hause war, wurde die Tür geöffnet. Eine große afroamerikanische Frau stand vor ihnen, mit ernstem Gesichtsausdruck. Als sie Sean erblickte, hellte sich ihr Gesicht auf, und sie begann zu strahlen.

»Dr. Sean, welch ein Anblick für meine müden Augen. Kommen Sie herein, kommen Sie herein!«

Sean presste die Hand in Liz' Rücken und führte sie in einen großen Flur. Und Liz sah die Babys. In dem Raum, der normalerweise das Wohnzimmer war, standen sechs Wiegen und ebenso viele Schaukelstühle. In jeder Wiege lag ein Baby, und die meisten von ihnen schrien.

»Wen haben Sie mitgebracht?«, fragte die Frau und sah Liz neugierig an.

»Clarissa, das ist meine Freundin Liz Kenyon. Liz, das ist Clarissa Howard.«

»Hallo.« Die Frau stemmte die Hände in ihre breiten Hüften. »Hatten Sie nicht gesagt, ich wäre die einzige Frau in Ihrem Leben?«

»Sieht so aus, als müssten Sie mich doch teilen«, scherzte Sean.

Clarissa lachte schallend, dann drehte sie sich zu Liz um. Ihr Lächeln war sehr freundlich. »Dr. Seans Freunde sind auch meine Freunde. Willkommen bei den ›Kleinen Lämmern‹.«

»Dies hier sind alles Crack- oder Heroin-Babys«, erklärte Sean. »Clarissa und ihre Leute helfen ihnen mit viel Liebe über den Entzug.«

»Dr. Sean ist unser Lieblingsarzt«, sagte Clarissa zu Liz, und ihr Blick war voller Bewunderung. »Die Babys lieben ihn auch, stimmt's?«

Sean gab keine Antwort. Stattdessen ging er zu der am weitesten entfernt liegenden Wiege. »Wie geht es dem kleinen Donovan heute?«

»Nicht gut, ganz und gar nicht gut.«

»Ein schwerer Tag?«

Clarissa nickte.

Mit einer Zärtlichkeit, die Liz bei einem Mann nur selten gesehen hatte, langte Sean in die Wiege, hob den abgemagerten Säugling hoch und hielt ihn sanft fest. »Erst drei Wochen alt«, flüsterte Sean und setzte sich in den nächsten Schaukelstuhl. »Der arme kleine Kerl kam auf die Welt und musste sofort einen Riesenberg bewältigen.«

»Die kleine Faye könnte auch ein bisschen Schaukeln vertragen«, sagte Clarissa unverblümt und sah Liz dabei an. »Sie liegt dort drüben.«

Liz wusste, was ein Befehl war. Lächelnd suchte sie die Wiege, auf der Fayes Name stand. Sie nahm das Baby in ihre Arme und setzte sich auf einen Stuhl. Das Baby sah zu ihr auf, mit tränennassen Augen und zitternder Unterlippe.

»Armes Schätzchen«, flüsterte Liz und strich dem Baby sanft die Locken aus der Stirn.

»Faye hat einen ebensolchen Kampf vor sich wie Donovan«, erklärte Sean.

Liz hatte schon viele Berichte über Babys von drogensüchtigen Frauen gehört. Frauen, die von irgendwelchen illegalen Stoffen abhängig waren, neigten dazu, alles andere in ihrem Leben zu vernachlässigen. Ihr Gesundheitszustand war in der Regel schlecht. Statistiken zeigten, dass sie sich schlecht ernährten, Mahlzeiten ausließen und unregelmäßige Schlafgewohnheiten hatten. Sie schädigten ihren Körper häufig auf mehrfache Weise. Studien zufolge waren viele Drogenabhängige zudem Raucherinnen und tranken während der Schwangerschaft. Deshalb kamen ihre Babys mit Untergewicht und häufig zu früh auf die Welt. Manche hatten ein tödliches Alkoholsyndrom. Manche litten, wie Sean gesagt hatte, nur weil sie Kinder von drogenabhängigen Müttern waren.

Liz hatte von der Einrichtung ›Kleine Lämmer‹ gehört, kurz nachdem sie gegründet worden war, doch ihr Krankenhaus hatte sich an dem Projekt nicht beteiligt. Sie hatte nicht gewusst, dass Sean sich hier engagierte.

Clarissa nahm ein drittes Baby und setzte sich zwischen Sean und Liz. Sie summte leise, während sie vor sich hin schaukelte, und hielt das Baby liebevoll in den Armen.

Dreißig Minuten später war es in dem Raum ganz ruhig. Liz blickte hinüber und sah, dass Seans Augen geschlossen waren.

Clarissas Blick war ihrem gefolgt. »Er schläft fast immer ein.«

»Kommt er oft hierher?«, fragte Liz.

»Ziemlich oft, aber seit seinem letzten Besuch ist sicher eine Woche vergangen.«

Der Mann steckte voller Überraschungen.

»Dr. Sean ist verrückt nach Babys«, fügte Clarissa hinzu. »Ich habe nie verstanden, wieso er nicht einen Stall voller eigener hat.«

Außer dass er seine Exfrau und seine Tochter erwähnt hatte, wusste Liz kaum etwas von Seans Privatleben. Und Liz hatte den Eindruck, dass er auch sonst niemandem viel darüber erzählt hatte.

»Lieben Sie ihn?«, schockierte Clarissa sie mit ihrer nächsten Frage.

Die Frage hatte Liz völlig unvorbereitet getroffen, und sie wusste nicht, was sie darauf antworten sollte. »Ich weiß nicht.«

»Irgendjemand sollte es tun. Er braucht eine Frau, und Sie sind die erste, die er je mit hier hergebracht hat.«

Das freute Liz. »Kennen Sie ihn schon lange?«

Clarissa nickte. »Er hat beim Aufbau von ›Kleine Lämmer‹ geholfen und mich für den Job vorgeschlagen. Ich finde, es gibt keinen besseren Mann als Sean. Ich würde ohne zu zögern für ihn durchs Feuer gehen, wenn das sein müsste.«

Wenn Sean etwas von dieser Unterhaltung mitbekam, würde er vor Stolz glühen, dachte Liz. Clarissas Lob musste ihm gefallen. Sie beugte sich vor, ob sie ein Lächeln in seinem Gesicht entdecken konnte.

»Er schläft tief und fest«, versicherte Clarissa ihr. »Erstaunlich, wie ihn das Schaukeln der Babys beruhigt.«

»Er hat mir erzählt, es wäre für ihn eine Art Stressbewältigung.«

Clarissas Stuhl quietschte leise, während sie weiter schaukelte. Sie summte immer noch.

»Ich habe versucht, ihm Stricken beizubringen.« Und das, musste Liz zugeben, erschien ihr nun ziemlich absurd.

»Dr. Sean?« Die andere Frau sah sie erstaunt an. »Das

braucht er nicht; und Sie auch nicht. Kommen Sie nur zu mir und meinen Babys.«

»Gut«, stimmte Liz zu.

Eine ganze Stunde verging, ehe Sean aufwachte. Er gähnte, sah in Liz' Richtung. »Sollen wir gehen?«

»Wie du willst.«

Er legte den schlafenden Donovan zurück in die Wiege. Clarissa brachte sie zur Tür.

»Es war mir ein Vergnügen, Sie und Ihre Babys kennen zu lernen«, sagte Liz.

Die Frau nickte und fasste Liz am Ellbogen. »Finden Sie es heraus.«

»Was?« Liz sah sie verständnislos an.

»Worüber wir eben gesprochen haben.«

»Oh.« Liz war überzeugt, dass ihr rotes Gesicht sie verriet. Sie wagte es nicht, Sean anzuschauen, denn sicher ahnte er, dass sie über ihn gesprochen hatten. *Lieben Sie ihn?*, hatte Clarissa gefragt und bestimmt vermutet, die Antwort laute *Ja.* Clarissa drängte Liz in aller Offenheit dazu, sich ihrer Gefühle für Sean klar zu werden.

»Um was ging es?«, wollte Sean wissen, als sie zu seinem Auto gingen.

»Ach, nichts Wichtiges«, antwortete sie ausweichend.

Erst als sie unterwegs auf dem Nachhauseweg waren, wagte sie es, in seine Richtung zu schauen. Clarissa hatte gesagt, sie wäre die erste Frau, die er mit zu den ›Kleinen Lämmern‹ gebracht hatte. Aber sie wusste nicht wieso. Was bedeutete sie ihm tatsächlich? Was wollte er *wirklich* von ihr?

»Du siehst so nachdenklich aus«, sagte er, als sie vor einer roten Ampel standen. Er drückte ihre Hand.

»Ach, es ist nichts.« Liz lächelte, damit er wusste, dass sie nicht schlecht gelaunt war. Nur verwirrt von dem vielschichtigen Mann, den sie in ihm zu entdecken begann.

»Irgendwelche Gedanken, die du mit mir teilen möchtest?«

»Einen«, antwortete sie, und noch während sie sprach, wurde ihr klar, dass das sehr riskant war. »Ich glaube, es gibt doch Hoffnung für diese Beziehung!«

Sean gab keine Antwort. Dann sagte er: »Das habe ich dir ja gleich gesagt. Ich weiß nicht, wieso ihr Frauen nie auf uns Männer hört.«

Liz stöhnte und schüttelte den Kopf, doch dann sah sie, dass er Mühe hatte, sich das Lachen zu verkneifen, und sie lächelte ebenfalls.

»Leben ist das erste Geschenk, Liebe das zweite und Verständnis das dritte.«
Marge Piercy

28. KAPITEL

KAREN CURTIS

Dein Vater und ich würden dich gern am nächsten Samstag zum Lunch einladen«, informierte Catherine Curtis Karen mit gebieterischer Stimme. Sie schlug genau den Ton an, der Karen garantiert jedes Mal auf hundertachtzig brachte.

Karen presste den Telefonhörer fest an ihr Ohr. Es kam ihr vor, als hätte sie soeben eine Gerichtsvorladung erhalten und nicht eine Einladung ihrer Mutter. Was Catherine auch immer wollte, schien so wichtig zu sein, dass sie auf die zusätzliche Wirkung des Namens ihres Vaters setzte.

Karen wusste, dass sie nicht ihre Gesellschaft suchten – zumindest ihre Mutter nicht. Irgendetwas war im Busch, und sie vermutete, dass es ihr nicht gefallen würde.

»Kommst du?«, fragte ihre Mutter.

»Aber mach dir nicht zu viel Arbeit«, bat Karen. Für sie bestand ein Lunch normalerweise aus einem Sandwich im Gehen oder aus irgendwas aus einer Imbissstube.

Für Catherine Curtis dagegen war jede Mahlzeit ein Ereignis. Karen kannte niemanden außerhalb des Freundeskreises ihrer Eltern, der ein solches Aufheben um ein Lunch veranstaltete. Es war doch nur ein *Lunch,* um Himmels willen. Ihre

Mutter hatte ihr ganzes Leben um ihren Bridgeklub herumgebaut, der sich jeden Freitag um ein Uhr traf. Die Frauen konkurrierten ständig untereinander und versuchten, sich mit aufwändigen Menüs und ausgefallenen Tischdekorationen gegenseitig zu übertrumpfen.

»Dann bis Samstag.«

»Gibt es einen Grund, warum du und Dad mit mir reden wollt?«, fragte Karen. Es war besser, vorgewarnt zu sein.

»Können dein Vater und ich dich nicht ohne Grund einladen?«, fragte ihre Mutter mit leise klingelndem Lachen – ein Lachen, das so gezwungen klang, das Karen sich innerlich krümmte.

»Du hast immer einen Grund, Mutter«, antwortete sie grimmig.

Catherine seufzte gequält, sagte aber nichts.

»Ich war doch erst am Muttertag bei euch.« Zweimal in einem Monat in der Nähe ihrer Mutter zu sein ging wirklich weit über ihre Tochterpflichten hinaus.

»Du hast gesagt, du kommst«, erinnerte Catherine sie.

»Ja, das tue ich ja auch, aber ich möchte wissen warum.«

»Weil ich dich darum bitte. Hör jetzt bitte auf damit. Ich erwarte dich am Samstag um zwölf Uhr.«

»Ja, Mutter«, murmelte Karen und knallte den Hörer auf. Schon wieder hatte sie sich überrumpeln lassen. Lernte sie es denn nie?

Der Samstag kam viel zu schnell, lange bevor Karen dazu bereit war. Sie wählte ein Kleid, das ihre Mutter ihr gekauft hatte, als sie noch zur Highschool ging. Unauffällig, brav – ein Stil, der überhaupt nicht zu ihr passte. Karen wusste selbst nicht, wieso es noch in ihrem Schrank hing.

Als sie bei ihren Eltern ankam, hatte sie vor Nervosität Magenschmerzen. Sie wusste aus Erfahrung, dass ihre Mutter wahrscheinlich ein Fünf-Gänge-Menü auftischen würde, und hatte das Gefühl, nicht einen einzigen Bissen herunterzukriegen.

Das Erste, was Karen auffiel, als sie in die Einfahrt vor dem Haus ihrer Eltern einbog, war, dass Victorias Auto nicht da war. Bisher war ihre Schwester bei solchen Gelegenheiten immer dabei gewesen. Hatte dieses Gespräch etwas mit ihr zu tun?

Die Haustür ging auf, und ihre Mutter stand im Eingang. Karens Motor hustete und spuckte noch immer, obwohl die Zündung längst ausgestellt war. Dumm, dass ihre Mutter das jetzt mitbekam. Catherine war von Karens Auto noch nie begeistert gewesen, aber für Karen bedeutete es Unabhängigkeit und Erfolg, denn sie hatte es sich von ihrem eigenen Geld gekauft.

Sie ging auf die Haustür zu, während der alte Ford ein letztes Mal stöhnte, um sie daran zu erinnern, dass er dringend gewartet werden musste.

»Könntest du dein ... Fahrzeug neben die Garage stellen?«, rief ihre Mutter.

Damit die Nachbarn es nicht sehen, ergänzte Karen im Stillen. »Tut mir Leid, Mutter, aber ich habe Probleme mit dem Getriebe. Ich muss ihn irgendwo parken, wo ich den Rückwärtsgang nicht brauche.«

Ihre Mutter wollte noch etwas sagen, änderte aber dann anscheinend ihre Meinung und drehte sich um.

Karen folgte ihr ins Haus. Dies war nicht das Haus, in dem sie aufgewachsen war, und sie hatte noch nie das Gefühl gehabt, hierher zu gehören. Die Warenhauskette ihres Vaters war in den letzten zehn Jahren stark gewachsen, und ihre Eltern genossen nun die Früchte ihrer Arbeit.

Äußerlichkeiten waren für ihre Mutter schon immer von großer Bedeutung gewesen; ein großes Haus, teure Autos und Kinder, mit denen sie vor ihren Freundinnen prahlen konnte, waren ihr sehr wichtig.

Offenbar aßen sie in der Küche. Und diese Küche, musste man zugestehen, hatte die Ausmaße von Karens ganzer Wohnung. Sie war frisch renoviert, mit Eichenmöbeln, einem Fliesenboden und wunderschönen Sprossenfenstern – es sah hübsch alt aus, nur dass Catherine ein wenig zu viel »Landhaus«-Kitsch herumstehen hatte. Auf dem runden Eichentisch lagen Platzsets mit Sonnenblumen, in der Mitte stand ein großer Sonnenblumen-Tafelaufsatz, zweifellos aus einer Zeitschrift mit Dekorationsideen für den Sommer abgeschaut. Karen sah sich um und rechnete damit, ihren Vater irgendwo hinter der Sonnenblumen-Dekoration versteckt zu sehen. »Wo ist Dad?«

»Er lässt sich entschuldigen, aber er musste ins Büro.«

»An einem Samstag?«

Das Seufzen ihrer Mutter sagte alles. »Ich war auch nicht erfreut«, sagte sie streng. »Du hast gesagt, ich soll mir nicht zu viel Arbeit machen, deshalb dachte ich, wir essen in der Küche.«

»Perfekt.« Karen klatschte in die Hände, um ihre Nervosität zu überspielen. Sie hatte gehofft, ihr Vater wäre auch da. Wenn Victoria schon nicht kam, hätte er die Pufferrolle übernehmen können.

Catherine öffnete den Kühlschrank und nahm einen Sesam-Hühnchen-Nudelsalat heraus. Das Brot stand schon bereit, es dampfte noch vom Backofen.

»Das ist doch dein Lieblingssalat, oder?«, fragte Catherine.

Eigentlich war es der von Victoria, aber jetzt schien nicht der Zeitpunkt zu sein, um das richtig zu stellen.

»Schon immer«, log Karen. »Wie nett, dass du ihn für mich gemacht hast.«

»Also, um ehrlich zu sein, hat Doris ihn gemacht.«

Doris war die Haushälterin, die schon seit einigen Jahren zur Familie gehörte. So viel zum Nettsein.

»Du weißt doch, dass ich freitags immer Bridge spiele.« Der Ton ihrer Mutter war defensiv. »Dieser Salat muss 24 Stunden im Voraus gemacht werden.«

»Ich habe mich doch gar nicht beklagt«, antwortete Karen und wünschte, sie könnten einmal eine ganz normale Unterhaltung führen, bei der sie sich nicht ständig gegenseitig angriffen.

»Sollen wir uns setzen?«, fragte Catherine.

»Gut.« Karen setzte sich auf ihren Stuhl und entfaltete ihre Leinenserviette. Catherine reichte ihr den Hühnchensalat; das warme Brot folgte.

Karen nahm den ersten Bissen, aber er schien in ihrem Hals stecken zu bleiben. Sie wusste, sie würde keinen weiteren Bissen herunterbringen, solange sie nicht erfuhr, um was es ging.

»Wo ist Victoria?«, fragte sie unvermittelt. Sie hatte seit einiger Zeit nicht mit ihrer Schwester gesprochen und befürchtete, es hätte eine Wiederholung des letzten Ereignisses gegeben. Karen bekam schon bei dem bloßen Gedanken daran, dass dieser Widerling ihr Schwester schlug, die Wut. Vielleicht sollte sie *Widerling* in *Rohling* umändern, überlegte sie.

»Victoria?« Ihre Mutter sah sie an. »Eh, was meinst du?«

»Sie ist immer hier, wenn du mich zum Essen einlädst.«

Ihre Mutter zögerte einen Moment. »Ich glaube, sie ist einkaufen. Sie wollte für Bryce heute Nachmittag ein paar Sommersachen kaufen.«

»Ach.« Karen war eigentlich nie um Worte verlegen, es sei denn, sie war mit ihrer Mutter zusammen.

Catherine stach mit der Gabel in ein Stück Hühnerfleisch. Sie schaute nicht auf.

Schließlich konnte Karen es nicht mehr aushalten. »Jetzt sag es mir endlich!«

Ihre Mutter riss die Augen auf. »Was soll ich dir sagen, Liebes?«

»Wieso du mich eingeladen hast.«

Ihre Mutter seufzte. Zu Karens Überraschung kapitulierte sie ohne weitere Widerstände. »Ich mache mir Sorgen um Victoria«, sagte sie tonlos.

Sie wusste es also. Gott sei Dank. Irgendwie hatte ihre Mutter erfahren, dass Roger Victoria schlug. Karen war erleichtert. Sicher würde ihre Mutter nun eingreifen, und sicher verfügte sie dabei über Mittel, die Karen nicht besaß.

»Ich mache mir auch Sorgen«, sagte Karen und fühlte sich fast schwach vor Dankbarkeit. »Wir müssen etwas tun, Mom.«

»Ja, aber ...«

»Hat sie dir alles erzählt? Sie hat mich vor ein paar Monaten angerufen, völlig verzweifelt. Ich hatte schreckliche Angst vor dem, was Roger ihr antun könnte.«

Ihre Mutter runzelte die Stirn. »Victoria hat dich angerufen?«

»Ich dachte, sie würde dich und Dad anrufen, aber sie wollte euch nicht erschrecken.«

»Du liebe Güte.«

»Wie hast du es gemerkt? Hast du die Blutergüsse gesehen? Sie kann sie so gut verstecken, aber es ist mehr als die körperliche Misshandlung, es sind all die schrecklichen Dinge, die Roger zu ihr sagt. Und das Schlimmste ist, dass sie ihm glaubt.«

Ihre Mutter wurde blass und griff sich an den Hals.

Karen zögerte. »Ist alles in Ordnung?«

»Ich ...«

Karen wurde übel, und sie begriff, dass sie einen schrecklichen Fehler begangen hatte. Victoria hatte sich ihren Eltern gar nicht anvertraut. »Du wusstest es nicht, habe ich Recht?«

Catherine hatte sich schon wieder unter Kontrolle. »Ich ... weiß nicht, was ich denken soll. Ich kann nicht glauben, dass

Roger ein Mann ist, der Dinge tut, wie du sie geschildert hast.«

Entsetzt sprang Karen auf. Tränen der Wut und der Verzweiflung traten in ihre Augen. »Du glaubst mir nicht? Du denkst, ich würde so etwas erfinden?«

»Setz dich«, befahl ihre Mutter mit bebender Stimme.

»Meinst du, ich würde mir so eine Geschichte aus perverser Eifersucht ausdenken?«

Die Hand ihrer Mutter zitterte, und als sie sprach, war es so, als hätte sie vergessen, dass Karen im Zimmer war. »Ich habe schon lange gewusst, dass die Dinge zwischen Victoria und Roger ... nicht gut laufen, aber ich wollte mich nicht einmischen.« Sie schüttelte den Kopf. »Ich hatte den Eindruck, Victoria wäre sehr niedergeschlagen – das hat mir Sorgen gemacht. Und darüber wollte ich mit dir sprechen.«

Karen sank wieder auf ihren Stuhl. »Ich habe gesehen, was er das letzte Mal mit ihr gemacht hat. Damals, als sie mich anrief ... Wer weiß, was seither passiert ist.«

»Roger hat sie geschlagen?«

Karen nickte.

»Du sagst, Victoria hätte dir das erzählt?« Ihre Mutter hörte auf so zu tun, als äße sie. Ihre Hand zitterte, als sie nach ihrem Eistee griff.

»Ja ...«

»Hat sie dir auch erzählt, warum sie nicht zu mir gekommen ist.«

»Nein«, antwortete Karen. »Ich bin sicher, dass sie dich nicht aufregen wollte«, wiederholte sie.

»Stattdessen hat sie diese Aufgabe dir überlassen.«

»Nein ... nein, Mom, das würde Victoria niemals tun. Ich rege euch schon allein auf. Ich meine ... zum Teufel, du weißt, was ich meine.«

»Ja?«

Je mehr Karen sich anstrengte, desto schwieriger wurde es. »Mom, hör mir zu, bitte. Das ist alles zu wichtig. Wir können uns jetzt nicht mit uns selbst beschäftigen. Wir müssen Victoria helfen.«

Catherine schloss die Augen. »Du hast Recht. Sag mir, was ich tun soll.«

Karen wusste nicht, wie sie beginnen sollte. Sie fühlte sich versucht, jenes schreckliche Thanksgiving-Essen vor Jahren anzusprechen, als Victoria vom Tisch geflüchtet war, doch dann ließ sie es.

»Roger ist ein Widerling«, sagte sie stattdessen. »Und ein Rohling.«

»Misshandelt er Bryce auch?«

»Nicht dass ich wüsste.«

»Und was Victoria angeht, bist du dir absolut sicher? Aber ja, natürlich bist du das. Lieber Gott, das alles ist viel schlimmer, als ich es mir je ausgemalt hätte. Warum hat sie mir bloß nichts erzählt?«

»Ich bin sicher, dass Victoria das tun wollte, aber nicht wusste wie.«

Catherines Gesicht war wie versteinert.

»Ich weiß, es ist nur schwer zu glauben, Mom – das war es auch für mich. Aber ich schwöre dir, es ist die Wahrheit. Ich habe die Spuren selbst gesehen.«

Ihre Mutter sah weg, als verursachte es ihr bereits Schmerzen, nur die Worte zu hören. »Wieso ist Victoria nicht zu ihrem Vater und zu mir gekommen – sie musste doch wissen, das wir alles tun würden, um ihr zu helfen ...« Sie verstummte.

»Du hast gesagt, du hättest dir Sorgen um sie gemacht? Sie hätte niedergeschlagen gewirkt?«

Ihre Mutter war so in Gedanken versunken, dass sie nicht gleich antwortete. »Sie benimmt sich seit neustem so distanziert«, sagte Catherine schließlich. »Victoria und ich waren uns immer sehr nahe, aber in letzter Zeit hat sie ständig Ausreden erfunden, um mir aus dem Weg zu gehen. Ich habe gespürt, dass etwas nicht stimmt. Ich hatte gehofft, dass du vielleicht weißt, was los ist, und so ist es ja auch.«

Karen hatte keine Ahnung, was sie als Nächstes sagen sollte, was sie vorschlagen sollte. Sie nippte an ihrem Eistee, während sie auf eine Idee wartete.

»Ich verstehe nicht, wieso Victoria nicht zu mir gekommen ist«, jammerte ihre Mutter. »Wirklich nicht.« Karen hatte noch nie erlebt, dass sie derart durcheinander war. Offenbar hatte Victorias Schweigen Catherine tief verletzt.

»Hör zu, Mom, Victoria schämt sich, und es ist ihr peinlich. Alle haben geglaubt, sie führe eine perfekte Ehe, und sie will keinen von uns enttäuschen.«

»Aber wie kann sie zulassen, dass sie weiter so schlecht behandelt wird?«

»Mom, das Wieso und Warum spielt doch keine Rolle. Darum können wir uns später kümmern. Im Moment müssen wir uns beide darauf konzentrieren, wie wir Victoria helfen können. Sie ist an einem Punkt, wo sie es nicht mehr alleine schafft.«

Ihre Mutter starrte auf ihren Teller. »Sie hätte es mir sagen sollen«, murmelte sie erneut. »Sie ...«

»Ja, Mom«, antwortete Karen ungeduldig. »Aber sie konnte nicht.«

»Was werden wir jetzt tun?«

»Ich weiß es nicht. Sie lieben und unterstützen, das ist das Wichtigste.«

»Natürlich, das ist selbstverständlich.«

»Ich wollte, dass sie den Verbrecher verlässt, aber davon wollte Victoria nichts wissen. Und die Polizei einschalten wollte sie auch nicht. Ich habe mir den Mund fusselig geredet, aber es hat nichts genützt. Sie hat Angst, seiner Karriere zu schaden.«

»Wenn die Kanzlei etwas davon erfährt, würde Roger wahrscheinlich seinen Job verlieren«, sagte ihre Mutter.

»Das ist nicht Victorias Schuld. Er ist derjenige, der sie schlägt.«

»Oh, du hast Recht. Ich will nur sagen, dass ich Victorias Zaudern verstehen kann. Wenn Roger seinen Job verliert, leidet die ganze Familie darunter. Und dazu kommt die Erniedrigung vor der Familie und den Freunden, wenn sie erfahren, dass sie mit einem verheiratet ist, der Frauen schlägt.«

»Natürlich«, murmelte Karen. »Deshalb hat sie es für sich behalten.«

»Wir müssen sehr genau überlegen, was wir tun«, sagte ihre Mutter. »Karen, lass uns darüber nachdenken.« Sie war jetzt wieder ganz die energische Frau, deren Willenskraft nicht so leicht zu brechen war. Trotz aller Makel und Unzulänglichkeiten liebte Catherine Curtis ihre Töchter – *beide.* Karen wusste, dass das so war, hatte es immer gewusst, doch nun war sie überwältigt von dieser Erkenntnis. Sie verstand plötzlich, dass sie ihrer Mutter an Stärke und in Entschlossenheit ebenbürtig war, weit mehr als Victoria.

Sie lehnte sich zum ersten Mal an diesem Tag entspannt auf ihrem Stuhl zurück. Die Last von Victorias Leben war von ihren Schultern genommen; sie und ihre Mutter waren Verbündete, vereint in dem Bedürfnis, ihrer Schwester zu helfen. Sie fühlte sich unendlich viel besser.

Sie schob ihren Teller und den Sonnenblumen-Tafelaufsatz zur Seite und stützte die Ellbogen auf den Tisch. »Okay, Mom, dann lass uns mit der Arbeit beginnen.«

»Begreife die Weisheit eines
Kompromisses, denn es ist besser,
ein wenig zu biegen als zu brechen.«
Jane Wells

29. KAPITEL

CLARE CRAIG

Im Haus herrschte großes Durcheinander, und das würde sich auch so bald nicht ändern. Mick verbrachte seine Sommerferien zu Hause. Er war am Vorabend spät angekommen, das Auto vollgeladen mit seinen kompletten Habseligkeiten.

Gähnend schlenderte Clare über den Korridor Richtung Küche, machte einen Bogen um seinen Mini-Kühlschrank, auf den er auch noch seine Mikrowelle manövriert hatte. Unterwegs warf sie einen kurzen Blick in den Waschraum und schnappte nach Luft.

Anstatt sich dem zu widmen, was aussah wie die Wäsche eines ganzen Semesters, schloss sie einfach die Tür und setzte ihren Weg in die Küche fort. Zu ihrer Überraschung war der Kaffee bereits fertig.

»Morgen«, grüßte Mick vom Wohnzimmer aus. Alles, was man von ihm sah, war sein Arm, der über der Sofalehne baumelte, und sein Kopf. Seine Haare stand in alle Richtungen ab, und er brauchte dringend eine Rasur.

»Wie lange bist du schon auf?«, fragte sie und griff nach einem Kaffeebecher.

Mick zuckte nur mit den Schultern.

»Du warst gar nicht im Bett, stimmt's?« Ihr Sohn war genauso eine Nachteule wie sein Vater.

»Ich war zu aufgedreht vom Fahren«, gab Mick zu. »Ich habe mich vor den Fernseher gesetzt, und dann war es mir zu anstrengend, mich noch einmal zu bewegen.«

»Hast du denn überhaupt etwas geschlafen?«

»Ein bisschen«, murmelte er, aber so wie er aussah, bezweifelte Clare das.

Sie hatte noch nie verstanden, warum Mick immer darauf bestand, als Erstes sein Auto auszuladen, sobald er nach Hause kam. Die Jungen waren noch immer damit beschäftigt gewesen, eine Ladung nach der anderen ins Haus zu schleppen, als sie ins Bett gegangen war. Sie war froh gewesen, dass sie wieder miteinander redeten.

Ihre eigene Beziehung zu Mick war ebenfalls belastet, und Clare hoffte sehr, dass sich alles einrenken würde, jetzt wo er zu Hause war. Sie hoffte auch, dass er mit seinem Vater Frieden schließen würde. Der Ärger ihres älteren Sohnes über seinen Vater hatte sich nicht gelegt. Er verweigerte weiterhin jeden Kontakt, obwohl Alex und Clare Michael regelmäßig sahen.

»Möchtest du gern ein bisschen reden?« Clare trug ihre Kaffeetasse in das andere Zimmer und setzte sich Mick gegenüber in den Sessel.

Er wurde steif. »Nicht über Dad.«

»Gut.« Ihr Sohn war schlauer, als sie gedacht hatte.

»Ich bin froh, dass wir endlich Ferien haben«, sagte er. Offenbar suchte er nach einem Gesprächsthema.

»Ich werde diesen Sommer nicht viel hier sein«, informierte Clare ihn. Zu ihrer Erleichterung hatte die Übernahme des Autohauses einigermaßen gut funktioniert. Da sie das Personal bereits kannte, war alles glatt und reibungslos verlaufen.

Dennoch arbeitete sie weitaus mehr als die üblichen vierzig Stunden in der Woche.

»Alex hat mir erzählt, dass du nicht vor acht Uhr nach Hause kommst«, sagte Mick stirnrunzelnd.

»Nur manchmal.«

»Ich verstehe das nicht. Wieso hilfst du Dad? Wie kannst du das, nach allem was er dir angetan hat?«

»Was er *uns* angetan hat«, berichtigte sie ihn. Das war es, was Mick eigentlich sagen wollte. Der Schmerz, den ihre Söhne ertragen mussten, war so groß wie ihr eigener.

»Ich kann ihm nicht verzeihen.«

»Ich bin mir auch nicht sicher, ob ich ihm ganz verziehen habe«, sagte sie. Selbst jetzt fand Clare es schwer, das Leid zu ignorieren, das Michael in ihr Leben gebracht hatte.

»Aber du hilfst ihm doch.«

»Ich weiß.«

»Wieso?«, rief Mick. »Ist es wegen seinem Krebs?«

Es schmerzte sie zutiefst, dass keiner der Jungen die volle Wahrheit über Michaels Krankheit kannte. Sie hatte versprochen, ihnen nicht zu sagen, dass Michael sterben würde und nur noch ein paar Monate zu leben hatte; es war ein Versprechen, das sie inzwischen bereute.

»Was hätte ich denn tun sollen?«, fragte sie leise. »Michael ist zu mir gekommen. Die Firma läuft nicht mehr richtig, und es musste sich jemand darum kümmern. Sonst wäre sie vielleicht ganz kaputtgegangen.«

»Hoffst du immer noch, dass Dad zurückkommt?«, fragte Mick wütend.

Clare hatte sich diese Frage schon selbst gestellt. Ein Teil von ihr *wollte,* dass er zu ihr zurückwollte, dass er sie anflehte, ihm zu verzeihen. Sie hatte sich das Szenario vor und nach der Scheidung Tausende Male vorgestellt, und in jeder Version hatte sie ihn zurückgewiesen. Sie wusste nicht, was sie getan hätte, wenn Michael tatsächlich versucht hätte, sich mit ihr zu versöhnen.

»Tust du das, Mom?«

Sie schüttelte den Kopf. »Er will mich nicht mehr.« Es war die Wahrheit, auch wenn es schmerzte, sie sich einzugestehen.

Micks Gesicht war versteinert. »Und Alex und mich auch nicht.«

»Das stimmt nicht«, widersprach sie. »Euer Vater liebt euch beide.«

Mick schnaubte verächtlich. »Klar.«

Clare wollte widersprechen, ließ es dann aber. Sie konnte selbst kaum glauben, dass sie Michael so verteidigte. Mick hatte sich, was seinen Vater anging, längst entschieden.

»Ich bin froh, dass Miranda ihn verlassen hat«, erklärte er.

Der spitze Ton gefiel Clare nicht, doch ihr war klar, dass er Ausdruck des Zornes war, den sie selbst in all den Monaten mit sich herumgetragen hatte.

»Ich habe sie gesehen, weißt du.«

Clare schaute ihn an. »Wann?«

»Weihnachten, als ich zu Hause war. Sie war mit irgendeinem Typen zusammen.«

»Mit jemand in ihrem Alter?«

Mick nickte. »Sie hatte den Arm um ihn gelegt und ihn mit großen Augen angehimmelt. Weiß du, damals dachte ich, das geschieht ihm recht. Er hat dich betrogen, und jetzt kehrt sich alles um, und sie betrügt ihn.«

»Arme Miranda.«

»Arme Miranda?« Mick war fassungslos. »Du machst Witze.«

Clare wich seinem Blick aus. »Es hat lange gedauert, aber ich habe inzwischen begriffen, was passiert ist. Miranda hat ihren Vater sehr plötzlich verloren. Einen Tag lebte er noch, und am nächsten war er schon tot. Das hat ihre ganze Welt erschüttert.«

»Und dann kam Gott sei Dank Dad und war so hilfsbereit und hat sich um sie gekümmert«, meinte Mick sarkastisch.

Clare nickte, und ihre Kehle wurde eng. »Das arme Mädchen war ganz durcheinander. In ihrem Schmerz und ihrer Trauer hat sie sich an Dad gehalten und die Liebe zu ihrem Vater auf ihn übertragen. Sie hat einen neuen Vater gesucht, keinen Liebhaber. In gewisser Weise kann ich das verstehen.«

»Also ich nicht.« Micks Stimme war hart und kompromisslos.

»Michael hat ihr Stärke und Fürsorge geboten.« Clare wollte den Schmerz, den Miranda über sie gebracht hatte, nicht herunterspielen, aber sie wünschte sich, dass Mick etwas mehr Mitgefühl zeigte.

»Das entschuldigt vielleicht Miranda, aber was ist mit Dad?«

»Ich ... ich weiß nicht. Vielleicht hat ihm bei mir etwas gefehlt.« Wieder und wieder hatte sie über ihre Rolle in dem ganzen Fiasko nachgedacht. »Miranda hat ihn gebraucht, und ich ... ich nicht.«

»Das zeigt mir nur, dass du stark bist und Dad schwach ist.« Mick sprang vom Sofa auf und stand nun mit geballten Fäusten mitten im Wohnzimmer. »Wir wollten doch nicht über Dad reden, hast du das vergessen?«

»Richtig.« Sie zwang sich zu einem Lächeln. Sie wusste, was ihr Sohn meinte. So ging es nun schon seit über zwei Jahren. Alles – jedes Gespräch, jeder Streit, jeder Gedanke – führte immer wieder zu Michael zurück.

»Als ich auf der Highschool war«, sagte Mick, »war Dad immer da, und alles war in Ordnung.«

Selbst wenn er erklärte, *nicht* über Michael sprechen zu

wollen, war Mick derjenige, der ihn immer wieder ins Gespräch brachte.

»Jetzt ist Dad fort, und ich spüre seine Abwesenheit viel stärker, als ich je seine Anwesenheit gespürt habe.«

Wie genau Mick sich ausdrücken konnte. Sie sah ihn voller Stolz und Liebe an.

»Ich hoffe, dass du ihn treffen wirst«, sagte sie.

Micks Antwort kam wie aus der Pistole geschossen. »Auf keinen Fall!«

»Mick, bitte tu mir den Gefallen und wende dich nicht von ihm ab. Dein Vater braucht dich.«

Ihr Sohn schüttelte heftig den Kopf, sein Gesicht war unnachgiebig. »Was war denn in der ganzen Zeit, als ich ihn brauchte und er Mirandas Daddy gespielt hat? Lass mich damit in Ruhe, Mom.«

Sein Schmerz sprach aus jeder Faser, und Clare erkannte, dass Michael eine Menge Arbeit vor sich hatte, wenn er die zerbrochene Beziehung zu seinem ältesten Sohn wieder kitten wollte.

»Was macht ihr hier?« Alex kam in seinen Badeshorts ins Wohnzimmer. Er gähnte und kratzte sich am Kopf.

»Mick war gar nicht im Bett«, sagte Clare.

»Hey, wieso nicht?«

»Ich habe mir Wiederholungen von *Drei Mädchen und drei Jungen* angesehen.«

»Drei Mädchen und drei Jungen?«, wiederholte Alex. »Warum tust du das, wenn es so viele Kanäle gibt? Gab es nichts Besseres?«

Mick zuckte mit den Schultern. »Keine Ahnung. Ich war in der Stimmung dazu.«

Merkwürdigerweise verstand Clare das. Ihr Sohn war nicht am Unterhaltungswert einer Jahrzehnte alten Comedy-Serie interessiert. Was er sehen wollte, war eine glückliche Familie.

Bei den Bradys schien es keine Probleme zu geben; die Eltern liebten sich und alle kamen bestens miteinander zurecht. Es war eine Fantasiefamilie, von deren Leben ihres weit entfernt war.

10. Juni

Michael rief an diesem Nachmittag sechs Mal vom Krankenhaus aus an. Die Chemotherapie setzt ihm sehr stark zu, und die Ärzte hielten es für das Beste, ihn die Woche über in der Klinik zu behalten. Ich war jedes Mal beschäftigt, wenn er anrief. Ich wartete, bis ich eine freie Minute hatte, um ihn zurückzurufen. Er hat mich zwar gebeten, die Geschäfte für ihn zu führen, aber ich habe festgestellt, dass er über alles genauestens informiert bleiben will. Ich weiß, dass es unfair und unvernünftig von mir war, aber ich habe Michael deutlich meine Meinung gesagt.

Ich sollte mich für diesen Ausbruch entschuldigen. Es muss ziemlich hart für ihn gewesen sein, zurückzutreten und mir die Leitung seiner Firma zu überlassen. Wir sind ganz verschieden, und so sind auch unsere Arbeitsmethoden. Auch mit dem Personal gehen wir sehr unterschiedlich um.

Ich glaube nicht, dass Michael klar war, in welch finanziellen Schwierigkeiten die Firma wirklich steckt. Offenbar hat er Arbeiten seit Monaten vor sich her geschoben und andere gar nicht mehr erledigt. Ich versuche, die Dinge in den Griff zu bekommen, aber er hat zu allem, was ich tue, etwas zu sagen. Selbst von seinem Krankenbett aus. Ich war schon mehr als einmal versucht, ihm deutlich zu sagen, was er mit diesem Job tun kann.

Das habe ich nicht getan, und ich werde es auch nicht tun. Ich verstehe ja, wie schwer es war, mir die Geschäftsführung anzuvertrauen. Er sagt, er habe mich wegen der Jungen darum gebeten, und ich weiß, dass das stimmt. Das Autohaus ist ihr Erbe, aber leider sind sie nicht interessiert daran. Keiner von ihnen hat Lust, hier zu arbeiten, nicht mal während der Sommerferien. Alex hat seinen Job bei Softline, und Michael arbeitet als Rettungsschwimmer, was ihm großen Spaß macht. Er ist braun gebrannt und gut gelaunt, und die Mädels rennen uns die Türe ein. Kelly ist immer noch mit Alex zusammen, hat aber auch schon ein Auge auf Mick geworfen. Eine Mutter sieht so etwas.

Noch etwas Angenehmes, ich habe eine unerwartete, aber schöne Überraschung erlebt. Leslie Carter hat mich von Hawaii aus angerufen. Wir haben fast eine halbe Stunde geplaudert. Er hat mir von seinem Segeltörn erzählt und davon, was er dabei über sich und seine Grenzen gelernt hat. Er ist ein sehr sensibler Mann. Ich habe ihm von meiner Arbeit im Autohaus berichtet. Wir haben uns nur ein einziges Mal getroffen, aber er ist mir im Gedächtnis geblieben und ich offenbar auch in seinem.

Beide Jungs waren zu Hause, als Leslie anrief, und brannten vor Neugier. Es war ein bisschen peinlich. Mick hat mir eine Menge Fragen gestellt, und eine Weile kam ich mir vor wie bei einem Verhör. Dabei gibt es gar nichts zu erzählen. Leslie ist ein wunderbarer Mann, und ich bin froh, dass ich ihm begegnet bin. Ich habe keine Ahnung, ob ich ihn je wiedersehen werde.

Aber ich hoffe es. Ich würde ihn wirklich gern näher kennen lernen.

»Das engagierte Leben ist das lebenswerte Leben. Man muss aus ganzem Herzen geben.«
Annie Dillard

30. KAPITEL

DONNERSTAGMORGEN-FRÜHSTÜCKSGRUPPE

Liz war von Natur aus pünktlich und daher die Erste, die in *Valery's Café* erschien. Sie bestellte ihren Kaffee und ihr Croissant und sicherte sich den Platz am Fenster, damit sie ihre Freundinnen kommen sehen konnte.

Diese Minuten der Ruhe halfen ihr, ihre Gedanken zu sammeln. Sie musste das Gespräch verarbeiten, dass sie am Abend zuvor mit ihrem Sohn geführt hatte. Brian machte sich, offenbar angestachelt von seiner Schwester, Sorgen um sie. Merkwürdigerweise war ihr Sohn immer ganz zufrieden damit gewesen, einmal im Monat mit ihr zu telefonieren, bis er von Amy erfahren hatte, dass es wieder einen Mann in ihrem Leben gab. Nun hatte er auf einmal das Bedürfnis, nach Hause kommen zu müssen, um die Lage zu kontrollieren.

Liz war sich nicht sicher, ob sie sich über die Anteilnahme ihrer Kinder freuen oder wegen ihres mangelnden Vertrauens in ihre Urteilskraft gekränkt sein sollte.

Clare erschien wenig später, sie sah gehetzt aus. An den letzten beiden Donnerstagen war sie nur zehn Minuten geblieben, ehe sie weiter in ihr Autogeschäft geeilt war. Anfang der

Woche hatte Liz eine Nachricht bei Alex hinterlassen, aber Clare hatte sie nicht zurückgerufen.

»Morgen«, grüßte Clare und trug ihren Espresso und ihren Scone zum Tisch. Sie wollte sich gerade setzen, als sie plötzlich stutzte. »Ich habe dich gar nicht zurückgerufen, nicht?«

»Nein.«

»Verdammt, das tut mir Leid. Aber ich hetze in den letzten Wochen wie eine Wilde durch die Gegend.« Sie sank auf ihren Stuhl.

»Das habe ich gemerkt«, antwortete Liz nur.

»Hallo zusammen.« Julia zog ihren angestammten Stuhl hervor und gesellte sich zu ihnen.

Der Umstandspulli schien neu zu sein, und Liz stellte erfreut fest, dass ihre Wangen etwas Farbe bekommen hatten. Julia hängte ihren Teebeutel in die weiße Keramikkanne.

»Wie war eure Woche?«, fragte sie die beiden. Noch ehe sie antworten konnten, erschien Karen.

»Tut mir Leid, dass ich zu spät bin.« Sie begrüßte sie mit ihrem strahlenden Lächeln, ehe sie sich auf ihren Platz fallen ließ. Der Rucksack flog neben ihrem Stuhl zu Boden; der Milchshake landete unsanft auf dem Tisch, wobei ein wenig aus dem Becher spritzte.

Liz betrachtete die eisige Mischung und fragte sich, welche Geschmackskombination es wohl dieses Mal sein könnte.

»Wie geht's euch allen?«, fragte Karen.

»Mir geht es großartig«, antwortete Liz und meinte es auch so. Sie lächelte breit; sie schien förmlich vor Glück zu strahlen. Auch im Krankenhaus hatte das jeder bemerkt. Ihre Sekretärin, Donna DeGooyer, Leute in der Cafeteria – jeder – und alle wussten auch warum.

»So spricht eine verliebte Frau.« Julia goss den fertig gezogenen Kräutertee in ihre Tasse.

»Verliebt?« Karen hob aufgeregt die Stimme. »Es ist unser Freund, der Arzt, stimmt's?«

Alle drei drehten sich um und starrten sie an.

Liz fühlte sich unter den prüfenden Blicken ein bisschen unbehaglich. Sie war überrascht, dass sie ihre Gefühle so lange hatte verbergen können. »Das entscheidende Wörtchen ist *Freund.* Sean und ich sind bloß Freunde.«

Clare beobachtete sie skeptisch. »Nicht mehr ...?«

»Nicht mehr«, antwortete Liz rasch, und sie meinte das ernst. Sean wollte sie zwar in sein Bett locken, aber er hatte ihre Weigerung mit unerwarteter Großmut akzeptiert. Als Folge war ihre Freundschaft gediehen und tiefer geworden und ging längst über oberflächliche Konversation hinaus. Die meiste Zeit vermied er zwar noch jegliches Gespräch über seine Exfrau und ihre Scheidung, aber er hatte bereits ein paar Einzelheiten preisgegeben. Liz war sich sicher, dass sie zu den ganz wenigen Menschen gehörte, die überhaupt davon wussten.

»Natürlich«, murmelte Karen und bemühte sich gar nicht erst, ihren Unglauben zu verbergen. »Was du fühlst, steht doch mitten in deinem Gesicht geschrieben.«

»Sag das nicht«, antwortete Liz stöhnend. »Brian kommt am Wochenende zu Besuch.«

»Um sich Sean anzuschauen?« Clare mit ihren zwei Söhnen weiß genau, was Brian im Sinn hat, dachte Liz gequält.

»Das hat er zwar nicht gesagt, aber wir wissen beide, wieso er plötzlich so ein großes Interesse daran hat, seine Mutter zu besuchen«, antwortete sie laut.

»Amy hat ihn geschickt«, meinte Clare mit hochgezogenen Augenbrauen.

»Das schätze ich auch.« Liz schüttelte den Kopf. »Ich hätte nie geglaubt, dass meine Kinder so reagieren könnten.«

»Wie reagieren könnten?« Julia fummelte den Papierrand

von ihrem Blaubeer-Muffin, dann sah sie Liz an und wartete auf ihre Antwort.

»Dass es sie so schockiert, dass sich ihre Mutter zu einem anderen Mann hingezogen fühlt.« So, nun war es raus und gesagt. Liz interessierte sich für Sean. Natürlich gab es Differenzen zwischen ihnen, aber seit dem Abend, als er sie mit zu den ›Kleinen Lämmern‹ genommen hatte, hatte sich vieles verändert. Er hatte ihr eine Menge Vertrauen entgegengebracht, und sie hatte ihre Meinung über ihn gründlich revidieren müssen.

»Mein Dad ist vor zehn Jahren gestorben«, sagte Julia und hielt sich die Hand auf den Bauch, als das Baby sie trat. »Und wenn Mom nach all der Zeit wieder etwas mit einem Mann anfangen würde, wäre ich auch erstaunt. Das ist doch ganz normal, findet ihr nicht auch?« Sie richtete die Frage an die ganze Gruppe.

Die anderen beiden stimmten ihr zu.

»Ich sage dir eins«, schaltete Clare sich ein. »Du siehst glücklicher aus als je zuvor. Welches war noch dein Wort für dieses Jahr?«

»Zeit«, antwortete Liz. Merkwürdig, dass Clare danach fragte, denn sie selbst hatte in den letzten Wochen ebenfalls häufig darüber nachgedacht. Sie hatte es damals gewählt, weil sie befürchtet hatte, das Leben könne an ihr vorbeigehen, obwohl es doch noch so viele Dinge gab, die sie tun und erleben wollte. Allerdings hatte sie nicht damit gerechnet, sich zu verlieben. Doch das machte jeden Tag, jede Stunde prickelnd und besonders – ließ sie auf ganz neue Weise sich der Zeit bewusst werden.

»Auf jeden Fall solltest du keine *Zeit* damit verschwenden, dir Ausflüchte auszudenken«, sagte Karen lächelnd. »Halt den Kopf hoch, wenn Brian kommt.«

»Sie hat Recht«, meinte Julia. »Brian ist vielleicht so schockiert, wie ich es wäre, aber sei ehrlich und bitte ihn um seine Unterstützung.«

»Ich komme einfach nicht darüber hinweg, dass meine eigenen Kinder meinem Urteil nicht vertrauen.«

»Nach allem, was du uns bisher über Sean erzählt hast, vertraue ich auch nicht auf dein Urteil«, murmelte Clare, relativierte dann aber ihre Kritik mit einem breiten Lächeln. »Aber wenn du etwas Positives in ihm siehst, wird es das auch geben.«

»Gibt es auch«, antwortete Liz mit einem unterdrückten Seufzer. Sie würde Sean erst am Wochenende wiedersehen und zählte schon jetzt die Tage.

»Helft mir bitte«, stöhnte Clare. »Meine Freundin hat sich verliebt und kann nicht mehr geradeaus denken.«

»Hör auf«, mahnte Liz streng, konnte ein Lächeln aber nicht zurückhalten. Sie *war* verliebt, und es war ein himmlisches Gefühl.

»Liebe kann Folgen haben«, sagte Julia und legte ihre Hände auf die kleine Wölbung, die ihr Baby war. »Ehe du fragst, es entwickelt sich prächtig. Ich habe jetzt schon fast sieben Monate hinter mir. Wahrscheinlich sind die Wochen deshalb wie im Fluge vergangen, weil ich so lange nicht wahrhaben wollte, dass ich schwanger bin.«

»Was ist mit Adam und Zoe? Haben sie sich inzwischen mit der Situation abgefunden?«

Julia schüttelte den Kopf. »Die meiste Zeit sind sie immer noch wütend und böse auf Peter und mich, als hätten wir mit Absicht versucht, ihre selbstsüchtigen kleinen Leben zu zerstören. Das ist einer der Gründe, warum wir in ihrer Gegenwart nicht viel über das Baby reden.«

»Aber es ist ziemlich offensichtlich, dass du schwanger bist«, entgegnete Clare. »Das können sie doch nicht ignorieren.«

»Doch, das können sie«, widersprach Julia, »und sie tun es.

Sie verstehen nicht, dass Eltern eines Neugeborenen zu sein mehr bedeutet, als ein Paket Wegwerfwindeln zur Hand zu haben. Dieses Baby wird eine ziemliche Umstellung für uns alle bedeuten, und bisher ignoriert *jeder* diese Tatsache, ich eingeschlossen.« Julia klang jetzt verzweifelt. »Und um alles noch komplizierter zu machen, Peter und ich wissen noch immer nicht, wer sich tagsüber um das Baby kümmern soll.«

»Hattest du nicht gesagt, Peter könnte nach der Geburt drei Monate Erziehungsurlaub nehmen und das Baby zum Füttern zu dir in den Laden bringen?«

»Aber das geht nur drei Monate, und auch da weiß ich nicht, wie gut es funktioniert.«

»Du kannst das Baby nicht mit in den Laden nehmen?«

»Nicht, wenn ich weiter eine gute Kundenberatung machen will. Ich denke, die Leute wären eine Zeit lang tolerant, aber es ist keine Dauerlösung. Schließlich ist es nur ein kleiner Laden.«

Liz stimmte ihr zu. »Mit einem Säugling geht's vielleicht noch«, sagte sie, »das kriegst du vielleicht noch hin. Aber wenn es erst anfängt zu krabbeln ...«

Julia nickte.

»Ich dachte, deine Mutter ginge bald in Rente«, warf Karen ein.

Die Sorge in Julias Augen ließ etwas nach, und Liz konnte sehen, dass ihre Freundin ihre ganzen Hoffnungen auf die Hilfe ihrer Mutter setzte.

»Ja, Mom geht in Rente, aber ich kann nicht von ihr erwarten, einen Job aufzugeben und einen neuen anzufangen, vor allem einen so anstrengenden. Wenn sie mir das von selbst anbieten würde, wäre das großartig. Peter und ich wären begeistert. Aber das hat sie nicht getan – und ich kann sie nicht fragen.« Julias Stimme wurde immer leiser.

»Was ist mit Georgia?«, schlug Karen vor.

»Meine Kusine? Du machst Witze, oder? Georgia hat keine Ahnung von Babys. Ich liebe meine Kusine, aber sie würde es mir übel nehmen, wenn ich sie für länger als eine Stunde mit einem Säugling allein lassen würde. Außerdem hat sie einen festen Job.«

»Was ist mit Babykleidung und all dem anderen Zeug, das du brauchst?«, fragte Liz.

Julia sah noch betrübter aus als sonst. »Kleidung ist meine kleinste Sorge. Von meinen Schwestern und den Frauen von der Kirche bekomme ich so viel Kleidung, dass das Baby damit auch noch in den Kindergarten gehen kann.«

»Die Tagesbetreuung ist für viele Frauen ein Problem«, sagte Liz. Sie wusste, wie sehr Julia dieses Thema belastete.

»Ich weiß nicht, was ich tun werde«, murmelte sie erneut. »Vielleicht muss ich den Laden schließen. Es wäre schrecklich, und ich würde das Baby dafür hassen – und das will ich nicht. Und ich will auch nicht meine ganze harte Arbeit umsonst gemacht haben.« Sie zuckte hilflos mit den Schultern. »Aber das Baby muss oberste Priorität haben.«

»Es scheint keine einfache Antwort zu geben, oder?« In Clares Stimme schwang ihr ganzes Mitgefühl mit.

»Überhaupt keine, und das Verrückte daran ist, dass ich mich inzwischen wirklich auf dieses Baby freue. Nach all den Ängsten und den Zweifeln, die ich zu Anfang hatte, hätte ich das nie für möglich gehalten. Wenn doch nur die Kinder ein bisschen toleranter würden ...«

»Adam und Zoe werden sich bestimmt damit abfinden«, sagte Karen. »Hab nur ein wenig Geduld.«

»Sechs Monate Lehrervertretung, und das Kind ist Expertin für Kindererziehung«, murmelte Clare.

»Hey«, konterte Karen, »schließlich bin ich acht bis zehn Stunden am Tag und vier Tage in der Woche von Teenagern umgeben. Ich weiß, wie sie denken.«

Liz war überrascht. »Kann es sein, dass du viel mehr Stunden gibst als früher?« Wenn man es genau bedachte, hatte Karen lange von keinem Casting mehr erzählt.

»Ich arbeite jetzt in der Manchester-Highschool«, erklärte sie.

»Ist das nicht die Schule, wo auch dieser Chemielehrer ist?«, fragte Liz. »Der, den du so nett findest?«

»Hm.« Karen senkte den Blick.

Liz deutete die Zeichen richtig. »Du magst diesen Jungen, nicht?«

»Ja«, gab sie zu. »Glen ist toll.«

Es war faszinierend zu beobachten, wie Karens Augen leuchteten, als sie seinen Namen nannte.

»Glen hat dieses Wochenende meine Eltern kennen gelernt«, sagte Karen mit auffallender Beiläufigkeit.

»Du hast Glen mit zu deinen *Eltern* genommen?« Julia konnte ihre Überraschung nicht verbergen.

»Nicht ganz. Glen und ich waren mit Rollerblades unterwegs und sind am Hafen meinen Eltern in die Arme gefahren.«

»Und? Sind Mom und Dad einverstanden?«, fragte Clare, obwohl die Antwort auf der Hand lag.

»Klar. Glen ist klug und höflich und konservativ. Und er hat einen anständigen Beruf.« Karen grinste. »Er ist alles das, was meine Eltern sich immer für mich gewünscht haben.« Nach einer kurzen Pause fügte sie beiläufig hinzu: »Wisst ihr, ich komme in letzter Zeit viel besser mit meinen Eltern zurecht.«

»Das sind ja tolle Nachrichten.« Liz meinte das ernst. Karen war jede Woche mit einer Liste von Vorwürfen gegen ihre Mutter gekommen, so war es ihr zumindest erschienen. Dabei war Liz klar geworden, dass es sich um zwei starrköpfige Menschen handelte, die beide nicht willens waren, sich auf den anderen einzustellen.

»Wie geht es deiner Schwester?«, fragte Clare als Nächstes.

Karen antwortete nicht sofort, und Liz schien es, als suche sie nach der richtigen Formulierung. »Ganz gut, schätze ich. Im Moment habe ich keinen Kontakt zu ihr.«

»Warum nicht?«

Wenn Clare in den letzten Wochen länger als zehn Minuten geblieben wäre, hätte sie die Antwort gekannt. Karen hatte ihnen von dem Essen bei ihrer Mutter erzählt. Ihre Mutter hatte Victoria anschließend zur Rede gestellt, und Karens ältere Schwester war über die Einmischung nicht sonderlich erfreut gewesen.

Wenig später hatten die beiden Schwestern eine böse Auseinandersetzung gehabt. Am Ende hatte Victoria Karen die Tür vor der Nase zugeschlagen, nachdem sie vorher geschrien hatte, dass sie nichts mehr mit ihr zu tun haben wollte. Karen hatte sich schrecklich gefühlt. Seither hatte sie nicht mehr über den Vorfall gesprochen, doch Liz wusste, dass er sie sehr belastete.

»Es gibt etwas, das ich euch erzählen möchte«, verkündete Karen, offenbar bemüht, ein neues Thema zu beginnen. »Ratet mal, was ich unterrichtet habe.«

»Englisch?«

»Nein. Einen Trommelwirbel, bitte! Schauspiel! Und Mädels, es war einfach göttlich!«

»Schauspiel?«, wiederholte Liz. »Karen, das ist ja großartig.«

»Ja, und nach dem neuen Ganzjahres-Stundenplan kann ich den kompletten Sommer arbeiten, wenn ich will.«

Clare verdrehte die Augen. »Ich kann mich einfach nicht daran gewöhnen. Ich bin nur froh, dass nur einer meiner Söhne damit zu tun hatte. An der Manchester-Highschool wurde der Ganzjahres-Stundenplan erst eingeführt, als Mick schon fort war.«

»Nun, ich bin froh, dass es ihn gibt«, bekannte Karen. »Sonst wäre ich noch immer eine am Hungertuch nagende Künstlerin. Mal hätte ich Arbeit, mal keine, und ...«

»Arbeit zu haben ist besser«, vollendete Julia den Satz für sie.

»Genau!«, stimmte Karen ihr zu.

»Erzähl uns von dem Zusammentreffen zwischen Glen und deinen Eltern«, bat Clare. »Ich will alles wissen. Und damit meine ich Einzelheiten, meine Liebe.«

»Nun ...« Karen zögerte. Sie begann zu lachen. »Wisst ihr, was meine Mutter zu Glen gesagt hat? Er wäre der erste junge Mann ohne Tatoos und lange Haare, den ich mitgebracht hätte.«

»Nein!«

Karen nickte. »Doch, das hat sie, aber ich glaube, sie war so erleichtert, jemand vor sich zu haben, der ihr gefiel, dass sie nicht mehr wusste, was sie sagte.«

Obwohl Karen ihnen deutlich zu verstehen gegeben hatte, dass sie nicht länger über ihre Schwester reden wollte, war Liz unzufrieden mit dem abrupten Ende ihres Gesprächs über Victoria. Sie hatte Angst um diese Frau und das Gefühl, dass ihr Mann eine Art Zeitbombe war, die jederzeit explodieren konnte. »Bist du sicher, dass bei Victoria alles in Ordnung ist?«

»Soweit ich weiß«, antwortete Karen. »Ich habe diese Woche versucht sie anzurufen, aber sie hat aufgelegt.«

»Könnte ihr Mann nicht am Apparat gewesen sein?«

»Nein, es war Victoria, und als sie meine Stimme erkannte, hat sie sofort den Hörer aufgeknallt.«

»Wie schade«, meinte Liz mitfühlend. »Das tut mir Leid.«

»Ich mache mir natürlich Sorgen um sie, aber ich habe auch Angst um Bryce«, sagte Karen. »Jedes Mal, wenn Roger seine Wut an meiner Schwester auslässt, erzählt er seinem Sohn, es sei richtig, Kleinere und Schwächere zu schlagen.« Sie runzelte düster die Stirn. »Mutter sagte, Victoria hätte alles abgestritten.«

Liz hatte gehofft, Karens Mutter könnte in dieser Situation die Rolle der Vermittlerin übernehmen. Die Gewissheit, auf die Liebe und Unterstützung ihrer Familie zählen zu können, hätte Victoria vielleicht genügend Mut gegeben, professionelle Hilfe anzunehmen.

»Wenn sie nicht dich oder deine Mutter anruft, wen kann sie dann anrufen?«, fragte Clare.

Karen senkte den Blick. »Ich weiß es nicht, aber ich weigere mich, aufzugeben. Ich werde heute Nachmittag bei ihr vorbeifahren. Dann hat sie keine andere Wahl und muss mit mir reden.«

»Gut!«

»Wie lief Alex' Prüfung am Wochenende?«, fragte Liz Clare.

Nach kurzem Zögern folgte ein »Gut«.

An der Art, wie Clare sprach, hörte Liz, dass etwas nicht stimmte. Auch die anderen horchten auf und sahen Clare an.

»Was habt ihr?«, fragte Clare.

»Sag uns lieber gleich, was los ist«, forderte Liz sie auf. Sie hatte bisher noch nicht bemerkt, dass ihre Freundin Probleme hatte, aber nun sah sie es auch. Zwar sah Clare, seit sie in der Autohandlung arbeitete, ständig müde und abgespannt aus, doch nun wirkte sie auch noch abwesend.

»Nichts.«

»Uns kannst du nichts vormachen«, sagte Karen und beugte sich, auf ihre Ellbogen gestützt, nach vorn. »Sag uns schon, was passiert ist.«

Ein Anflug von einem Lächeln umspielte Clares Mund.

»Wir warten.« Julia verschränkte die Arme, als wollte sie signalisieren, dass sie notfalls den ganzen Tag sitzen bleiben würde.

Clare atmete hörbar aus. »Michael war bei der Abschlussfeier.«

Liz runzelte die Stirn. »Er war doch die ganze Woche im Krankenhaus.«

»Das stimmt. Aber Alex wollte gern, dass er an der Feier teilnahm, und darauf sagte Michael, er würde seinen Sohn nicht hängen lassen.«

»Wie kam er denn hin?«

»Taxi.« Clare trank den letzten Schluck Espresso, hielt die kleine Tasse aber fest umklammert. »Er wollte mich nicht fragen, weil wir uns gestritten hatten.«

»Über die Abschlussfeier?«, fragte Julia.

»Nein, über die Firma. Er kontrolliert mich ständig, und das bringt mich zur Weißglut. Ich spreche beinahe jeden Tag mit ihm, aber ich hatte ihn nicht mehr gesehen, seit wir Ende April zusammen essen waren.« Sie zögerte und atmete tief ein. »Alex hatte mir nichts davon gesagt, dass Michael kommen würde. Er sagte, er hätte befürchtet, sein Bruder würde nicht mitkommen, wenn er erführe, dass sein Vater auch da wäre. Wahrscheinlich hatte er Recht.«

»Wie kam es denn, dass ihr euch gesehen habt?«

»Weil wir zusammensaßen. Jede Familie hat drei Karten bekommen, und wir waren alle drei zusammen.«

»Oje«, flüsterte Karen.

»Michael sieht entsetzlich aus, wirklich entsetzlich. Ich wusste zwar, dass die letzte Therapie erfolglos geblieben war, aber ich hatte keine Ahnung, wie schlecht es ihm geht. Mick war schockiert ... Und ich auch. Zuerst hat er so getan, als wäre Michael gar nicht anwesend. Aber ich konnte sehen, wie schwer es ihm fiel, seinen Vater wiederzusehen, und dann noch in diesem Zustand.«

»Wie schlecht geht es ihm?«, fragte Liz und fürchtete sich vor der Antwort.

»Sehr schlecht. Er ist auf unter 50 Kilo abgemagert, und ... und seine Haut hat diese krankhaft gelbe Farbe.« Clare biss sich auf die Lippen. »Er stirbt ... Er hat mir gesagt, dass er stirbt, aber ich habe es nicht wirklich geglaubt. Ich wollte es wohl nicht glauben.«

»Es gibt keinen Zweifel mehr, nicht wahr?« Julia streckte die Hand aus und legte sie auf den Arm ihrer Freundin.

»Ich weiß nicht, wie er die zweistündige Prozedur überstanden hat. Er war so schwach, dass er sich kaum aufrecht halten konnte.«

»Weiß Mick, wie ernst es um seinen Vater steht?«

Tränen traten in Clares Augen. »Ich glaube, er hat immer mehr gewusst, als ich geahnt habe. Alex muss ihm etwas erzählt haben.«

»Es ist so schrecklich.« Liz wusste es aus eigener Erfahrung. Im Gegensatz zu ihrem Mann war ihr Vater einen langsamen Tod gestorben. »Auch wenn man auf den Tod vorbereitet ist, ist man es eigentlich doch nicht.«

»Haben sie miteinander gesprochen?«, fragte Karen.

»Erst nicht.« Clare kramte nach einem Taschentuch. »Es war so, als wären sie unsichtbar füreinander. Dann kamen die Graduierten auf die Bühne und alle erhoben sich. Mick und ich standen auf, und ... Michael hat es auch versucht.«

»Ist er gestürzt?«

»Nein ... Mick hat ihn aufgefangen und ihm wieder auf seinen Stuhl geholfen. Und dann weinten sie plötzlich beide und klammerten sich aneinander.« Tränen liefen Clares Gesicht hinab. Halb schluchzend, halb lachend sagte sie: »Es war ein ziemliches Schauspiel für alle anderen. Ein paar von ihnen fingen auch an zu weinen.«

»Ist Michael jetzt wieder im Krankenhaus?«, fragte Liz leise.

Clare antwortete nicht sofort. »Er ist bei uns.«

»Bei euch?«, wiederholte Karen.

»Er kann nicht mehr zu sich nach Hause. Er ist nicht mehr in der Lage, allein zu leben. Deshalb ... wohnt er nun bei mir und den Jungs.« Sie biss sich auf die Lippe, und ihre Zähnen hinterließen tiefe Spuren. »Er ist zum Sterben nach Hause gekommen.«

»Zeit ist ein Schneider, der sich auf Änderungen spezialisiert hat.«
Faith Baldwin

31. KAPITEL

JULIA MURCHISON

4. Juli

SEGENSLISTE

1. Ausschlafen an einem Feiertag.
2. Amerika, die Schöne.
3. Feuerwerk.
4. Familien-Barbecues, vor allem wenn Peter das Grillen übernimmt.
5. Georgia, die mir hilft, über mich selbst zu lachen und über die Rundungen, die das Leben mir gebracht hat.

Heute Morgen habe ich lange geschlafen, und während Peter und die Kinder unterwegs sind, um noch rasch ein paar letzte Zutaten für das Barbecue zu besorgen, genieße ich eine Stunde ganz für mich allein. Nach einem ausgiebigen Bad habe ich nun beschlossen, etwas in mein Tagebuch zu schreiben.

Zuletzt habe ich das vor einer Woche getan. Ich kann kaum glauben, dass seither sieben Tage vergangen sein sollen. Normalerweise schreibe ich jeden Morgen, doch in letzter Zeit scheint mein Körper mehr Schlaf zu brauchen, und ich komme kaum aus dem Bett, wenn der Wecker klingelt. Peter meint, ich sollte mir den Schlaf nehmen, wenn ich das Gefühl hätte, mehr zu benötigen. Ich tue das, aber dann ist der Morgen furchtbar hektisch und mein Tag hin.

Diese Schwangerschaft ist völlig anders als meine beiden vorherigen. Zuerst dachte ich, es läge daran, dass ich vierzehn Jahre älter bin und mein Körper das weiß. Aber inzwischen glaube ich, dass es mehr ist als das: Die Tatsache, dass ich vierzig bin, erklärt einige der Unterschiede, aber nicht alle. Wie auch immer, Dr. Fisk erzählt mir immer wieder, dass jede Schwangerschaft einzigartig ist. Vielleicht wird dies einfach ein schwierigeres Baby. Bisher scheint es jedenfalls danach auszusehen.

Wenigstens habe ich nun keine Angst mehr, dass dem Baby etwas fehlen könnte, da ich alle Testergebnisse habe. Ich bin Gott dankbar, dass wir ein gesundes Kind bekommen. Wir haben uns beide Sorgen gemacht, es uns aber nie anmerken lassen; wohl um uns gegenseitig zu schonen. Ich weiß, wie erleichtert ich über die guten Nachrichten war, und ich konnte sehen, dass Peter es auch war.

Heute haben wir einen schönen Tag vor uns. Georgia und Maurice kommen zum Barbecue. Die Kinder lieben meine Kusine heiß und innig, und sie findet die beiden auch toll. In den letzten Monaten war ich Georgia sehr dankbar für ihre Freundschaft und ihre emotionale Unterstützung.

Während meiner ganzen Schwangerschaft hat sie mit mir geweint und gelacht. Als ich völlig niedergeschlagen war, weil ich mit vierzig noch Umstandsklamotten tragen musste, hat sie sich ein Kissen unter den Pulli gesteckt, damit ich mir nicht so blöd vorkam. So eine Kusine muss man einfach lieben!

Nach dem Barbecue gehen wir alle zum Pier, um uns das Feuerwerk zum Independence Day anzusehen. Adam und Zoe werden sich wahrscheinlich vorher mit ihren Freunden treffen, und um halb elf werden wir wieder alle zu Hause sein, um Bananen-Split zu essen, eine Tradition unserer Familie zum 4. Juli.

Heute weigere ich mich, mir Sorgen zu machen. Ich weigere mich, auch nur einen Gedanken daran zu verschwenden, dass wir noch immer keinen Tagesstättenplatz für dieses ungeborene Kind gefunden haben. Ich weigere mich, mich über Adams und Zoes Egoismus aufzuregen. Und ich werde mich nicht – unter keinen Umständen – auf die Waage stellen!

Stattdessen werde ich lachen und den Tag mit meiner Familie genießen. Ich werde heute Nachmittag essen, was ich will, und mich weigern, deshalb ein schlechtes Gewissen zu haben. Außerdem werde ich dafür sorgen, dass die anderen mich bedienen. Ich werde die Füße hochlegen und mich über den Sonnenschein freuen, über meine Familie und mein Land.

Damit habe ich mir für einen Tag ziemlich viel vorgenommen, aber ich habe vor, alles zu tun, was in meiner Macht steht, um diese Vorsätze zu erfüllen.

»Dir scheint es ja wirklich gut zu gehen.« Georgia stand vor dem Liegestuhl und hatte die Hände in die Hüften gestemmt.

Julia hielt sich die Hand vor die Augen und blinzelte in die späte Vormittagssonne.

»Ich fühle mich himmlisch.« Julia hatte nur selten die Chance, sich so gehen zu lassen – einfach in der Sonne zu liegen und nichts zu tun. Sie hatten den Vormittag bisher in vollen Zügen genossen. Alles für das Barbecue stand im Kühlschrank bereit, einschließlich drei verschiedener Salate. Zum ersten Mal in ihrem Leben würde sie ihrer Familie einen fertig gekauften Kartoffelsalat servieren.

Adam würde sich darüber mit Sicherheit beklagen, aber das sollte er ruhig. Wenn er Lust gehabt hätte, stundenlang in der

Küche zu stehen und Kartoffeln zu schälen, hätte er das ja tun können.

»Wo ist Maurice?«

»Er raucht mit Peter eine Zigarre.«

Julia schwang die Beine von ihrem Kissen. »Aber doch nicht etwa in meinem Haus?«

»Beruhige dich.« Georgia kicherte. »Sie stehen im Vorgarten und halten ein Schwätzchen mit euren Nachbarn.«

»Warum sagst du das nicht gleich?«

»Dann hätte ich ja verpasst, wie du aus der Haut fährst. Das war eine viel zu eindrucksvolle Vorstellung.«

»Und das in meinem Zustand.« Julia legte die Hände auf ihren Bauch und warf einen bewundernden Blick auf Georgias schlanke Taille. Ihre Kusine trug eine weiße Hose und ein rot-weiß-blaues T-Shirt mit aufgestickten goldenen Sternen. Mit ihrer modischen Sonnenbrille und der kalifornischen Bräune sah sie toll aus.

»Was meinst du damit? Du sahst nie besser aus.«

Julia verdrehte die Augen. Jede Frau wollte gern glauben, in der Schwangerschaft schön zu sein, dachte sie, aber wenn es eine Illusion gab, dann diese. Ihr Aussehen war etwas, worüber Julia nur ungern nachdachte, ebenso wenig wie über Kinderbetreuung, Babykleidung ... und alles andere.

Ihr ganzes Leben lang war sie immer die Organisierte gewesen, die Listenmacherin, die Planerin. Diese Schwangerschaft hatte sie vollkommen aus dem Ruder geworfen. Jetzt blieben ihr noch zwei Monate, um alle auf die Konsequenzen vorzubereiten, die dieses Baby auf ihr Leben haben würde. Bisher hatte sie nichts weiter getan als eine Wiege gekauft.

Aber sie hatte sich geschworen, heute nicht daran zu denken. Glücklicherweise lenkte Zoe sie ab.

»Mom, soll ich den Käsedip herausbringen?«, rief sie aus dem Haus.

»Noch nicht«, rief Julia zurück.

»Ich habe Hunger«, maulte Adam, der auf die Terrasse kam und sich neben Julia auf einen Stuhl fallen ließ.

»Okay, okay, dann bringt das Zeug raus.«

Adam rannte ins Haus, um seiner Schwester zu helfen.

Georgia schnappte sich den Klubsessel, den er gerade freigemacht hatte. »So ist das Leben.« Seufzend lehnte sie sich zurück und lächelte in die Sonne.

»Was ist das?«, fragte Adam und hielt einen in Plastik verpackten, mit Nüssen überzogenen Käseball in die Höhe.

»Wie sieht es denn aus?«

»Wo ist denn der Käsedip, den du sonst immer machst?«

»Den gibt es dieses Jahr nicht.«

»Aber ...«

»Adam«, mischte Georgia sich ein, »deine Mutter ist schwanger und braucht nicht den ganzen Tag in der Küche stehen, um uns alle zu bekochen.«

»Es braucht sich aber auch nicht alles zu verändern, nur weil meine Mutter so blöd war, schwanger zu werden«, entfuhr es Adam. »Nichts ist mehr wie früher, und ich finde es furchtbar. Früher war sie ein richtiger Mensch, und jetzt ist sie nur ... nur noch schwanger.« Er knallte den Käseball auf den Rasen und rannte zurück ins Haus.

»Was ist denn in den gefahren?« Stirnrunzelnd nahm Georgia ihre Sonnenbrille ab.

Julia zuckte mit den Schultern. »Er ist 16, hat seinen Führerschein, aber kein Auto wie die meisten seiner Freunde.«

»Moment mal.« Georgia richtete sich auf. »Wer sagt denn, dass es Sache der Eltern ist, ihren Kindern ein eigenes Fahrzeug zur Verfügung zu stellen?« Ihre Worte erinnerten Julia an Peters Ausbruch vor wenigen Monaten. So Recht er damals auch hatte, seine Schimpftirade hatte keinesfalls dazu beigetragen, die Einstellung der Kinder zu ändern.

»Das ist es nicht«, sagte Zoe, die ebenfalls auf die Terrasse kam. »Adam ist sauer, weil er ein Auto bekommen hätte, wenn nicht ...« Sie machte eine Kopfbewegung in Richtung von Julias Bauch.

»Das war überhaupt noch nicht abgemacht«, widersprach Julia. Sie hatte all dies schon Dutzende Male gehört. »Können wir bitte über etwas anderes reden?«

»Zum Beispiel?«, fragte Zoe.

»Zum Beispiel über einen Namen für das Baby«, schlug Georgia vor. »Ich persönlich finde ja, dass Babys immer nach einer anderen Person benannt werden sollten, etwa nach einer Lieblingskusine. Also George oder ...«

»Immer redet ihr nur über das Baby«, heulte Zoe. »Das Baby hier und das Baby da. Wenn Mom nichts mehr davon hören will, dass Adam sich ein Auto wünscht, dann will ich nichts mehr von diesem Baby hören.« Sie stürmte ins Haus zurück und knallte die Glasschiebetür so heftig zu, dass sie erzitterte und wieder ein Stück aufsprang.

»Meine Güte, was ist denn mit den beiden los?«

»Die Freuden des Teilens und des Familienlebens«, antwortete Julia. Aber sie würde nicht zulassen, dass einer von den beiden ihren stressfreien, sorgenfreien Feiertag ruinierte. »Ich ignoriere die beiden, und am besten tust du das auch.«

Georgia sagte eine Weile gar nichts. »Hast du Fieber?«, fragte sie dann. »Fühlst du dich nicht gut?«

»Ich? Wie kommst du darauf?«

Georgia zögerte. »Weil es so gar nicht typisch für dich ist, so etwas einfach zu ignorieren.«

»Ist ja auch nur für heute.« Julia machte es sich wieder auf ihrer Liege bequem und schloss die Augen. In diesem Augenblick durchfuhr sie plötzlich ein unerklärlicher Schmerz. Sie erstarrte für einen Moment, dann presste sie die Hände auf ihren Bauch. Es waren keine Wehen; die hätte sie erkannt.

»Irgendetwas stimmt nicht.« Fast besinnungslos vor Schmerzen stieß sie die Worte hervor und hielt sich den Bauch.

»Julia, was ist los?«

Julia hörte ihre Kusine, konnte aber nicht antworten. Plötzlich spürte sie etwas Flüssiges ihre Beine hinablaufen. Zuerst glaubte sie, ihre Fruchtblase wäre geplatzt, doch dann sah sie das Blut und wurde fast ohnmächtig.

»Blut ... oh mein Gott, überall ist Blut!« Schreiend lief Georgia in Richtung Haus, ihre Stimme war voller Panik. »Ruft den Notarzt! Tut etwas!«

Peter war in der nächsten Sekunde bei ihr, sein Gesicht war aschfahl. »Liebling, es wird alles gut. Gleich kommt Hilfe.«

»Was ist los?«, weinte Julia und klammerte sich an seine Arme. »Was ist denn nur los?«

»Ich weiß es nicht ... Wir müssen dich ins Krankenhaus bringen.«

»Es ist das Baby ... dem Baby geht es nicht gut.« Panik erfasste Julia. Sie sah sie im Gesicht ihrer Kusine widergespiegelt, die schluchzend neben ihr stand, die Hand auf den Mund gepresst. Auch Peter stand das Entsetzen ins Gesicht geschrieben, während er versuchte, sie zu beruhigen. Zoe stand weinend neben ihm.

Die nächsten Minuten verschwanden im Nebel, bis Julia das Martinshorn des Notarztwagens hörte. Die Sanitäter kamen durch das Gartentor gelaufen, begleitet von Adam. Die jungen Männer hoben Julia von ihrer Liege und legten sie auf eine Trage.

»Mom, Mom ...« Hysterisch schluchzend griff Zoe nach ihrer Hand. »Was ist los? Sag mir, was los ist.«

»Ich weiß es nicht, Liebling, ich weiß es nicht.«

»Alles wird gut«, versicherte Peter ihnen beiden, doch seine Worte klangen nicht überzeugend.

Die Sanitäter trugen Julia zu dem wartenden Notarztwagen. Das Blut floss weiterhin zwischen ihren Beinen. So viel Blut. Solch starke Schmerzen und eine derart lähmende Angst, dass Julia keinen klaren Gedanken mehr fassen konnte.

»Ich fahre mit den Kindern ins Krankenhaus.«

War das Georgia? Peter kletterte mit ihr in den Krankenwagen. Einer der Sanitäter wickelte ihr die Manschette eines Blutdruckmessgeräts um den Oberarm und rief dem Fahrer ein paar Zahlen zu. Das Martinshorn ertönte.

»In ein paar Minuten ist alles gut«, wiederholte Peter und hielt ihre Hand fest.

Sie klammerte sich an seine Hand, doch sie spürte, wie sie schwächer wurde. »Ruf Liz an«, bat sie und wusste, dass sie das Bewusstsein verlieren würde. Als Verwaltungschefin konnte Liz dafür sorgen, dass man sich gut um sie kümmerte.

»Liz?«

»Kenyon«, flüsterte Julia und kämpfte gegen die Bewusstlosigkeit an. »Donnerstags um acht.«

»Die Freundin aus deiner Frühstücksgruppe?«

»Ja ... ja.« Ihre Augen blieben geschlossen. Sie fühlte sich schwindelig. Unwirklich. Sie musste sich anstrengen, bei Bewusstsein zu bleiben. Aber sie fühlte sich fast euphorisch und wusste nicht wieso.

Als sie die Augen wieder öffnete, stellte sie fest, dass sie sich im Krankenhaus befand. Über ihr hing eine gleißende Lampe. Obwohl es sie unglaublich viel Anstrengung kostete, versuchte sie, sich mit einem Ellbogen aufzustützen, um zu sehen, wer mit ihr im Raum war. Ein intravenöser Tropf hemmte ihre Bewegungen. Die Schwester, die neben ihr stand, presste sanft die Hand auf Julias Schulter.

»Mrs. Murchison ...«

»Mein Mann, wo ist mein Mann?«

»Sie werden ihn bald sehen, okay?«

Julia konnte sich nicht vorstellen, wo Peter sein sollte. Sie brauchte ihn. Sie wollte ihn bei sich haben.

»Was ist mit meinem Baby?«, fragte sie einen Augenblick später. Es war schwierig nachzudenken, wenn sich alle in Zeitlupe um sie herum bewegten.

Eine mitfühlende Schwester ergriff ihre Hand. »Wir tun alles, was wir können, für Ihre Gesundheit und die Ihres Babys.«

Ein Mann, den sie nicht sehen konnte, sagte etwas, was sie nicht verstand.

»Wer sind Sie?«, wollte sie wissen. Julia hasste es, wenn Leute sich nicht vorstellten.

»Dr. Lowell. Sie sind im Willow-Grove-Memorial-Krankenhaus. Ihre Plazenta hat sich vom Uterus abgelöst. Wir haben Dr. Fisk benachrichtigt, und sobald sie hier ist, werden wir das Baby per Kaiserschnitt holen.«

»Es ist doch viel zu früh.« Sie war gerade erst im siebten Monat.

»Machen Sie sich keine Sorgen, wir haben hier einen der besten Spezialisten für Frühgeborene in ganz Amerika.«

»Dr. Jamison?« Julia erinnerte sich schwach an das, was Liz ihr über Sean Jamison erzählt hatte.

»Ja. Er ist schon unterwegs.«

Erleichterung überkam sie, und sie entspannte sich. Liz hatte Sean Jamisons Qualifikationen mehrfach gepriesen; offensichtlich hielt sie sehr viel von seinen medizinischen Fähigkeiten. »Gut.«

»Ich gebe Ihnen jetzt etwas zum Einschlafen«, erklärte die Schwester ihr.

»Gut ... aber bitte sagen Sie meinem Mann, dass alles gut werden wird. Würden Sie das für mich tun? Er macht sich große Sorgen, und ich möchte, dass er weiß, dass alles in Ordnung ist.«

»Ich werde es ihm sofort sagen.« Die Schwester tätschelte ihre Hand. »Es *wird* alles gut.«

»Danke«, flüsterte Julia mit schleppender, verzerrter Stimme. Sie hoffte inständig, dass die Schwester wusste, wovon sie sprach.

»Die wichtigste Lektion, die wir alle lernen müssen, ist bedingungslose Liebe, nicht nur zu anderen, sondern auch zu uns selbst.«
Elisabeth Kübler-Ross

32. KAPITEL

LIZ KENYON

Sean hatte einen Parkplatz direkt am Strand gefunden. Liz konnte ihr Glück kaum fassen. Der Himmel war tiefblau, und die Sonne schien wie immer strahlend über der kalifornischen Küste. Eine erfrischende Brise kam vom Meer. Ein perfekter vierter Juli.

Aus dem Radio erklang eine Lovin'-Spoonful-Ballade aus den sechziger Jahren, während Sean sein Kabrio in die Parklücke rangierte. Liz wäre sicher stundenlang herumgefahren, ohne einen einzigen freien Parkplatz am Strand zu entdecken.

»Hey, das war ein Glückstreffer«, meinte Sean lächelnd.

»Wirklich.« Sie fühlte sich so glücklich wie schon lange nicht mehr. Den Vormittag hatten sie bei den ›Kleinen Lämmern‹ verbracht. Sean hatte Clarissa zum 4. Juli einen Strauß aus roten, weißen und blauen Nelken mitgebracht. Sie hatten jedes einzelne Baby besucht, und Liz hatte erfreut festgestellt, dass es der kleinen Faye ein bisschen besser ging. Als sie gehen wollten, hatte Clarissa sie beiseite gezogen.

»Wie ich sehe, haben Sie die Antwort gefunden«, flüsterte sie.

Liz hatte die Verbindung nicht sofort herstellen können. Dann erinnerte sie sich an Clarissas Frage bei ihrem ersten Besuch und verstand. Sie hatte keine Antwort gegeben, sondern nur genickt.

»Gut.« Lächelnd hatte Clarissa sie zur Tür begleitet.

Von dort aus waren sie zum Strand gefahren. Erst als sie über die belebte Promenade schlenderten, brachte Sean das Gespräch auf den Besuch ihres Sohnes. »Verrätst du mir, ob ich den Test bestanden habe?«

Er versuchte, unbekümmert zu klingen, aber Liz wusste, dass ihm das Treffen mit Brian Kopfzerbrechen bereitet hatte.

»Du fühlst dich wohl unsicher?«

»Du hast kein verdammtes Wort darüber verloren«, murmelte Sean, während sie händchenhaltend Seite an Seite spazierten.

»Das war Absicht.«

»Verdammt, Liz, ich habe meine besten Manieren herausgeholt. Besser geht es nicht. Wenn dein Sohn etwas an mir auszusetzen hatte, dann ...«

»Brian fand dich toll«, unterbrach sie ihn. »Er findet, du bist das Beste seit der Erfindung der Wasserflaschen.« Es war ihr unmöglich, sich das Lächeln zu verkneifen.

»Er ist ein toller Junge.«

»Natürlich findest du das«, zog sie ihn auf. »Schließlich mag er dich.«

»Okay.« Er grinste. »Eines steht fest, Brian hat eine verdammt gute Menschenkenntnis.«

»Würdest du bitte aufhören?«

»Moment mal«, widersprach Sean. »Ich fange doch gerade erst an. Sobald er zu Hause ist, wird Brian als Erstes Amy anrufen und ihr versichern, dass alles in bester Ordnung ist. Dann wird Amy wissen, dass du dir einen wahren Märchenprinzen geangelt hast, und alles wird gut werden.«

Liz musste über seinen Optimismus lächeln. Sie machte sich nicht die Mühe, ihn darauf hinzuweisen, dass keiner von ihnen einen Wegweiser für diese Beziehung brauchte. Nicht in dieser Phase ihres Lebens. Im Moment war Liz froh, jemand zu haben, der etwas ganz Besonderes war und mit dem sie die kleinen Dinge des Alltags teilen konnte. Einen Kamerad, einen Freund, vielleicht – irgendwann – einen Liebhaber. Jemand, der sie, so wie sie war, schätzte und liebte. Jemand, der sie zum Lachen brachte. Jemand, der sie inspirierte und sie dazu ermutigte, ab und zu ein Risiko einzugehen. Liz hoffte, diese Rolle auch in Seans Leben zu spielen.

»Werde ich eines Tages deine Tochter kennen lernen?«, fragte sie.

Liz sah, dass die Freude aus Seans Gesicht wich. »Leider ist das nicht sehr wahrscheinlich«, antwortete er steif.

»Wieso nicht?«

»Zunächst einmal, weil Eileen in Seattle lebt.«

»Kommt sie denn nie zu Besuch?«

»Nein. Weißt du was, ich hätte jetzt gern ein Eis. Was ist mit dir?«

Sean setzte sich auf eine nahe Bank und beugte sich vor, die Ellbogen auf die Knie gestützt. »Ich will nicht über Eileen reden.«

»Das merke ich, aber warum nicht?«

»Wenn du es genau wissen willst, weil damit unwillkürlich die Sprache auf ihre Mutter kommt, und meine Exfrau ist außerhalb jeder Diskussion, auch bei dir.«

Liz setzte sich neben ihn auf die Bank. Sie sagte nicht, dass das gar nicht stimmte; er hatte Denise bereits einige Male erwähnt, aber immer nur flüchtig, als könne er die Erinnerung an sie nicht ertragen. »Du musst sie sehr geliebt haben«, sagte Liz leise.

Sean wandte sich ab. »Der Tag ist wunderbar. Lass ihn uns

nicht verderben mit Gerede über eine Beziehung, die seit Jahren tot ist.«

»Warum erzählst du mir nicht, was geschehen ist, und bringst es endlich hinter dich?«, drängte sie vorsichtig, die Hand auf seinem Unterarm.

»Geschehen?«, wiederholte er. »Das, was normalerweise geschieht, wenn ein Mann dumm genug ist, sich in eine unbeständige Frau zu verlieben. Ich will nicht unhöflich sein, Liz, aber ich meine es ernst. Ich möchte nicht über Denise sprechen.«

»Dann werden wir das auch nicht tun.« Sie würde nicht weiter in ihn dringen. Sie glaubte fest daran, dass er ihr eines Tages, wenn das Vertrauen zwischen ihnen noch etwas gewachsen war, mehr erzählen würde. Es hatte keinen Sinn, jetzt weiter zu drängen.

Sean griff nach ihrer Hand, als sich sein Piepser plötzlich meldete. Liz kannte das Geräusch nur allzu gut. Er hatte sie schon vorher gewarnt, dass er Bereitschaftsdienst hatte, und der Piepser bedeutete eine Unterbrechung ihres 4. Juli.

Noch während er die Nachricht ablas, klingelte Liz' Handy in ihrer Tasche. Nur wenige Leute hatten ihre Nummer, deshalb wusste sie, dass es wichtig sein musste. Sie fummelte nach dem Telefon und klappte es nach dem dritten Klingeln auf. »Hallo?«

»Ist dort Liz Kenyon?«

Peter Murchison stellte sich vor und erklärte die Umstände. »Ich fahre sofort los«, sagte sie, klappte das Telefon zusammen und steckte es wieder in ihre Tasche.

Sean wartete auf sie. »Ich muss ...«

»Ich weiß. Die Mutter des Murchison-Babys ist eine gute Freundin von mir. Das war gerade ihr Mann. Julia bittet mich, ins Krankenhaus zu kommen.«

»Dann lass uns fahren.«

Als sie ihren Parkplatz freigaben, standen bereits Hunderte von Autos hinter ihnen, die sich um den Platz drängelten. Sean war noch nicht ganz herausgefahren, als er schon wieder besetzt war. Während sie Richtung Krankenhaus fuhren, griff Liz erneut zu ihrem Handy. Sie schaltete es an und sah, dass Sean sie überrascht anschaute.

»Wen rufst du an?«

»Die anderen aus unserer Frühstücksgruppe.«

»Wie hoch ist denn die Wahrscheinlichkeit, dass du sie jetzt erreichst?«

»Ungefähr hundert Prozent«, versicherte sie ihm.

»An einem Feiertag?«

»Sean, ich werde Karen und Clare erreichen, weil ich es so lange versuchen werde, bis ich es schaffe.«

»Warum? Du gehörst doch nicht zu Julias Familie.«

»Nein, wir sind ihre *Freundinnen,* und dieses Baby bedeutet uns allen sehr viel. Wir waren für sie da, als sie festgestellt hatte, dass sie schwanger war. Wir haben erlebt, wie sie es ihrer Familie, ihren Freunden, sogar ihren Kunden erklärt hat, und wir werden ihr auch jetzt zur Seite stehen.«

»Das muss etwas typisch Weibliches sein«, murmelte er. »Wenn ich eine Notoperation bräuchte, würden meine Golfkumpel nicht zum Krankenhaus kommen, um mir die Hand zu halten.«

»Ich schon.«

Er drehte sich zu ihr um, starrte sie an und hätte fast eine rote Ampel überfahren.

»Sean!«, brüllte sie, als er auf die Kreuzung fuhr.

Sean trat auf die Bremse, und Liz flog nach vorn, wobei ihr der Sicherheitsgurt in die Schultern schnitt. Ihr Handy flog gegen die Windschutzscheibe.

»Verdammt Liz, so etwas kannst du doch nicht sagen, wenn ich Auto fahre.«

»Was meinst du?«

Er runzelte die Stirn, und sie hatte keine Ahnung wieso. »Schon gut.«

Sie schüttelte den Kopf und hob ihr Telefon auf, um ihren Anruf zu Ende zu führen.

Als sie im Krankenhaus eintrafen, war Liz von einem kleinen Sohn entbunden worden, der 1190 Gramm wog.

Sean machte sich sofort daran, den Zustand des Babys zu kontrollieren, während Liz in die Wartezone lief. Der Raum war voller Menschen, die nervös auf und ab liefen und sich leise und aufgeregt unterhielten. Sie erkannte Julias Kusine Georgia aus dem Tagebuchkurs und stellte sich den anderen vor.

»Ich habe einen Bruder bekommen«, sagte Adam und strahlte stolz, während er Liz die Hand schüttelte.

War dies tatsächlich derselbe Junge, der seinen Eltern nichts als Ärger gemacht hatte, seit er erfahren hatte, dass seine Mutter schwanger war? Im Moment schien er sehr aufgeregt und erfreut zu sein. Liz hoffte, dass seine Begeisterung nicht nachließ.

»Dad sagt, dass er Zachary Justin heißen wird«, meinte Zoe und umarmte Liz impulsiv. »Mom redet die ganze Zeit von Ihnen«, flüsterte sie.

Das war also Zoe, die sich ununterbrochen darüber beklagt hatte, wie peinlich ihr die Schwangerschaft ihrer Mutter wäre.

»Ich finde, du hast eine wunderbare Mutter«, sagte Liz zu ihr. »Sie ist sehr stolz auf dich und deinen Bruder.«

Zoes Augen füllten sich mit Tränen. »Ich finde auch, dass meine Mutter wunderbar ist.«

Clare erschien zehn Minuten nach Liz, Karen folgte eine halbe Stunde später. Die drei standen in einer Ecke und unterhielten sich leise, während Peter, die Kinder und Julias Familie sich in einem anderen Teil des Raums versammelt hatten.

Ab und zu wechselten sie ein paar Worte miteinander und tauschten Informationen aus.

Gegen halb fünf wurde Peter von einer Krankenschwester abgeholt, offenbar zu einem Gespräch mit Sean. Als er fortging, wuchs die Spannung im Raum beträchtlich.

»1190 Gramm ist ziemlich wenig«, murmelte Clare.

Liz wollte die anderen nicht beunruhigen, aber sie fürchtete, dass dem armen Zachary ein Kampf auf Leben und Tod bevorstand.

Als Peter zurückkehrte, war es in dem Raum mucksmäuschenstill. »Dr. Jamison meint«, so begann er, »dass Zachary sehr gute Überlebenschancen hat.« Er zögerte, dann fuhr er mit fester Stimme fort: »Ungefähr neunzig Prozent der Babys, die bei der Geburt weniger als drei Pfund wiegen, überleben.«

»Neunzig Prozent?« Das hörte sich gut an für Liz, die sich plötzlich sehr erleichtert fühlte.

»Moment noch.« Peter hob die Hand und brachte die Gruppe wieder zum Schweigen. »Ehe wir anfangen zu feiern, sollten wir uns darüber klar werden, dass es trotzdem Probleme geben könnte.«

Liz fand, dass Peter aussah, als stände er vor lauter Anstrengung kurz vor dem Zusammenbruch.

»Was hat der Arzt noch gesagt?«, bedrängte Adam seinen Vater. Es war die Frage, die sie alle beschäftigte.

»Dr. Jamison meint, dass er nicht dafür garantieren kann, dass bei Zachary nicht eine Reihe anderer Komplikationen auftreten.«

»Zum Beispiel?«, fragte eine Frau angstvoll. Liz wusste, dass es Julias Mutter war.

»Eine Gehirnlähmung.«

Alle verstummten wieder.

»Außerdem besteht die Gefahr, dass Zachary chronische Atemprobleme entwickelt.«

»Wann werden wir das wissen?«

»Das dauert noch.« Peters Gesicht war ausdruckslos.

»Oje.« Georgia atmete tief und setzte sich. Ihr Mann setzte sich neben sie und hielt ihre Hand.

»Das ist erst der Anfang«, meinte Peter und ließ sich ebenfalls auf einen Stuhl fallen. »Natürlich kann er um dies alles herumkommen, aber im Moment kann uns das niemand sagen.«

»Soll Zachary nach Laurelhurst verlegt werden?«, fragte Liz. Dorthin wurden fast alle Babys von Sean gebracht, weil die dortige Neugeborenen-Intensivstation über bessere Technologien verfügte.

»Dr. Jamison veranlasst das gerade«, antwortete Peter und rieb sich müde den Nacken.

»Wie geht es Julia?«, erkundigte sich Clare.

»Julia ruht sich aus ... Natürlich macht sie sich Sorgen um Zachary.«

Clare nickte. »Gibt es irgendetwas, was ich tun kann?«

»Ja«, weinte Georgia. »Beten.«

»Könnte Zachary ... sterben?«, fragte Adam, als würde er erst jetzt so richtig begreifen, was geschehen war.

»Ja.«

»Ich möchte ihn gern sehen«, bat Zoe. Ihre Stimme zitterte. »Er ist doch mein kleiner Bruder.«

»Das kannst du jetzt nicht«, antwortete Peter und legte den Arm um seine beiden großen Kinder. »Ich weiß noch nicht, wie man in Laurelhurst vorgeht, aber ich werde alles dafür tun, dass ihr ihn sehen könnt.«

Clare fuhr Liz zum Kinderkrankenhaus, wo sie bis zum Abend auf Sean wartete. Als er von der Neugeborenenstation kam und sie sah, wirkte er überrascht.

»Ich dachte, du wärst längst nach Hause gefahren.«

»So leicht wirst du mich nicht los.«

Sean legte die Arme um ihre Schultern. »Ich bin froh, dass du gewartet hast.«

»Wie geht es Zachary?«

Er atmete tief aus. »Den Umständen entsprechend. Er ist ein kleiner Kämpfer.«

»Das ist gut, oder?«

Sean nickte. »Ja, aber statistisch gesehen hat er das falsche Geschlecht und gehört der falschen Rasse an.«

»Wie bitte?« Liz wusste, dass frühgeborene Mädchen bessere Überlebenschancen hatten als Jungen, aber sie hatte noch nie gehört, dass die Rasse eine Rolle spielte.

»Wir wissen nicht wieso, aber farbige Mädchen haben die besten Aussichten, gefolgt von weißen Mädchen und farbigen Jungen. Weiße Jungen kommen erst ganz am Ende.«

»Und wie groß ist die Chance, dass Zachary unbeschadet davonkommt?« Nach dem, was Peter ihnen vorhin erzählt hatte, schienen die Überlebenschancen des Babys gut zu sein. Über alles andere mussten sie sich Sorgen machen. »Fünfzigfünfzig?«

Er schüttelte den Kopf.

»Weniger? Mehr?« Sie wollte etwas haben, worauf sie sich stützen konnte, etwas, das ihre Angst schmälerte.

»Ich gebe keine Prognosen ab«, sagte Sean. »Dazu habe ich zu häufig falsch gelegen.«

»Die Vorstellung, sich nur um seine eigenen Angelegenheiten zu kümmern, ist Unsinn. Wer könnte so selbstsüchtig sein?«
Myrtie Barker

33. KAPITEL

KAREN CURTIS

1. August

Ich habe den ganzen Tag beim Drehen verbracht. Dieser Werbespot verhilft mir vielleicht zu einer Chance auf eine kleine Rolle in einer Sitcom, und eigentlich müsste ich vor lauter Freude aus dem Häuschen sein. Normalerweise wäre ich das auch, aber es passiert so viel, dass ich gar nicht weiß, wo mir der Kopf steht.

Ich denke häufig an Glen. Ich kann einfach nicht glauben, dass ich mich in einen Chemielehrer verknalle. Ein Intelligenzbolzen, aber er ist so witzig und so vernünftig und überhaupt so wunderbar. Letzte Woche hat er beiläufig erwähnt, dass die Highschool erstmals einen Schauspiellehrer einstellen will. Das war alles, was er sagte. Er hat mich nicht dazu gedrängt, mich zu bewerben, mir keine Einzelheiten genannt, aber er wusste es.

In den paar Tagen, als ich Schauspielunterricht gab, hatte ich so viel Spaß wie das ganze Jahr noch nicht. Und damit meine ich *alles,* was ich sonst gemacht habe, auch den Haarspray-Spot, der landesweit ausgestrahlt wurde. Sogar die Male, als

Glen und ich zusammen ausgegangen sind. Es war absolut *fantastisch,* diesen Kurs zu unterrichten.

Ich besitze nicht die Qualifikation für eine volle Lehrerstelle. Natürlich gibt es immer Wege, aber ich muss mich entscheiden, ob das etwas ist, was ich wirklich und ausschließlich tun will. Ich weiß es nicht. Es geht auch um meinen Stolz. Meine Mutter wollte immer, dass ich Lehrerin werde, und ich weigere mich zu glauben, dass sie mich so gut kennt.

Letzte Woche, als Gwen mich zu einem Casting für eine Nebenrolle in *Tom, Dick und Harriet* geschickt hat, ein Pilotprojekt für eine Sitcom, habe ich gezögert. Normalerweise hätte ich mich auf eine solche Gelegenheit gestürzt. Ich zögerte und zauderte, bis mich meine Agentin gefragt hat, ob ich dieses Casting wirklich wollte, weil sie noch dreißig andere Interessentinnen hätte, die für eine solche Chance sterben würden. Ich habe ihr gesagt, dass ich es wollte, aber ich weiß nicht, ob das noch stimmt. Nun stehe ich endlich kurz vor dem Ziel, das ich seit zehn Jahren verfolge – und ich bin kurz davor, Nein zu allem zu sagen! Ich wünschte, ich wüsste, was mit mir los ist.

Vielleicht ist es die ganze Sorge um Victoria, die noch immer nicht mit mir redet. Die Einstellung meiner Schwester macht mich wirklich fertig. Ich habe schon oft versucht, ihr alles zu erklären, aber sobald sie meine Stimme hört, legt sie den Hörer auf. Ich bin zu ihr nach Hause gefahren, aber sie hat die Tür nicht aufgemacht. Ich habe ihr einen Brief geschickt, den sie einfach ignoriert hat. Eine Woche später habe ich ihr eine kitschige Karte über die Liebe zwischen Schwestern geschickt. Ich dachte, wenn sie auf irgendetwas anspringt, dann darauf. Aber – noch immer kein Wort von ihr. Ich frage mich, wie lange sie das noch durchhalten will.

Gut! Was soll's! Wenn sie so sein will, dann bitte. Ich habe alles getan, um unsere Beziehung zu kitten.

Auch Mom hat Probleme mit ihr. Meine Mutter hat mich letzte Woche zweimal angerufen. Zweimal! Offenbar ist es Victoria peinlich, dass Mom von Rogers Wutausbrüchen weiß. Es scheint so, als hätte meine Schwester gehofft, wir würden einfach alle wegschauen und so tun, als wäre ein solches Verhalten völlig normal. Nur in deinen Träumen, große Schwester – oder vielleicht in deinen schlimmsten Albträumen.

Aber es ist nicht nur der Streit mit Victoria, der mich belastet, oder mein Job-Dilemma. Die Frühstücksgruppe ist sehr besorgt um Julia und ihr Baby. Der kleine Zachary entwickelt sich noch nicht so, wie Dr. Jamison es gern hätte. Das zerreißt die arme Julia. Sie verbringt so viel Zeit wie möglich im Krankenhaus. Wenn sie nicht bei dem Baby ist, dann ist Peter dort. Julias Mutter ist jetzt in Rente und übernimmt Gott sei Dank das Geschäft. Auch Georgia hilft aus – sie hat sich Urlaub genommen – und eine von Julias Kundinnen. Eine ältere Dame, an deren Namen ich mich nicht erinnere.

Adam und Zoe haben endlich die Kurve gekriegt. Nachdem sie monatelang darauf bestanden haben, dass sie nichts mit dem Baby zu tun haben wollen, helfen sie nun zu Hause und in Julias Laden und tun, was sie können. Sie waren in den letzten drei Wochen unglaublich hilfsbereit.

Die Lage ist angespannt. Wir wissen alle, dass es mit Zachary in beide Richtungen gehen kann. Er könnte sich ganz normal entwickeln, aber er könnte auch behindert sein. Wenn er überlebt ... Statistisch sind seine Chancen auf eine normale Entwicklung nicht sonderlich hoch, und dann sind da noch immer die zehn Prozent, die es gar nicht schaffen. Julia leidet ganz schrecklich und gibt sich selbst die Schuld an allem, was absolut unsinnig ist. Wir sagen ihr immer wieder, dass sie alles getan hat, was möglich war, aber sie nimmt das nicht zur Kenntnis. Sie hat diese schrecklichen Schuldgefühle. Wenn sie sich besser ernährt hätte, sich mehr ausgeruht, weniger gearbeitet hätte ... Jeder versteht, wie sie sich fühlt, auch wenn wir wissen, dass das alles nicht stimmt.

Dr. Jamison ist wunderbar. Ich erinnere mich noch, als Liz sich anfangs mit ihm traf und wir alle dachten, er wäre ein großer Idiot. Unsere Meinung von ihm hat sich um 180 Grad gewandelt. Er ist so nett zu Julia und Peter, beantwortet alle ihre Fragen, verbringt viel Zeit mit ihnen. Er hat die Gefahren für Zachary noch nicht bannen können, und obwohl es schmerzhaft ist, weiß ich, dass Julia die Wahrheit wissen will.

Letzten Donnerstag haben wir eine kleine Feier zur Geburt für sie organisiert. Clare hat Zachary einen silbernen Babylöffel geschenkt, in den sein Name eingraviert ist, und drei Garnituren. Wir haben alle gelacht, denn wahrscheinlich wird Zachary fast eins sein, bis sie ihm passen.

Liz hat ihm ein Mützchen gestrickt, das unglaublich winzig aussieht, und sie hat Julia eine komplette Ausgabe aller Beatrix-Potter-Geschichten geschenkt. Ich habe in Los Angeles einen Laden entdeckt, der Kleidung speziell für Frühgeborene führt, und ein supersüßes Outfit gekauft, dass eher aussieht wie Puppenkleidung. Es war sündhaft teuer, und ich konnte es mir eigentlich nicht leisten, aber das war mir egal.

Die Babyfeier hob Julias Laune ein wenig. Meine auch und die aller anderen. Mir war gar nicht klar, wie viel ich für Julias Baby empfinde. Meine Bewunderung für sie wächst immer mehr. In gewisser Hinsicht ist sie stärker als wir alle zusammen. Als sie damals herausfand, dass sie schwanger war, habe ich damit gerechnet, dass sie die Schwangerschaft stillschweigend beendet. Ich wollte sie immer fragen, wieso sie das nicht getan hat, vor allem als klar wurde, welche Unannehmlichkeiten das Baby für die ganze Familie bedeuten würde. Wir hätten das verstanden, und ganz bestimmt hätten wir sie nicht verurteilt. Aber sie hat es nicht getan.

Von Julia habe ich viel über innere Stärke und Überzeugung

gelernt. Selbst jetzt, wo das Schicksal von Zachary so ungewiss ist, glaube ich tief in meinem Herzen, dass sie das Richtige getan hat.

Mein Gehader mit meiner Karriere beziehungsweise mit deren Nichtzustandekommen, die Probleme meiner Schwester und Julias Baby haben mich emotional total erschöpft. Die große Hitze ist da auch nicht gerade hilfreich. Sie ist elendig, und so kommt mir im Moment mein ganzes Leben vor.

Karen legte ihr Tagebuch zur Seite und nahm einen Schluck von ihrem Eistee. Sie streckte die Beine aus und versuchte, es sich auf ihrem Gartenstuhl bequem zu machen – ein ausgemustertes Stück, das sie aus der Garage ihrer Eltern gerettet hatte. Zumindest hatte diese Wohnung einen Balkon, auch wenn er winzig klein war. Sie seufzte; ihr innerer Aufruhr schien zu wachsen, bis sie das Gefühl hatte, tief im Morast zu stecken. Jeder Schritt nach vorn wurde mühsam.

Sie wischte sich den Schweiß von der Stirn, stand von ihrem Stuhl auf und verzog das Gesicht, als ihre nackten Oberschenkel an dem Vinylkissen kleben blieben. Sie erinnerte sich plötzlich an Sommer in ihrer Kindheit, als sie und ihre Schwester darauf warteten, dass der Eiswagen in ihre Straße einbog. Dann war sie mit Victoria um die Wette gelaufen, um zu sehen, wer ihn zuerst erreichte.

Der Gedanke an die Entfremdung zwischen ihr und Victoria schmerzte. Schon früher waren oft Wochen, ja, Monate ins Land gegangen, in denen sie nicht miteinander gesprochen hatten, doch das hatte lediglich bedeutet, dass sie unterschiedliche Leben lebten, unterschiedliche Interessen hatten. Es hatte nicht bedeutet, dass sie sich gleichgültig waren. Sie waren *Schwestern.*

»Jetzt reicht es«, murmelte Karen, und ohne zu zögern

rannte sie hinein, um Brieftasche und Autoschlüssel zu holen, dann verließ sie das Haus. Unterwegs hielt sie nur einmal an.

Als sie vor der Haustür ihrer Schwester stand, drückte sie auf den Klingelknopf.

Victoria erschien; sie sah müde und erschöpft aus. Sie hätte die Tür sofort wieder zugeknallt, wenn Karen nicht rasch ihren Fuß dazwischengeschoben hätte, um sie daran zu hindern.

»Weißt du noch, wie wir als Kinder immer um die Wette zum Eiswagen gerannt sind?«, fragte sie.

»Wir sind keine Kinder mehr«, murmelte Victoria. Ihre Hand lag an der Tür, bereit, sie jederzeit zu schließen.

»Ich habe fast immer gewonnen, nicht wahr?«

»Was soll das?« Victoria täuschte Langeweile vor.

Karen fühlte sich versucht, ihre Schwester daran zu erinnern, dass *sie* in der Familie die Schauspielerin war. »Hier«, sagte sie stattdessen und zog einen mit Schokolade überzogenen Eiskremriegel hervor, der schon ausgepackt war. Unglücklicherweise hatte er in der Nachmittagshitze bereits zu schmelzen begonnen.

Victoria sah ihn regungslos an.

»Komm schon, nimm ihn«, sagte Karen.

»Glaubst du wirklich, mit einem *Eis* könntest du das, was du getan hast, wieder gutmachen? Du hast mich nicht verstanden, stimmt's?«

»Nein. Warum erklärst du es mir nicht?«

»Nein.«

»Es tut mir so Leid, Vicki. Ich wollte dich nicht verärgern. Ich habe nur versucht, dir zu helfen. Und jetzt bin ich hier, um mit dir darüber zu reden.«

Das Eis schmolz weiter, und Karen fing die tropfende Schokolade in der Handinnenfläche auf.

»Komm herein und leg das aus der Hand, bevor du eine große Schweinerei auf meiner Veranda veranstaltest«, sagte Victoria und öffnete die Tür ein Stückchen weiter, damit Karen eintreten konnte.

Flur und Wohnzimmer waren in tadellosem Zustand – und das mit einem dreijährigen Kind. Karens Blick fiel auf den Beistelltisch, und sie stellte erstaunt fest, dass die Zeitschriften, die dort lagen, nicht nur fein säuberlich gestapelt, sondern dazu auch noch in alphabetischer Reihenfolge sortiert waren.

»Wirf das weg.« Victoria schaute auf das schmelzende Eis und zeigte dann in die Küche.

Karen legte es widerwillig in die Spüle. Es war eine Schande, dass ihre Schwester es nicht aß. Victoria war dünner geworden. Zu dünn.

»Wo ist Bryce?«, fragte sie. Normalerweise sprang ihr Neffe sofort um sie herum, wenn sie zu Besuch kam.

»Es ist Mittagsschlafzeit.«

Victoria bot ihr weder etwas zu trinken noch einen Platz an, also blieb Karen an der Küchenspüle stehen. Ein Moment unbehaglicher Stille folgte.

»Wie geht es dir?«, fragte sie und musterte Victorias Gesicht und ihre nackten Arme.

»Das geht dich nichts an.«

Karen schluckte eine verärgerte Antwort hinunter und erinnerte sich daran, dass sie nicht hergekommen war, um zu streiten. »Wie geht es Bryce?«

Victoria zuckte mit den Schultern.

»Wie oft muss ich dir noch sagen, dass es mir Leid tut?«

»Ich dachte, ich könnte dir vertrauen ... Ich dachte, ich hatte gehofft, du wärst der einzige Mensch auf der Welt, mit dem ich reden kann.«

»Und dann habe ich alles verdorben. Willst du das sagen?«

»Wie konntest du es bloß Mom erzählen? Ich hätte niemals gedacht, dass du ausgerechnet zu ihr rennst.« Victorias Gefühl, verraten worden zu sein, schien sie zu überwältigen;

Angst stand in ihren Augen. »Hasst du mich denn so?«, rief sie mit bebender Stimme.

»Nein, natürlich hasse ich dich nicht ...«

Victoria ließ sie gar nicht erst ausreden. »Jetzt stellt Mom mir jede Menge Fragen, und Dad hat Roger zur Rede gestellt, und alles ist tausend Mal schlimmer geworden. Nur wegen dir.«

»Du glaubst doch nicht wirklich, dass ich dich hassen könnte, oder?«, fragte Karen und war inzwischen selbst den Tränen nahe. »Du bist meine Schwester. Die Vorstellung, dass dich jemand misshandeln könnte, ist mir unerträglich.«

»Natürlich«, höhnte Victoria. »Wenn ich mich recht erinnere, hast du mich auch oft verprügelt.«

»Da waren wir noch Kinder.«

Victoria drehte ihr den Rücken zu. »Bitte geh jetzt.«

»Nein, das kann ich nicht. Ich werde nicht gehen. Nicht ehe das geklärt ist.«

Victoria schüttelte den Kopf. »Nichts, was du sagst, könnte die Sache wieder in Ordnung bringen.«

»Du lässt zu, dass dein Mann dich schlägt.«

Victoria wirbelte herum. »Er hat das nicht so gemeint«, antwortete sie hitzig.

Karen hätte vor lauter Verzweiflung am liebsten geschrien. Wie konnte ihre Schwester Roger verteidigen? »Willst du behaupten, es war ein Versehen?«

Victoria gab keine Antwort.

»Du bist wütend auf mich, weil ich unserer Mutter etwas erzählt habe. Das war auch ein Versehen, aber du gibst mir nicht einmal die Chance, es zu erklären.«

»Roger liebt mich.«

»Ich liebe dich auch«, antwortete Karen. »Du bist meine Schwester.«

Einen Moment lang sah es so aus, als wäre Victoria bereit,

ihr zuzuhören. Karen konnte die Unentschlossenheit in ihrem Gesicht förmlich sehen – bis sie eine Tür ins Schloss fallen hörten.

»Roger«, flüsterte Victoria und hatte plötzlich Panik in den Augen.

Eine Minute später öffnete sich die Tür zur Garage, und Roger betrat die Küche. Er zögerte, als er Karen sah, und verzog verächtlich das Gesicht.

»Ich habe sie nicht hergebeten«, erklärte Victoria hastig.

»Wenn du schlau bist, verlässt du sofort mein Haus«, drohte er.

»Ich freue mich auch, dich zu sehen«, murmelte Karen.

Roger legte seine Aktentasche auf den Küchentisch, und Karen sah, wie alles Blut aus Victorias Gesicht wich.

»Ich möchte mit meiner Schwester sprechen«, beharrte Karen.

»Sie möchte aber nicht mit dir sprechen.«

»Victoria kann mir das selbst sagen, danke«, antwortete Karen steif und stemmte die Hände in die Seiten. Sie hätte ihm gern so weh getan, wie er ihrer Schwester weh getan hatte.

»Gut, dann sag es ihr«, befahl Roger seiner Frau.

»Es wäre das Beste, du gehst jetzt«, sagte Victoria leise und mit flehender Stimme. »Bitte geh.«

Karen wollte liebend gern verschwinden, aber sie hatte Angst, was mit Victoria geschehen würde, wenn sie das tat. Sie konnte nicht begreifen, dass Victoria sich von Roger so beherrschen ließ, dass sie sich von ihm demütigen und schlagen ließ.

»Soll ich die Polizei anrufen?«, fragte Roger in die Runde. Er öffnete den Kühlschrank und nahm sich ein Bier heraus.

»Vielleicht solltest du das tun«, sagte Karen so ruhig, wie ihr wild hämmerndes Herz es zuließ. »Ich bin sicher, dass sie sich gern mit mir unterhalten würden.«

Roger knallte die Bierflasche auf die Küchentheke; bei dem Knall zuckte Victoria zusammen und wich zurück. »Verschwinde aus meinem Haus, zum Teufel«, brüllte er.

»Ich gehe, aber ich werde Victoria und Bryce mitnehmen.«

»Kommt nicht infrage.«

»Victoria?« Karen sah ihre Schwester an und bat sie stumm, mit ihr aus der Tür zu gehen und nie wieder zurückzukehren.

Ihre Schwester zögerte, und ein paar Sekunden lang sah es so aus, als könnte sie es tatsächlich tun.

Hoffnung keimte in Karen, und sie lächelte ermutigend.

»Geh doch«, meinte Roger ruhig, als würde ihn die ganze Angelegenheit langweilen. »Aber Bryce bleibt hier.«

Mit diesen paar Worten war jede Chance vertan.

»Ich bleibe«, flüsterte Victoria.

Rogers Lächeln erstreckte sich von einem Ohr bis zum anderen. »Das habe ich mir doch gedacht.«

»Mut ist der Preis, den das Leben
fordert, um Frieden zu gewähren.«
Amelia Earhart

34. KAPITEL

CLARE CRAIG

Als Leslie Carter Anfang August an einem Freitagabend völlig unerwartet die Chevrolet-Niederlassung betrat, fiel Clare fast in Ohnmacht. Als Geschäftsführerin musste sie jeden Verkaufsvertrag genehmigen, und sie unterhielt sich gerade mit dem Leiter der Service-Abteilung am Telefon, als sie Leslie sah.

Er war braun gebrannt, trug Shorts und Segelschuhe und sah so gut aus, dass sie kaum den Blick von ihm wenden konnte.

Sie sah zu, wie er auf die Angestellte am Empfang zuging, sah, wie die sich umdrehte und in ihre Richtung schaute. Rasch beendete Clare ihr Gespräch, verließ ihren Schreibtisch hinter der Glasscheibe und eilte in den Ausstellungsraum.

»Leslie, hallo«, sagte sie und streckte die Hand aus. Sie verspürte ein unvermitteltes und dringendes Bedürfnis, ihn zu umarmen, was sie aber unterdrückte, weil sie ihn schließlich erst zum zweiten Mal traf. In den zurückliegenden Monaten hatten sie ab und zu telefoniert und sich gegenseitig ein paar Postkarten geschickt, sogar einige E-Mails, vor allem nach Zacharys Geburt. Aber sie hatte vergessen, wie er aussah. Es war absurd, aber sie hatte vergessen, dass er derart attraktiv und verflucht gut aussehend war.

Leslie blickte auf Clares ausgestreckte Hand, als hätte er den gleichen Gedanken – dass dies eine zu förmliche Begrüßung für gute Freunde war. Er lächelte warm, ehe er ihre Hand mit beiden Händen umschloss.

»Wann sind Sie zurückgekommen?«, fragte sie.

Er sah auf seine Uhr. »Vor ungefähr drei Stunden.«

Er war direkt zu ihr gekommen. Seine Antwort schmeichelte ihr und verunsicherte sie zugleich.

»Ich würde gern mit Ihnen essen gehen, wenn Sie Zeit haben.«

»Lassen Sie mich nachschauen.« Sie wusste bereits, dass für diesen Abend nichts auf ihrem Terminplan stand, aber ein Blick in ihren Terminkalender würde ihr Gelegenheit geben, sich ein wenig zu sammeln. Seit Michael bei ihr im Haus war, hatte sie eigentlich kaum mehr Zeit. Aber sie wollte jetzt keine langen Erklärungen über ihren Exmann abgeben und darüber, dass er bei ihr wohnte.

»Janet, würden Sie Mr. Carter bitte einen Kaffee bringen«, rief sie, ehe sie in ihrem gläsernen Büro verschwand.

Sie tat so, als schaute sie in ihr Buch, dann wählte sie ihre private Telefonnummer. Sie konnte schlecht sagen, dass sie erst ihre Kinder anrufen musste, ehe sie sich zum Essen verabredete.

Alex kam beim zweiten Klingeln ans Telefon, seine Stimme klang gedämpft.

»Wie geht es Dad?«, fragte sie.

»Er schläft.«

»Ich komme heute später, ist das okay?«

Alex sagte erst nichts. »Wie spät?«, fragte er schließlich.

Die Jungen wechselten sich in der Betreuung ihres Vaters ab. Er brauchte und wollte keine ständige Überwachung, aber in dieser Phase seiner Krankheit fühlte sich niemand wohl dabei, ihn allein im Haus zu lassen. Er stand gewöhnlich unter Medikamenteneinfluss und wurde von Tag zu Tag schwächer. Mick und Alex waren tagsüber bei ihm, und Clare löste sie in der Regel abends ab.

»Ich werde vor acht zu Hause sein«, erklärte Clare. Sie und Alex besprachen noch kurz den Medikamentenplan für Michael, dann legte sie auf.

Leslie wartete auf sie. Er stand auf, als sie in den Ausstellungsraum zurückkehrte.

»Wann sollen wir gehen?«, fragte sie.

»Wäre jetzt zu früh?«

»Jetzt wäre perfekt.«

Clare wusste, dass Leslies Auftauchen für eine Menge Unruhe unter den Angestellten sorgen würde, aber das kümmerte sie nicht. Ihre Überstunden hatten die Firma innerhalb weniger Monate wieder in Schwung gebracht. Mithilfe der Mitarbeiter hatte sie ein finanzielles Desaster abwenden können. Ihre Ideen waren aufgenommen und umgesetzt worden, und alle Angestellten hatten zu ihr gehalten. Mit einfallsreichen und witzigen Fernsehwerbespots erreichte das Autohaus allmählich wieder Rekordverkaufszahlen.

Klar, die Stunden, die sie geopfert hatte, taten weh, und die Gründe für ihren Ehrgeiz und Einsatz waren ihr nicht einmal selber klar. Sicher, die Autohandlung war Micks und Alex' Erbe, aber es war mehr als das. Clare wollte sich etwas beweisen, und Michael auch.

Es war nicht einfach, mit ihrem Exmann zusammenzuleben; dennoch war sie sicher, die richtige Entscheidung getroffen zu haben. Für Michael, für sie und für ihre Söhne.

Clare verbrachte nicht viel Zeit mit Michael allein. Meist kam sie erst nach Hause, wenn er schon schlief. Aber er war immer in ihren Gedanken – und in ihrem Herzen. Es war wie eine Offenbarung gewesen, als sie festgestellt hatte, dass sie ihn immer noch liebte. Nicht mehr so wie damals, als sie noch verheiratet waren, natürlich nicht. Heute liebte sie ihn wegen allem, was sie zusammen gehabt hatten, was sie sich einmal gegenseitig gewesen waren. Sie liebte ihn als den Mann, der Vater ihrer Kinder geworden war.

»Was essen Sie am liebsten?«, fragte Leslie, als er sie hinausbegleitete.

»Italienisch«, antwortete sie automatisch.

»Ich auch. Waren Sie schon mal bei Mama Lena's?«

Clare wäre fast über ihre eigenen Füße gestolpert. »Ja.«

Leslie schien gespürt zu haben, dass sein Vorschlag sie völlig aus der Fassung gebracht hatte, denn er sagte sofort: »Irgendein anderes Restaurant?«

»Bitte«, flüsterte sie, unfähig es zu erklären.

»Zum Glück gibt es in der Nähe eine Menge gute Italiener. Suchen Sie sich einen aus.«

Clare tat das, und wenig später saßen sie sich in einem eleganten Restaurant gegenüber und tunkten warmes Brot in ein kleines Schälchen mit gewürztem Olivenöl.

»Ich wusste gar nicht, dass Sie so früh zurückkommen wollten«, begann Clare und nahm einen Schluck Chianti.

»Wollte ich auch nicht.«

»Hatten Sie schon Gelegenheit, mit Julia und Peter zu sprechen?«, fragte sie.

»Ich habe heute Nachmittag kurz mit Peter telefoniert«, erzählte Leslie. »Er wollte gerade ins Krankenhaus, um Julia abzulösen, deshalb hatten wir nicht viel Zeit zu reden. Er klang ziemlich gestresst.«

»Ich weiß.« Liz informierte sie beinahe täglich über den Zustand des Babys.

»Wie geht es Zachary?«

Clare schüttelte den Kopf; sie wusste nicht, wie sie antworten sollte. »Er ist ein unglaubliches Baby. Er will mit aller Macht leben. Julia und Peter sind praktisch ständig bei ihm. Vor kurzem habe ich mit Julia über seine Fortschritte gesprochen, und es kam mir vor, als würde sie in einer Fremdsprache reden. Diese ganzen medizinischen Fachausdrücke ...«

»Er wird es doch schaffen, oder?«

»Wir hoffen es. Ich glaube, Zacharys Hauptproblem sind seine Lungen. Er soll so früh eigentlich noch gar nicht atmen, und das verursacht ernste Komplikationen.«

»Armer kleiner Kerl.«

»Sie können sich gar nicht vorstellen, wie winzig er ist«, erzählte Clare. »Julia hat uns ein Foto gezeigt, darauf ist er kaum so groß wie Peters Hand.«

»Dürfen sie ihn auf den Arm nehmen?«

»Sie haben das schon getan.« Clare wusste nicht genau wie häufig. »Julia hat uns noch ein anderes Foto gezeigt, wo Peter in einem Schaukelstuhl sitzt und Zachary an der nackten Brust hält.« Dann hatte sie das Gefühl, erklären zu müssen, wieso Peter sein Hemd ausgezogen hatte, und fügte hinzu: »Das Baby braucht Peters Körperwärme, um nicht auszukühlen. Es kann seine Körpertemperatur noch nicht selbst regulieren.«

Leslie nickte.

»Ich bete jeden Tag, dass er überlebt.« Es war ein Gebet, an dem sich alle aus der Frühstücksgruppe beteiligten.

Von Zachary kamen sie auf Leslies Abenteuer zu sprechen, auf seinen Segeltörn von Kalifornien nach Hawaii und den Rückflug nach Hause. Die Jacht lag in Kauai, während Leslie eine Pause vom Leben auf See machte. Seine dreiköpfige Crew hatte sich getrennt; zwei von ihnen wollten noch auf Hawaii bleiben, den anderen zog es weiter nach Alaska. Er hatte sich seinen Traum erfüllt, hatte sein Ziel erreicht und musste nun einige Entscheidungen treffen.

Das Essen war köstlich; Clare hatte sich einen Cäsarsalat bestellt und ihr liebstes Auberginengericht. Sie tranken ein zweites Glas Wein und dann einen Espresso. Als sie fertig waren, fuhr Leslie sie ins Autohaus zurück.

Um Punkt acht Uhr kam Clare nach Hause, ganz wie sie versprochen hatte. Nachdem sie ihre Tasche auf dem Küchentisch abgestellt hatte, ging sie weiter ins Esszimmer, wo sie Michaels Krankenbett aufgebaut hatten.

»Ich bin's«, rief sie.

Mick saß am Bett seines Vaters und sah mit ihm zusammen fern. Michaels Haut hatte einen gelblichen Schimmer, und sein Gesicht war fahl und eingefallen.

»Mit wem warst du essen?«, wollte Mick wissen. »Alex hat es mir nicht gesagt.«

»Mit einem Freund.«

»Männlich also«, stellte Michael fest und sah sie an.

Sie zögerte und beschloss dann, dass es keinen Grund gab, etwas zu verheimlichen. »Männlich.«

Michael kniff die Augen zusammen. »Jemand, den ich kenne?«

Sie schüttelte den Kopf.

»Vielleicht doch«, beharrte er. »Wie heißt er?«

»Leslie Carter«, antwortete sie widerstrebend. »Er ist Julia Murchisons Onkel.«

Michael runzelte die Stirn, und sie konnte deutlich sehen, dass er nicht sehr erfreut war. »War es schön?«, fragte er.

»Ja.« Sie wollte nicht lügen, aber sie wollte es ihm auch nicht zu dick aufs Butterbrot schmieren. Ihr Essen mit Leslie war schließlich kein Racheakt. Es war ein nettes Vergnügen gewesen, und sie weigerte sich, deshalb ein schlechtes Gewissen zu haben.

Mick sah auf die Uhr. »Ich treffe mich gleich noch mit ein paar Freunden. Ist es okay, wenn ich jetzt gehe?«

»Natürlich«, flüsterte Michael. Er schloss die Augen und ließ den Kopf aufs Kissen sinken.

Als Mick fort war, blieb Clare noch in der Tür stehen. »Möchtest du eine Tasse Tee?«, fragte sie.

Michael nickte. »Bitte.«

Sie machte ihnen beide eine Tasse und trug sie ins Zimmer. Michael war aus dem Bett aufgestanden, trug seinen Bademantel und saß in einem Sessel. Er hatte nur noch selten genug Energie, um sich zu bewegen, vor allem nicht gegen Abend.

»Kannst du noch ein paar Minuten bleiben?«, fragte er, als sie das Zimmer verlassen wollte.

Clare setzte sich auf die Bettkante. Einige Augenblicke schauten sie beide auf den Bildschirm, als wäre der Film, der dort lief, von größter Bedeutung.

»Ich wusste nicht, dass du dich mit einem Mann triffst«, sagte Michael in beiläufigem Ton.

Doch Clare ließ sich nichts vormachen. Sie öffnete den Mund, um Michael zu erklären, dass Leslie nur ein Freund war und dieser Abend ihr erster Abend allein gewesen war, doch dann änderte sie ihre Meinung. Sie schuldete Michael keine Erklärung und hatte keine besondere Lust, dieses Thema mit ihm zu diskutieren.

»Wann hast du ihn kennen gelernt?«, wollte er wissen und bemühte sich wieder, sein Interesse nicht allzu deutlich zu zeigen.

»Warum?«

Michael sah auf den Fernseher. »Nur so.« Er nippte an seinem Tee, dann fragte er: »Hast du vor, ihn wiederzusehen?«

»Wahrscheinlich. Hör zu, Michael, ich spreche nicht gern mit dir über mein Privatleben.«

»Klar«, meinte er schulterzuckend. »Es geht mich auch nichts an.«

»Genau.«

Eine Pause entstand, in der sie beide wieder auf den Fernseher schauten. Dann murmelte er, »Du hättest warten können.«

»Warten?«, rief sie, plötzlich zornig. »Wieso?« Sie waren seit fast zwei Jahren geschieden und seit drei Jahren getrennt. Er hatte keine Sekunde gewartet, ehe er mit Miranda zusammengezogen war.

Er schaute sie an. »Ich werde bald sterben, Clare«, sagte er leise.

»Ja, das weiß ich. Und ich wünschte aus tiefstem Herzen, dass nichts davon – gar nichts – passiert wäre. Aber du bist nicht mehr mein Mann. *Du* warst derjenige, der nicht mehr mit *mir* verheiratet sein wollte, erinnerst du dich? Nur weil du jetzt in meinem Haus wohnst ...«

»Ein Haus, das ich gekauft und bezahlt habe«, rief er mit mehr Energie, als sie seit Wochen bei ihm erlebt hatte.

»Zum Teufel«, brüllte sie zurück. »Ich habe ebenso hart für dieses Haus gearbeitet wie du.«

Michael sah sie an. »Du kannst damit machen, was du willst, aber ich würde es sehr schätzen, wenn du ...« Er brach abrupt ab und presste die Hand an seine Brust. Sein Atem wurde zu einem tiefen, unregelmäßigen Keuchen.

»Michael! Michael!«

Er schüttelte den Kopf. Seine Tasse war ihm aus der Hand gefallen und der Tee auf dem Teppich verschüttet.

»Soll ich Hilfe holen?« Clare war bereits auf dem Weg zum Telefon. Sie wusste nicht, was sie sonst tun sollte.

»Es ... es geht schon. Lass mich allein.«

Clare stand in der Tür, unentschlossen. Sie war sich nicht sicher, ob dieser Anfall Folge ihrer Auseinandersetzung war oder seiner Krankheit. Sie wandte sich ab, um zu gehen, denn das wünschte er offensichtlich.

»Nein.« Er streckte die Hand aus, um sie aufzuhalten.

Langsam kam sie wieder ins Zimmer zurück.

»Es tut mir Leid – du hast Recht«, sagte er heiser. »Es geht mich nichts an, mit wem du dich triffst.«

Sie nickte und wandte sich wieder zur Tür, ehe er die Tränen in ihren Augen sehen konnte.

»Das Beste ist es, zu lernen,
während wir gehen, und nicht zu
gehen, wie wir es gelernt haben.«
Leslie Jeanne Sahler

35. KAPITEL

JULIA MURCHISON

24. August

Das letzte Mal, als ich etwas in mein Tagebuch geschrieben habe, war am Morgen von Zacharys Geburt gewesen. Es fällt mir schwer zu glauben, dass das nun schon fast zwei Monate her sein soll. Seit dem Augenblick, als er geboren wurde, konzentrierte sich alles in unserem Leben auf ihn.

Ich werde gleich zum Krankenhaus aufbrechen, denn ich versuche jeden Morgen gegen acht Uhr dort zu sein. Ich schreibe gerade am Küchentisch, vor mir steht eine Tasse Tee. (Ja, endlich wieder richtiger Tee!)

Früher habe ich mir Sorgen um meinen Laden gemacht. Ich habe mich darüber aufgeregt, wenn ich eine Stunde früher schließen musste, weil ich sicher war, dass mir dadurch ein Geschäft entging. In den letzten zwei Monaten habe ich kaum einen Gedanken an mein erblühendes Unternehmen verschwendet.

Zum Glück wechseln sich meine Mutter, Georgia und – zu meiner überaus großen Überraschung – Irene Waldmann ab, um mich zu vertreten. Mir ist klar, dass dies keine Dauerlösung ist, aber alle drei behaupten, es würde ihnen Spaß machen. Damit habe ich eine Sorge weniger. Mom ist inzwischen ganz in Rente und sie strickt genauso gern wie ich. Vor kurzem hat sie mir angeboten, auch weiterhin halbtags zu arbeiten, wenn Zachary nach Hause kommt. Nachmittags könnten wir dann die Rollen tauschen, und ich arbeite im Laden, während sie auf Zachary aufpasst. Ich habe noch nicht mit Peter darüber gesprochen, aber dieser Vorschlag erscheint mir ideal. Mom ist nicht die Einzige, die sich um Zachary kümmern will – meine Schwester hat sich angeboten und überraschenderweise auch Adam und Zoe.

Meine einzige Sorge ist, dass Mom sich vielleicht verpflichtet fühlen könnte, aber sie behauptet immer wieder, dass es ihr Spaß macht. Sie sei schließlich allein, sagt sie, und nach all den Arbeitsjahren würde sie sich sonst einsam fühlen. Und als ich sie fragte, ob sie nicht reisen und all die Dinge tun wolle, von denen sie immer geträumt habe, antwortete sie, das könne sie ja immer noch, aber im Moment wäre es ihr wichtiger, Großmutter zu sein. Als Adam und Zoe und Janice' Kinder geboren wurden, wäre sie noch zu viel mit ihrem Job beschäftigt gewesen, um ihre Enkel so zu genießen, wie sie es gern getan hätte. Zachary gäbe ihr eine zweite Chance, und die würde sie sich nicht entgehen lassen.

Ich kann nur sagen, ich bin unendlich dankbar.

Adam und Zoe waren wunderbar, und auch dafür bin ich dankbar. Weder Peter noch ich haben uns in letzter Zeit viel um sie kümmern können, und ich weiß, dass es schwer für sie ist, dass wir die meiste Zeit im Krankenhaus sind.

Adam zeigt einen Grad an Reife, den ich an ihm noch nie erlebt habe. Reife und die Bereitschaft, in jeder erdenklichen Weise zu helfen. Zum Glück kann er, da er seinen Führerschein besitzt, Zoe zu ihren Tennisstunden fahren und wichtige Besorgungen erledigen. Er hat mich jeden Nachmittag ins

Krankenhaus chauffiert, und wir hatten noch nie so viel Zeit, uns unter vier Augen zu unterhalten. Er hat mir von seinen Zielen und Zukunftsplänen erzählt. Ich freue mich, dass er Lehrer werden möchte wie sein Vater. Er kann gut mit Kindern umgehen, wie Peter, und wäre ein Gewinn für jede Schulklasse.

Auch Zoe war mir in den letzten Wochen eine große Hilfe. Sie hat es sich zur Aufgabe gemacht, abends Essen zu kochen und sich um die Wäsche zu kümmern. Ich habe weder die Zeit noch den Drang zur Hausarbeit; und wenn ich aus dem Krankenhaus nach Hause komme, ist es spät und ich bin erschöpft und emotional ausgepumpt. Zoe hat alles ohne mein Drängen übernommen. Ein Essen erwartet mich, und das Haus ist aufgeräumt. Ich kann noch immer nicht glauben, dass meine Kinder uns so unterstützen – nach der monatelangen Jammerei.

Peter, mein wunderbarer, wunderbarer Mann. Ich habe ihn nie mehr geliebt als in den letzten zwei Monaten. Immer wenn ich wegen Zacharys Zustand den Mut verliere, findet er einen Weg, mich wieder aufzumuntern. Er lässt nicht zu, dass ich aufgebe oder mir allzu viele Sorgen mache. Ich habe nicht die geringste Ahnung, wie hoch die Arzt- und Krankenhausrechnungen sein mögen und wie viel unsere Versicherung davon übernimmt. Es ist beängstigend, auch nur darüber nachzudenken. Offen gestanden ist es mir gleichgültig, wenn wir anschließend pleite sind. Ich möchte nur, dass mein Sohn lebt und als gesundes glückliches Kind heranwächst.

Wenn ich ihn im Moment anschaue und die ganzen Schläuche und Nadeln in seinem winzigen mageren Körper sehe, ist mein Herz so voll Liebe, dass es weh tut.

Wenn ich zusehe, wie er um jeden Atemzug ringt, kann ich mir kaum noch vorstellen, wie wenig ich dieses Baby anfangs wollte. Jetzt richtet sich meine ganze Energie darauf, zu wollen, dass es ihm besser geht. Er ist noch nicht außer Gefahr, aber es geht ein wenig bergauf. Wenn sich alles so weiterentwickelt, haben wir vielleicht eine Chance, ihn um seinen errechneten Geburtstermin Anfang September mit nach Hause zu nehmen.

Ich verstehe jetzt, wieso Liz sich in Dr. Jamison verliebt hat. Seine Einstellung Frauen gegenüber ist vielleicht dreißig Jahre hinter der Zeit zurück (obwohl ich glaube, dass vieles daran Show ist). Aber wenn es darum geht, sich um Frühgeborene und ihre Eltern zu kümmern, ist er ein Heiliger. Am besten gefällt mir, wie mitfühlend er ist. Ich habe noch nie einen Arzt erlebt, der so nett und geduldig ist wie er.

Er und Liz passen gut zusammen – ihre Intelligenz, ihr Sinn für Humor, ihr Mitgefühl. Ich weiß, dass Liz wegen uns ihren Urlaub verschoben hat, auch wenn sie das abstreitet.

Mir fehlen die Treffen unserer Frühstücksgruppe, auch wenn ich nicht Donnerstags um acht mit meinen Freundinnen zusammensitzen muss, um ihre Unterstützung zu spüren. An meinem tiefsten Punkt, als ich befürchtete, dass wir Zachary verlieren würden, haben sie ein kleines Fest zu seiner Geburt für mich organisiert. Ich werde nie vergessen, was sie für uns getan haben. Ihre Liebe und ihre Zuversicht haben mir über meine dunkelsten Stunden hinweggeholfen.

Irene Waldmann kam letzte Woche irgendwann nachmittags mit der Decke, die sie für Zachary gestrickt hat, ins Krankenhaus. Peter blieb bei ihm, deshalb konnten wir uns ein wenig in den Warteraum setzen. Ihr Geschenk bedeutet mir sehr viel – die Decke, ihre Hilfe im Laden und ihre ganze Sorge um mich und meinen Sohn. Es gab einmal eine Zeit, da dachte ich, sie wäre schwierig. Sie ist ein bisschen empfindlich, aber darüber sollte ich hinwegsehen. Sie hat von ihrem Sohn erzählt, den sie verloren hat, und versucht, ihre Tränen vor mir zu verbergen, aber ich habe sie gesehen.

Peter und ich haben beschlossen, Irene zu fragen, ob sie

Zacharys Patin werden möchte. Als ich das kurz erwähnte, wurde sie ganz rot und ist sofort gegangen. Aber am nächsten Tag kam sie wieder ... Auch wenn sie es nicht direkt gesagt hat, glaube ich, ist sie ganz aufgeregt. Ich auch.

Bald werden Peter und ich Zacharys Heimkehr vorbereiten. Ich bin so zuversichtlich wie nie zuvor, dass unser Sohn tatsächlich nach Hause kommen wird.

Adam wartete bereits vor dem Krankenhaus, als Julia es an diesem Tag um halb vier verließ. Auf dem Nachhauseweg kamen sie in einen schrecklichen Verkehrsstau, aber das machte ihr nichts; auf diese Weise hatten sie zusätzliche Zeit zum Reden.

Er ließ sie zu Hause aussteigen und fuhr dann weiter zu einem Lebensmittelladen in der Nachbarschaft, wo er einen Aushilfsjob hatte. Um neun Uhr hatte er Feierabend und Anweisung, anschließend sofort zu einer Feier nach Hause zu kommen.

Am Nachmittag hatte Zachary stattliche vier Pfund auf die Waage gebracht, und es war geplant, ihn innerhalb der nächsten Woche nach Hause zu holen. Jedes einzelne kostbare Gramm war Grund genug, eine Party zu feiern.

»Hi, Mom«, rief Zoe, als Julia das Haus betrat. »Wie geht es Zachary?«

»Fabelhaft.« Sie umarmte ihre Tochter und lief dann weiter ins Schlafzimmer, um sich umzuziehen. Zu ihrer Überraschung folgte Zoe ihr und setzte sich auf die Bettkante, während Julia sich ihr Kleid auszog. Sie tauschte es gegen Shorts und ein Trägerhemdchen.

»Ich habe für heute Abend Spaghettis gekocht. Ich hoffe, das ist okay.«

Zoe hatte sich ein eigenes Saucenrezept ausgedacht, das inzwischen zur Leibspeise der ganzen Familie geworden war. »Das ist perfekt.«

»Diesmal habe ich ein Glas klein geschnittener Oliven untergerührt.«

Julia dachte kurz darüber nach und nickte dann. »Klingt gut.«

»Ich koche gern.« Zoe zog die Beine an und machte es sich bequem.

Julia setzte sich neben ihre Tochter. »Ist etwas?«, fragte sie. Es war ganz und gar nicht typisch für Zoe, so um sie herumzuschleichen.

»Ich ... ich wollte mit dir und Dad über Zachary reden, aber das ist so schwierig, weil immer einer von euch im Krankenhaus ist.«

»Ich weiß.« Julia hatte ihre Tochter in letzter Zeit viel seltener gesehen als Adam.

»Ich ... ich habe ein Anliegen, und Tante Janice meinte, ich sollte mit euch darüber sprechen.«

Julia holte tief Luft. Sie war ein wenig beunruhigt über Zoes Vorstoß und hatte nicht die geringste Ahnung, um was es sich handeln könnte.

»Okay, dann schieß mal los.«

Zoe war einen Augenblick ganz still. »Ich schaue noch mal schnell nach der Sauce«, sagte sie plötzlich. Sie sprang von der Bettkante und rannte in die Küche.

Obwohl Julia neugierig war, beschloss sie, ihre Tochter nicht zu bedrängen. Sie musste es freiwillig erzählen. Zögernd folgte sie ihr in die Küche.

Ohne Aufforderung goss Zoe ihr ein Glas Eistee ein und stellte es mit zwei Keksen auf einer Serviette vor sie hin – so als servierte sie ihrer Mutter einen kleinen Snack nach der Schule –, und Julia musste lächeln. Dann hob sie den Deckel vom Topf und rührte in der köchelnden Sauce.

»Weißt du noch, als du mir und Adam erzählt hast, dass du schwanger bist?«, begann Zoe.

Julia würde das nicht vergessen. »Ich erinnere mich.«

»Ich war damals schrecklich sauer auf dich.« Sie rührte weiter in der Sauce und hatte Julia den Rücken zugewandt.

»Du sagtest, es wäre dir vor deinen Freundinnen peinlich, dass ich ein Baby bekäme«, sagte Julia sachlich.

»Ich möchte, dass du weißt, dass mir Zachary nicht mehr peinlich ist«, sagte Zoe hastig. »Ich bin froh, dass du ihn bekommen hast. Ich bin stolz auf meinen kleinen Bruder.« Sie schniefte und rieb sich die Nase. »Mom, das, was ich damals gesagt habe, tut mir Leid.«

Julia stand vom Tisch auf, und Zoe drehte sich um, warf sich in Julias Arme und verbarg das Gesicht an der Schulter ihrer Mutter.

»Ich hatte solche Angst um ihn.«

»Die Entscheidung lag in Gottes Hand. Das tut sie immer noch.«

»Ich weiß ...«

»Ich muss dir auch etwas sagen«, meinte Julia und strich ihrer Tochter das Haar aus der Stirn. »Als ich erfuhr, dass ich schwanger war, war ich zuerst auch nicht glücklich darüber. Ich musste ständig daran denken, was unsere Familie für ein weiteres Kind aufgeben müsste.«

»Das war auch das, woran ich ständig denken musste«, gab Zoe zu, in deren Augen Tränen glitzerten. »Ich habe nicht ein einziges Mal überlegt, was Zachary unserer Familie geben würde.«

Julia war erstaunt über die Einsicht ihrer Tochter. Zoe hatte Recht, Zachary hatte sie alle wieder zusammengebracht. Als Adam und Zoe größer wurden, hatte sich die Familie auseinander gelebt und jeder war ein wenig seiner eigenen Wege gegangen. Sie hatten nicht mehr als Einheit funktioniert.

Es war ein Prozess, der schleichend begonnen hatte, als die Kinder zu Teenagern heranwuchsen, und der sich verstärkt hatte, als Julia ihren Laden eröffnete, denn dafür hatte sie ihre ganze Energie und Aufmerksamkeit gebraucht. Sie hatten selbst Aktivitäten wie Wandern und Zelten, die sie früher als Familie genossen hatten, stark vernachlässigt.

Die Kinder hatten ihre eigenen Interessen entwickelt, was völlig normal war. Ebenso normal war es, dass Peter und Julia es genossen hatten, wieder Zeit für sich und für ihre Freunde zu haben. Doch in den letzten Jahren hatte es nur wenige Gelegenheiten gegeben, wo sie gemeinsam als Familie auftraten. Julia hatte zwar darauf bestanden, so häufig wie möglich abends zusammen zu essen, doch viel zu oft waren sie in Eile und gestresst und das Essen wurde mehr zu einer Quelle der Spannung als zu einem Vergnügen.

Bis jetzt. Mit Zachary hatte sich das alles verändert.

»Adam und ich haben darüber gesprochen, und wir möchten beide unser Zimmer mit Zachary teilen.« Zoe warf ihrer Mutter einen kurzen Blick zu. »Sobald er alt genug ist, meine ich.«

Julia nickte. »Er soll erst noch ein paar Monate in der Wiege in unserem Schlafzimmer schlafen.«

»Adam fand, Zachary sollte in seinem Zimmer schlafen, weil er ein Junge ist, aber ich habe ihn davon überzeugt, dass es nur fair ist, wenn er auch etwas Zeit bei mir verbringt.«

Julia lächelte, obwohl ihr nun ebenfalls die Tränen in den Augen standen.

»Findest du nicht auch?« Zoe lehnte sich zurück und sah Julia gespannt an.

»Doch, natürlich finde ich das«, sagte sie ernst. »Natürlich.«

»Adam meint, sobald er aufs College geht, könnte Zachary sein Zimmer ganz haben.«

»Das ist sehr nett von euch beiden.«

»Ich werde auch auf ihn aufpassen. Mom. Nach der Schule und wann immer du mich brauchst. Ich weiß, dass ich gesagt habe, ich würde das nicht tun, aber das war, bevor er geboren wurde, und ich wusste, wie sehr ich ihn liebe. Er ist mein kleiner Bruder, weißt du.«

Julia zog sie fest an sich.

»Und er ist etwas ganz Besonderes. Niemand hat geglaubt, dass er überhaupt überleben würde, nicht? Und ... und jetzt geht es ihm gut, oder? Jedenfalls hat Dad das gesagt.« Sie sah ihre Mutter erwartungsvoll an.

»Ja«, flüsterte Julia. »Ja, es geht ihm gut. Wir haben sehr, sehr viel Glück gehabt.«

»Das kommt, weil er ein Wunderbaby ist«, meinte Zoe feierlich. »Unser eigenes Wunderbaby.«

»Lebensfreude! Das ist der
Sinn des Lebens, oder?«
Katherine Hepburn

36. KAPITEL

LIZ KENYON

Liz hatte noch nie eigenständig ein Auto gekauft. Ihr Wagen war sechs Jahre alt; nach Steves Tod hatte sie das bei seinem Unfall zerstörte Auto durch einen identischen Wagen ersetzt. Sie hatte ihr altes Auto damals Brian geschenkt und das neue für sich behalten – vor inzwischen sechs Jahren. Es wäre ihr nie in den Sinn gekommen, sich ein anderes Modell zu kaufen. Nie der Gedanke, dass sie einen anderen Geschmack und andere Vorlieben haben könnte.

Jetzt wollte sie sich selbst ein Auto aussuchen. Sonderausstattung und Farbe standen fest, jetzt musste sie sich noch für eine Marke und ein Modell entscheiden. Die Person, der sie da am meisten vertraute, war Clare, die mehr über Autos wusste, als Liz je Lust hatte zu lernen.

An einem heißen Augustmorgen besuchte sie Clare auf dem Weg zur Arbeit in ihrem Autohaus. Ihre Freundin führte sie durch die Ausstellung und wies sie auf die jeweiligen Vorteile der verschiedenen Modelle hin.

»Du bist also immer noch entschlossen, allein nach Oklahoma zu fahren?«, fragte Clare, als sie ihren Rundgang beendet hatten.

Liz sah zur Seite, damit Clare ihr Lächeln nicht sehen konnte. Sie war erstaunt, dass eine Frau, die ein ganzes Unternehmen leitete, ihren Exmann pflegte, einen Haushalt führte und sich um zwei Kinder kümmerte, so eine Frage stellte. »Du scheinst skeptisch zu sein. Natürlich *kann* ich die Reise allein machen.«

»Du kannst alles, was du dir in den Kopf gesetzt hast«, pflichtete Clare ihr bei.

»Warum dann diese Zweifel?« Sie blieben vor einem gebrauchten, zwei Jahre alten Sevilla stehen, der genau die Perlmuttfarbe besaß, die Liz so gut gefiel.

Clare zuckte mit den Schultern. »Ich frage mich nur, ob es nicht zu gefährlich ist, wenn du ganz allein fährst, das ist alles.«

»Warum sollte es? Ich werde kein Risiko eingehen. Ich habe drei Wochen Urlaub, also genügend Zeit für eine lange Reise. Außerdem macht es mir Spaß, lange Strecken zu fahren.«

»Was hält deine Tochter davon?«

»Das Gleiche wie du. Sie hat Angst. Ich bin noch nicht einmal unterwegs, und sie macht sich schon Sorgen.«

»Vielleicht solltest du auf sie hören und einen Flug buchen«, schlug Clare vor.

»Das könnte ich tun«, antwortete Liz, während sie an den Autos vorbeischlenderten. Sie blieb stehen und sah sich noch einmal nach dem Sevilla um. Die schnittige Form des Wagens und die Farbe waren perfekt, das Auto hatte alle Vorzüge, die sie sich wünschte; und es hatte auch noch Garantie. Liz seufzte. Der Sevilla kam ernsthaft in Betracht, aber es fiel ihr schwer, sich endgültig zu entscheiden. Die Auswahl verwirrte sie, und jedes Mal, wenn sie ein Auto sah, das ihr gefiel, war es entweder zu teuer oder hatte, wenn es sich um einen Gebrauchtwagen handelte, zu viele Kilometer auf dem Tacho.

»Aber du willst nicht fliegen, oder?«

»Wahrscheinlich nicht.« Liz kehrte noch einmal zu dem Cadillac Sevilla zurück und spähte durch das Seitenfenster.

»Was sagt Sean zu alledem?«

Jetzt zog Clare also ihre Trumpfkarte, viel eher als Liz es erwartet hätte. »Was soll er dazu sagen?«, fragte sie. »Eigentlich hat er bisher gar nichts gesagt.«

Clare kniff die Augen zusammen. »Du hast ihm noch nichts erzählt, habe ich Recht?«

»Gibt es einen Grund, warum ich das tun sollte?« Liz wusste, dass sie zickig klang, aber sie konnte nicht anders. Verlangte Clare ernsthaft von ihr, ihre Reisepläne von einem Mann absegnen zu lassen? Das war doch lächerlich.

»Er wird nicht begeistert sein«, meinte Clare und verschränkte die Arme vor der Brust. »Das weißt du genau.«

»Dann kann er eine Nummer ziehen und sich bei allen anderen einreihen.« Liz öffnete die Tür des Sevillas und setzte sich hinters Steuer. Obwohl der Wagen zwei Jahre alt war, roch er nach neuem Leder. Liz stellte den Sitz ein und legte die Hände auf das Lenkrad.

»Ein sehr schönes Auto«, murmelte sie. »Und so bequem.« Sie holte tief Luft, erleichtert, dass sie eine Entscheidung getroffen hatte. »Ich nehme ihn.«

Clare starrte sie an, als hätte sie es nicht gehört. »Willst du denn keine Probefahrt machen?«

»Nicht unbedingt.«

»Liz, ich kann dich nicht den vollen Preis zahlen lassen. Du musst mit mir handeln.«

»Wieso?«, fragte Liz. »Du bist eine meiner besten Freundinnen. Wenn ich dir nicht vertrauen kann, wem dann? Du verkaufst mir ein gutes Auto, und das ist ein toller Preis dafür!« Sie stieg aus dem Wagen. »Sag mir, was ich zahlen muss, dann schreibe ich dir einen Scheck aus.« Sie eilte zu ihrem Auto, das sie vor dem Geschäft abgestellt hatte.

»Wo willst du hin?«, rief Clare hinter ihr her.

»Zur Arbeit. Ich bin schon spät dran. Ruf mich an, wenn du die Papiere fertig hast.«

Clare rannte hinter ihr her. »Denk über das nach, was ich dir gesagt habe.«

»Worüber genau?«

»Erzähl es Sean, ja?«

Liz runzelte die Stirn. Natürlich würde sie es Sean erzählen, aber jetzt noch nicht.

Im Büro ging es bereits hektisch zu, als Liz erschien. Sie eilte an Cherie vorbei, die telefonierte. Ihre Sekretärin hielt ihr die Tagespost hin. Liz nahm sie, ohne ihren Schritt zu verlangsamen.

Als sie in ihr Zimmer kam, stellte sie überrascht fest, dass Sean hinter ihrem Schreibtisch saß. Er hatte seine langen Beine ausgestreckt und die Hände hinter dem Kopf verschränkt.

»Wird langsam Zeit, dass du kommst«, sagte er und bedachte sie mit seinem sexy Lächeln.

»Tatsächlich? Habe ich dich lange warten lassen?«

»Ja, ungefähr sechs Monate, aber davon wollen wir jetzt nicht anfangen.«

Liz verdrehte die Augen, jede Bemerkung würde ihn nur noch mehr herausfordern.

»Du hast sicher einen Grund, weshalb du gekommen bist?«, fragte sie und begann die Post durchzusehen.

Cherie kam mit einer Tasse Kaffee ins Zimmer, die sie Liz hinstellte. »Möchten Sie auch eine Tasse, Dr. Jamison?«, fragte sie zögernd.

»Dr. Jamison ist gerade auf dem Weg nach draußen«, informierte Liz ihre Sekretärin.

»Ich hätte sehr gern eine Tasse«, murmelte er, aber Cherie hatte das Zimmer schon verlassen.

Liz ging um den Schreibtisch herum zu ihrem Stuhl. »Sean,

ich habe unendlich viel zu erledigen, und ich kann nicht anfangen, solange du hier bist.«

»Hey, denk an mein Ego«, murmelte er beleidigt.

»Dein Ego kann einiges aushalten.«

»Willst du denn nicht wissen, warum ich hier bin?«

»Nein.« Zweideutige Fragen waren seine Spezialität, und sie hatte gelernt, ihnen aus dem Weg zu gehen.

»Ein kleines Vögelchen hat mir zugezwitschert, dass du allein nach Oklahoma fahren willst.«

»Clare?« Die Verräterin! Sie hätte nie gedacht, dass ihre Freundin ihr so in den Rücken fallen würde.

»Clare weiß es auch?«

»Wer hat es dir gesagt?« Liz war nicht in der Stimmung zu solchen Spielereien.

»Deine Tochter hat mich angerufen.«

»Amy?« Liz kochte. »Wie konnte sie?«

»Und das ist nicht das einzige Geheimnis, was sie mir verraten hat.«

Liz konnte es sich gut vorstellen. »Es tut mir Leid. Glaub mir, es wird nicht wieder passieren.« Sie schob ihn zur Tür und öffnet sie für ihn. »Sean bitte, ich habe zu tun.«

»Diese Diskussion ist noch nicht beendet.«

Liz reichte es. Mit sanftem Nachdruck schob sie ihn aus der Tür. Kaum hatte sie die Tür geschlossen, öffnete sie sich auch schon wieder und Sean steckte den Kopf erneut herein.

Er sah sie an wie ein geschlagener Hund, und sie lachte und beugte sich vor, damit er sie küssen konnte. Und was für ein Kuss es war. Als sie fertig waren, zitterten Liz' Knie, und in ihrem Kopf drehte sich alles.

»Dinner heute?«, fragte er. »Im O'Shaunessey's?«

Liz brauchte einen Moment, ehe sie antworten konnte. »Sechs Uhr?«

Er nickte und war verschwunden.

Mit einem leisen Lächeln auf den Lippen stürzte Liz sich in die Arbeit.

Um Viertel vor sechs, als sie gerade ihr Büro verlassen wollte, tauchte Sean erneut auf.

»Ich dachte, wir treffen uns im O'Shaunessey's?«, fragte sie.

»Das können wir immer noch tun, wenn du möchtest«, antwortete er und kam auf ihren Schreibtisch zu. »Aber ich möchte erst etwas mit dir besprechen.«

»Schieß los.« Sie zeigte auf den Stuhl.

Er blieb stehen. »Ich habe über unser Gespräch von heute Morgen nachgedacht.«

Liz sah ihn überrascht an; sie konnte sich nicht daran erinnern, dass sie über etwas Wichtiges gesprochen hatten.

»Darüber, dass du allein nach Oklahoma fahren willst«, half er ihr auf die Sprünge.

Jeder versuchte, ihr deswegen ins Gewissen zu reden, und das gefiel Liz überhaupt nicht. Ehe er fortfahren konnte, hob sie die Hand. »Sean, fang gar nicht erst davon an.«

»Zu spät, Liz«, meinte er ernst. »Es wird nicht geschehen. Du fährst nicht allein.«

Liz sah ihn stirnrunzelnd an.

»Ich komme mit.«

Er kam mit? »Wie bitte? Ich wüsste nicht, dass ich dich dazu eingeladen hätte.«

»Das brauchst du auch nicht. Ich habe mich selbst eingeladen.«

Damit hatte die berüchtigte Jamison-Arroganz eine neue Dimension erreicht. »Sean!«

»Amy und ich haben alles besprochen«, sagte er, »und das schien uns die beste Lösung zu sein. Ich habe seit zehn Jahren keinen richtigen Urlaub mehr gehabt. Wenn du das Steuer übernehmen möchtest, habe ich nichts dagegen.«

»Du hast das mit *Amy* besprochen?«

Er nickte und machte einen überaus zufriedenen Eindruck. »Ich mag sie. Sie ist wie ihre Mutter – klug, witzig, hübsch.«

»Du hast meine Tochter doch noch nie gesehen. Woher willst du wissen, wie sie aussieht?«

»Sie klingt hübsch. Und wieso sollte sie es nicht sein? Sie ist schließlich deine Tochter.«

Jetzt trafen sie sich schon so lange, und Sean hatte ihr noch nicht einmal gesagt, dass sie hübsch wäre. Das Kompliment, auch wenn es indirekt war, verwirrte sie so, dass ihr keine Antwort einfiel.

»Weißt du, was Amy noch gesagt hat?« Er schien nun entspannter zu sein und ließ sich auf den Stuhl fallen. »Sie hat gesagt, sie wünschte, du würdest mich heiraten!«

»Nein!« Wenn es je eine dicke Lüge gegeben hatte, dann die. Amy würde so etwas niemals sagen.

»Doch, das hat sie«, sagte er.

Liz starrte ihn an und wusste nicht, wie sie reagieren sollte. Dann dämmerte es ihr, dass er es möglicherweise ernst meinte. Sie hatten nie darüber gesprochen, ihre Beziehung auf Dauer zu festigen. »Ist das ein Antrag, Sean?«

Das Lachen wich aus seinem Gesicht; die Frage schien ihn unvorbereitet zu treffen. Er sah sie lange an, dann murmelte er: »Ich weiß nicht.«

Liz auch nicht.

»Ich hoffe, du entscheidest dich, mich mit auf deine Reise zu nehmen«, sagte er. Er war inzwischen wieder aufgestanden und ging Richtung Tür. Plötzlich schien er es sehr eilig zu haben, als bereute er, das Thema Heiraten angeschnitten zu haben.

Liz griff nach ihrer Tasche und folgte ihm. »Die Wahrheit ist, dass ich eigentlich gar nicht allein fahren wollte, aber niemanden hatte, den ich bitten konnte, mitzukommen.«

»Ich melde mich freiwillig«, sagte er, nahm ihre Hand und schob sie unter seinen Arm.

»Dann würde ich mich sehr über deine Gesellschaft freuen.«

Er sah aus, als wollte er sie küssen, zögerte dann aber. »Wie wäre es mit einem kleinen Abstecher?«

»Abstecher?«, wiederholte sie. »Wieso nicht? Wo willst du denn hin?«

»Seattle.«

»Seattle?«

Sean schlug sich mit der Hand gegen den Kopf. »Ich glaube, in diesem Raum gibt es ein Echo.«

Lachend zwickte sie ihn in den Oberarm. »Ich würde gern nach Seattle fahren. Ich habe gehört, es sei eine sehr schöne Stadt.«

»Ich finde, es ist Zeit, dass du meine Tochter kennen lernst.« Er schüttelte den Kopf. »Eigentlich finde ich, dass es Zeit ist, dass ich sie wiedersehe. Ich habe sie fast acht Jahre nicht gesehen. Seither hat sich viel verändert.«

Das bedeutete, dass er seine Enkelin noch nie gesehen hatte. Liz ahnte, dass diese Reise ein einziges großes Abenteuer werden würde.

Sie gingen langsam den Korridor hinunter. Alle, die in den Verwaltungsbüros arbeiteten, waren schon fort. »Hast du das ernst gemeint, dass du mich hübsch findest?«, fragte Liz scheu. Sie wollte es gern noch einmal hören.

Er zuckte mit den Schultern. »Du bist kein unangenehmer Anblick.«

»Danke. Du auch nicht.«

»Ich weiß.«

Liz stöhnte laut.

»Hey, werden wir unterwegs in *einem* Zimmer übernachten?« Er grinste unverschämt.

»Ich denke nicht.«

»Du bist so schrecklich prüde.«

Liz genoss ihre Plänkeleien, genoss diese Gespräche, in denen sie beide austeilten. »Vielleicht bin ich das, aber du liebst mich trotzdem.«

Sean lachte. »Ja, wahrscheinlich tue ich das.«

»Leute verändern sich und vergessen,
sich darauf aufmerksam zu machen.«
Lillian Hellman

37. KAPITEL

KAREN CURTIS

1. September

Letzte Nacht habe ich kaum geschlafen. Gwens Sekretärin hat mich am Freitagmorgen angerufen und mich zu einem Termin gebeten. Wenn meine Agentin anruft, bin ich zur Stelle. Mir schwante sofort, dass sie mit mir über mein Casting für die Sitcom sprechen wollte, und ich hatte Recht. Auf dem ganzen Wegs nach Los Angeles – und der Verkehr war höllisch – hatte ich diese Vorahnung, dass ich die Rolle gekriegt hätte.

Zu jeder anderen Zeit in den letzten vier Jahren wäre ich *total* begeistert gewesen. Doch ich empfand keine Begeisterung. Stattdessen überkam mich ein merkwürdig deprimierendes Gefühl. Komm zur Besinnung! Ich meine, eine Fernsehrolle ist das, was ich mir mein ganzes Leben gewünscht habe, wofür ich alles geopfert und wie wild geschuftet habe.

Als ich schließlich einen Parkplatz hatte und mich auf dem Weg in Gwens Bürogebäude befand, hatte ich lauter Knoten im Bauch. In dem Moment wurde mir alles klar. Mein Kopf sagte mir, dass ich vor Freude auf und ab hüpfen müsste, und mein Körper sagte mir etwas völlig anderes. Ich brauchte eine

Weile, um meine Gefühle zu begreifen und zu verstehen, dass ich die Rolle nicht wollte.

Ich ging kurz auf die Toilette, wusch mir das Gesicht mit kaltem Wasser und sah mich im Spiegel an. Ich weiß nicht, welchen Anblick ich erwartet hatte, denn das Gesicht, was mich da anschaute, war wie immer. Irgendwie hatte ich geglaubt, es wäre ...

Eine wöchentliche Fernsehserie ist die Gelegenheit des Lebens und Tausende und Abertausende von Dollar wert. Ich hatte keine Ahnung, was mit mir los war und wieso ich so zauderte.

Und dann wieder – vielleicht doch?

Die letzten Wochen Schauspielunterricht an der Willow-Grove-Highschool waren einfach *fabelhaft!* Ich liebe die Kids und entdecke in ihnen so viel von mir selber. Ich vor zehn Jahren, das ist es. Kreativ, talentiert, leidenschaftlich und absolut verliebt in die Selbstdarstellung.

Es ist nicht nur das Unterrichten, das mir so viel Spaß macht. Da ich an derselben Schule bin wie Glen, haben wir jeden Tag zusammen Mittag gegessen. Ich mag es, in seiner Nähe zu sein, mag das, was ich dabei fühle, oder besser gesagt, die Gefühle, die er in mir auslöst. Ich komme mir vor, als wäre ich die witzigste, klügste, attraktivste Frau auf der ganzen Welt. Noch kein Mann hat mir je das Gefühl gegeben, so besonders zu sein.

Ich erinnere mich noch daran, wie wir uns kennen gelernt haben und wie wichtig es mir damals war, dass er verstand, dass wir nichts weiter waren als Freunde. Keine Romanze; ich wollte ein Feuerwerk. Was ich wollte – oder glaubte zu wollen –, war ein Mann wie ich. Glen erschien mir nicht leidenschaftlich genug. Kaum vorstellbar, wie ich so blind sein konnte. Glen ist so toll. Ich bewundere ihn richtig. Er ist nicht nur brillant, er ist rücksichtsvoll und ehrenwert und ... Ich hätte nie gedacht, dass ich diese Eigenschaft bei einem Mann je schätzen würde, aber er ist bescheiden. Ja, bescheiden. Wir haben uns seit unseren Kinobesuchen ein paar Mal abends getroffen, und immer war ich diejenige gewesen, die den Vorschlag gemacht hatte. Wenn ich beiläufig erwähnte, etwas zusammen zu unternehmen, schien er jedes Mal echt überrascht und erfreut zu sein. Später, als ich ihm direkt sagte, dass ich mich über eine Einladung freuen würde, hat ihm das so sehr geschmeichelt, dass er mich bat, ihn zu einem Schulball zu begleiten. Dann überlegte er, dass dies wohl nicht die richtige Veranstaltung für mich wäre, und zog die Einladung wieder zurück. Ich zog ihn fünf Minuten lang auf, dann hatte ich ihn davon überzeugt, dass ich ihn *furchtbar gern* zu einem Schulball begleiten würde. Zu jedem Ball. Überallhin. Zu jeder Zeit. (Obwohl ich das nicht ausdrücklich gesagt habe.)

Also, um es kurz zu machen, als ich in Gwens Büro ankam, schob mich ihre Sekretärin in das Allerheiligste, wo mich meine Agentin erwartete. Meine ganzen Sorgen waren umsonst gewesen. Ich bekam die Rolle nicht. Im Gegenteil, Gwen hatte sich die Aufnahmen angesehen und war enttäuscht von meiner Vorstellung. Sie schlug mir eine Reihe Kurse vor. Mit anderen Worten, ich erfüllte ihre Erwartungen nicht mehr. Das war der Grund, warum sie mich persönlich sprechen wollte. Ich war sozusagen entlassen.

Freitagnacht habe ich nicht besonders gut geschlafen, und ich fürchte, es könnte mir heute Nacht genauso ergehen.

Das Telefon riss Karen aus dem Tiefschlaf. Sie brauchte einen Moment, ehe sie begriff, dass das Klingeln nicht zu ihrem Traum gehörte. Auf dem Bauch liegend streckte sie den Arm aus und tastete nach dem Hörer. Sie öffnete die Augen gerade so weit, dass sie ihren Radiowecker sehen und erkennen konnte, dass es erst kurz nach ein Uhr morgens war. Sie hatte nicht mal eine Stunde geschlafen und stöhnte, weil ihre Nachtruhe gestört wurde, nachdem es ihr so schwer gefallen war, überhaupt einzuschlafen.

Keiner ihrer Freunde würde zögern, sie zu jeder Tages- oder Nachtzeit anzurufen. Okay, Glen vielleicht, aber der machte bei fast allem eine Ausnahme.

»Hoffentlich ist es wichtig«, murmelte sie in den Hörer.

»Karen?« Die bebende Stimme klang atemlos und zerbrechlich.

»Victoria?« Karen war sofort hellwach. Sie setzte sich auf und blinzelte heftig. »Wo bist du?«

»Zu Hause – kannst du kommen und mich und Bryce abholen?«

»Natürlich.« Ihre Antwort kam automatisch. Dann begriff sie, dass etwas Schreckliches geschehen sein musste, wenn ihre Schwester sie mitten in der Nacht anrief und um einen Fahrdienst bat. »Geht es dir gut?«

Victoria gab keine Antwort.

»Was ist passiert? Sag es mir.« Panik schnürte ihr die Kehle zu.

»Du musst mich vielleicht ins Krankenhaus bringen.«

Karen war aus dem Bett und lief mit dem schnurlosen Telefon auf und ab. Diesmal war Roger also zu weit gegangen. Sie hoffte inständig, ihre Schwester würde ihn auf Schmerzensgeld verklagen, hoffte, dass sie ihn nun endlich verließ. »Wo ist Roger?«

»Er ... schläft. Beeil dich.«

»Ich bin in fünfzehn Minuten da«, versprach sie hastig. Noch nie hatte Karen sich schneller angezogen. Sie zog sich einen Pulli über und schob ihre Füße in Tennisschuhe, ohne sich die Mühe zu machen, sie zuzuschnüren. Erst als sie im

Auto saß, fragte sie sich, wieso ihre Schwester nicht einfach allein weggelaufen war. Es gab irgendetwas, was Victoria ihr nicht gesagt hatte.

Karen hielt vor einer roten Ampel und sah in beide Richtungen, weit und breit war kein Auto zu sehen. Sie wollte keine Zeit verlieren, indem sie auf Grün wartete, und fuhr einfach weiter. Mitten auf der Kreuzung fiel ihr Blick plötzlich auf einen Polizeiwagen im Rückspiegel.

»Na, toll«, murmelte sie. Eine Sekunde später war der Streifenwagen hinter ihr, mit zuckendem Blaulicht.

Karen fuhr an den Rand der menschenleeren Straße und griff nach ihrer Handtasche, um nach dem Führerschein zu suchen.

Als der Beamte sich ihrem Auto näherte, kurbelte sie das Seitenfenster herunter.

»Guten Abend«, sagte er höflich. »Haben Sie nicht bemerkt, dass die Ampel an der Kreuzung Universal Street und Sixth Street rot war?«

»Doch.« Sie würde nicht lügen.

»Und wieso dann die Eile?«

»Meine Schwester ...«, begann Karen zu erklären, als ihr plötzlich klar wurde, dass dies die Gelegenheit ihres Lebens sein könnte. »Officer, hören Sie, mir ist klar, dass ich eine Strafanzeige verdient habe.« Sie redete schnell, hoffte, dass sie alles herausbrachte, ohne durch unnötige Fragen aufgehalten zu werden. »Ich will mich gar nicht herausreden.«

Er zog die Augenbrauen in die Höhe. »Das ist eine erfrischende Taktik.«

»Meine Schwester hat mich gerade angerufen und ... und ich fürchte, ihr Mann hat sie wieder geschlagen. Sie hat mich gebeten, zu kommen und ...« Karen schluckte hart, denn sie wusste, dass sie gegen den Willen ihrer Schwester handelte, wenn sie die Polizei einschaltete. Victoria würde sich an keine offizielle Stelle wenden wollen. Doch sie hatte um Hilfe gebeten, und dies war der beste Weg, ihr Hilfe zu geben.

»Mein Schwager hat sie körperlich misshandelt«, fuhr sie fort, »und ich weiß nicht genau, wie die Lage im Moment ist.« Auch sie fühlte sich unbehaglich bei dem Gedanken, sich in eine derart unberechenbare Situation zu begeben. Wenn Roger keine Skrupel besaß, seine Frau zu schlagen, würde er wahrscheinlich auch nicht zögern, seine Schwägerin zu verprügeln. Vor allem eine Schwägerin, die ihm ohnehin ein Dorn im Auge war.

Der junge Polizeibeamte stellte ihr einige Fragen, kehrte kurz zu seinem Wagen zurück und kam dann wieder. »Die von Ihnen angegebene Adresse gehört nicht mehr in meinen Zuständigkeitsbereich. Ich habe einen Kollegen losgeschickt, der dort auf Sie warten wird.«

»Danke.« Karen war so dankbar, dass sie fast geschluchzt hätte. »Kann ich jetzt fahren?«

Er nickte und gab ihr noch eine mündliche sowie eine schriftliche Verwarnung. Sie fuhr sofort los, sorgsam darauf bedacht, innerhalb der Geschwindigkeitsbegrenzung zu bleiben. Sie hoffte, noch vor der Polizei bei ihrer Schwester anzukommen, damit sie Victoria erklären konnte, was sie getan hatte und warum. Es hatte Victoria ein enormes Vertrauen gekostet, sie anzurufen, und Karen wollte dieses zerbrechliche Vertrauen nicht zerstören.

Die Außenbeleuchtung des Hauses war angeschaltet, als Karen in die Einfahrt bog. In diesem Augenblick öffnete Victoria auch schon die Tür. Sie hatte Bryce im linken Arm, den rechten hielt sie krampfhaft an den Körper gepresst.

Karen sprang aus dem Auto und eilte auf ihre Schwester und ihren Neffen zu.

»Was ist mit deinem Arm passiert?«

»Daddy hat mich ganz schlimm geschlagen«, schluchzte Bryce. »Dann hat er Mommy am Arm gezogen.«

Also hatte Roger auch begonnen, seinen Sohn zu schlagen. Victoria hatte die eigenen Misshandlungen hingenommen, aber nun, da ihr Mann auch ihr Kind verletzte, hatte sie die Notbremse gezogen.

»Wie schlimm ist es?« Karen fragte sich, ob sie ihre Schwester sofort ins Krankenhaus bringen musste.

»Das spielt jetzt keine Rolle. Lass uns verschwinden.« Victorias Stimme war panikerfüllt. »Komm schon, es ist okay.«

»Mommy, Mommy?« Bryce begann lauter zu weinen.

»Es wird alles gut, Schatz.« Victoria beruhigte ihn mit leiser Stimme. »Tante Karen bringt uns zu sich nach Hause.«

Karen schob die beiden zu ihrem Wagen und schloss gerade Bryces Sicherheitsgurt, als sie Roger brüllen hörte.

»Was zum Teufel hast du da vor, du Schlampe?«

»Fahr los«, schrie Victoria.

»Nein.« Karen drehte sich zu ihrem Schwager um, der mit in die Hüften gestemmten Händen in der Haustür stand.

Schwitzend und offenbar betrunken stolperte Roger die Stufen herunter und ging auf seine Familie zu. Er war vor Zorn außer sich, sein Gesicht rot und wutverzerrt. Er starrte erst Karen an, dann Victoria, die sich im Fond von Karens Auto schützend vor Bryce hockte.

»Halt dich da raus«, warnte er Karen.

»Ich hatte gar nicht vor, etwas zu sagen.«

Ihre Antwort überraschte ihn offensichtlich, denn sein Blick glitt unsicher zwischen seiner Frau, seinem Sohn und ihr hin und her.

Wie konnte er es wagen, ihre Schwester zu schlagen! Wie konnte er es wagen, ein Kind zu verprügeln? »Du bist ein armseliges Exemplar von einem Mann«, sagte sie voller Verachtung.

Er fluchte wieder und wollte sich auf sie stürzen. Doch Karen war flink, und es gelang ihr, seinem Schlag auszuweichen. Victoria schrie. Unglücklicherweise gab Karen, als sie sich bewegte, Roger den Weg auf seine Frau frei. Fluchend langte er ins Auto und griff Victorias Arm.

Victoria schrie schmerzerfüllt auf.

Ohne genau zu wissen, was sie tat, stürzte Karen sich von hinten auf Roger und bearbeitete ihn mit den Fäusten. Alle schrien gleichzeitig, Bryce weinte, und Roger stöhnte und ächzte, um Karen abzuschütteln.

Aus den Augenwinkeln sah Karen das Polizeiauto am Straßenrand halten und lockerte den Griff an ihrem Schwager etwas. Das gab ihm die Luft, zuzuschlagen. Sie sah den Schlag erst kommen, als es zu spät war. Er erwischte sie direkt am Unterkiefer, so heftig, dass sie zu Boden stürzte.

Im nächsten Moment griffen zwei Polizeibeamte nach Roger. Sie zerrten ihn fort, zu ihrem Streifenwagen. Rogers Verhalten änderte sich schlagartig.

»Officer«, flötete er lammfromm. »Gut, dass Sie da sind.«

»Klar bist du das, Roger«, schrie Karen zurück, auch wenn ihr Kiefer beim Sprechen schmerzte und ihr so schwindelig war, dass sie befürchtete ohnmächtig zu werden.

Während einer der Beamten mit ihm sprach, kam der zweite auf Karen zu. »Können Sie mir erklären, was geschehen ist?«, fragte er.

»Meine Schwester ...« Karen zeigte auf Victoria, die aus dem Auto kletterte und Bryce an ihre linke Seite presste.

»Es ist alles meine Schuld«, schluchzte Victoria.

»Es ist *nicht* deine Schuld«, schrie Karen, die Angst hatte, ihre Schwester könnte angesichts der Polizei wieder schwach werden.

»Ich hätte dich nie anrufen dürfen«, meinte Victoria.

Dann redeten sie gleichzeitig, versuchten sich gegenseitig

zu übertönen. Karen wollte ihr erklären, wieso die Polizei da war, und Victoria bestand weiter darauf, dass alles ihre Schuld sei. Auch Roger schrie dazwischen.

»Wer ist hier mit wem verheiratet?«, fragte der ältere der beiden Polizisten.

Es dauerte einige Minuten, ehe die Einzelheiten geklärt waren. Während sie das Geschehen verfolgte, stellte Karen fest, dass ihr Schwager ein hervorragender Schauspieler war. Seinen Erklärungen zufolge war Karen eine Unruhestifterin, die nichts anderes im Sinn hatte, als seine Ehe zu zerstören. Er würde sie wegen Verleumdung und übler Nachrede verklagen, sagte er. Er habe zwar nach ihr geschlagen, erklärte er, aber nur aus Notwehr. Als er mit seinen Beteuerungen fertig war, bat er die Polizei, sie von seinem Grundstück zu vertreiben.

Eine verwirrte Minute lang sah es aus, als könnte das tatsächlich passieren. Dann meldete Victoria sich zu Wort.

»Ich ... ich habe meine Schwester angerufen ...«, sagte sie mit leiser, zögernder Stimme.

»Okay, okay.« Roger starrte Victoria an. »Ich werde die Anklage gegen deine Schwester fallen lassen, wenn du zustimmst, diese ... diese Angelegenheit zu vergessen.«

»Du machst wohl Witze«, schrie Karen.

Roger ignorierte sie. »Ich gebe zu, dass ich eine Auseinandersetzung mit meiner Frau hatte und wahrscheinlich ein bisschen überreagiert habe.« Er wandte sich an die Beamten und lachte, als wäre alles nur ein Missverständnis gewesen, das ihm außer Kontrolle geraten war. Er bedaure, ihnen Umstände bereitet zu haben, sagte er; auf keinen Fall wolle er eine große Affäre daraus machen.

»Es tut mir Leid, Schätzchen«, sagte Roger als Nächstes, sah Victoria an und klang ernsthaft zerknirscht. »Ich bereue alles zutiefst. Aber es besteht doch kein Grund, die Polizei in eine Familienangelegenheit hineinzuziehen, oder? Das willst du nicht, und ich will es auch nicht.«

Victoria biss sich auf die Unterlippe und senkte den Blick. Offenbar schien sie ernsthaft über seine Worte nachzudenken.

Karen wusste nicht, was sie tun würde, wenn ihre Schwester beschloss, bei diesem Bastard zu bleiben. Sie registrierte, dass die Nachbarhäuser inzwischen hell erleuchtet waren. Wunderbar – Zuschauer.

»Es tut mir auch Leid«, flüsterte Victoria.

Roger entspannte sich und sah wieder zu den Polizisten. »Ein Mann arbeitet die ganze Woche sehr hart. Ist es da zu viel verlangt, wenn er sich wünscht, dass seine Frau das Abendessen fertig hat, wenn er samstags von einem Golfspiel mit Mandanten nach Hause kommt?« Er machte eine gutmütige Frage daraus, aber Karen hörte den Unterton deutlich heraus. Seiner Ansicht nach war es tatsächlich alles Victorias Schuld.

»Es tut mir Leid«, wiederholte Victoria, und ihre Stimme klang nun wesentlich deutlicher und fester.

»Ich weiß«, meinte Roger in versöhnlichem Tonfall. »Warum lassen wir diese Männer nicht einfach wieder ihren Job machen und gehen ins Haus? Komm, Schatz.«

Karen hatte das Gefühl, sie müsste sich gleich übergeben.

»Es tut mir so Leid, dass es so weit kommen musste«, fuhr ihre Schwester fort. Sie wandte sich an die beiden Polizeibeamten. »Ich möchte meinen Mann wegen körperlicher Misshandlung anzeigen. Ich glaube, meine Schulter ist ausgerenkt. Es ist nicht das erste Mal, das er mich geschlagen hat – mein Arzt kann ihnen bezeugen, dass er mich einige Male wegen so genannter Unfälle behandelt hat.«

Rogers Wut explodierte, und er wollte mit erhobenen Fäusten auf seine Frau losgehen, doch die Polizisten hielten ihn zurück. Innerhalb weniger Minuten trug er Handschellen und saß im Fond des Streifenwagens.

Victoria schluchzte, und Karen legte ihr sanft die Arme um die Schultern, um sie ein wenig zu trösten. Gleichzeitig hielt sie Bryce fest umschlungen. Er verstand nicht, was passierte und wieso. Er klammerte sich an seine Mutter und verbarg das Gesicht an ihrem Bauch, um nichts sehen zu müssen.

Es dämmerte bereits, als Victoria aus der Notaufnahme des Krankenhauses entlassen wurde, wo ihre Schulter eingerenkt und ein Polizeibericht aufgenommen worden war. Wenig später setzte Karen ihre Eltern über alles ins Bild. Victoria zog noch am selben Tag mit Bryce ins Haus ihrer Eltern, und Vernon Curtis traf sofort die nötigen Vorkehrungen, um ihre Kleidung und ihren persönlichen Besitz abzuholen. Außerdem beschaffte er Victoria eine Anwältin, deren Name Karen bekannt vorkam – Lillian Case. Ihr Vater war immer ein sehr pragmatischer Mann gewesen, dachte Karen, etwas, was seine Töchter nie zu schätzen gewusst hatten.

Um die Mittagszeit machte sich eine erschöpfte Karen auf den Weg in ihre eigene Wohnung. In den Augen ihrer Familie war sie eine Heldin, und sie badete in ihrer Anerkennung und Bewunderung. Ehe sie losfuhr, umarmte Victoria sie und bedankte sich mit Tränen in den Augen.

Dabei war diejenige, die wirklich Mut bewiesen hatte, Victoria selbst gewesen. Roger war ein angsteinflößender Gegner gewesen, doch sein Schreckensregime war nun endlich zu Ende. Karen konnte es kaum erwarten, im Gerichtssaal dabei zu sein, wenn ihr Schwager einem Richter gegenübersaß.

Sie erwachte an diesem Nachmittag erst gegen sechs. Sie setzte sich auf, rekelte sich genüsslich und griff nach dem Telefon. Obwohl sie Glen nie anrief, kannte sie seine Nummer auswendig.

Er klang abwesend, als er an den Apparat kam.

»Hier ist Karen.«

»Karen ... hallo.«

Die freudige Überraschtheit in seiner Stimme wärmte sie innerlich. »Machst du etwas Wichtiges?«, fragte sie.

»Keinesfalls.«

»Ich würde dich gern zum Essen einladen.«

»Gern. Wann denn?«

»Wie wär's heute Abend?«, fragte sie und lächelte, während sie das sagte. »Es wird eine kleine Feier.«

»Wie viel Uhr? Und was feiern wir?«

»Einen Job.«

»Du hast die Rolle in dieser Sitcom gekriegt?«, fragte er.

»Nein, sie haben mich glatt abgelehnt.« Alles fühlte sich so richtig an. »Eigentlich ist es noch ein bisschen zu früh, um zu feiern, aber ich bin ganz sicher, dass die Stelle als Schauspiellehrerin noch zu haben ist.«

»Es war das Letzte, was ich gehört habe«, versicherte Glen ihr. »Willst du dich bewerben?«

»Ich denke schon.«

Diese Ankündigung stieß auf erschrockenes Schweigen. »Bist du dir da ganz sicher?«

»Ja«, antwortete sie. »Ich bin ganz sicher.«

Ihr ganzes Leben lang hatte Karen gewusst, was sie wollte; aber sie hatte niemals so richtig gewusst, was sie *brauchte.* Erst jetzt begann sie diesen Unterschied zu verstehen.

Möge die Straße sich erheben, um dir
entgegen zu kommen, möge der Wind
immer in deinem Rücken sein.
Irischer Trinkspruch

38. KAPITEL

LIZ KENYON

7. September

In einem Augenblick der Schwäche habe ich Sean gestattet, mich auf meiner Reise zu begleiten. Danach hatte ich zwar einige Bedenken, aber ich muss zugeben, jetzt genieße ich seine Gesellschaft. Wir sind heute Früh aufgebrochen. Ich hatte die gesamte Route genau geplant. In der ersten Nacht würden wir in Flagstaff übernachten, hatte ich beschlossen. Wir würden es sicher noch weiter schaffen, aber ich wollte gern viel Zeit für Pausen und Besichtigungen haben.

Jetzt sind wir einen Tag unterwegs und meine ganzen sorgfältigen Planungen dahin. Wir sind in Las Vegas. Seans Idee, klar. Ich war hier erst einmal, vor Jahren mit Steve. Wie diese Stadt sich verändert hat! Wir wohnen im Hotel New York, New York. Sobald wir eingecheckt hatten, ging ich zu den Pokerautomaten, Sean steuerte auf die Black-Jack-Tische zu. Ich sah ihn erst zum Abendessen wieder. Er hatte uns Karten für die Lance Burton Show besorgt, und wir waren erst um eins im Bett. Morgen geht es wieder auf die Straße. Ich will eigentlich gar nicht hier weg.

13. September

Eigentlich hatte ich mir vorgenommen, jeden Tag dieser Reise zu dokumentieren, aber wenn ich abends ins Bett sinke, bin ich zu müde zum Schreiben. Sean und ich haben am Ende doch zwei Tage in Las Vegas verbracht. Wahrscheinlich werden wir auch auf dem Rückweg noch einmal dort Halt machen, wenn uns genügend Zeit bleibt. Das hängt natürlich auch von unserer Route ab. Ich habe ihn auf den Besuch bei seiner Tochter angesprochen, aber ich habe den Eindruck, dass er noch keinen Kontakt zu ihr aufgenommen hat. Es fällt mir normalerweise schwer, meine Meinung für mich zu behalten, aber was seine Exfrau und Tochter angeht, werde ich genau das tun.

Die beiden Nächte in Las Vegas waren ein wunderbarer Auftakt zu dieser Reise. Die Stadt ist wie ein Vergnügungspark für Erwachsene. Ich war anschließend hundert Dollar reicher, und da Sean nichts gesagt hat, nehme ich an, dass er beim Black Jack verloren hat. An unserem letzten Abend haben wir stundenlang vor den Spielautomaten gesessen und eine Menge Spaß gehabt. Die Stimmung war locker, entspannt, sprühend, *lustig*. Es ist sehr einfach, diesen Mann zu lieben. Viel zu einfach.

Die dritte Nacht haben wir in Amarillo, Texas, verbracht, nach einem langen Tag auf der Straße. Ich wollte unbedingt zu Amy und Jack, und Sean schien das zu spüren und drängte vorwärts. Gegen Abend kamen wir in Tulsa an. Amy wartete mit dem Abendessen auf uns. Sie hatte *zwei* Gästezimmer hergerichtet, eines davon das Esszimmer mit der Ausziehcouch. Sean bot an, es zu nehmen – ein Angebot, das ich angenommen habe.

Andrew und Annie waren die ganze Zeit um Sean herum; er kann fantastisch mit Kindern umgehen. Meine beiden Enkel finden ihn jedenfalls toll, und das tut auch Amy. Die vier verstehen sich prächtig.

Gestern Nachmittag hat Jack Sean mit auf den Golfplatz genommen, was beiden großen Spaß gemacht hat.

Amy und Jack haben sich gut eingelebt. Jack ist in seinem Unternehmen befördert worden und sein Job macht ihm große Freude. Amy genießt es, zu Hause bei den Kindern bleiben zu können.

An unserem zweiten Tag in Tulsa wünschte Annie sich eine Teeparty wie früher in Kalifornien, also haben wir eine veranstaltet. Sean haben wir auch eingeladen. Ich frage mich, ob ihm klar ist, welche Ehre das war.

17. September

Heute Nachmittag hat Sean seine Tochter angerufen. Er hat es immer wieder aufgeschoben, dabei weiß ich, dass es ihn schon vor unserer Abfahrt ständig beschäftigt hat. Amy und ich saßen mit den Kindern auf der Veranda, als er das Telefon im Esszimmer benutzte. Er kam erst nach zwanzig Minuten wieder heraus, und als ich sein Lächeln sah, wusste ich, dass das Gespräch erfolgreich verlaufen war.

Seit er mit Eileen gesprochen hat, ist es ihm wichtig, nach Seattle zu kommen, deshalb werden wir gleich morgen Früh aufbrechen. Ich habe die Zeit mit meiner Tochter und ihrer Familie sehr genossen, aber nun sind wir eine Woche hier, und das ist lange genug. Sie müssen nun wieder in ihren Arbeits- und Schulalltag zurück.

Sean hat mir nie erzählt, wie es zu der Entfremdung zwischen ihm und seiner Tochter gekommen ist. Und er hat auch nie erwähnt, was der Grund für seine Scheidung war – außer die »Unbeständigkeit« seiner Frau. Was hat das zu bedeuten? Eine Affäre? Ich möchte die ganzen hässlichen Einzelheiten eigentlich gar nicht wissen. Aber es geht um Vertrauen. Ich möchte, dass er mir genug vertraut, um seine Vergangenheit mit mir zu teilen, und ich weiß nicht, ob er das kann.

20. September

Wir sind in Seattle angekommen, und die Stadt ist genauso schön, wie ich es erwartet hatte. Ich habe Eileen kennen gelernt, ihren Mann Ron und deren vierjährige Tochter Emily. Die Begegnung war zunächst ein bisschen schwierig.

Eileen ist Sean sehr ähnlich, aber nur äußerlich. Sie ist still und sensibel und zart. Ihr Mann arbeitet für Boeing und macht im Moment viele Überstunden. Er scheint nicht viel zu Hause zu sein.

Da ich gern wollte, dass Sean so viel Zeit wie möglich mit seiner Tochter verbringt, habe ich mich mit Emily bekannt gemacht. Sie ist ein süßes Mädchen.

Heute Abend, als wir ins Hotel zurückfuhren, hat Sean mir endlich von seiner Scheidung erzählt. Seine Exfrau hatte eine Affäre mit seinem früheren Geschäftspartner – mehr oder weniger das, was ich vermutet hatte. Wie das häufig so ist, war Sean der Letzte, der davon erfuhr. Die Scheidung war ziemlich übel, und da Eileen schon auf der Highschool war, hielt Sean es für richtig, dass sie bei ihrer Mutter blieb. Das Problem war, dass sie lieber bei Sean bleiben wollte und er das ablehnte. Eileen hat diese Ablehnung sehr weh getan, und sie hat sich schließlich geweigert, mit ihm zu reden. Der Schmerz und die Enttäuschung seiner Tochter wurden von der Mutter anscheinend noch genährt. Sean hat mir erzählt, dass seine Ex in den letzten zehn Jahren zweimal verheiratet war.

Sean gab zu, dass auch er seinen Teil zu dieser Entfremdung beigetragen hat. Als Eileen sich weigerte, seine Telefonanrufe entgegenzunehmen und seine Briefe zu beantworten, gab er einfach auf. Er fand, er könnte sie nicht dazu zwingen, ihn an ihrem Leben teilnehmen zu lassen. Aus der Ferne verfolgte er zwar, was sie machte, doch anstatt weiter um den Kontakt zu dem einzigen Menschen zu kämpfen, den er liebte, vergrub er sich in Arbeit. Während dieser Zeit half er ›Kleine Lämmer‹ zu gründen. Heute weiß er, dass er hartnäckiger hätte sein müssen. Er bedauert vor allem, dass er Eileens Hochzeit versäumt hat und die Geburt seiner Enkeltochter.

Nach unserem Gespräch spazierten wir am Ufer entlang zu unserem Hotel. Ich habe das Gefühl, die Bindung zwischen uns wird immer enger. Es gibt nun Vertrauen und Zuneigung. Ich bin glücklich, so glücklich wie noch nie, seit Steves Tod.

Während Sean sich in seinem Zimmer zum Dinner umzog, stand ich auf meinem Balkon mit Blick auf den Puget Sound und schaute mir den Sonnenuntergang über den Olympic Mountains an. Dieser Urlaub ist mit der schönste meines Lebens.

»Der Aufwand ist derselbe, egal ob du dich auf die Suche nach deinem Leid oder deiner Freude machst.«
Eudora Welty

39. KAPITEL

CLARE CRAIG

22. Oktober

Ich habe viel Zeit bei Michael in der Klinik verbracht und getan, was ich kann, aber das erscheint mir im Moment verdammt wenig zu sein. Die Jungs sind auch so oft wie möglich hier, obwohl es ihnen schwer fällt, ihren Vater so zu erleben. Ich bin stolz auf sie. Es ist nicht leicht, einen Elternteil sterben zu sehen, und sie tun das mit einer inneren Kraft, von der ich gar nicht wusste, dass sie sie besitzen.

Mick und Alex haben beide beschlossen, das erste Semester im College ausfallen zu lassen; sie wollen ihren Vater nicht allein lassen, da sie ja wissen, dass Michael nicht mehr viel Zeit hat.

Wegen der Medikamente ist Michael an den meisten Tagen nicht ansprechbar, doch zwischendurch klärt sich der Nebel, und ihm ist bewusst, wer bei ihm ist und wo er sich befindet.

Heute Abend hatte er solch einen wachen Moment. Er ist inzwischen so schwach. Er hat den Kampf aufgegeben und keinen Lebenswillen mehr. Ich dachte immer, der Tod sei so etwas wie ein »Dieb auf leisen Sohlen«, der einem fortnimmt, was einem so kostbar ist. Ich dachte, man würde dem Tod bis zum letzten Moment widerstehen und sich gegen ihn wehren. Das stimmt nicht. Michael hat seinen Tod akzeptiert.

In seinem klaren Moment hat Michael mir erzählt, dass er ihn nicht mehr fürchtet. Nach allem, was er ertragen musste, den Schmerzen des Leberkrebses, der Behandlung, dem Auf und Ab von Hoffnung und Verzweiflung – nach alledem erscheint ihm der Tod beinahe wie eine Erlösung.

Wir haben darüber gelacht. Bis heute Abend erschien es mir unvorstellbar, über den Tod zu lachen. Aber wir hatten die Wahl zwischen Lachen und Weinen, und ich wusste, dass Michael das Lachen mehr brauchte als meine Tränen. Dann tat er etwas völlig Unerwartetes.

Er griff nach meiner Hand und flüsterte mir ohne ein weiteres erklärendes Wort zu, dass es ihm Leid täte.

Ich wusste, was er meinte. Ihm tat die Affäre Leid, die Scheidung, ihm tat der Schmerz Leid, den er mir zugemutet hat.

Ich erinnere mich noch gut an den Moment, als er mir sagte, dass er ausziehen würde. Der Schock, dass er sich in Miranda verliebt hatte, hatte mich sprachlos gemacht. Ich war verwirrt und durcheinander, und es dauerte lange, bis ich den Schmerz seines Betrugs fühlen konnte. Vielleicht hätte mir das etwas klar machen sollen. Ich weiß noch, dass er, als er seine Sachen packte, sagte, dass Miranda ihn bräuchte, ich jedoch nicht. Damals hat mich das furchtbar erzürnt. Etwas Lächerlicheres konnte ihm wohl nicht einfallen! Wenn er eine klammernde, unsichere kleine Freundin einer erwachsenen Frau vorzog, dann bitte.

Erst jetzt verstehe ich so richtig, was er meinte. Das Problem war nicht, dass ich ihn nicht gebraucht habe, denn das tat ich auf alle erdenkliche Weise. Das Problem war, dass ich es ihm nicht gezeigt habe. Ich habe ihm nicht gezeigt, dass ich gern mit ihm zusammen war und mir seine Meinung wichtig war.

Ich hatte mir angewöhnt, alle wichtigen Entscheidungen allein zu treffen, wenn es um unsere Familie ging. Ich war diejenige, die sich um die Finanzen kümmerte, um unsere Söhne, das Haus und fast alles andere. Ohne es zu wissen, hatte ich Michael allen Stolzes beraubt.

Ich rechtfertige seine Affäre nicht, aber ich gebe zu, dass ich mit dazu beigetragen habe, dass es dazu kommen konnte. Es ist einfach, Miranda zu entschuldigen. Sie war jung, verletzbar und voll Trauer um ihren verstorbenen Vater. Deshalb verwechselte sie Abhängigkeit mit Liebe und klammerte sich an Michael.

Während Michael versuchte, seine Krebserkrankung zu akzeptieren, schien er den Wunsch nach Vergebung zu verspüren. Er hat mit den Jungs geredet und sich mit ihnen ausgesprochen, aber nicht mit mir. Nicht vor heute Abend.

Ich habe ihm verziehen, und dann bat ich ihn ebenfalls um Verzeihung. Er hielt meine Hand, nickte kurz und drehte den Kopf weg, doch da hatte ich die Tränen schon gesehen. Ich hätte gern mehr gesagt, aber ich musste auch weinen.

Der Tod ist ganz nah. Ich spüre ihn. Alles in mir schreit, dass es zu früh ist und Michael viel zu jung zum Sterben. Aber wenn er sich dem Tod stellen kann, sich ihm ergeben hat, muss ich das dann nicht erst recht tun?

Wer hätte gedacht, dass es am Ende so kommen würde? Ich habe Michael gehasst, und ich habe ihn geliebt. Nun, da sich der Tod nähert, stelle ich fest, dass meine Liebe stärker ist als mein Hass.

»Mom?« Sanft tippte Alex an ihre Schulter, und Clare zuckte zusammen. Sie hatte gar nicht gemerkt, dass sie eingeschlafen war.

Während sie an Michaels Bett gewacht hatte, war sie zusammengesunken. Ihre Söhne standen auf der anderen Seite des Bettes und sahen sie an, die Augen voller Angst und Schmerz.

»Dads Atmung ist langsamer geworden«, sagte Mick.

Clare biss ich auf die Unterlippe. Das war genau das, was sie vorhergesagt hatten. Michael befand sich in der Endphase seiner Krankheit und war vor wenigen Tagen ins Koma geglitten.

Mit rasendem Puls blickte Clare auf den Herzmonitor und beobachtete das unregelmäßige Schlagen seines Herzens. Sie griff nach Michaels Hand, hielt sie fest umschlossen, während sein Körper alles Leben langsam von sich gab.

»Nein ...« Alex schluchzte, sein Schmerz erschütterte Clares mühsam erzwungene Ruhe. Dann war nichts. Ein Schlag. Ein einzelner Schlag, gefolgt von einer geraden Linie. Eine Krankenschwester kam ins Zimmer und stellte sich hinter sie, dann verzeichnete sie den Zeitpunkt des Todes auf seiner Karteikarte.

Das war es? Das Ende? Irgendwie hatte Clare mehr erwartet, wenn Michael Craig friedlich vom Leben in den Tod überging. Dann überfiel sie plötzlich die Realität und mit ihr eine Welle des Schmerzes, die so heftig war, dass sie sie nach unten zu ziehen, sie zu verschlingen drohte. Alex brach zusammen und sank auf einen Stuhl, seine Schultern wurden von Schluchzern geschüttelt. Mick stand groß und schweigend da. Clare wollte die Hände nach ihren beiden Kindern ausstrecken, war aber gefangen im eigenen Leid.

»Wir werden dich immer lieben.« Sie stieß die Worte hervor und beugte sich nach vorn, um Michael auf die Stirn zu küssen. Ihn zum Abschied zu küssen.

»Es ist vorbei.« Mick verkündete es, als wäre es das Ende, dabei war es in vieler Hinsicht erst der Anfang.

Clare nickte und ging auf die andere Seite des Bettes. Ihre

beiden Söhne nahmen sie in die Arme, und sie bildeten zu dritt einen engen Kreis. Denselben Kreis, den sie auch gebildet hatten, als Michael aus dem gemeinsamen Haus ausgezogen war. Nur dass Michael nun für immer fort war.

Zwei Tage später fand die Beerdigung statt, und in der Kirche drängten sich Geschäftspartner, Familienangehörige und Freunde. Im *Willow Grove Independent* erschien eine ganzseitige Todesanzeige, und das Autohaus blieb für einen Tag geschlossen.

Liz, Karen und Julia halfen Clare bei den Vorbereitungen zum Leichenschmaus, kümmerten sich um die Gäste und gaben Clare alle nur erdenkliche Liebe und Unterstützung. Sie hätte sie nie um Hilfe gebeten, aber sie war dankbar, dass ihre liebsten Freundinnen bei ihr waren.

Es war bereits Abend, als schließlich die letzten Verwandten und Geschäftspartner fort waren. Mick und Alex saßen im Wohnzimmer und sprachen mit Karen und Julia, und Clare setzte sich in die Küche.

»Es ist Zeit, dass du mal Pause machst«, meinte Liz, die zu ihr kam. »Wie geht es dir?«

Anstatt zu antworten, nickte Clare einfach nur.

»Es tut weh, nicht?«

»Mehr als ich es je vermutet hätte«, flüsterte Clare. »Wir waren geschieden, und ich dachte, ich hätte genug getrauert ... aber ich hatte ja keine Ahnung.«

»Ich glaube nicht, dass das irgendjemand hat.«

Clare schaute zur Seite. Sie war keine Frau, die rasch weinte, aber nachdem sie einen Tag lang allen Schmerz zurückgehalten hatte, konnte sie ihre Emotionen nun nicht länger verbergen. »Ich wusste so lange, dass Michael sterben würde«, sagte sie. »Ich war vorbereitet – so vorbereitet, wie man nur sein kann. Doch als er starb, hatte ich das Gefühl, jemand hätte mir in die Gedärme geschossen.«

Liz nickte, und sie saßen sich gegenüber, mit den Händen ihre Kaffeetassen umklammernd.

»Ich weiß noch, als der Polizist kam, um mir zu sagen, dass Steve tot wäre. Ich habe die Worte gehört, die Bewegungen seines Mundes gesehen und verstanden, was er gesagt hatte, aber ich habe es trotzdem nicht begriffen. Ich konnte es einfach nicht begreifen.«

Sie waren eine Zeit lang ganz still, und Clare vermutete, dass ihre Freundin mit dem Schmerz ihrer eigenen Erinnerungen rang.

»Eines kann man über Michael sagen. Er war bis zum Ende voller Überraschungen«, flüsterte sie nach einer Weile.

»Wie meinst du das?« Liz sah sie an.

»Unser Anwalt hat mir gesagt, dass Michael in seinem letzten Lebensmonat sein Testament geändert hat. Er hat mir das Geschäft vererbt.« Sie lächelte fast. Als Teil der Scheidungsvereinbarungen hatte Michael ihr die Hälfte des Unternehmens abkaufen müssen. Und jetzt ... hatte er es ihr zurückgegeben.

»Er hat es nicht an die Jungs vermacht?«

»Nein«, antwortete Clare, die darüber selbst noch erstaunt war. »Er hat Fred keinerlei Erklärung dafür gegeben, aber ich weiß, was er sich dabei gedacht hat. Mick und Alex haben kein Interesse daran, Autos zu verkaufen. Ihre Fähigkeiten liegen auf anderen Gebieten. Es wäre nur eine Belastung für sie, wenn sie sich um Craig Chevrolet kümmern müssten. Es ist einfach nicht die Art Karriere, die sie sich beide wünschen.«

»Aber sie hätten den Laden doch jederzeit verkaufen können«, meinte Liz.

Clare wusste, dass genau dies *nicht* geschehen wäre. Michael hatte befürchtet, die Jungen würden ihn aus Pflichtgefühl und falsch verstandener Loyalität behalten. Sie hätten gegen ihre eigenen Interessen daran festgehalten, um das Andenken ihres Vaters in Ehren zu halten.

»Du liebst das Autogeschäft.«

Clare nickte. »Ja, und ich werde es erfolgreich betreiben.«

»Das hast du bereits«, erinnerte Liz sie.

Clare hatte nichts weiter getan als die einzelnen Stücke zusammengesetzt. Ja, sie hatte hart gearbeitet, aber sie hatte die Herausforderung angenommen, und Michael hatte gewusst, dass sie das tun würde.

»Wie kommen Mick und Alex zurecht?«

Clare wusste nicht, wie sie das beantworten sollte. Ebenso wie sie selbst hatten auch die Jungen geglaubt, auf Michaels Tod vorbereitet zu sein, aber er hatte sie mehr erschüttert, als sie erwartet hatten.

»Sie werden noch viel Zeit brauchen, Michaels Tod zu verarbeiten.« Das würde Clare auch. Sie würde weitermachen, nach vorne schauen und ihren Weg aus der Trauer hinausfinden, und das galt auch für ihre Kinder.

»Möchtest du noch einen Kaffee?«, fragte Liz. »Ich habe eine frische Kanne gekocht. Es wäre eine Schande, ihn kalt werden zu lassen.«

Clare hatte eigentlich genug Kaffee getrunken, doch sie hatte das Bedürfnis nach Gesellschaft. Sie wollte nicht unbedingt reden; sie wollte nur, dass jemand bei ihr saß. Plötzlich erschien ihr die Vorstellung, allein zu sein, beängstigend.

Liz goss ihnen Kaffee ein und setzte sich wieder an den Tisch.

Clare versuchte zu sprechen, aber es gelang ihr nicht. Dann streckte Liz, die ihren Schmerz nachvollziehen konnte, die Hand aus und berührte ihren Arm. Clare versuchte, die Tränen zurückzudrängen, aber es ging nicht mehr.

»Komm schon«, meinte Liz sanft. »Du musst nicht mehr stark sein. Lass dich gehen.«

Clare brach in Schluchzen aus und spürte den tröstenden Arm ihrer Freundin um sich.

»Mögen die Scharniere der
Freundschaft niemals rosten.«
Unbekannt

40. KAPITEL

DONNERSTAGMORGEN-FRÜHSTÜCKSGRUPPE

Es war gerade erst November, und schon hingen überall Weihnachtsdekorationen. Clare bog in die kleine Seitenstraße ein, in der sich *Valery's Café* befand, und stellte fest, dass Liz Kenyons Sevilla davor parkte. So wie Clare ihre Freundin kannte, hatte sie bereits ihr Croissant und ihren Kaffee bestellt und sich den Fensterplatz gesichert.

Die Luft war kühl und feucht, vom Pazifik wehte eine leichte Brise, doch das störte Clare nicht. Die Santa-Ana-Winde hatten das Tal in den letzten Monaten völlig ausgetrocknet, da war die Feuchtigkeit eine willkommene Abwechslung.

Clare betrat das Café, winkte Liz zu und überflog die Karte, obwohl sie immer das Gleiche bestellte: einen doppelten Espresso, bitter und stark. Das hatte, als sie sich zu treffen begonnen hatten, zu ihrer Stimmung gepasst.

»Espresso und Johannisbeer-Scone, richtig?«, fragte dann auch der junge Mann hinter der Theke, offensichtlich stolz auf sein gutes Gedächtnis.

»Nein, heute Morgen bin ich in der Stimmung für etwas anderes.«

Der junge Mann wirkte überrascht.

»Ich nehme ein Pekannuss-Brötchen und einen Kaffee«, beschloss sie rasch. Es wurde Zeit für eine Veränderung.

»Kommt sofort«, antwortete er und verschwand mit einem freundlichen Lächeln.

Mit ihrem Tablett ging Clare zu Liz, und wenig später gesellte sich auch Karen zu ihnen. Julia war die Letzte; sie hatte Zachary in seinem tragbaren Autositz mitgebracht und stellte ihn mitten auf den Tisch.

Abwechselnd schauten sie sich das Baby an, das in seine außergewöhnliche handgestrickte gelbe Decke gehüllt war. Auf gewisse Weise gehörte dieser kostbare kleine Junge der ganzen Donnerstagmorgengruppe. Wie alle anderen Frauen hatte auch Clare eine Menge Gefühle in Zachary investiert. Der erfolgreiche Kampf des Babys um sein Leben glich den Verlust aus, den sie selbst erlitten hatte. Begeistert stellte sie fest, dass er wieder ein Stück gewachsen war.

»Es ist schon fast wieder Zeit, uns ein neues Wort für das Jahr auszudenken«, verkündete Liz, als sie alle mit ihren Bestellungen am Tisch saßen. »Für nächstes Jahr, meine ich.«

»Schon?«, protestierte Clare. »Du bist ja wie diese Geschäftsbesitzer, die ihren Weihnachtsschmuck schon vor Erntedank aufhängen.«

»Was sollen wir denn mit unserem Wort von diesem Jahr tun?«, wollte Karen wissen.

»Welches war dein Wort?« Clare hatte so viel um die Ohren, dass sie es vergessen hatte.

»Anerkennung«, antwortete Karen.

»Hast du etwas davon gelernt?« Diese Frage kam von Liz.

Karen nahm einen Schluck von ihrer Pfefferminz-Milch und grübelte über die Frage nach. »Ja, ich glaube schon. Vor einem Jahr habe ich mich noch ständig mit meiner Mutter darüber gestritten, in welche Richtung mein Leben gehen soll. Ich war mir ganz sicher zu wissen, was richtig für mich ist.

Sie fand, ich sollte Lehrerin werden. Tja.« Karen verzog das Gesicht. »Dann war da die Sache mit Victoria.« Sie machte eine kurze Pause und dachte kurz nach. »Als ich mich für *Anerkennung* entschieden habe, wollte ich, dass meine Mutter mich so anerkennt, wie ich bin. Ich wollte, dass sie mich schätzt.«

»Anscheinend kennt sie dich besser als du selbst.«

Karen nickte. »Mir war nie klar, wie viel Spaß mir ein Klassenzimmer machen würde. Ich genieße jede Minute. Meine Mutter hat ein paar nervende Angewohnheiten, aber die haben wir schließlich alle. Sie will nur das Beste für mich und Victoria.«

Clare tauschte einen Blick mit Liz. War das wirklich Karen, die da sprach? Wie hatte sie sich in weniger als einem Jahr verändert!

»In den letzten Monaten habe ich begriffen, dass ich mich vor allem selbst akzeptieren muss. Ich wollte, dass Mom stolz auf mich ist, so wie sie es auf meine Schwester war. Zugleich habe ich mich gegen diesen Wunsch gewehrt und versucht, so anders als Victoria zu sein wie nur eben möglich.«

»Ich weiß nicht, was Victoria ohne dich gemacht hätte«, meinte Liz.

Karen wehrte das Lob ab und schien fast ein wenig verlegen darüber. »Sie ist meine Schwester.«

»Lass uns zu deinem Wort zurückkommen«, drängte Julia. »Ich möchte gern wissen, was du gelernt hast.«

»Was ich gelernt habe«, wiederholte Karen langsam. »Okay. Ich hatte immer geglaubt, unbedingt Schauspielerin werden zu müssen, für Film und Theater zu arbeiten, und in gewisser Weise tue ich das ja jetzt auch, aber mein Selbstbewusstsein ist nicht mehr davon abhängig, dass ich meinen Namen in irgendeinem Filmabspann auf einer Leinwand lese. Ich habe etwas Besseres entdeckt.«

»An der Highschool Schauspielunterricht zu geben«, ergänzte Julia.

»Nein«, witzelte Karen. »Regelmäßige Mahlzeiten.«

Alle lachten.

»Es macht Riesenspaß, auf der Bühne zu stehen, aber noch schöner ist es, meine Begeisterung für die Bühne mit anderen zu teilen.«

»Das ist toll.« Clare freute sich ehrlich für sie.

»Was gibt es Neues von deiner Schwester?«, fragte Liz.

»Ach ja.« Karen runzelte die Stirn. »Wie ihr ja bereits wisst, sitzt Roger eine sechsmonatige Gefängnisstrafe ab. Victoria geht zu einem Psychologen, und mit der Unterstützung meiner und Rogers Eltern lebt sie nun wieder in ihrem Haus. Sie verkauft Immobilien, was ihr großen Spaß macht, und sie scheint echtes Talent dafür zu haben. Mom und ich sind uns sicher, dass sie wieder völlig in Ordnung kommen wird.«

»Was ist mit Bryce?«, erkundigte Julia sich.

»Er wird an drei Tagen in der Woche in einer Kindertagesstätte betreut, und meine Mutter nimmt ihn montags und freitags.«

»Hört sich nach einer guten Lösung an«, meinte Liz.

»Will Victoria die Scheidung einreichen?«, wollte Clare wissen.

»Ich glaube nicht, dass sie das schon entschieden hat«, antwortete Karen. »Ich glaube, sie würde diesen Weg lieber vermeiden, aber wahrscheinlich bleibt ihr nichts anderes übrig. Natürlich sagt der Widerling die richtigen Dinge – klar bei seinem Job –, aber Victoria braucht erst Beweise dafür, dass er sich wirklich geändert hat. Sie werden auf jeden Fall erst einmal getrennt leben, und Roger muss sich bewähren.«

»Es wäre schrecklich, wenn sich die Misshandlungen wiederholen würden.«

»Victoria ist sehr vorsichtig geworden. Sie geht alles ganz

langsam und in Ruhe an und trifft keine größeren Entscheidungen, ehe sie sie nicht genau mit ihrem Therapeuten durchgesprochen hat.«

»Das klingt gut«, meinte Liz.

Karen atmete tief durch. »Es gibt noch etwas anderes zum Thema *Anerkennung*. Glen und ich überlegen ernsthaft zu heiraten.«

»Hat er dir einen Antrag gemacht?«, rief Julia aufgeregt.

»Also ... ja.«

»Und du hast ihn *anerkannt*«, vollendete Clare für sie.

Karens Gesicht strahlte vor Glück und sie nickte. »Er ist der perfekte Mann für mich. Es ist erstaunlich, wie sehr wir uns ergänzen. Oh Mädels, ich bin so verliebt.«

»So soll es sein«, stellte Liz fest. »Wann ist die Hochzeit?«

»Mai«, informierte Karen sie. »Ich habe schon mein neues Wort. *Braut.*«

Clare lächelte Liz zu. Es würde sie nicht überraschen, wenn Liz nächstes Jahr verkünden würde, dass sie Dr. Jamison heiratete.

»Welches war noch einmal dein Wort, Liz?«, fragte sie.

»Zeit«, rief Liz ihnen ins Gedächtnis. »Im Januar war ich wirklich an einem Tiefpunkt meines Lebens angekommen.«

Clare konnte sich gut daran erinnern, wie verloren Liz ohne ihre Familie gewesen war.

»Es kam mir vor, als wären mir all die guten Jahre einfach durch die Finger geglitten. Ich hatte das Gefühl, die Zeit würde vorbeigehen und alles mitnehmen, was ich gern erreichen wollte.« Sie runzelte die Stirn. »Ich glaube, ich hatte Angst, den Rest meines Lebens allein verbringen zu müssen. Es war schlimm genug, als ich Steve verlor, aber als ich dann auch noch ohne die Kinder sein musste, wurde die Einsamkeit einfach unerträglich.«

Clare würde das selbst bald erleben, wenn sowohl Mick als

auch Alex aufs College gingen. Der Gedanke, jeden Abend in ein leeres Haus zu kommen, erfüllte sie schon jetzt mit Angst und Schrecken, dabei waren die Jungs schon jetzt so selten da, dass es eigentlich gar keinen großen Unterschied machte.

»Fühlst du dich immer noch einsam?«, fragte Julia.

»Nein.« Liz sah gedankenverloren in die Ferne. »*Zeit* ist immer noch ein gutes Wort für mich, aber nun aus anderen Gründen. Dies ist *meine Zeit.* In den vergangenen zwölf Monaten habe ich gelernt, mich zurückzulehnen und jede einzelne Minute zu genießen.«

»Du hast vergessen zu erwähnen, dass es auch deine Zeit ist, dich zu verlieben.«

Liz lächelte. »Verlieben«, wiederholte sie. »Ich fühle mich wieder wie ein Backfisch. Verrückt, oder?«

»Nein«, widersprach Julia mit einem wehmütigen Seufzer. »Ich finde es wunderbar.«

»Und so unerwartet«, fügte Liz hinzu. »Ich habe immer gesagt, ich brauche keinen Mann in meinem Leben, und ich brauche auch keinen.«

»Aber es ist durchaus von Vorteil«, trumpfte Karen auf.

»Fest steht«, meinte Liz amüsiert, »dass nur ein Wahnsinnsmann keinen Mann ersetzen kann.«

»Wie bitte?« Karen runzelte die Stirn. »Das kapier ich nicht.«

»Ich schon«, meinte Clare.

»Ein Wahnsinnsmann, um keinen Mann zu ersetzen?«, wiederholte Karen nachdenklich, dann nickte sie langsam. »Jetzt verstehe ich. Du hast festgestellt, dass dir dein Leben gefällt, und Dr. Jamison ergänzt sozusagen das ... das *Glück,* das du ganz allein gefunden hast.«

»Ich hätte es nicht besser ausdrücken können«, bestätigte Liz.

»Also, ich habe auch festgestellt, dass ich mit meinem Leben sehr zufrieden bin«, meinte Karen, und das Glück strahlte aus ihren Augen. »Wer hätte je geglaubt, dass ich einmal einen Mann heiraten würde, der meiner Mutter gefällt? Ich sicher nicht. Mom ist ganz verrückt nach Glen. Sie findet, er ist das Beste, was mir je passiert ist. Und das stimmt.«

»Was ist mit dir, Clare?«, fragte Liz. »Wie lautete dein Wort für das Jahr?«

»Treue«, erinnerte sie ihre Freundinnen. »Ich habe es voller Wut am Neujahrstag ausgewählt. Damals war ich in Bitterkeit gefangen. Ich weiß noch, dass ich dachte, dass *ich* diejenige war, die immer treu war – gegenüber Michael, unserer Familie und mir selbst.«

»Du *warst* treu – bis zum Schluss.« Julias Stimme war so leise, dass die anderen Mühe hatten, sie zu verstehen.

»Ja«, antwortete Clare. »Aber nicht so, wie ich es erwartet hatte.«

»Ich kann dir gar nicht sagen, wie sehr ich bewundere, was du für Michael getan hast«, sagte Liz.

Clare schaute verlegen zur Seite. Noch vor einem Jahr hätte sie jeden ausgelacht, der ihr prophezeit hätte, dass sie Michael wieder nach Hause zu seiner Familie holen würde. Doch genau das hatte sie getan. Sie hatte ihn gepflegt, geliebt und gemeinsam mit ihren Söhnen beerdigt.

»Ich habe in diesem Jahr eine wertvolle Lektion gelernt«, meinte Clare und hatte Mühe, ihre Stimme zu beherrschen.

»Welche war das?«, wollte Liz wissen.

Sie war sich nicht sicher, ob es ihr gelang, ihre Gedanken in die richtigen Worte zu fassen. »Ich habe Michael gehasst für das, was er mir und den Kindern angetan hat. Ich meine, ich habe ihn *wirklich* gehasst. Ich habe nicht gewagt, euch zu sagen, wie groß meine Wut auf ihn war, weil ihr mich dann vielleicht in Verwahrung genommen hättet.«

Ihre Freundinnen sahen sie schweigend an, und Clare hatte

nicht das Gefühl, als wäre ihr Geständnis eine große Überraschung für sie. Sie wussten es, hatten es immer gewusst.

»Und ich habe ihn geliebt«, sagte sie. »Tief und total. Trotz alledem. Am Ende habe ich ihm verziehen – und ich habe mir selbst verziehen. Auf eine Weise, die mir vorher unmöglich erschienen wäre, *war* ich treu – uns beiden. Gegenüber allem, was wir einmal waren und ... und gegenüber den Menschen, die wir wirklich waren.« Verwirrt hob sie die Hand und schaute zur Seite. »Ich glaube, ich drücke mich nicht gut aus.«

»Doch, das tust du«, widersprach Liz, nahm ihre Hand und drückte sie kurz. »Du drückst dich hervorragend aus.«

Clare lachte, tief und herzlich, und der Krach weckte Zachary. Julia kümmerte sich sofort um ihren Sohn und nahm ihn in den Arm.

»Ich hatte in diesem Jahr so etwas wie eine Erleuchtung. Mein Wort war *Dankbarkeit,* dabei hätte es eigentlich *Überraschung* heißen müssen!«

Alle lachten wieder und erregten die Aufmerksamkeit der Leute, die um sie herum saßen.

»Ich erinnere mich noch an den Tag, an dem du uns eröffnet hast, dass du schwanger bist«, meinte Karen und sah lächelnd auf den kleinen Zachary hinab, der sie aus großen blauen Augen anschaute.

»Ein Baby in meinem Alter. Oh biiiittte, sagt, dass es nicht wahr ist.«

Wieder erschallte Gelächter.

»Aus unserer Familie ist jetzt ein richtiges Team geworden«, berichtete Julia. »Ich bin erstaunt über Adam und Zoe und darüber, wie selbstlos sie sich gegenüber Zachary verhalten. Er ist ein unglaublicher Segen für uns!«

Der kleine Junge brabbelte, als wollte er selbst einen Kommentar dazu abgeben.

»Die letzten Monaten waren ziemlich anstrengend«, fuhr

sie fort. »Es ist nicht leicht, ein Neugeborenes im Haus zu haben, vor allem ein Frühgeborenes, das eine Menge zusätzlicher Pflege braucht. Es ist eine echte Herausforderung, noch mal ein Kind zu kriegen, das sage ich euch – aber ich würde es nicht mehr anders haben wollen.«

»Du hast gesagt, du hättest eine Erleuchtung gehabt?«

»Das ist es im Grunde«, sagte Julia. »Ich habe festgestellt, dass ich alles haben *kann.* Das große schöne Haus, den Mann und die Familie und meine eigene Karriere. Nur nicht zur selben Zeit. Ich werde in meinen Laden zurückgehen, aber erst wenn Zachary so weit ist.«

»Das ist sehr weise«, erklärte Karen erstaunt.

»Du glaubst gar nicht, wie klug wir alle sind«, meinte Clare, »du eingeschlossen.«

Da saßen sie nun, alle vier, alle an verschiedenen Abschnitten ihres Lebens. Sie konnten gemeinsam lachen und gemeinsam weinen, und sie taten es häufig, manchmal auch beides gleichzeitig. Für alles gibt es eine Zeit, und dies waren die Zeiten ihres Lebens.

Vier Frauen, vier Freundinnen, die sich jeden Donnerstagmorgen um acht trafen.

Im Schatten der Lilie schildert das ungewöhnliche Schicksal einer faszinierenden Herrscherin: Eleonore von Aquitanien. Mit fünfzehn wird sie Königin von Frankreich, nicht ahnend, dass sie einst auch über England herrschen wird. Mit fünfundzwanzig zieht sie mit den Kreuzfahrern ins Heilige Land. Sie besiegt Hunger, Krankheit, Gefahren. Nur ihre Liebe zu Geoffroi, Graf von Anjou, besiegt sie nicht. Diese heimliche Liebe ist das eigentliche Abenteuer im Leben der Eleonore von Aquitanien, ein Abenteuer, das in der Geschichte des Mittelalters seinesgleichen sucht.

ISBN 3-404-14772-3

BASTEI LÜBBE

Romantik und Spannung in einem!

In einer Kleinstadt im Bundesstaat New York versucht Noelle Van Doren sich gegen ihren mächtigen Ehemann Robert zu wehren. Er hat ihr das Sorgerecht für die gemeinsame Tochter entzogen und das Kind entführt. Mithilfe ihrer Eltern gelingt es Noelle jedoch hinter Roberts allzu glatte Fassade zu blicken und seine dunkle Vergangenheit aufzudecken ...

»Eine mitreißende Lektüre.«
LIBRARY JOURNAL

ISBN 3-404-14775-8

BASTEI LÜBBE